W9-BNU-774

EL BESO DE LA
TRAICIÓN

ERIN BEATY

EL BESO DE LA TRAICIÓN

Traducción de Julio Hermoso

ALFAGUARA

El beso de la traición

Título original: *Traitor's Kiss*

Primera edición: mayo de 2018

ISBN: 978-607-316-524-2

Impreso en México – *Printed in Mexico*

El papel utilizado para la impresión de este libro ha sido fabricado a partir de madera procedente de bosques y plantaciones gestionadas con los más altos estándares ambientales, garantizando una explotación de los recursos sostenible con el medio ambiente y beneficiosa para las personas.

Penguin
Random House
Grupo Editorial

Para Michael, primero y último.
Y para él: Fiat voluntas tua in omnibus

1

El tío William ya había regresado hacía una hora, y aún no la había llamado a su presencia.

Salvia se encontraba sentada ante su escritorio en el salón, tratando de controlar los nervios y estarse quieta. Jonathan nunca paraba de moverse durante sus clases, ya fuera por el aburrimiento o por el rencor al ver que ella —una chica apenas unos años mayor que él— era su maestra. Y a ella no le importaba en absoluto, pero tampoco quería darle motivo para que la desdeñara. En aquel preciso momento, el chico tenía la cabeza inclinada sobre un mapa de Démora que estaba nombrando. Sólo se esforzaba cuando sus hermanos recibían una tarea similar con la que él pudiera comparar la suya. Salvia ya se había percatado de aquello muy al principio, y lo utilizaba contra su desdén.

La muchacha apretó el puño con fuerza para evitar tamborilear con los dedos mientras se le iba la mirada rauda hacia la ventana. Los criados y trabajadores iban y venían con prisa por el patio, azotaban las alfombras para quitarles el polvo y amontonaban las pilas de heno de cara al invierno inminente. Sus movimientos se acompasaban con el eco del crujir cadencioso de los carros cargados de grano que llegaba desde el camino y generaba un ritmo que la hubiera tranquilizado cualquier día menos hoy. El Señor de Broadmoor había partido aquella mañana camino de Monteguirnaldo por motivos desconocidos. Cuando su caballo cruzó al trote las puertas de la mansión, a primera hora de la tarde, su tío le lanzó las riendas al palafrenero mientras lanzaba una mirada de suficiencia hacia la ventana del salón.

En ese instante supo que el viaje había sido por su causa.

Había estado fuera el tiempo justo para pasar no más de una hora en el pueblo, lo cual resultaba en cierto modo halagador. Alguien había accedido a tomarla como aprendiz en la tienda de hierbas o en la de velas, o quizá en la que tejen cestas. Le barrería los suelos al herrero si tuviera que hacerlo. Y se quedaría con sus propios ingresos. La mayoría de las chicas que trabajaban tenían que mantener a una familia o dar algo al orfanato de algún convento, pero los Broadmoor no necesitaban el dinero, y Salvia se ganaba el sustento más que de sobra haciéndola de institutriz.

Dirigió la mirada hacia la amplia mesa de roble donde Aster estaba concentrada en su propio mapa, con los ojos entrecerrados mientras agarraba con torpeza las pinturas de colores entre los dedos regordetes. Amarillo para Crescera, el granero de Démora, donde Salvia había vivido toda su vida a una distancia de unos ochenta kilómetros a la redonda. Mientras la pequeña de cinco años dejaba la pintura amarilla por una verde, Salvia intentó calcular cuánto tenía que ahorrar antes de ponerse a pensar en marcharse, pero ¿adónde iría?

Sonrió cuando se le fue la mirada al mapa colgado en el muro de enfrente. Unas montañas que rozaban las nubes. Océanos que no se acababan nunca. Ciudades que eran un hervidero de ajetreo.

A cualquier parte.

El tío William tenía tantos deseos de quitársela de encima como Salvia de marcharse.

Entonces, ¿por qué no la había mandado llamar aún?

Se había cansado de esperar. Salvia se incorporó en su silla y hojeó los papeles que tenía amontonados delante. Tanto papel era un desperdicio, pero también un símbolo de estatus que el tío William se podía permitir darles a sus hijos. Rara vez Salvia se veía capaz de tirar uno solo, incluso después de llevar cuatro años viviendo allí. Extrajo un volumen reseco de entre una pila de libros, uno de historia que no había abierto en más de una semana. Se levantó y se metió el libro debajo del brazo.

—Estaré de vuelta en diez minutos.

Los tres niños mayores alzaron la mirada y volvieron a su tarea sin hacer ningún comentario, pero los ojos de color azul oscuro de Aster la siguieron en cada movimiento que hizo. Salvia trató de pasar por alto el nudo de culpabilidad que se le estaba haciendo en el estómago. Emprender el aprendizaje de un oficio implicaba dejar allí a su prima preferida, pero Aster ya había dejado de necesitar que Salvia le hiciera de mamá. La tía Braelaura ya quería a la niña como si fuera su propia hija.

Salvia se apresuró a salir de la estancia y cerró la puerta a su espalda. Se detuvo ante la biblioteca a pasarse las manos por los cabellos que se le habían escapado de la trenza y cruzó los dedos para que se quedaran bien planos durante los próximos quince minutos. A continuación enderezó los hombros y respiró hondo. En su ansiedad, llamó a la puerta con los nudillos más fuerte de lo que pretendía, y el ruido repentino le provocó un respingo.

—Adelante.

Empujó la pesada puerta para abrirla y se adentró dos pasos antes de agacharse en una reverencia.

—Perdona que te moleste, tío, pero tenía que devolver esto —sostuvo el libro en alto y, de repente, la excusa le pareció inapropiada—, y tomar otro para, mmm, unas lecciones.

El tío William levantó la mirada desde detrás de media docena de pergaminos dispersos sobre su mesa. Una espada reluciente colgaba del cinto de cuero enganchado en el respaldo de su silla. Qué ridiculez. La lucía como si fuera una especie de protector del reino, y todo cuanto significaba era que había hecho entero el recorrido de dos meses hasta Tennegol, la capital, y había jurado lealtad ante la corte del rey. Dudaba que jamás se hubiera topado con algo más amenazador que un mendigo insistente, aunque el tamaño de su cintura, cada vez mayor, sí supusiera una amenaza para el cinto. Salvia rechinó los dientes y se mantuvo en su postura agachada hasta que él hizo caso de su presencia. A su tío le gustaba tomarse su tiempo, como si a ella le hiciera falta que le recordaran quién gobernaba su vida.

—Sí, pasa —dijo él, que sonaba complacido.

Aún tenía el pelo alborotado de su cabalgata, y no se había quitado la polvorienta chaqueta de montar, lo cual significaba que, fuera lo que fuese lo que estuviera pasando, sucedía rápido. Salvia se enderezó e intentó no mirarlo con aire de expectación.

Su tío dejó la pluma y le hizo un gesto.

—Salvia, ven aquí, por favor.

Ahí estaba. Atravesó la estancia casi corriendo. Se detuvo ante su escritorio mientras él doblaba uno de los documentos. Un vistazo le dijo que eran cartas personales, y le resultó extrañó. ¿Tanto se alegraba de verla irse que se lo estaba contando a sus amistades? Y ¿por qué se lo iba a contar a todo el mundo antes que a ella?

—Cumpliste los dieciséis en la última primavera. Ya es hora de que decidamos tu futuro.

Salvia se agarró al libro y contuvo su respuesta en un entusiasmado gesto de asentimiento.

Su tío se acarició el bigote teñido y carraspeó para aclararse la garganta.

—He dispuesto tu evaluación con Darnessa Rodelle...

—¡¿Qué?! —el de casamentera era el único oficio en el que no había pensado, el único que odiaba con todas sus fuerzas—. Yo no quiero ser...

Se calló de forma repentina al darse cuenta de lo que quería decir. El libro se le cayó de las manos y aterrizó abierto en el suelo.

—¿Es que me vas a arreglar un matrimonio?

El tío William asintió, obviamente complacido.

—Sí, la señora Rodelle tiene la mira puesta en el Concordium del verano que viene, pero ya le expliqué que la verdad es que esperábamos que costara años encontrar a alguien dispuesto a casarse contigo.

Aun en la neblina de la negación, recibió el impacto del insulto como si de un puñetazo físico se tratara, y le arrebató el aliento.

Él hizo un gesto con la mano para señalar hacia las cartas que tenía ante sí.

—Ya les estoy escribiendo a algunos jóvenes que conozco, invitándolos a venir de visita. Con algo de suerte, algunos te admirarán lo suficiente para dirigirse a la señora Rodelle y contactarla. La decisión le corresponde a ella, pero tampoco hará ningún daño que le echemos una mano.

Salvia tartamudeó en busca de las palabras. La casamentera mayor de la región sólo aceptaba a candidatas nobles, acaudaladas o extraordinarias. Salvia no era nada de eso.

—Pero ¿por qué me iba a aceptar a mí?

—Porque estás bajo mi tutela —el tío William juntó las manos sobre la mesa con una sonrisa—. Para que podamos sacar algo bueno de tu situación, al fin y al cabo.

Santo Espíritu, él esperaba que la chica estuviera *agradecida*. Agradecida por casarse con un hombre al que apenas conocería. Agradecida de que sus padres, que convinieron en casarse ellos solos, no estuvieran vivos para oponerse.

—Las redes de la señora Rodelle llegan lo bastante lejos como para dar con alguien que no ponga objeciones ante tu... educación previa.

Salvia levantó la cara de golpe. ¿Qué problema había, exactamente, con su vida anterior? Era sin duda más feliz.

—Es todo un honor —prosiguió él—, teniendo en cuenta, especialmente, lo ocupada que se encuentra ahora mismo, pero la convencí de que tus cualidades académicas te sitúan por encima de tu cuna.

Su cuna. Lo había dicho como si fuera una vergüenza nacer plebeyo. Como si él mismo no se hubiera casado con una plebeya. Como si fuera malo tener unos padres que se hubieran elegido el uno al otro.

Como si él no se hubiera mofado públicamente de sus propios votos matrimoniales.

Salvia bajó la mirada hacia él con desprecio.

—Cierto, será un honor tener un marido tan fiel como tú.

El ademán del tío William se tensó. Desapareció la expresión paternalista, que dejó paso a algo más grave. Ella se alegró: eso le daba la fuerza para combatirlo.

—Cómo te atreves... —le tembló a él la voz en una furia apenas contenida.

—¿O acaso la fidelidad sólo se espera de la esposa de un noble? —le dijo ella.

Qué bien le venía la ira de su tío. Alimentaba la de ella como el viento aviva un incendio.

—A mí no me va a dar lecciones una niñita...

—No, tú prefieres darlas con el ejemplo —con un dedo admonitorio apuntó hacia las cartas dobladas que había entre ellos—. Estoy segura de que tus amigos sabrán adónde acudir en busca de lecciones.

Eso lo hizo ponerse en pie y vociferar.

—¡Que no se te olvide el lugar que te corresponde, Salvia la Pajarera!

—¡Ya sé cuál es mi lugar! —le contestó ella a gritos—. ¡Resulta imposible olvidarlo en esta casa!

Los meses de contención la habían impulsado a saltar. Él le había puesto delante la posibilidad de dejarla marchar, de permitirle una vida lejos de su tutela, tan sólo para dejarla caer directamente en un matrimonio arreglado. Apretó los puños y se inclinó hacia él sobre la mesa. Su tío jamás le había pegado, ni una sola vez en aquellos años en que ella lo había desafiado, pero tampoco ella lo había presionado nunca tanto, ni tan rápido.

Cuando el tío William por fin habló, lo hizo entre dientes.

—Eres una deshonra para mí, sobrina. Deshonras el deber que tienes para conmigo. Tus padres estarían avergonzados.

Ella lo dudaba. No cuando ellos habían soportado tanto con tal de elegir por sí mismos. Salvia se clavó las uñas en las palmas de las manos.

—No... pienso... ir.

La voz de William se tiñó de frialdad para contrarrestar la amenaza de su sobrina.

—Lo harás. Y causarás una buena impresión —volvió a sentarse tranquilamente, con ese aire regio y condescendiente que ella odiaba, y agarró la pluma. Sus nudillos blanquecinos eran lo único que no se compadecía con su apariencia de calma. Agitó la mano en un gesto informal para excusarla—. Puedes retirarte. Tu tía se encargará de los preparativos.

Siempre hacía lo mismo. Siempre la ignoraba. Salvia quería obligarlo a prestar atención, le daban ganas de saltar sobre la mesa y golpearlo con los puños cerrados como si se tratara de uno de los sacos de arena de ahí afuera, en el granero. Pero su padre sí se hubiera avergonzado de ese comportamiento.

Sin hacer ninguna reverencia, Salvia se dio la vuelta y salió enojada por la puerta. En cuanto llegó al pasaje, echó a correr y atravesó a empujones una muchedumbre que cargaba con baúles y canastos, sin preocuparse de quiénes eran ni de por qué habían aparecido de repente en la mansión.

La única pregunta que tenía ahora en la cabeza era cuán lejos habría sido capaz de llegar para la puesta de sol.

2

Salvia cerró la puerta de la alcoba con un satisfactorio portazo y se dirigió hacia el ropero alto del rincón. Abrió el armario de par en par y se puso a escarbar por el fondo en busca de la bolsa que se colgaba del hombro. Sus dedos dieron a oscuras con la lona basta y la reconocieron al instante a pesar de no haberla utilizado en años; la jaló para sacarla y la inspeccionó. Las asas se mantenían fuertes; hasta donde pudo ver, los ratones no le habían hecho ningún agujero.

Todavía olía a él, al sebo y al ungüento de brea de pino que su padre hacía para los cortes y los raspones. Lo usaba con ella y con las aves que adiestraba. Salvia cerró los ojos y los apretó. Su padre habría impedido esto. No, él jamás habría permitido que empezara. Pero su padre estaba muerto.

Él estaba muerto, y eso la había dejado a ella atrapada en un destino del que él siempre había prometido que la protegería.

Se abrió la puerta y la sorprendió, pero sólo era la tía Braelaura, que venía a calmar las aguas como siempre hacía. Pues bien, esta vez no iba a funcionar. Salvia se puso a meter ropa en la bolsa, empezando por los pantalones que solía ponerse en sus paseos por el bosque.

—Me voy —soltó mirando hacia atrás por encima del hombro.

—Me lo había imaginado —le respondió su tía—. Le dije a William que no lo ibas a tomar bien.

Salvia se volvió hacia ella.

—¿Tú lo sabías? ¿Por qué no me dijiste nada?

A Braelaura, divertida con aquello, se le formaron unas leves arrugas en los ojos.

—Sinceramente, no creí que lo fuera a conseguir. No veía motivo para venir a alterarte por algo tan improbable.

Ni siquiera su tía pensaba que estuviera en condiciones de casarse. Salvia no quería que le concertaran un matrimonio, pero aun así era insultante. Volvió a su tarea de hacer la maleta.

—¿Adónde irás?

—Da lo mismo.

—¿Y esperas que te vaya mejor que la última vez?

Cómo no le iba a mencionar aquello. Salvia, furiosa, metió en la bolsa otro par de calcetines. Las noches estaban empezando a ser frías; le harían falta.

—Eso fue hace años. Ahora ya sé cuidar de mí misma.

—Estoy segura —qué tranquila, qué razonable—. ¿Qué tienes pensado hacer para comer?

En respuesta, Salvia agarró la correa que tenía envuelta sobre una pila de libros, la enrolló con un gesto dramático y se la metió en el bolsillo de la falda. Aj, tendría que cambiarse antes de marcharse.

Braelaura arqueó las cejas.

—Ardillas. Deliciosas —hizo una pausa—. Las hay durante todo el invierno.

—Encontraré un oficio.

—¿Y si no?

—Entonces viajaré hasta que lo encuentre.

Debió de sonar muy seria, porque a su tía le cambió el tono de voz.

—Lo de ahí afuera es peligroso para una chica sola.

Salvia soltó un bufido para ocultar su creciente inquietud. Se había pasado años recorriendo la campiña con su padre y conocía muy bien con qué peligros (humanos y animales) se podría encontrar.

—Al menos no me veré obligada a casarme con alguien a quien ni siquiera conozco.

—Lo dices como si las casamenteras no supieran lo que hacen.

—La señora Rodelle te encontró a ti el mejor cónyuge, ciertamente —dijo Salvia en tono sarcástico.

—Sí, lo hizo —dijo Braelaura con serenidad.

Salvia la miró con la boca abierta.

—No lo puedes estar diciendo en serio.

Todo el mundo sabía lo que era Aster. Su nombre (el de una planta) proclamaba su ilegitimidad a los cuatro vientos. No se podía culpar a la niña de su procedencia, pero Salvia era incapaz de comprender por qué Braelaura había perdonado a su marido.

—El matrimonio no es algo simple, ni fácil —dijo Braelaura—. Incluso tus padres tuvieron la oportunidad de descubrirlo en el breve tiempo del que dispusieron.

Quizá el matrimonio no lo fuera, pero su amor sí había sido simple; casarse tendría que haber sido sencillo. No tendría que haber supuesto verse repudiados por los padres de ella y rechazados por la mitad del pueblo. Pero, para ellos, estar juntos había valido la pena.

—¿A qué le tienes miedo, exactamente? —le preguntó Braelaura.

—No le tengo miedo a nada —le soltó Salvia.

—¿De verdad crees que William te entregaría a alguien que te fuera a maltratar?

No, no lo pensaba, pero Salvia volvió a su tarea de hacer la maleta con tal de evitar responder. El tío William había cabalgado día y noche para ir a buscarla en cuanto se enteró de la muerte de su padre. Más adelante, cuando ella se escapó unos meses después, él le siguió el rastro durante días hasta que la encontró en el fondo de un barranco, demasiado deshecha y congelada como para escalarlo y salir. Jamás le dijo una sola palabra de reprimenda. Se limitó a sacarla de allí y a llevársela a casa.

Una voz en su interior le susurraba que aquel matrimonio arreglado era un honor, un regalo. Era una declaración de que formaba parte de la familia, que no era una simple pariente pobre a la que él tenía la obligación de mantener. Era lo mejor que su tío le podía ofrecer.

A Salvia le resultaría muchísimo más fácil si pudiera odiarlo.

Sintió la mano de su tía en el hombro y se puso en tensión.

—Le debe de haber entregado una buena suma a la casamentera para que me acepte.

—No te lo voy a negar —a Braelaura se le filtraba la sonrisa en la voz—, pero la señora Rodelle no habría aceptado de no haberte visto algún potencial —le apartó a Salvia de la cara una docena de cabellos rebeldes—. ¿Crees que no estás preparada? No es tan difícil como piensas.

—¿La entrevista o ser la esposa de alguien? —Salvia se negaba a relajarse.

—Ambas cosas —dijo Braelaura—. La entrevista consiste en presentarte. En cuanto a lo de ser esposa...

—Mi padre me contó cómo se conciben los hijos —Salvia se ruborizó.

Braelaura prosiguió como si Salvia no la hubiera interrumpido.

—Llevo años enseñándote cómo llevar una casa, por si no te has percatado. Lo hiciste perfectamente en la última primavera, cuando caí enferma. William quedó muy complacido —bajo la mano para frotarle la espalda a Salvia—. Podrías tener un hogar agradable, y tus pequeños. ¿Tan malo sería eso?

Salvia sintió que se apoyaba en la tranquilizadora presión de la mano. Su propio hogar. Lejos de aquella casa. Aunque, para ser sincera, no era tanto aquel lugar lo que odiaba, sino los recuerdos.

—La señora Rodelle encontrará un marido que necesite a alguien como tú —le dijo Braelaura—. Es la mejor en eso a lo que ella se dedica.

—El tío William dijo que podría tardar años.

—Y así podría ser —reconoció su tía—. Razón de más para no dejar que tus emociones dominen ahora tus actos.

Con una sensación de derrota, Salvia dejó la bolsa en el ropero.

Braelaura se puso de puntitas para darle un beso en la mejilla a su sobrina.

—Estaré ahí siempre que me necesites, a cada paso, en el lugar de tu madre.

Dado que su tía casi nunca mencionaba a su madre, Salvia sintió deseos de hacerle preguntas antes de que cambiara de tema, pero Hannah irrumpió en la alcoba con sus doce años y sus rizos rubios saltando. Salvia le puso mala cara.

—¿Es que nunca llamas a la puerta?

—¿Es cierto, madre? ¿Salvia se va con la casamentera? ¿Con la casamentera mayor?

La tía Braelaura rodeó a Salvia con el brazo por la cintura como si quisiera evitar que saliera corriendo.

—Sí, así es.

Salvia no dejaba de fulminar a su prima con la mirada.

—¿No tienes nada importante que decir?

Hannah hizo un gesto hacia su espalda.

—La costurera está aquí.

Salvia sintió que la recorría un sudor frío.

—¿Ya?

Hannah dirigió sus ojos azules hacia Salvia.

—¿Crees que te va a elegir para el Concordium?

—¡Ja! —se oyó la vociferante risa de Jonathan, de trece años, desde el pasillo, detrás de Hannah. Venía cargado con un baúl—. Ya me gustaría verlo.

Salvia sintió náuseas. ¿Cuándo sería la entrevista? Había interrumpido al tío William antes de que se lo contara. Braelaura comenzó a llevarla hacia la puerta, donde Hannah daba saltitos sobre las puntas de los pies.

—Se está preparando en el salón.

—¿Cuándo me iré? —consiguió preguntar Salvia.

—Mañana, querida —le dijo Braelaura—. Por la tarde.

—¡¿Mañana?! ¿Pero cómo me va a dar tiempo de tener terminado un vestido nuevo?

—La señora Sastra te arreglará algo que tenga a la mano. Irá para allá con nosotros mañana por la mañana.

Salvia dejó que la llevaran por el pasillo y se quedó petrificada mientras Braelaura le soltaba los cordones del corpiño lo suficiente para que ella se lo quitara. La estancia se oscureció de pronto, y Salvia pensó por un segundo que se estaba desmayando, pero sólo eran Hannah y Aster, que cerraban las cortinas de la ventana. Cuando terminaron, Aster se encaramó a una silla en un rincón con la evidente esperanza de poder quedarse allí si nadie reparaba en ella. Hannah danzaba por aquí y por allá, parloteando sobre las ganas que tenía de que llegara su propia entrevista y preguntándole a su madre si creía que su padre permitiría que la evaluaran a los quince aunque no se pudiera concertar su matrimonio hasta un año después.

Su prima también se imaginaba que Salvia tenía opciones de entrar en el Concordium. Pero ella no se hacía falsas ilusiones. La principal tarea de la casamentera mayor era seleccionar lo mejor de su región para aquella conferencia que tenía lugar cada cinco años, pero Salvia no habría querido ir ni aunque fuera lo bastante guapa y rica como para que la tuvieran en cuenta. No tenía el menor deseo de que la llevaran arreando hasta la otra punta del reino, hasta Tennegol, y prácticamente la subastaran como si de una preciada cabeza de ganado se tratara. Hannah, sin embargo, fantaseaba con aquello igual que hacían las chicas de toda Démora.

Braelaura le retiró a Salvia el vestido de los hombros. Era uno de los diversos atuendos que tenía y odiaba. Qué extraño e injusto era eso de tener tantas cosas que no quería. La mayoría de las chicas hubieran matado para que las evaluara una casamentera mayor.

La señora Sastra rebuscaba en un cesto sobre la mesa, pero hizo la pausa suficiente para señalar en dirección al taburete que había dispuesto.

—Arriba —ordenó—. No tenemos tiempo que perder.

Braelaura ayudó a Salvia a subirse y a conservar el equilibrio cuando el taburete se tambaleó bajo sus pies. Combatió la oleada de un mareo que nada tenía que ver con la pérdida del equilibrio.

—Fuera enaguas —dijo la costurera sobre el hombro.

Salvia se encogió de vergüenza, se quitó la ropa interior por la cabeza y se la entregó a su tía. Por lo general, una prueba no requería desnudarse por completo, tan sólo que le tomaran las medidas con un listón anudado por encima de las enaguas. Cruzó los brazos sobre el brasier y se estremeció, contenta de que la ventana estuviera protegida tanto contra las corrientes como contra las miradas.

La señora Sastra se dio la vuelta y frunció el ceño al ver la ropa interior de Salvia. Aquellos pantaloncitos de lino de chico eran lo único que Braelaura había permitido que su sobrina se siguiera poniendo cuando la obligaron a lucir vestidos. Los pantalones eran mucho más cómodos que lo que se ponían las mujeres y, de todas formas, nadie podía verlos.

La costurera frunció los labios y guiñó la mirada al observar a Salvia desde distintos ángulos.

—La delgadez es su principal punto débil —dijo entre dientes—. Tendremos que rellenarla, en especial por arriba.

Salvia puso los ojos en blanco al imaginarse todos los rellenos y holanes que serían necesarios para disimular su pecho plano. Hacía mucho tiempo que Braelaura había dejado de ponerle encajes y listones a sus vestidos. Siempre habían tenido catastróficos encuentros con las tijeras cuando nadie la veía.

Unos dedos fríos la pellizcaron en la cintura.

—Buenas curvas aquí, y solidez para concebir y parir. Eso lo podemos realzar.

Salvia se sintió como la yegua que su tío había comprado un mes atrás. «Con buenos corvejones, dará buenos potrillos —había dicho el criador de caballos al tiempo que le daba una palmada a la yegua en el flanco—. A ésta se le puede cubrir durante otros diez años».

La costurera levantó el brazo de Salvia para estudiarlo en una luz mejor.

—La piel es de una palidez natural, pero tiene demasiadas pecas.

Braelaura asintió.

—La cocinera ya está preparando una loción de limones para eso.

—Utilízala en abundancia. ¿Son cicatrices esto que tienes por ambos brazos, niña?

Salvia suspiró. La mayoría eran tan pequeñas y tan antiguas que sólo se veían cuando uno las buscaba.

—Su padre era un hombre del bosque —le recordó Braelaura a la costurera—. Pasó mucho tiempo a la intemperie antes de llegar a nosotros.

La señora Sastra pasó un dedo huesudo por una cicatriz larga y rojiza.

—Algunas son recientes. ¿Qué has estado haciendo? ¿Subirte a los árboles? —Salvia se encogió de hombros, y la mujer dejó caer el brazo—. Tampoco debería quejarme —dijo con sequedad—. Tantos arreglos de tu vestuario me han servido para mantenerme todos estos años.

—Me alegra haber sido útil —le contestó Salvia con un mejor estado de ánimo.

La ira resultaba más cómoda que el miedo.

La costurera la ignoró y repasó entre los dedos el extremo despeinado de la trenza de Salvia.

—Ni rubio ni castaño —refunfuñó—. No sé qué color ponerle a esto —miró a la tía de Salvia—. ¿Qué tienes pensado para la evaluación?

—No lo hemos decidido —dijo Braelaura—. Cuando se lo recogemos, siempre se le suelta de la trenza. Pero riza bien a pesar de la textura tan fina.

—Mmm —la costurera giró la barbilla de golpe a Salvia para mirarla a los ojos, y la chica resistió la tentación de darle un mordisco en los dedos a la mujer.

—Grises... Quizá el azul le dé algo de color a esos ojos —la soltó—. ¡Aj! Esas pecas.

Aster ladeó la cabeza, desconcertada. Siempre había sentido envidia de aquellas pecas. Cuando la pequeña tenía tres años, Salvia la sorprendió pintándoselas con tinta.

—Azul, entonces —dijo la señora Sastra, que volvió a atraer sobre sí la atención de Salvia, si bien, una vez más, se dirigió a la tía Braelaura. Se dio la vuelta para buscar en el enorme baúl que se hallaba a un lado—. Tengo algo que le sentará bien, pero me pasaré toda la noche metiéndole para que le quede.

La costurera levantó un bulto de tela y le sacudió los dobleces para dejar a la vista una monstruosidad de un azul violáceo con el que Salvia no era capaz de imaginarse vestida. Un bordado en hilo de oro —que sin duda picaba— ascendía retorciéndose por las mangas largas y se repetía en motivos similares por el corpiño. El escote bajo tenía un cuello drapeado que probablemente acabaría más adornado para rellenarlo y darle cuerpo.

—Va a hombro descubierto —dijo la señora Sastra mientras a Braelaura y a Hannah se les escapaba un «oh» y un «ah»—. Los tiene bastante bonitos; deberíamos enseñarlos. Pero eso significa ir sin brasier.

Salvia soltó un bufido. De todos modos, tampoco era que el brasier le hiciera ninguna falta.

3

El edificio blanqueado de dos pisos se elevaba por encima de la neblina de octubre. Salvia saltó de la carreta en cuanto se detuvo, tan concentrada en la casa de la casamentera que no se fijó en el charco de lodo hasta que se vio sentada en él. Su tía dejó escapar un suspiro al jalarla por el codo para levantarla y la empujó hacia el cuarto de baño que había en la parte de atrás.

—No te preocupes —la tranquilizó Braelaura—. Por esto se prepara aquí todo el mundo.

La señora Sastra ya se encontraba esperando en el interior para echar una mano con los ajustes de último momento. Salvia no perdió un segundo, se quitó la ropa enlodada y se metió en la bañera de agua tibia.

—Lávate las manos, y después mantenlas fuera del agua —le indicó Braelaura—, o se te caerá la pintura de las uñas.

—¿Y cómo se supone que me voy a lavar?

En respuesta, su tía tomó un paño y comenzó a frotarle la espalda. Salvia se encogió, pero lo soportó. Lo único que quería era que aquel día se acabara pronto.

Una vez que Braelaura quedó satisfecha, Salvia salió del agua y se secó con una toalla, y después se quedó de pie mientras le untaban cremas corporales por los hombros, el cuello y los brazos. Le aplicaron polvos por todo el cuerpo.

—Esto pica —se quejó.

Braelaura le propinó un manotazo.

—No te rasques, que te vas a estropear las uñas. Los polvos te secarán el sudor.

—Huelen a manzanilla, y odio la manzanilla.

—No seas ridícula. Nadie odia la manzanilla; es un calmante.

Entonces, yo seré nadie. Salvia alzó los brazos mientras su tía le colocaba el corsé en la cintura. Santo Espíritu, aquello era lo más incómodo que se había puesto en su vida. El armazón se le clavaba en las caderas mientras Braelaura tensaba los cordones en su intento por apretarlo lo suficiente para que permaneciera en su sitio. Cuando Salvia se puso la primera de las tres enaguas, se le movió el corsé y se le clavó en otros sitios nuevos.

La señora Sastra y la tía Braelaura elevaron el vestido sobre la cabeza de Salvia, y ella empujó los brazos helados por las largas mangas. Acto seguido, las dos se afanaron a su alrededor colocándole recto el vestido y ajustándolo para que le formara el mayor escote posible antes de acordonarle el corpiño por delante. Salvia se pasó los dedos por el terciopelo y el encaje que le salía a la altura de los hombros. Después de la entrevista, aquel vestido permanecería colgado en su ropero hasta el día —dentro de meses o de años— en que la presentaran ante el hombre que la señora Rodelle hubiera escogido para ella.

Aunque un hombre podía dirigirse a la señora Rodelle para interesarse por la chica objeto de su admiración, era en última instancia decisión de la casamentera si se les debía unir o no. Era frecuente que las parejas supieran muy poco el uno del otro antes de casarse. Un comienzo de cero se consideraba ventajoso. Salvia compartía la indignación que aquella idea le producía a su padre, pero, supuestamente, las uniones de parejas se basaban en la forma de ser de cada uno, incluso los de un mayor carácter político, como los del Concordium.

Los matrimonios celebrados fuera del sistema rara vez resultaban estables o felices, si bien Salvia sospechaba que eso estaba muy relacionado con el ostracismo al que se veían condenadas las parejas que se formaban solas. Quizá Salvia fuera capaz de convencer a su tío de que al menos le permitiera conocer antes a su posible marido. Al fin y al cabo, él ya conocía a la tía Braelaura años antes de que concertaran su matrimonio. Esa idea fue para ella un rayo de esperanza que antes no tenía.

La tía Braelaura la hizo sentarse en un taburete y le cubrió el vestido con una sábana para poder pintarle la cara. Le quitaron los trapos anudados que le habían puesto la noche antes, y el pelo le cayó en caireles por la espalda. Las dos mujeres le apartaron los rizos de la cara con unos broches de perlas y le dejaron los hombros a la vista. La señora Sastra emitió un sonido de aprobación y le entregó a la tía Braelaura el primero de muchos tarros con cosméticos.

—¿Crees que el tío William me permitirá conocer a mi futuro marido antes de dar él su consentimiento? —preguntó Salvia mientras Braelaura le extendía una crema por las mejillas.

Su tía pareció sorprendida.

—Por supuesto que sí.

—¿Y qué pasa si no me gusta?

Braelaura evitó la mirada de Salvia mientras volvía a meter los dedos en el tarro.

—No siempre nos gusta lo que es bueno para nosotros —le dijo—. Especialmente al principio.

Salvia no pudo evitar preguntarse si Braelaura se refería a su propio matrimonio, aunque era el suyo propio lo que más le preocupaba en aquel instante.

—De manera que, si el tío William considera que ese hombre es bueno para mí, ¿dará igual lo que yo diga?

—Sinceramente, Salvia —suspiró su tía—, yo creo que lo más probable es que ni siquiera le des a ese hombre la oportunidad de ganarse tu corazón. Estás totalmente dispuesta en su contra, y ni siquiera existe aún.

Salvia guardó un sombrío silencio, y Braelaura le hizo un cariño en la mejilla.

—No hagas gestos. Si pones esa cara, no podré hacer esto como es debido.

Trató de relajar la frente, pero se lo impedían sus pensamientos. Era mucho lo que pesaba el deseo de su tío de acordar su matrimonio y de quitársela de encima contra sus ganas de portarse bien con ella. Lo más probable era que le diera su consentimiento al primer hombre que él pensara que no la iba a maltratar, pero ésa no era la receta de la felicidad. Salvia se amargaba pensando mientras su tía continuaba aplicándole cremas y rubor en la cara durante lo que a ella le pareció una hora. Finalmente, alzó un espejo de mano para que Salvia pudiera admirar el resultado.

—Mira —dijo Braelaura—. Estás maravillosa.

Salvia se quedó mirando su imagen en el espejo con una malsana fascinación. Ni una sola peca se veía a través de aquella pintura de tono marfileño. El rojo sangre de los labios era un sorprendente contraste con su palidez, y sus pómulos, altos, tenían un rosa muy poco natural. Los polvos violetas de los párpados le daban a sus ojos grises una apariencia casi azulada, lo cual era probablemente la intención, pero apenas eran visibles entre aquellas pestañas rizadas y pintadas de negro.

—¿Éste es el aspecto que las damas de la corte tienen todos los días? —preguntó.

Su tía elevó la mirada al cielo.

—No, éste es el aspecto que tiene la prometida de un noble. ¿Qué te parece?

Salvia torció los labios escarlata en un gesto de disgusto.

—Creo que ya sé por qué huyó mi madre.

Salvia luchaba para mantener el equilibrio con los increíbles tacones de aquellos zapatos en el camino desde el baño hasta la parte delantera de la casa. Ante los escalones del porche, Salvia se colocó detrás de su tía, bajó la mirada al suelo y juntó las manos de forma que se le vieran las uñas pintadas. Los aldeanos holgazaneaban en las puertas cercanas y se congregaban en las ventanas para echar un vistazo a la última candidata a casadera, y Salvia se ruborizó bajo el maquillaje. ¿Se quedaban mirándola porque no la reconocían, o justo porque la reconocían?

Braelaura hizo sonar la campana junto a la puerta, y por las calles resonó un tañido que atrajo la atención todavía más. La casamentera tardó cerca de un minuto entero en salir, y Salvia notó un hilillo de sudor frío que le caía por la espalda.

Se abrió la puerta, y la casamentera apareció imperiosa en el umbral. Darnessa Rodelle era una mujer alta, de cerca de un metro ochenta, y llevaba el pelo, ya canoso, en un apretado nudo en la nuca. A los cincuenta años, tenía la forma de una bola de papa y los brazos rollizos y fofos que hablaban de una vida de comodidades y de buenos alimentos, pero tenía los labios torcidos en un gesto como si hubiera olido algo apestoso.

—Señora Rodelle, Señora del Corazón Humano —dijo Braelaura en lo que Salvia supuso que se trataba del saludo tradicional—. Permítame que le presente a mi sobrina con la esperanza de que su sabiduría pueda hallar un marido a la altura de su gracia, su ingenio y su belleza.

Salvia se jaló la falda a la altura de las rodillas y se agachó en una reverencia tan baja como se atrevió con aquellos malditos zapatos.

—Permiso concedido, mi señora de Broadmoor —respondió la casamentera con un amplio movimiento de mano—. Deja paso a la doncella para que pueda hacer honor a su apellido.

Salvia se incorporó y dio varios pasos al frente. Aquello le parecía un teatro, con sus diálogos, sus posiciones y su vestuario, incluso su público. Comenzó a surgirle una sensación de náuseas en el estómago. Nada era real en todo aquello.

—¿Es el matrimonio su deseo, Salvia de Broadmoor?

Salvia dio un respingo ante el cambio en su nombre.

—Lo es, mi señora.

—En tal caso, entra en mi casa para que pueda conocer tus cualidades —dijo la casamentera, que se hizo a un lado para dejar pasar a la chica.

Salvia captó un último vistazo de su tía Braelaura antes de que la puerta se cerrara, aislara las sombras y las fundiera con la penumbra del salón. En el suelo destacaba una alfombra gruesa y trenzada, con una mesita baja de té en el centro y un sofá tapizado en uno de los lados. A pesar de la poca luz que se filtraba a través de las gruesas cortinas, a Salvia le aliviaba que estuvieran cerradas ante las miradas indiscretas.

La casamentera la rodeó lentamente, mirándola de arriba abajo. Salvia mantuvo la vista clavada en el suelo. El silencio se volvió desquiciante. ¿Se le había olvidado algo que se suponía que debía haber dicho? Le picaba la piel bajo el corsé mientras el sudor le empapaba la tela. *Estúpidos, inútiles y desagradables polvos de manzanilla.*

Finalmente, la mujer la condujo hacia una incómoda silla de madera. Salvia se sentó en el borde y extendió las faldas en un abanico a su alrededor. Trató de hacer girar el corpiño para que le aliviara algo la sensación de picor. No fue de ayuda.

La señora Rodelle se sentó frente a ella, en el amplio sofá, y le lanzó una mirada fija y crítica.

—Las obligaciones de la esposa de un noble son simples, aunque requieren de mucha atención. La esposa se sitúa en el primer plano de los afectos del esposo gracias a su aspecto y a sus agradables maneras...

Salvia se sintió molesta con aquella frase. ¿Su marido la querría siempre que ella fuera guapa y estuviera de buen humor? Cuando más necesitaba uno el amor era cuando no estaba en su mejor momento. Salvia parpadeó y volvió a centrarse en la casamentera, pero aquella idea se le quedó clavada en la mente como una espina.

Seguía y seguía el murmullo monótono de la mujer: que si debía ser sumisa; que si obediente; debía ser cortés; debía estar siempre de acuerdo con su marido. Más y más acerca de que ella debía ser lo que él quería que fuera. La casamentera se inclinó hacia delante e inclinó la cabeza para mirarla siguiendo la dirección de la nariz.

De repente se percató de que la señora Rodelle había dejado de hablar. ¿Había acabado con alguna pregunta? Salvia respondió con lo que ella esperaba que fuera lo que deseaba la mujer, con pregunta o sin ella.

—Estoy preparada para ser todo eso y más por mi futuro esposo.

—Los mayores deseos de tu señor...

—Se convierten en los míos propios.

Salvia había estado aprendiendo las respuestas hasta altas horas de la noche. De todas formas, le parecía absurdo prometer tal cosa sin tener ni idea de qué iba a querer su marido. Teniendo en cuenta la exageración de las promesas de su vestido al respecto de su figura, no podría sino quedar decepcionado al menos en un aspecto. Continuó la secuencia de preguntas, y la memoria de Salvia fue proporcionando las respuestas con facilidad. Es más, era tan reducido el esfuerzo necesario que empezó a parecerle una tontería. Ninguna de las respuestas era suya, sino las que la casamentera quería oír, sin más, las mismas respuestas que todas las chicas le daban. ¿Qué sentido tenía?

—Ahora, pasando a otro tema —dijo la mujer e interrumpió los pensamientos de Salvia. Sus labios se curvaron en una sonrisa que no se reflejaba en sus ojos—. Hablemos sobre tus... más íntimos deberes.

Salvia respiró hondo.

—Me han instruido al respecto de qué esperar y de cómo... responder —esperaba que eso bastara para satisfacerla.

—Y si tu primogénito no fuera más que una niña, ¿qué dirías al ponerle a la pequeñita en los brazos?

La próxima vez seré lo bastante fuerte para darte un hijo, ésa era la respuesta, pero Salvia ya había visto a mujeres sufrir con embarazos difíciles. Incluso en los mejores casos tenían náuseas al principio y pasaban por tremendas incomodidades al final, y todo eso antes de que empezara el parto. La idea de cargar con todo el trabajo de llevar un bebé en su seno para acabar disculpándose avivó el fuego de un horno dentro de su ser. Qué delicioso el calor de su ira, y lo recibió con los brazos abiertos.

Salvia alzó la mirada.

—Le diré: «¿No es preciosa?».

La señora Rodelle borró lo que en un principio parecía una sonrisa antes de adoptar una irritada expectación.

—¿Y después?

—Esperaré a que mi esposo diga que es casi tan preciosa como yo.

De nuevo la sonrisa reprimida.

—Las niñas no son útiles para el señor de una casa. Debes estar preparada para disculparte.

Salvia apretó los dedos en un pliegue del vestido. Una vez le preguntó a su padre si le había decepcionado que su única descendencia fuera una niña, y él la miró a los ojos y le dijo: «Jamás».

—Sin niñas, no habría más niños.

—Eso es innegable —le soltó la casamentera—. Pero al no darle a tu marido un heredero, tú fracasas.

Esas dos últimas palabras parecían pensadas para el momento presente, «tú fracasas». ¿Qué se había apoderado de ella y le había hecho apartarse de las respuestas apropiadas? Su cerebro se afanaba por encontrar algo con lo que reparar el daño, pero a sus labios no llegaba nada que no fuera honesto e insultante.

—De no darle un heredero pasado un tiempo, ¿te harías a un lado para dejar paso a quien sí pudiera dárselo?

¿Qué diría *mi padre ante esto?* Salvia miró al suelo y respiró hondo, despacio, para calmar el tremor en su voz.

—Yo...

—Cuando tengas esposo, Salvia de Broadmoor —prosiguió la casamentera—, deberás esforzarte por generar un honor más elevado que el que traes al matrimonio.

Algo se partió dentro de Salvia cuando volvió a oír aquello: le estaban cambiando el nombre, como si tuviera que avergonzarse de quién era.

—La Pajarera —dijo—. A mi padre le llamaban el Pajarero, y a mí también.

Al rostro de la señora Rodelle se asomó una mirada de desdén.

—No puedes esperar que te acepten con ese nombre. «Salvia de Broadmoor» suena a hija bastarda, pero «Salvia la Pajarera» suena a la hija bastarda de un plebeyo.

—Es el nombre que mis padres me pusieron —Salvia temblaba de resentimiento—. Ellos lo apreciaban, así que yo también.

Las palabras de la casamentera restallaron como un látigo.

—Ningún hombre de buena cuna le daría a ese nombre más valor que el de la indecencia de una prostituta plebeya.

Salvia se puso en pie de un salto con la corriente de un relámpago que le corría por las venas. Los pensamientos de la señora Rodelle habían quedado al descubierto, y Salvia se había sometido a aquello, había traicionado todo cuanto sus padres habían sufrido a manos de gente como esta mujer.

—Preferiría ser una prostituta antes que la esposa de un hombre de tal «cuna» —su tono de voz se iba elevando con cada palabra—. ¡Tu nombre habla de esa misma cuna, y no tendré nada que ver con ello!

Un denso silencio se hizo en el ambiente.

—Creo que hemos terminado.

Había tal calma en la voz de la casamentera que a Salvia le dieron ganas de arañarle la cara con las uñas pintadas, pero en vez de eso cruzó la alfombra y abrió la puerta de golpe. La tía Braelaura se quedó de piedra en su paseo junto a la carreta. Cuando su mirada se cruzó con la de Salvia, el horror le hizo abrir los ojos como platos.

Salvia se remangó la falda hasta las rodillas, bajó corriendo los escalones y cruzó la calle con tales pisotones que perdió los zapatos al sacar los pies del lodo. Al pasar junto a su tía, poniéndose las medias manchadas de mugre y piedras, oyó a la casamentera vocear desde la puerta en un tono que sin duda pudiera oír todo el mundo en la aldea.

—Mi señora de Broadmoor, puedes decirle a tu marido que le devolveré el depósito por tu sobrina. No puedo hacer nada por ella.

Mientras el cochero se apresuraba en primera instancia a ayudar a Braelaura a subir y después a dirigir la carreta hacia el camino, Salvia salió del pueblo con paso decidido y sin volver la vista atrás.

4

Salvia se adentró silenciosa en Monteguirnaldo con las primeras luces del alba, dos días después, vistiendo unos pantalones y el raído saco de cuero de su padre. Su desastrosa entrevista había dejado tan aturdido al tío William que ni siquiera se enfureció ni le gritó como ella se esperaba, sino que se limitó a ordenarle que se retirara de su presencia. Hasta que por fin se sintiera listo para encargarse de ella, a Salvia le quedaba un estrecho margen de tiempo para decidir su propio destino y hallar una ocupación. Las averiguaciones que había hecho ayer en Broadmoor no habían dado resultado alguno, y dedicarse a preguntar en Monteguirnaldo resultaría igual de infructuoso, pero era el único sitio aparte de Broadmoor que se hallaba a una distancia de un día a pie. Y también había tomado conciencia de una seria complicación.

Su berrinche bien podría afectar las perspectivas nupciales de sus primas más jóvenes, y Aster ya iniciaba en desventaja. Después de no dejar de dar vueltas en la cama durante toda la noche, Salvia supo qué tenía que hacer.

Tenía que disculparse.

De manera que ahora se hallaba ante la campana de la puerta del hogar de la casamentera mientras el resto de la aldea se desperezaba a su alrededor. Se oían algunos ruidos procedentes de la parte de atrás de la casa, así que bajó silenciosa por el callejón y vio movimiento a través de la ventana de la cocina. Respiró hondo y llamó con los nudillos a la puerta de atrás con la fuerza justa para que la oyeran.

La señora Rodelle asomó un ojo por la rendija antes de abrir la puerta por completo. No llevaba la cara pintada a esas horas, y tenía el cabello entrecano recogido en una trenza que le caía por el hombro de su sencillo vestido de lana.

—De vuelta, ¿eh? —refunfuñó—. ¿Se te había ocurrido algún insulto mejor?

Salvia venía preparada para identificarse, algo que ahora parecía innecesario.

—¿S... sabes que soy yo? —tartamudeó.

—Por supuesto que eres tú —le dijo con mala cara la casamentera—. Ya sé qué aspecto tienes sin la cara embadurnada y qué figura sin tanto relleno. ¿Acaso crees que mi evaluación comienza cuando llaman a mi puerta? ¿Qué quieres?

Salvia elevó la barbilla.

—Hablar contigo, de mujer a mujer.

La señora Rodelle soltó un bufido.

—¿Y dónde está la otra mujer? Yo sólo veo a una niña orgullosa y malcriada ante mi puerta.

El insulto no hizo mella en Salvia. Nada que se dijera hoy podría empeorar las cosas, lo cual era una extraña forma de consuelo. Se mantuvo inmóvil hasta que la casamentera abrió más la puerta para dejarla entrar.

—Muy bien —dijo la señora Rodelle—. Pasa y di lo que has venido a decir.

Salvia pasó por delante de ella y entró en la cocina, sorprendentemente luminosa. Las paredes eran de un suave color amarillo, y el suelo de madera y la mesa brillaban encerados. Un alegre fuego crepitaba en una estufa metálica en un rincón sobre la cual se hacía el té en una tetera que liberaba un vapor mentolado en el ambiente. No muy lejos aguardaba un par de tazas, lo cual hizo pensar a Salvia que la mujer estaba esperando compañía, de manera que debía acelerar su conversación. La casamentera la dirigió hacia una silla de madera ante la mesa del centro de la estancia y se sentó frente a ella. Salvia estudió el veteado de las duelas pulidas de roble durante varios segundos, antes de carraspear.

—Vine a disculparme, señora. Mis palabras y mis actos fueron groseros e irrespetuosos, y lo lamento de todo corazón, igual que cualquier daño que te pudiera haber causado con ellos.

La casamentera juntó las manos regordetas sobre el pecho.

—¿Y esperas que una disculpa sincera vaya a cambiar algo?

—No —Salvia movió la mandíbula varias veces—. No lo espero.

—Entonces, ¿por qué molestarte en hacerlo?

Los rescoldos en el seno de Salvia se avivaron con una llamarada.

—Verás, es así como funciona esto: yo digo que lamento las cosas tan horribles que dije, y entonces tú dices que lamentas las cosas tan horribles que dijiste. Después nos sonreímos y hacemos como si nos creyéramos la una a la otra.

Los ojos de la señora Rodelle centelleaban de diversión a pesar de que mantenía un gesto adusto.

—¿Te atreves a venir a mi casa y a darme lecciones de buenas maneras, niña?

—No me atrevo a nada, pero sí hice un esfuerzo, y espero paciente a que llegue el tuyo.

—Vas por mal camino —de nuevo, la mirada de la mujer no era el reflejo de su duro tono de voz.

Salvia se encogió de hombros.

—Tengo todo el derecho del mundo a arruinarme la vida yo sola —torció el gesto en una sonrisa de medio lado—. Quizá haya quien pueda decir, incluso, que tengo cierta inclinación a hacerlo. Pero mis actos son sólo míos, y no el reflejo de la familia de Broadmoor. Quisiera confiar en que mis primas no sufrirán las consecuencias de mis actos.

—Muy bien expresado. Una lástima que tus palabras no fueran ayer tan refinadas.

Salvia se estaba empezando a cansar de aquel ejercicio de humildad. Ya podía uno pasarse horas cantándole una serenata a un muro de piedra, que éste jamás lloraría en respuesta.

—Me dijo mi padre una vez que hay ciertos animales a los que no se les puede controlar —dijo mientras se tocaba la pintura de las uñas—. Eso no los convierte en malos, sino en silvestres más allá de cualquier domesticación.

Para su sorpresa, la casamentera sonrió.

—Me parece, niña, que te estás viendo a ti misma con claridad por primera vez en tu vida —dijo la mujer, y Salvia alzó la mirada para toparse con una mirada penetrante pero mucho menos hostil—. Para ser maestra, das muestras de una increíble obstinación a la hora de aprender tus propias lecciones.

—Estudio todos los días —objetó Salvia.

—No estoy hablando de Geografía e Historia —la señora Rodelle hizo un gesto de irritación con la mano—. Mírame, yo apenas sé leer y escribir, y aun así tengo tu futuro y el de otras chicas de toda Démora en la palma de mi mano. No toda la sabiduría procede de los libros. Es más, prácticamente ninguna.

Salvia se revolvía contra aquellas palabras de la casamentera. Quería rechazarlas, pero le sonaban como algo que hubiera dicho su padre.

La casamentera se levantó y se volvió hacia la cocina. Sirvió el té en las dos tazas mientras seguía hablando.

—Veamos, sí siento lo que dije el otro día. Lo único que pretendía era conseguir que te dieras cuenta de los fuertes deseos que tenías de que no se concertara tu matrimonio.

Los ojos de Salvia se abrieron de par en par, y la señora Rodelle volvió el rostro sobre el hombro con una sonrisa astuta.

—Sí, te comprendo bastante bien —prosiguió—, y no, jamás tuve la menor intención de endilgarte a nadie.

—Pero...

—Y, ahora que tu tío también se percata de eso, se mostrará más receptivo a lo que yo sí quiero —se dio la vuelta y miró a Salvia directamente a los ojos—. Quiero que seas mi aprendiz.

Salvia se apartó de la mesa de un empujón y se puso en pie.

—No. El matrimonio arreglado es algo retrógrado y degradante. Lo odio.

La señora Rodelle dejó como si nada las tazas y los platos sobre la mesa, actuando como si Salvia no estuviera ya a medio camino de la puerta.

—¿Te sorprendería saber que una vez yo me sentí del mismo modo? —volvió a sentarse con calma en su silla—. Tampoco tienes que ocupar necesariamente mi lugar en el futuro. Sólo necesito a alguien que me ayude.

Salvia se dio la vuelta, estupefacta.

—¿Por qué yo?

La casamentera se cruzó de brazos, se apoyó en el respaldo de la silla y recibió a cambio un largo quejido de la madera.

—Eres inteligente y decidida, aunque aún no eres sabia. Eres agradable a la vista, pero no una belleza que deje a los hombres deslumbrados. Tengo el Concordium el año que viene, y me vendría bien un poco de ayuda para escoger a los mejores candidatos. Por último, tú no tienes el menor deseo de casarte, así que no me apuñalarás por la espalda.

—¿Y cómo iba a poder hacer eso? —preguntó Salvia—. Me refiero a apuñalarte por la espalda.

—Una de las maneras más simples de obtener el resultado que uno desea es crear una falsa elección —hizo un gesto moviendo los dedos hacia Salvia—. A un hombre le puedo dar a elegir entre la chica con la quiero que se case y tú, en el papel de una opción agradable aunque menos atractiva, y no tendré que preocuparme porque vayas contra corriente y lo quieras para ti.

La casamentera se llevó tranquilamente la taza a los labios y sopló el vapor.

—Entonces quieres que me rechacen una y otra vez —dijo Salvia volviendo a dejarse caer en la silla—. ¿Para eso valgo?

La señora Rodelle puso los codos sobre la mesa y miró a Salvia por encima de su té.

—Para eso y para otras cosas. Los casamientos consisten, fundamentalmente, en interpretar a las personas, en recabar información y organizarla, tareas para las que tú tienes talento. Y tampoco se trata de un rechazo, en realidad, cuando es lo que uno busca. Piensa en ello como en un juego en el que gana quien obtiene la puntuación más baja.

Salvia arrugó la nariz.

—Suena a manipulación.

—Y lo es. Mientras un herrero doblega el metal a su voluntad, la casamentera doblega a las personas a la suya —dio un sorbito y se encogió de hombros—. No estamos solas en esta técnica. Los actores y los fabulistas manipulan también a su público.

Salvia miró la taza que tenía ante sí. Aquella porcelana de buena calidad era resistente y práctica, justo lo que cabría esperar de la casa de alguien acomodado y pragmático, alguien que valorara la calidad por encima del aspecto. La casamentera sabía con exactitud cuándo y cómo iba a volver Salvia a verla. La chica levantó la taza y aspiró el dulce aliento de la menta verde, su favorita, que le había puesto en vez de otras infusiones más populares como la menta a secas o la manzanilla.

—¿Cuánto tiempo llevas observándome? —le preguntó.

—La mayor parte de tu vida, pero no te sientas halagada: observo a todo el mundo. Conocí a tus padres. Quizá ellos pensaban que se unieron solos, pero algunas de mis obras son bien sutiles.

La cabeza de Salvia se alzó como si le hubieran propinado un empujón. La taza que tenía en la mano descendió unos centímetros.

—Eso no suena rentable —le replicó—. ¿Cómo ibas a recibir tus honorarios por ese casamiento?

La señora Rodelle arqueó las cejas en un gesto divertido, Salvia bajó de golpe la taza sobre el plato y derramó el té por el borde. Ya conocía la respuesta.

—Los considerables honorarios que recibiste por el casamiento de mi tía procedían de la dote que perdió mi madre.

La casamentera asintió.

—Fue una buena ganancia, la verdad. Y no lo lamento. Tus padres habían nacido para estar juntos.

La única respuesta de Salvia fue quedarse mirando con la boca abierta.

Pasados unos segundos de silencio, la casamentera se levantó de su silla.

—Podrás pensar en mi oferta durante unos días, pero dudo que nadie más en esta aldea te ofrezca un puesto —le dijo—. No me llevaré nada por tu futuro. Ambas sabemos que a ti no se te puede casar, Salvia silvestre.

Salvia se levantó y se dejó acompañar hasta la puerta. Antes de que la casamentera la cerrara, Salvia oyó que la llamaba por su nombre. Volvió la cabeza sobre el hombro.

—Tu familia espera hoy una visita, ¿verdad?

Salvia asintió. Un joven señor iba a salir de caza con el tío William, aunque ya había dejado de tener sentido aquel propósito secundario de presentárselo a ella.

—Considéralo un ejercicio de observación —dijo la señora Rodelle—. Cuando vuelvas a verme, ven preparada para contármelo todo sobre él.

5

El capitán Alexander Quinn se asomó por encima del borde irregular de una roca que sobresalía de la ladera de la colina y aguzó la vista entre los árboles. El resplandor de la pradera se extendía más abajo, lo cual hacía que fuera imposible verlo entre las sombras de más arriba, pero aun así se quedó agachado para permanecer escondido. Su chaqueta de cuero negro emitió un leve crujido, y el capitán dio un respingo, pero no fue lo bastante sonoro para delatarlo.

Se puso los galones de oro por dentro del cuello de la prenda; brillaban demasiado, inmaculados, buena prueba de lo reciente de su ascenso y de las pocas intervenciones que había tenido desde entonces. Una vez pasada la deslumbrante sensación de haber llegado a capitán un mes antes de cumplir los veintiuno, ser el centro de atención le molestaba lo indecible, pero en aquel instante le preocupaba más que el enemigo viera brillar aquellos galones en la oscuridad.

A su derecha, a veinte metros de distancia, estaban sentados dos de sus tenientes, ambos encapuchados: su viejo amigo (el más antiguo) y segundo al mando, Casseck, que se cubría la cabeza rubia, y Luke Gramwell, que ocultaba los reflejos rojizos de su cabello castaño. La madre de Quinn era de la región de Aristel, en el extremo oriental, y él había heredado su piel morena, de manera que no necesitaba de tales precauciones. Tampoco Robert Devlin, situado junto a él. Rob le había suplicado que lo escogiera el otoño anterior. A un capitán de caballería recién nombrado se le concedía la elección de sus oficiales de tal forma que sus primeros éxitos o fracasos fueran propios, pero había hecho falta una cierta labia para convencer al general y que permitiera al príncipe heredero unirse a una compañía regular.

En aquel instante, Robert tenía aquellos ojos castaños suyos abiertos de par en par y la cara pálida, las manos enguantadas y agarradas para sujetar sus temblores. Aparte de la estatura y el color de los ojos —el príncipe era ligeramente más alto, y Quinn tenía los ojos tan oscuros que casi eran negros—, se parecían tanto que la gente los confundía con frecuencia. Quinn miró a su primo y se preguntó si a él se le puso la misma expresión aterrorizada justo antes de su primer combate. Era probable. Sin embargo, sólo había una manera de quitarse esa cara, igual que el brillo de los galones de oro, y era con la experiencia.

Las nevadas copiosas y las tormentas gélidas del mes de marzo habían confinado al ejército en su campamento invernal de Tasmet, cerca de la frontera con Kimisara. Las patrullas se habían reanudado apenas unas semanas atrás, y Quinn estaba ansioso por demostrar lo valiosa que era su nueva compañía. Siendo el mando más joven, tuvo que esperar su turno.

Y esperar.

Su oportunidad se presentó la semana anterior, y sus jinetes dieron con el rastro de diez hombres casi de inmediato. Aunque no tenía la certeza de que aquel grupo procediera del otro lado de la frontera, por lo que Quinn sabía, era la primera incursión de los kimisares con la que alguien se topaba en todo el año. Después de dos días de vigilancia, había llegado al punto de tener que saber más de lo que podía ofrecerle el mero rastreo.

Cuando el grupo de hombres apareció a la vista, caminando, casi desfilando, por el camino, a Quinn se le tensaron todos los músculos del cuerpo. Se desenvolvían como guerreros, y no le gustó el aspecto que tenían aquellas varas que llevaban. ¿Y si sospechaban? A su lado, Rob estiró el cuello para vigilar y se puso aún más pálido a pesar de que Quinn lo había creído imposible.

En ese momento, otro hombre entró caminando tan tranquilo por el lado opuesto. Disminuyó el paso por un momento, como dictaba la prudencia en el caso de un hombre solitario que se topaba con otros diez. El grupo también observó al desconocido con precaución, pero saltaba a la vista que no se sentían amenazados. Aquel ratón de Quinn sabía cuidar de sí mismo, pero contaba con el respaldo de cinco ballestas desde diversos ángulos en la oscuridad, por si acaso.

La tensión de Quinn se incrementó cuando los hombres cerraron filas y Fresno el Carretero levantó la mano en un saludo amistoso. Los desconocidos le dijeron unas palabras, se diría por el aspecto de la situación, pero parecían precavidos. Se dio la vuelta y señaló hacia el lugar de donde venía, quizá para describir la distancia a algún punto más adelante, o contándoles parte de su historia. Fresno siempre decía que el truco de parecer sincero consistía en cambiar la menor cantidad posible de detalles. Quizá por eso se le daba tan bien aquel tipo de exploraciones. Quinn habría tenido que cambiar muchas cosas, empezando por su nombre.

La charla concluyó, y ambas partes prosiguieron su camino. Algunos de aquellos hombres voltearon a mirar a Fresno, pero él no volvió la vista atrás; tampoco le hacía falta, ya había más de una docena de miradas vigilando todos y cada uno de los movimientos que hicieran. Quinn se relajó y se echó hacia atrás. Nunca terminaba de acostumbrarse a poner a sus amigos en peligro. Con una serie de gestos con la mano, le dio varias instrucciones a los dos que tenía a su derecha, y los lugartenientes volvieron a ascender por el risco a su espalda y desaparecieron.

Unos minutos más tarde, Fresno descendió por la ladera para unirse a él y al príncipe después de haber dado un rodeo por detrás de ellos cuando quedó oculto.

—¿Se alejaron lo suficiente? —preguntó en voz baja.

Quinn asintió.

—Cass y Gram se adelantaron para vigilarlos. ¿Qué han averiguado?

—Desde luego que no son de por aquí —dijo Fresno—. La mayoría no ha abierto la boca, pero los dos acentos que oí eran de Kimisara. Aunque tampoco es tan raro por estos lares.

La provincia de Tasmet había pertenecido a Kimisara apenas cincuenta años atrás, y Démora se la había anexionado después de la Gran Guerra y la había utilizado de barrera contra una posible invasión, más que cualquier otra cosa. Allí, tan lejos al sur, el kimisar seguía siendo para muchos el principal idioma. Aquello dificultaba la identificación de las incursiones.

El príncipe, que había permanecido extrañamente silencioso durante las tres últimas horas, tenía la mirada perdida. Fresno se inclinó y le dio un leve puñetazo en el hombro.

—Despierta, mi teniente.

Rob salió de golpe de su ensimismamiento y miró con mala cara a su medio hermano.

—Cuidado con lo que haces, *sargento.*

Fresno sonrió.

—Sí, señor.

Fresno se había formado como paje y escudero, como el resto de los oficiales, pero había rechazado un nombramiento el verano anterior con el eterno deseo de no arriesgarse a superar en galones a su hermano. No obstante, la mayoría de los soldados lo trataba como si de un oficial se tratara. Solía bromear diciendo que su situación en el ejército era fiel reflejo de su vida como hijo bastardo del rey: con todas las ventajas del rango pero ninguna de las responsabilidades.

—¿Alguna pieza de metal que los distinguiera? —le preguntó Quinn llevando la conversación de nuevo al tema que les ocupaba.

Los soldados de Kimisara solían llevar símbolos metálicos para invocar la protección de sus dioses.

Fresno lo negó con un gesto de la cabeza.

—Nada visible.

—¿Supiste hacia dónde se dirigían?

—Me preguntaron por la distancia hasta el cruce de caminos. Les dije que llegarían hacia la puesta de sol —dijo Fresno—. Diría que les alegró saberlo.

—¿Armas?

—Algunos llevaban espadas cortas, no lo bastante largas como para llamar la atención, pero mayores que un simple cuchillo. Un par de arcos, pero es lo lógico si vives de lo que te ofrece la tierra y viajas tan ligero como ellos —hizo una pausa—. Esas varas, sin embargo, no tenían buena cara. Parecían abisagradas en la punta.

Quinn asintió con gesto serio.

—Picas plegables. Ya las hemos visto antes.

Aquello demostraba prácticamente que el grupo se había adentrado en Démora con intenciones hostiles, pero en sus doce años en el ejército no había tenido noticia de ningún kimisar que no las tuviera. Los saqueos habían sido particularmente numerosos en los dos últimos años, cuando Kimisara sufrió algún tipo de plaga que asoló la mitad de sus cosechas. Tampoco había mucho que robar en Tasmet: la población era escasa, y todos los graneros se encontraban allá en el norte, en Crescera.

—La mala noticia es que eso significa que están preparados para repeler a los caballos —prosiguió Quinn—. La buena noticia es que esas picas no son tan sólidas como las de una pieza.

Fresno sonrió.

—Además de que a pie somos tan buenos como a caballo.

—Supongo que con eso todo queda claro —dijo Quinn, que se apoyó en la mano para ponerse de pie—. Es la hora.

—¿La hora de qué? —preguntó Fresno.

Quinn esbozó una sonrisa perversa mientras se sacudía el polvo de la chaqueta negra.

—De darle la bienvenida a Démora a nuestros nuevos amigos.

6

El ataque se inició por delante del grupo de viajeros con Quinn y sus hombres que aprovecharon el paisaje abrupto y un recodo del camino para generar un ruido que resonó por doquier y confundió a sus presas. Los extranjeros desplegaron las picas y se colocaron en una formación militar para repeler a los jinetes que se les venían encima, pero los rebotes del sonido enmascararon la llegada del segundo grupo, que se acercaba por detrás. Cuando la formación de extranjeros se percató de lo que estaba sucediendo, el sol bajo en el horizonte les dificultó la visión de los atacantes que llegaban por la retaguardia. La mitad del grupo trató de darse la vuelta y hacer frente a la nueva amenaza.

Fue su primer error.

Dos de los extranjeros cayeron con sendos disparos de ballesta, pero los otros dos arqueros se mantuvieron preparados y apuntando, mejor como amenaza constante que causar un par de heridas más. Los jinetes pasaron a ambos lados, los rodearon y desmontaron mientras el grupo se esforzaba por reorientarse. Antes de que se hubieran recuperado por completo, los jinetes estrecharon el cerco a pie.

Quinn provocó la mayor brecha en las defensas al agarrar el extremo de una pica con la mano izquierda e hizo añicos otra más con un barrido ascendente de la espada, justo por la misma bisagra. Con el brazo bien alto en el aire, quedó en una posición vulnerable, pero Casseck se asomó por la brecha y acabó con el único hombre que podía haber soltado un golpe, aunque no le hubiera dado ni tiempo de percatarse de su ventaja momentánea. El capitán sonrió ante el éxito de la maniobra y se centró en la siguiente amenaza.

El príncipe Robert, a su derecha, le clavó su espada en las tripas a uno de los kimisares, y Quinn se desplazó a su lado, listo para lo que él sabía que se avecinaba. Rob retrocedió dando tumbos con los ojos muy abiertos. Sin perder de vista a su primo, Quinn golpeaba y paraba las armas que venían contra los dos.

—¡Rob! —gritó—. ¡A la derecha!

El príncipe se recuperó y extrajo su espada del cuerpo que tenía delante, pero era demasiado lento para el arma que se le echaba encima. Quinn ya se había cambiado la espada a la mano izquierda para sacar la daga que tenía en la cintura. En un solo movimiento, la desenvainó y la hundió en el cuello del atacante de Rob. Con la espada en la izquierda, desvió el vaivén de una pica, pero no lo bastante rápido y, si bien no sintió la herida, no pudo ignorar la sangre que le caía en el ojo izquierdo. Se dio la vuelta para cubrir su lado débil y volver a cambiarse los aceros de mano, pero el hombre que le había herido cayó al suelo con una lanza en la espalda.

Fresno le puso el pie encima al hombre que yacía ante Quinn para liberar la lanza. El hombre soltó un quejido, pero no parecía que fuera a levantarse de forma inmediata.

Quinn miró a su alrededor con un solo ojo. El combate se había acabado.

Fresno observó a Quinn y arqueó una ceja.

—Estás sangrando.

Quinn se limpió el ojo izquierdo y miró a su amigo.

—Igual que tú.

El sargento se apartó de la frente un mechón de cabello negro y ensangrentado.

—Sobreviviré —miró a su hermano—. ¿Estás bien, Rob?

Robert se había quedado de un color verde pálido.

—No.

Quinn se acercó más y le puso una mano en el hombro.

—¿Estás herido?

—No —dijo con voz entrecortada—. Sólo voy... a vomitar.

Fresno apareció bajo el otro brazo de Robert y lo sujetó.

—Vámonos a dar un paseo —se llevó a su hermano de allí.

Aunque la estatura de Fresno era significativamente inferior, Rob se apoyó con fuerza en él.

Quinn los vio irse antes de volver sobre la pila de cadáveres. La primera vez que Rob saboreaba el combate no había sido tan gloriosa como el príncipe se había esperado, pero es que nunca lo era. Aquello no divertía a Quinn en absoluto, tan sólo le hacía sentir comprensión. El teniente Casseck le ofreció un paño de un olor acre con el que se limpió la cara y la frente.

—Eso habrá que coserlo —dijo Cass mirando el corte con los ojos entornados.

—Más tarde —dijo Quinn—. Quiero hablar con los supervivientes.

—No creo que haya ninguno —dijo Casseck con un gesto negativo de la cabeza—. Es como si hubieran visto cuántos éramos y ni siquiera lo hubieran intentado.

Quinn frunció el ceño.

—Eso explica por qué todo se acabó tan rápido —se acercó al hombre al que Fresno había lanceado—. ¿Qué me dices de éste? —Quinn metió la punta de la espada por debajo de la barbilla del hombre para obligarlo a levantar la cabeza—. ¿Por qué vinieron? —le preguntó en la lengua de Kimisara.

El hombre se apoyó en los brazos para mirar a Quinn y sonrió mientras susurraba algo que el capitán no pudo entender.

Quinn se puso en cuclillas junto a él y buscó armas ocultas antes de inclinarse más sin apartar la espada, apenas a unos centímetros de la garganta del hombre, que ahora apuntó hacia arriba.

—¿Qué decías? —le preguntó.

—Vete al infierno —dijo el hombre, que abrió los brazos, y su peso cayó de lleno sobre la punta de la espada de Quinn, que le atravesó el cuello. La sangre manó sobre la mano del capitán, que exclamó con un juramento y soltó el acero, pero ya era demasiado tarde.

Quinn le dio la vuelta con el pie al cuerpo, entre estertores, y retiró su espada. Estudió el rostro del hombre moribundo en busca de alguna pista sobre el motivo para hacer tal cosa, pero en sus ojos oscuros no había más que una mirada perdida, y la sangre se encharcaba en el camino de grava debajo de él. Quinn ya había visto la muerte, la había dado en multitud de ocasiones, pero había algo horrible en un hombre que se quitaba la vida. Se estremeció y se pasó el pulgar izquierdo en diagonal sobre el pecho mientras susurraba: «Que el Santo Espíritu me proteja», y a su alrededor varios de sus hombres hacían lo mismo.

Fue más cuidadoso al explorar el resto de los cuerpos en busca de algún rastro de vida, pero ninguno respiraba ya, lo cual significaba que no tenía ningún prisionero al que interrogar.

Maldita sea.

7

El paisaje rocoso hizo que la tarea de enterrar los cadáveres de los kimisares les llevara demasiado tiempo, pero Quinn insistió en hacerlo en vez de quemarlos o dejar que se pudrieran. Su compañía regresó cinco días después al campamento del grueso del ejército, donde un mensajero ya había llevado la noticia de su enfrentamiento. Quinn intentó no sonreír demasiado mientras la gente volteaba y acudía a saludarlos. No podría quedar nadie ya que dudara que se merecía el ascenso.

Quinn condujo a su compañía por el amplio paseo que discurría entre las hileras de refugios de madera que servían de almacenes y de herrería durante el invierno. Todos estarían desmantelados dentro de unas pocas semanas, y aquel ejército comenzaría a moverse como un oso que se despierta de su hibernación. Con las patrullas de caballería activas, los establos ya estaban medio vacíos. Detuvo su yegua parda ante la construcción e hizo un gesto para que todos desmontaran.

Un cuerpecito chocó contra él en el preciso instante en que puso pie a tierra.

—¡Alex!

Quinn estrechó a su hermano pequeño con un brazo y se alegró de estar tan rodeado de gente que sólo sus amigos pudieran verlo.

—Hola, Charlie.

El paje retrocedió con aspecto avergonzado.

—Perdóname, señor. Se me había olvidado —se llevó la mano a la frente en un saludo en condiciones, que el capitán correspondió con solemnidad.

Cuando bajó la mano, Quinn se la puso a Charlie en los cabellos oscuros.

—Vaya greñas, muchacho.

Charlie sonrió y mostró que había perdido otro diente en las últimas dos semanas. Había cumplido los nueve años el mes pasado, pero para Quinn seguía siendo el crío que lo seguía a todas partes con los ojos como platos cuando visitaba su hogar en Cambria. Al haberse unido al ejército antes de que Charlie naciera, Quinn había sido prácticamente una figura mítica en la vida del niño.

—Oí que entraste en combate —le dijo Charlie—. ¿Te hirieron?

—Sólo un rasguño —Quinn se levantó el pelo, que él también llevaba largo de más, e inclinó la cabeza para que Charlie pudiera ver los puntos sobre el ojo. Cass había hecho un buen trabajo, y la hinchazón había desaparecido, pero aún le picaba como un demonio—. Tendrías que ver la de Fresno. Impresiona mucho más.

Charlie buscó a su alrededor los demás rostros que conocía bien antes de poner cara de haberse acordado de que tenía una tarea.

—Vine a encargarme de Surry por ti, señor. Solicitan tu presencia en la tienda del general para dar parte.

Quinn asintió y trató de hacer caso omiso del cosquilleo que sintió en el estómago. Informar después de una patrulla era algo habitual para un mando, hubiera entrado en acción o no, pero ésta sería su primera vez. Le entregó las riendas a su hermano y le dio unas palmaditas a la yegua en el cuello antes de sacar un fardillo de su silla de montar.

—Llévate las bolsas a mi tienda cuando hayas terminado de cepillarla.

—Sí, señor.

Quinn se enderezó el uniforme mientras se daba la vuelta y se sacudía el polvo de la chaqueta de cuero negro. Cruzó una mirada con Casseck, y su segundo al mando le hizo un gesto de asentimiento para confirmar que se haría cargo hasta que Quinn regresara de su reunión. Mientras se dirigía a la tienda del general, que se elevaba sobre las demás a varias hileras de distancia, trató de darle equilibrio a su paso: no quería parecer demasiado ansioso, pero tampoco quería tener esperando a sus superiores.

El centinela de la puerta lo saludó, y Quinn correspondió al agachar la cabeza para entrar. Mantuvo la mano en alto y dirigió su saludo a los oficiales que estaban reunidos en torno a la amplia mesa. Su inmediato superior, el mayor Edgecomb, se encontraba allí tal y como era de esperar, y a su lado, de pie, estaba el comandante del regimiento. El general levantó la mirada desde su asiento, con el cabello y la barba canosos y muy cortos que parecían incluso metálicos. Detrás de él se encontraba el mayor Murray, su oficial del estado mayor, y otro hombre al que Quinn no conocía.

—Se presenta el capitán Quinn siguiendo tus órdenes, señor —dijo.

—Descansa, capitán —dijo el general—. Quisiéramos escuchar ahora tu exposición.

Ni cumplidos, ni felicitaciones por su exitoso encuentro con el enemigo. Quinn no sabía si era mucho lo que él esperaba, y los cinco rostros serios le resultaban un poco inquietantes. Se aclaró la garganta y se acercó a la mesa, sobre la cual había un mapa desplegado. Sin florituras, describió la llegada de su compañía a sus puestos y cómo descubrieron el rastro de unos hombres que primero se dirigieron al norte y luego al este.

—Los seguimos durante dos días. Ponían centinelas por la noche, y el grupo parecía tener una jerarquía. Antes de atacar, envié al sargento Carretero a interceptarlos y entablar contacto con ellos —Quinn desenvolvió el fardillo que llevaba consigo y colocó sobre la mesa varios medallones de plata y un rollo de pergamino—. Recuperamos estos medallones de los cadáveres, y este mapa, demasiado vago como para sacar alguna conclusión de él.

El general alzó la cabeza de golpe.

—Haces que suene como si ya hubieras tomado la decisión de atacarlos antes de entablar contacto con ellos.

—Bueno, señor, sí —dijo Quinn—. Pero resulta obvio que lo habría cancelado si...

—Describe el ataque, por favor.

Quinn tragó saliva.

—Les tendimos una emboscada aquí —señaló un punto en el mapa—. Utilicé un barrido en tijera aprovechando la posición del sol...

—¿Qué hora era? —lo interrumpió el mayor Edgecomb.

—Faltaba una hora para la puesta de sol, señor.

Todas las miradas volvieron sobre el mapa, y Quinn tuvo la sensación de haber cometido algún error, aunque no veía cómo era posible..., a menos que todo aquello fuera por Robert. Al general le debía de haber contrariado que Quinn hubiera puesto en peligro al príncipe heredero, pero fue él quien accedió meses atrás, cuando Quinn solicitó a su primo como uno de sus lugartenientes con el argumento de que apartar a Robert de la acción lo hacía parecer débil. Con las inclemencias invernales que cortaban las comunicaciones con la capital, era difícil que el rey Raymond supiera de los deberes de su hijo, y sería el general quien tendría que responder ante el rey y el consejo si le pasaba algo al príncipe.

Quinn carraspeó.

—Sólo hubo tres heridos. Todos leves, y el príncipe Robert no está entre ellos...

—Sí, lo sabemos —le soltó Edgecomb.

Dirigió la mirada hacia el general, que le correspondió con el ceño fruncido.

El oficial desconocido tomó uno de los medallones y trazó con el pulgar el contorno del símbolo de la estrella de cuatro puntas de Kimisara.

—No tienes prisioneros a los que interrogar.

Era una afirmación, no una pregunta. Quinn sabía perfectamente que no debía poner excusas.

—El único superviviente se suicidó. No es algo que haya visto antes en mi vida, pero sí, señor; fallé en lo que a eso se refiere.

Todos los presentes se movieron incómodos.

Fue como si el general hubiera tomado una decisión.

—Hablaré a solas con el capitán.

Santo Espíritu, pasaba algo malo.

Los otros cuatro oficiales saludaron y se marcharon. Tras unos segundos de silencio, el general se reclinó en su silla y levantó la mirada hacia él.

—Ésta era nuestra primera posible incursión en meses. Puedes entender mi decepción.

Quinn maldijo en silencio al kimisar muerto.

—Señor, un hombre que desea la muerte siempre hallará la manera.

—El suicidio es algo secundario. Tu principal error fue la elección del momento.

—¿El momento, señor? —le ascendió el calor por el rostro—. La emboscada fue perfecta.

El general hizo un exasperado gesto negativo con la cabeza.

—No estoy hablando de tu táctica, con la que no hay el menor problema. Atacaste demasiado pronto.

—Señor, seguimos su rastro durante días. Sabíamos quiénes eran, y sus armas demostraban que eran hostiles. No quedaba nada más por averiguar.

—Piensa, capitán —el general se inclinó hacia delante y dio unos golpecitos con el índice sobre el mapa—. Unas pocas horas más tarde habrían llegado al cruce de caminos de la Punta de Flecha. Tendríamos una mejor idea al respecto de si se dirigían al norte o al este. Sabríamos si se dividían o si se encontraban con alguien. Tal y como están las cosas, no sabemos nada, porque tú ardías en deseos de liquidarlos.

Quinn se ruborizó y no dijo nada en su defensa.

El general se volvió a reclinar.

—Ahora te encuentras en una posición de mando. No te puedes permitir cometer estos errores —su voz se iba volviendo menos dura de forma progresiva—. Debes ver el panorama general. Actuar rápidamente tiene sus ventajas, pero la paciencia también las tiene. Se trata de un equilibrio muy delicado, y no todo aquel que se enfrenta a eso toma siempre la mejor decisión.

El capitán Quinn bajó la mirada a los pies en un intento por no hundirse por dentro.

—Hijo mío —dijo el general Quinn—, has de aprender a tener paciencia.

8

Salvia miraba con los ojos entrecerrados por el agujerito que daba al cuarto de baño. En los últimos cinco meses había aprendido a juzgar bastante bien a través de aquella mirilla después de haberse acostumbrado a la sensación de estar espiando.

—Y bien, ¿qué opinas? —preguntó la casamentera.

Salvia se enderezó y puso una cara rara.

—No me cae bien. Es una malcriada, maleducada y dominante.

Darnessa elevó la mirada al techo.

—Las chicas que te cayeron bien se pueden contar con los dedos de una mano. Es una candidata al Concordium: por supuesto que es una niña malcriada. ¿No has averiguado nada?

Salvia suspiró y comenzó a enumerar sus observaciones.

—Elegante y desenvuelta cuando sabe que la están mirando. Cree que todos los hombres se enamorarán de ella si los mira con esos grandes ojos azules. Los criados la detestan y le temen. Es cruel cuando se disgusta, lo cual sucede a menudo.

Darnessa asintió.

—Bien. Yo veo las mismas cosas. ¿Qué hay de su aspecto?

—Una figura agradable. Sin embargo, se aprieta demasiado el corpiño; es como si lo fuera a reventar si se inclinara demasiado —Salvia reprimió una sonrisa—. Su rostro conserva todavía una cierta redondez juvenil. Se le estilizará en los próximos años. Tiene la piel bastante bien, salvo que se peina de forma que el pelo le tape unas marcas de viruela que tiene en la frente. Ese rubio no es natural, pero tiene un mejor aspecto que la pelirroja falsa del mes pasado.

—¿Algo más?

—Un pie deforme.

Aquello sorprendió a la casamentera.

—¿Es eso cierto?

Salvia asintió.

—Lo oculta con un calzado especial. Imagino que bailar le resultará doloroso —se mordió el labio en un gesto pensativo—. Quizá sea ésa la razón del escote tan llamativo. Cuando no puede seguir el ritmo, puede valerse del accidentado paisaje para mantener hipnotizados a los pretendientes.

Darnessa soltó un bufido de risa e hizo un gesto a Salvia para que volviera a cubrir el orificio con la pesada manta.

Salvia jaló hacia abajo del paño y se dio la vuelta.

—Quizá por eso tenga ese temperamento. Teme que alguien lo descubra y le arruine sus posibilidades de ser elegida —dijo y frunció el ceño.

Era probable que la chica se hubiera pasado toda su vida oyendo que sólo valía para un casamiento noble y, dado que el Concordium se celebraba cada cinco años, con sus diecinueve sólo tendría una oportunidad de entrar.

Darnessa puso los ojos en blanco.

—Esto se te da mejor de lo que tú crees.

Salvia se encogió de hombros.

—Sólo me estoy imaginando los motivos que la mueven. A veces resulta interesante —señaló con un pulgar la pared a su espalda—. Ya casi han terminado ahí. ¿Qué aspecto tengo? —alzó los brazos sobre su vestido, sencillo pero muy bonito.

—Estás encantadora —Darnessa alargó la mano para apartarle a Salvia un mechón de pelo. La chica se puso un poco en tensión, pero no se apartó, tal y como hacía en sus primeros meses en el oficio—. Ahora, vuelve allí y estate preparada.

Salvia se quedó en la cocina hasta que sonó la campana de la puerta principal. Entonces aguardó unos minutos más antes de salir sin hacer ruido al cálido sol del mes de abril. El hermano pequeño de la chica que estaba en el salón de Darnessa se encontraba apoyado en el carruaje de la familia lanzando el gorro al aire. Salvia se despejó la cabeza y comenzó a hacer una lista mentalmente.

Llevaba una espada envainada en la cintura. Diestro.

Al acercarse más a él, el sol destelló en el bruñido de la empuñadura metálica y casi la deja ciega. La vaina estaba igualmente impoluta. Sin apenas uso. Sin embargo, el muchacho sólo tenía diecisiete años y se encontraba bajo el dominio de su muy acaudalada familia, así que se le podía perdonar el no haberse encontrado a sí mismo todavía.

Llevaba la túnica bordada y la camisa blanca de lino tan arregladas que rayaban en la meticulosidad, y el chico parecía incómodo luciéndolas. Las botas bien limpias aunque desgastadas y el bronceado de su rostro le decían que le gustaba estar al aire libre. Se animó considerablemente. Había potencial en él, al menos en la conversación.

El muchacho alzó la mirada mientras ella se acercaba, se irguió y se puso su gorro emplumado sobre el soleado cabello rubio. Salvia lució su mejor sonrisa.

Darnessa entró en la cocina secándose el pelo mojado.

—Puedes anotar a lady Jacqueline con las que vendrán con nosotras a la capital —dijo—. Ya le encontraremos un conde rico que odie bailar.

Sentada, Salvia no levantó la cabeza de la mesa, donde tomaba notas en un libro de registro grande y encuadernado en cuero.

—Pues esperaron hasta el último minuto para que pasara la evaluación.

Su maestra en el oficio se encogió de hombros.

—Con su linaje, lo daban por descontado, y el viaje es largo para hacerlo dos veces. Su familia se quedará por aquí cerca con unos parientes hasta que nos vayamos dentro de un mes. Ahora están revisando el contrato.

—¿Cómo es que no viene ninguna de las familias con las damas casaderas? —preguntó Salvia mientras buscaba una hoja en concreto—. Es mucha la confianza que ponen en ti para que conciertes el matrimonio sin ellos.

Darnessa se sentó en una silla y puso los pies en alto.

—Prohibimos su presencia en el Concordium hace generaciones. La aglomeración de gente y los intentos de arreglar matrimonios a escondidas daban al traste con el propósito de todo —mientras hablaba, estiraba y flexionaba los pies para aliviar el dolor de los zapatos elegantes que se ponía para las entrevistas—. ¿Ya terminaste la carta para el general Quinn sobre nuestra escolta?

—Todavía no —dijo Salvia—. Acabamos de recibir la última confirmación esta misma mañana, así que no he podido detallar todas nuestras paradas programadas hasta hoy. También estaba esperando tu decisión sobre Jacqueline. Pensé en incluir todos los nombres; más vale pasarse de información que quedarse corto —empujó el borrador de su carta hacia el otro lado de la mesa para que la señora Rodelle le diera su aprobación—. La hermana Fernham me espera dentro de una hora, así que la terminaré esta noche.

—No sé qué van a hacer en ese convento cuando estés fuera —masculló Darnessa mientras observaba la hoja con los ojos entrecerrados, pero Salvia sabía que no le molestaba que les diera clase a los huérfanos en su tiempo libre—. ¿Cómo te fue con el hermano de Jacqueline?

—Pues bien —respondió Salvia—. Fuimos a dar un paseo, y conseguí que se pusiera a hablar de sí mismo con bastante rapidez. Considerado y atento, aunque un poco ausente. Hice una broma, y él no la captó ni por asomo —y también se dedicó a galantear un poco, pero Salvia no fue tan tonta como para pensar que él se sentía atraído por ella. Los jóvenes estaban siempre ansiosos por impresionar a cualquier muchacha que les halagara, y ella se había acostumbrado ya a utilizar aquello en su provecho—. Un joven agradable, en general. Si su hermana no fuera ya a venir con nosotras a la capital, diría que él podría ser un buen candidato para lady Tamara.

—No, pero cuando regresemos de Tennegol, estaré preparada cuando él llame a mi puerta buscando una esposa —dijo Darnessa.

—Algo que él me dijo me hace pensar que sus padres ya tienen un casamiento planeado para él en Tasmet.

Darnessa frunció el ceño.

—¿Estás segura? Algo tan importante debería haber pasado por mis manos.

—Sonaba como algo acordado entre las familias —Salvia tenía una sección especial en el libro para esos casamientos.

Tasmet, igual que Crescera, era una provincia de Démora, aunque aún se estaba adaptando al hecho de formar parte del reino. Las casamenteras llevaban allí establecidas menos de cuarenta años, ni siquiera dos generaciones completas, pero, dado que la mayoría de la nobleza de Tasmet se había trasladado allí desde otras regiones después de que Kimisara cediera aquellas tierras tras la Gran Guerra, la costumbre se había arraigado con rapidez. Cada año era mayor el porcentaje de la población general que recurría a las casamenteras. Dentro de otros cuarenta años, Tasmet sería como el resto del reino en lo referente a que sólo los casamientos más pobres —y los más escandalosos— se acordaban por sí solos.

—¡¿Otro más?! Esto se nos está yendo de las manos —Darnessa bajó los pies al suelo y se incorporó en su asiento, haciendo gestos negativos con la cabeza y refunfuñando—. No es sólo la pérdida en mis ocupaciones. Es que, si no funciona bien, la gente podría pensar que fui yo quien los unió.

Su padre siempre le había dicho que quienes detentan el poder temen perderlo, pero a Salvia no le parecía que la furia de Darnessa fuera vanidad. Si algo había aprendido a lo largo del invierno era que el gremio de las casamenteras tenía un nivel de exigencia muy alto y un férreo control. Se encargaban con rapidez del más mínimo cuchicheo sobre un casamiento acordado por su beneficio personal, y como cabeza del gremio de Crescera Darnessa se tomaba su liderazgo muy en serio.

—No sé qué es lo que está pasando últimamente —prosiguió la casamentera—, pero me alegro de que estemos en un año de Concordium. Podremos cambiar impresiones y ver si esto forma parte de una tendencia a mayor escala.

—El muchacho no parecía muy entusiasmado con la chica —lo cual era cierto, pero Salvia se lo había dicho a Darnessa para que se sintiera mejor.

La casamentera se relajó un poco.

—Esperemos que eso sea una señal de que prefiere que sea yo quien le busque una esposa. Le buscaremos una pareja a nuestro regreso. Conseguiré para Jacqueline lo que desea su familia, y volverán a mí.

Salvia se volvió a inclinar sobre su trabajo, maravillada con el poder que su maestra ejercía con tanta naturalidad. Aun así, con todos sus viajes, con toda la gente a la que había conocido, la casamentera no había encontrado a nadie para sí misma. En el transcurso de cinco meses, Salvia no había detectado la menor amargura al respecto, sin embargo, lo cual le dio el valor para preguntarle:

—¿Por qué nunca te casaste, Darnessa?

—Por lo mismo que tú —respondió ella con un guiño conspiratorio—. Soy demasiado exigente.

9

Las rutinas del campamento se reducían al mínimo en los días de capilla, y los soldados tenían la oportunidad de descansar o de ponerse al día en sus deberes. El capitán Quinn solía reservarse una hora o dos para pasarlas con Charlie, pero, dado que no había visto a su hermano en cerca de tres semanas, esta vez le había prometido toda la tarde. También lo utilizó a modo de excusa para evitar a la gente. Cada palmadita sincera en la espalda o felicitación que Quinn recibía por la emboscada de la semana anterior le caía como un puñetazo en la boca del estómago: no se merecía aquellas loas.

Charlie, como siempre, quería practicar algún tipo de técnica al menos durante un rato de su tiempo juntos. El paje aún estaba en las etapas iniciales del manejo de la espada, que era lo mismo que decir que se dedicaba a ayudar a los herreros a hacer, a reparar y a cuidar las hojas de acero durante un año. Como un firme convencido de las bondades de aquel sistema, Quinn no quería interferir dándole ninguna lección de combate por mucho que su hermano se lo suplicara. Se estaba celebrando una competición informal de tiro con arco en uno de los extremos del campamento, de manera que Quinn convenció a Charlie para irse a lanzar cuchillos lo más lejos posible del resto de la gente.

Para su edad y su tamaño, Charlie ya era muy hábil tirando al blanco, de modo que Quinn quería que trabajara unas distancias mayores. En un principio, Charlie se mostró reacio.

—Pero yo quiero aprender a desenvainar más rápido y mejor. Tú lo haces como rayo.

Quinn miró a su hermano con una ceja arqueada e hizo un leve gesto de dolor al arrugar la frente. Los puntos de sutura se le habían caído el día antes, y el templado sol de abril hacía que la costra le quemara y le picara.

—¿Qué consideras más útil en el campo de batalla, alcanzar el blanco desde más lejos o tener elegancia al fallar?

Charlie dejó escapar un suspiro de resignación y retrocedió tres pasos más. Quinn contuvo una sonrisa. No hacía mucho tiempo que él mismo se encontraba en el lugar de su hermano pequeño.

Después de varias rondas de lanzamientos y otro aumento de la distancia, estaban recuperando sus dagas de la diana cuando Charlie volteó a verlo.

—¿Algo va mal? —le preguntó.

—No, ¿por qué?

Charlie se encogió de hombros mientras se esforzaba por liberar una hoja encajada entre dos tablas de la pared.

—Pareces distraído. Y has fallado cuatro veces. Tú nunca fallas.

—Casi nadie llamaría «fallar» a esto —dijo Quinn dando unos toquecitos en la empuñadura de una daga clavada a escasos siete centímetros del centro de la diana pintada.

—Tú sí.

Quinn trató de comportarse como si no pasara nada.

—Todos tenemos días malos.

Caminaron de regreso a la línea de lanzamiento antes de que Charlie volviera a hablar.

—Antes, cuando pasamos junto al capitán Hargrove, él dijo algo, y a ti te cambió la cara.

Charlie era a veces demasiado observador para que fuera algo bueno.

—Qué tipo de cara puse.

El niño no lo miraba mientras dejaba las dagas sobre un tonel.

—Parecías avergonzado.

—No me gusta que la gente arme tanto revuelo tan sólo porque hago mi trabajo, eso ya lo sabes.

Charlie agarró un cuchillo, a continuación colocó los pies y se concentró en la diana.

—No es eso. Es que no te he visto contento desde que volviste.

Charlie sabía guardar un secreto, pero no era el temor de que su hermano les hablara de su fracaso a los demás escuderos lo que le impedía explicárselo. Tampoco se debía a que no quisiera perder la admiración de Charlie: su hermano ya tenía una elevada opinión de él, y debía de saber que Quinn no era perfecto. No, era debido a que Quinn no había averiguado aún cómo arreglarlo. Hasta que lo averiguara, cargaría a solas con aquello.

En ese momento, Charlie soltó un chillido al verse levantado por los aires por Fresno, que se había acercado a hurtadillas por detrás de ellos. Quinn se alegraba de que su amigo hubiera escogido levantar al paje, porque él mismo estaba tan distraído que no había visto al sargento acercarse. A Fresno no le habría costado tomarlo por sorpresa.

—¡Negligencia en el cumplimiento del deber, soldado! —gritó Fresno, que se echó a Charlie al hombro y se puso a dar vueltas—. ¡Debes estar en guardia en todo momento! —dejó en el suelo de pie a un Charlie que se reía y lo sujetó por los hombros para que el paje no se cayera al suelo—. Por el Santo Espíritu, cada día estás más grande. ¿Qué tal te ha ido, muchacho?

—Bien. El escudero Palomar me dijo que pronto me incluirá en la lista de servicio —dijo Charlie con una sonrisa de orgullo.

—Eso me contaron —dijo Fresno—. A ver, enséñame lo que tienes ahí —el sargento hizo un gesto hacia los cuchillos y la diana. Cuando la atención de Charlie se centraba en otro sitio, la mirada de los oscuros ojos de Fresno buscó la de Quinn con un gesto significativo. Algo sucedía.

Esperaron a que Charlie lanzara los seis cuchillos de prácticas además del que llevaba en el cinto. Después, Fresno y Quinn le ofrecieron sus dagas para que las lanzara. Con nueve cuchillos que retirar de la diana, ellos dispondrían de unos minutos para charlar en privado mientras el chico los recuperaba.

—Nos llamaron a los dos a presentarnos en la tienda del general mañana por la mañana —dijo Fresno en cuanto quedaron fuera del alcance de los oídos de Charlie.

Quinn se cruzó de brazos para cubrirse la sensación de mareo en el estómago. Había conseguido evitar a su padre durante los últimos días, y no había presionado para que le asignaran otra misión.

—¿De qué se trata?

—No lo sé —dijo Fresno con la mirada puesta en la distancia.

—A lo mejor quiere ascenderte a teniente.

—Quizá, pero lo dudo. Él ya sabe por qué no quiero.

Eso no significaba que las razones fueran a ser aceptadas para siempre. Quinn se preguntaba si el general pensaba que tener a Fresno con más autoridad en su compañía de caballería la fortalecería. Quizá lo que su padre quería era esa presencia tranquilizadora que Fresno le daba a todo. Sin embargo, a Quinn le daba igual qué rango tuviera Fresno mientras su amigo sirviera con él.

Fresno levantó la vista hacia él.

—Pareces preocupado.

—Después del fiasco de la semana pasada, ¿no crees tú que debería estarlo?

El sargento hizo un gesto negativo con la cabeza y volvió a mirar a Charlie.

—Alex, todo el mundo comete errores —le dijo. Eran amigos desde la infancia, pero Fresno tan rara vez le hablaba con tanta familiaridad a Quinn y utilizaba ya su nombre de pila que el capitán supo que lo hacía para asegurarle lo profunda que seguía siendo su confianza—. Lo de ser capitán sigue siendo algo nuevo para ti. Es algo previsible.

Salvo que no todo el mundo era el hijo del general, y ahora sus errores también tenían mayores consecuencias. Las expectativas no harían más que subir. Quinn observó a su hermano, que regresaba hacia ellos, luchando para sostener tantos cuchillos con unas manos tan pequeñas. ¿Cuánto tiempo más pasaría antes de que la vida de Charlie estuviera también en sus manos? Suspiró con fuerza.

—¿Cuándo es esa reunión?

—Una hora después de pasar lista por la mañana.

Quinn hizo un gesto de asentimiento. Fresno retiró su daga del barullo que Charlie les trajo de regreso y le alborotó el pelo al chico antes de volver a mirar a Quinn.

—No te retrases.

A la mañana siguiente, volvió a armar y a cepillar su ya impoluto uniforme y se ató el cinto de la espada sobre la chaqueta de cuero con una creciente aprensión. ¿Irían a degradarlo? Nunca había tenido noticia de tal cosa, pero la mente se le había disparado con todo tipo de posibilidades un buen rato después de haber llevado a Charlie medio a rastras a la tienda de los pajes después de haberle permitido al chico quedarse con él y con sus oficiales hasta altas horas de la noche junto al fuego de campamento.

Fresno lo esperaba paciente ante la puerta de la tienda que Quinn compartía con Casseck. Cuando ya no pudo retrasarlo más, se unió al sargento, y ambos atravesaron el campamento caminando codo con codo y tomando diversos atajos por entre las hileras de tiendas. A lo largo de la semana anterior habían desmontado más de aquellas estructuras permanentes, lo cual significaba que el ejército comenzaría a moverse muy pronto. Sin embargo, no era muy probable que Quinn se fuera a marchar de nuevo por su cuenta en un tiempo.

En la tienda del general, el capitán Quinn se detuvo a ver entrar en tropel a unos cuantos oficiales. Aquella reunión era mucho más grande de lo que él se había percatado. En el interior, una docena de oficiales de alto rango estaban reunidos alrededor de la mesa cubierta de mapas e informes, y comprendió lo que era: una reunión de inteligencia. Le invadió una oleada de alivio en el instante en que comprendió que en realidad se trataba de algo bueno.

Quinn y Fresno ocuparon sendos lugares al fondo, de pie, con los oficiales de menor rango. Vio a su padre brevemente, en el otro extremo de la tienda, escribiendo ante una mesita. La zona personal del general contaba con las comodidades propias del rango: una cama ancha, un armario de madera y una jofaina, pero no tenía unas cortinas que le dieran intimidad. Un oficial jamás estaba verdaderamente fuera de servicio. Quinn sólo había visto esa zona dividida del resto en las ocasiones en que su madre venía de visita.

El mayor Murray puso firmes a los congregados, y el general se puso en pie y se acercó a la mesa grande. Cuando todos volvieron a la posición de descanso, los oficiales de mayor rango se turnaron para informar de sus episodios de acción durante la semana previa. Habían seguido el rastro de un pelotón de kimisares que cruzó la frontera hacia el este, y lo perdieron en las inmediaciones de las montañas de Catrix. Las aldeas de la zona decían haber visto grupos de hombres como el que había interceptado Quinn, pero ningún saqueo, y los hombres se habían esfumado. El comandante del batallón detalló la escaramuza del propio Quinn, pero sin hacer comentarios sobre su falta de paciencia.

La reunión prosiguió con una serie de intentos de hallar alguna lógica en todos aquellos sucesos de los que se había informado. A Quinn no le preguntaron si se le ocurría alguna idea, y él tampoco la ofreció. Se encogió por dentro al ver cómo se multiplicaban las consecuencias de su error. De no ser por él, quizá hubieran podido hacer algo más que especular.

Lo único que podía hacer ahora era aprender de eso.

Cuando se extinguió el debate, el mayor Murray tomó una pila de papeles y comenzó a leer las órdenes en voz alta. Quinn se enderezó al oír su nombre.

—Capitán Quinn: tú, con tres oficiales y treinta hombres, se irán a Galarick dentro de dos días. Desde allí escoltarán a las casaderas de Crescera hasta la capital para el Concordium de este verano. Remíteme los nombres de tus hombres a la puesta de sol.

¡¿Qué?!

—¿Una guardia ceremonial? —soltó de golpe.

Se volvieron hacia él las miradas que había alrededor de la mesa, y el capitán que tenía a su derecha le puso una sonrisa maliciosa, pero Quinn se centró en su padre, que le devolvió la mirada con mucha calma. Los pergaminos que describían sus órdenes fueron pasando de mano en mano, y Fresno los tomó. Cuando terminó la reunión y todo el mundo obtuvo el permiso para retirarse, Quinn se quedó a la espera de una oportunidad de hablar con su padre a solas.

—Qué lástima que mi padre no sea un general —le dijo el capitán Larsen, junto a él—. Me hubiera encantado «escoltar» a unas damas durante unas semanas —dobló sus órdenes y se las guardó en la chaqueta con un gesto exagerado—. Bueno, yo tengo que disponer a cincuenta hombres y tenerlos listos para cabalgar a la puesta de sol. Escoge una para mí, Quinn, si no te importa. Me gustan rubias.

Larsen salió de allí tan tranquilo mientras Quinn le lanzaba una mirada asesina a su espalda.

Fresno, por su parte, le ofreció sus órdenes para que las acatara, pero Quinn les hizo caso omiso. Pasados unos segundos, el sargento dobló los documentos, había varios, y carraspeó.

—Iré a decirle a todos hacia dónde partimos, supongo.

Se marchó y dejó a Quinn allí solo, de pie, apretando y abriendo los puños. El último coronel terminó de hablar con el general, se marchó y los dejó solos en la tienda. Su padre lo miraba desde la mesa con el mapa aún desplegado.

—Sé que no estás contento con tu misión.

—¿Por qué no iba a estarlo? —Quinn se cruzó de brazos—. Casamenteras y muchachas nobles que se pavonean tan lejos del peligro como se puede estar. Es el sueño de un oficial de caballería.

Su padre le atravesó con una mirada tan afilada como el acero de su espada.

—No te encuentras en situación de despreciar ningún destino en estos momentos.

Tras varios segundos de silencio, Quinn bajó la mirada.

—Y es así como aprenderé a tener paciencia. Esto es mi castigo.

El general suspiró.

—Sí y no.

Quinn levantó la cara. Aquel «no» sí le interesaba.

—En realidad, yo soy el culpable de tu error. No se te incluyó antes en estas reuniones, y deberías haber estado. No quería que me vieran como alguien que favorece a su hijo —su padre carraspeó—. Lo que te voy a contar ahora no se mencionó antes, y no quiero que se corra la voz por el campamento.

Su padre gozaba ahora de toda la atención de Quinn.

El general hizo un gesto hacia el mapa.

—Mi instinto me dice que ese pelotón al que le diste caza se dirigía hacia el este. Creo que los D'Amiran se están comunicando con Kimisara.

Aquello era una acusación de peso, aunque tampoco era descabellada. Quinientos años atrás, la familia D'Amiran había unificado Crescera, Mondelea, Aristel y el valle del Tenne en el reino que llamaban Démora, pero varias décadas de gobiernos corruptos y decadentes condujeron a los antepasados de Robert Devlin a derrocarlos trescientos años después. Aunque la familia no quedó destruida, sí vivió al margen de la sociedad hasta la Gran Guerra, cuarenta años atrás. Con la anexión de Tasmet, se creó un nuevo ducado y le fue concedido al general Falco D'Amiran por su papel a la hora de arrebatárselo a Kimisara. No era más que una pequeña fracción del poder que tuvieron antaño y, teniendo en cuenta su historia, eran muchos los que sospechaban que los D'Amiran no se conformarían con las migajas de la mesa de Devlin.

—¿Está el tío Raymond al tanto de tus sospechas? —le preguntó Quinn.

Su padre lo negó con la cabeza.

—Aún no. Hemos tenido un invierno tan malo que no he podido enviar ningún comunicado confidencial al otro lado de las montañas. Incluso el paso del sur, en Jovan, estuvo bloqueado hasta la semana pasada. El rey está casi completamente desprevenido.

—De manera que yo seré el portador de tus preocupaciones —eso, al menos, le daba una cierta sensación de importancia.

—Eso, y más —el general se volvió a inclinar sobre la mesa para señalar un punto en el mapa.

—La caravana de las damas pasará por Tegann.

El bastión del duque Morrow D'Amiran. De repente, Quinn supo el motivo de que hubieran incluido a Fresno en la reunión.

—Quieres que espiemos al duque.

—De forma discreta, sí.

Quinn no estaba convencido, ni mucho menos.

—No tengo mucha experiencia con ese tipo de espionaje, tan sólo en el reconocimiento del terreno.

—Entonces, considera esto tu oportunidad de aprender algo nuevo —le dijo su padre.

Quinn hizo una mueca. Adquirir el conocimiento de nuevas habilidades siempre era de una máxima prioridad. Casseck lo llamaba «su obsesión». Su padre lo había formulado de aquella manera para atraparlo.

Por otro lado, al general le bastaba con dar la orden, pero su padre quería que Quinn estuviera convencido de la misión, no que se limitara a obedecer.

Al ver que el capitán no ponía ninguna objeción, el general esbozó una leve sonrisa.

—¿A quién te quieres llevar?

Quinn se cruzó de brazos.

—¿No me puedo llevar a mis oficiales, sin más?

—Le he estado dando vueltas a eso —dijo el general—. Por un lado, no me gusta la idea de perder de vista a Robert Devlin. Por otro, es probable que el príncipe esté más seguro lejos de la frontera.

—No le contaré que dijiste eso.

El general prosiguió.

—Treinta hombres deberían ser suficientes para protegerlo, en especial en una zona tan interior de Démora, pero tampoco quiero todo el revuelo que levantará —hizo una pausa—. Te lo dejo a ti.

Quizá fuera una concesión menor que le hacía a Quinn para que se sintiera mejor, pero él la aceptó.

—No quiero romper lo que tenemos, así que me llevaré a Rob, pero le daremos un nombre falso.

—Muy bien, y mantenlo alejado de las damas —dijo su padre mirando hacia el faldón abierto de la tienda—. Por cierto, también te llevas a Charlie.

Quinn alzó los brazos al cielo.

—Justo eso demuestra que me estás enviando lejos de cualquier tema importante.

—Tonterías —el general se sentó en una silla—. Tienes que llevarte un paje, y él pidió que te lo asignaran a ti como regalo de cumpleaños. Hace muy bien su trabajo.

Sí, Charlie era competente, pero Quinn no podría tratar a su hermano como a cualquier otro paje. Ya era lo bastante difícil dar órdenes a sus mejores amigos, incluso las de menor importancia. Cerró con fuerza los ojos, se frotó la frente después de haberse olvidado de su herida y retiró la cabeza hacia atrás con un respingo al sentir el dolor en la sien.

—Padre, por favor, reconsidéralo. Ya es lo bastante malo cargar por ahí con esas mujeres. Me hace sentir como una niñera.

—Dejaré que seas tú quien tome la decisión, pero él ya lo sabe, de manera que tendrás que ser tú quien le dé la mala noticia.

Atrapado. De nuevo.

Su padre se acercó un pergamino para leerlo e hizo un gesto para que Quinn se retirara.

—Tienes muchos preparativos que hacer. Te sugiero que empieces cuanto antes.

Quinn se retiró antes de que las cosas se pudieran poner peor.

10

Casseck y Gramwell ya habían desplegado un mapa y estaban marcando los lugares donde se detendría la caravana de casaderas a pasar la noche. Robert y Fresno hacían listas de suministros y de personal. Todos se pusieron firmes cuando Quinn entró en la tienda, pero les hizo un gesto para que se relajaran.

—Supongo que todo el mundo está enterado.

Rob sonrió de oreja a oreja.

—Como castigo, no está tan mal.

Quinn hizo un gesto negativo con la cabeza.

—No te hagas ilusiones, vas a ir con un nombre falso. Esto es algo más que una simple escolta.

Casseck arqueó una ceja rubia.

—¿Cómo que algo más?

—Es una misión extraoficial de reconocimiento —Quinn se inclinó sobre el mapa, pasó el dedo a lo largo del camino de Tegann y dio unos golpecitos sobre la fortaleza del paso—. El general tiene un especial interés en saber qué está pasando aquí.

Rob abrió mucho los ojos.

—¿Acaso trama algo el duque D'Amiran?

—Es posible —tenían que afrontar aquella misión con la mentalidad más neutral, de lo contrario, cualquier cosa que observaran les parecería una traición.

Fresno le ofreció a Quinn aquellos papeles a los que antes había hecho caso omiso.

—¿Seré yo el explorador adelantado en todo esto?

—Sí —dijo Quinn mientras tomaba los documentos. Entre ellos había una carta dirigida a su padre, de la casamentera mayor de Crescera, la señora Rodelle, en la que detallaba todo cuanto había dispuesto para el viaje. Observó la precisión de la letra y agradeció la lógica con la que se le exponía la información—. Pasaremos tres noches en casa del barón de Underwood, y eso es bueno. Es amigo de los D'Amiran.

Robert estaba mirando por encima de su hombro.

—También lo es el señor de Fashell, casi al final. Todos los suministros de Tegann pasan por sus tierras.

Quinn se mordió el interior de su mejilla antes de volver a alzar la mirada hacia Fresno.

—¿Qué te parece conseguir algún contacto dentro del grupo de las damas, con una doncella o algo así? Ella te podría dar información que nosotros no podamos observar.

Fresno le puso mala cara.

—¿No puedo dedicarme al reconocimiento puro y duro esta vez? Es muy inquietante andar encubierto tanto tiempo, maldita sea.

La experiencia de Quinn se limitaba a las labores de reconocimiento del terreno; siempre había sido Fresno el que hacía el trabajo de aproximarse a preguntar a la gente con una historia construida de manera meticulosa para ganarse su confianza.

—A mí me parece bastante fácil —dijo el capitán.

Fresno se encogió de hombros.

—A veces hay alguien que sale herido.

—¿Herido? Estar de guardia es mucho más peligroso.

—No físicamente —dijo Fresno—. Si tus contactos descubren que los has estado utilizando, se destruye todo cuanto has construido. Y mentir es mentir. Nunca te deja un buen sabor de boca.

—¿Y qué preferirías que hiciera? —le preguntó Quinn—. ¿Enviar a alguien con menos experiencia?

—No he dicho que no lo vaya a hacer, sólo que me estoy cansando de eso. Además —a Fresno se le iluminó la cara—, el paisaje será mucho más agradable que de costumbre.

Las mujeres.

Como sargento, Fresno no tenía que esperar a cumplir los veinticuatro años para casarse como los oficiales de mayor rango. Aunque era un hijo ilegítimo (fruto de la relación del rey con una doncella tras la muerte de la primera reina), pocas familias rechazarían la oportunidad de unirse con la realeza.

Quinn se llevó a su amigo al margen.

—¿Acaso estás interesado en tener un matrimonio arreglado? —le preguntó en voz baja.

—Quizá —Fresno evitó mirarlo a los ojos—. No creo que una muchacha me mirara dos veces sin saber quién soy —el hecho de que nadie se fijara en él era su mayor ventaja a la hora de espiar. Miró a su hermano—. Rob dice que él esperará al siguiente Concordium a menos que mi padre dicte otra cosa. ¿Y tú?

El propio matrimonio de los padres de Quinn había sido un asunto de alta política, y había resultado bien, pero él siempre se resistía a aquella idea. Odiaba sentirse más como una lista de posesiones que como una persona.

—Tengo toda la intención de evitarlo.

—En la vida hay algo más que el ejército, ¿lo sabías?

Quinn no quería hablar sobre casamientos. Las cartas de su madre sobre el tema ya eran lo bastante malas.

—Entonces serás mi papel principal. Prepara tu historia y asegúrate de que todo el mundo la conoce.

Fresno asintió y regresó con Robert.

—Apúntame como conductor de carruajes. Y degrádame a cabo, también. Eso me dará una cierta flexibilidad.

Varios días después, Quinn tenía la mirada puesta en los restos de una fogata de campamento. Cualquiera podría ver que allí había habido un grupo de hombres dos días atrás. Ante la entrenada mirada del capitán, sin embargo, había mucho por lo que preocuparse. Primero, el número de viajeros era de diez, algo típico en un pelotón kimisar. Segundo. Habían situado patrullas itinerantes a una distancia de hasta cuatrocientos metros. Y, tercero, viajaban con rapidez. Sin la carga de unos carros ni la necesidad de limitarse a ir por caminos, cubrían en un solo día el doble de la distancia que recorría la escolta, y Quinn no disponía del tiempo ni los medios para seguirles el rastro.

Fresno se acercó por detrás de él.

—Me alegro de haber traído a los perros. De otro modo, quizá no hubiéramos encontrado esto.

Quinn asintió.

—Se dirigen al norte, al interior de Crescera. ¿Crees que pensaban encontrarse con ese grupo al que despachamos hace unas semanas?

Fresno se encogió de hombros.

—No lo sé, pero aquel mensajero dijo que hay actividad por toda la frontera desde que nos fuimos.

Quinn llevaba un paquete de envíos para el rey y su consejo, en Tennegol, pero los mensajeros de su padre los iban localizando por el camino con información actualizada. El primero los había alcanzado anoche y les trajo la noticia de que el ejército se había movilizado y estirado para salir al encuentro de una serie de incursiones.

Y él se lo estaba perdiendo todo.

—Nunca he visto una incursión tan pequeña y tan al norte —dijo Quinn—. Estaban a no más de un par de días de Crescera.

Aquel grupo ya podría estar allí.

—Deben de ir por alimento. Todos los graneros están allá arriba.

—¿A pie? ¿Y cómo iban a llevar de vuelta el grano suficiente como para justificar el viaje?

Fresno frunció el ceño.

—Quizá pretendan robar aquí los caballos. Lo último que oí es que en Kimisara se habían comido todos los que tenían.

—Eso sí tiene sentido —dijo Quinn—. También hace que sea más fácil pasar desapercibido. Me pregunto si eso a lo que nuestro ejército está reaccionando en el sur será una distracción de la serie de pequeñas incursiones de aquí arriba —ya estaba escribiendo mentalmente el informe para que el mensajero se lo llevara, contento de haberlo retenido y hacerlo esperar allí.

La pareja volvió a montar en sus caballos y se dirigió de regreso al camino, donde aguardaba la caravana. Quinn frunció el ceño cuando la oscura cabeza de Robert apareció a la vista. Si había kimisares en la zona y se enteraban de que Rob formaba parte de la escolta, Quinn no tenía la menor duda de que irían por él. Kimisara tenía un largo historial de toma de rehenes además de los saqueos, y el príncipe heredero sería un objetivo demasiado tentador como para dejarlo pasar. Quinn tenía la sensación de ser capaz de proteger a Rob en inferioridad numérica, pero cuando se encontraran con las mujeres dentro de unos días, resultaría más complicado.

No se le había ocurrido apostar soldados exploradores alrededor del grupo mientras éste avanzaba, pero ahora le parecía necesario, en especial si había más pelotones por ahí afuera. Mientras sopesaba la necesidad de proteger a Robert con sus planes de espionaje, una idea fue tomando forma en su cabeza.

Se volvió hacia Fresno.

—Tengo una nueva tarea para ti, amigo mío.

11

Salvia puso su baúl en la carreta, arqueó la espalda hacia atrás y se estiró. La casamentera elevó la mirada al cielo.

—Contraté a los hombres para eso.

Salvia bajó de la carreta de un salto.

—Me parecía una tontería dejarlo ahí en la tierra hasta que ellos lo subieran.

—Estás haciendo este viaje como una dama —la amonestó Darnessa—. Cada parada que hagamos en el camino será una oportunidad de observar a las personas a las que debemos conocer, y si arruinas esa imagen, no te podrás acercar a ellas.

—Sí, sí —se estiró Salvia la falda—. Sólo quería esperar todo lo posible antes de ponerme el yugo.

El viaje de un mes de duración hasta Tennegol iba a ser agotador, pero Darnessa le había prometido que podría ponerse los pantalones en el camino de regreso.

Representó debidamente el papel de tímida doncella noble mientras llegaban las damas, que en su mayoría se verían por primera vez. Era obvio que muchas se consideraban rivales las unas a las otras. Salvia se imaginó un costal lleno de gatas y se preguntó cuál saldría con más arañazos.

La casamentera la presentó.

—Ella es mi asistente, Salvia, pero se dirigirán a ella como lady Salvina de Broadmoor. Viajará como una más de ustedes, y seguirán sus instrucciones como si fueran mías.

—Me recuerda a esa niña que iba con el pajarero que entrenaba a los halcones de mi padre cuando era pequeña —dijo una rubia que se inclinó para mirar a Salvia con los ojos entrecerrados.

—Sí, es muy probable que te la recuerde —dijo Darnessa. Es posible que la casamentera quisiera sonar amable, pero Salvia se sintió tratada con condescendencia.

Lady Jacqueline se cruzó de brazos.

—«Salvia» es el nombre de una campesina. O el de una hija bastarda. ¿Cuál de las dos será?

Hablaban como si ella no estuviera.

—Yo misma puedo responder —le soltó Salvia.

La joven volvió la cabeza y la miró de arriba abajo como si Salvia fuera un insecto al que pudiera aplastar con el tacón alto de sus zapatos de satín.

—Y bien, ¿cuál es?

—Ninguna, pero puedes apostar ese trasero tan bonito a que estarás besándome el mío antes de que lleguemos a la capital —Salvia sonrió y se inclinó en una reverencia—. Mi señora.

Jacqueline parecía lista para responder, pero Darnessa cortó con el brazo el aire entre las dos.

—Basta. Su nombre es el de «lady Salvina de Broadmoor» en lo que a cualquier otra persona se refiere, y si alguna de ustedes cuenta otra cosa distinta, lo lamentará durante el resto de su vida.

Jacqueline se dio la vuelta, se alejó molesta, y otras salieron detrás de ella. La casamentera ladeó la boca.

—Eso podría haber ido mejor, probablemente —dijo.

Una mano se deslizó en la de Salvia, que bajó la vista sorprendida: lady Clare. Recordaba aquel rostro tan dulce... y aquel pelo. Unos rizos brillantes y oscuros, del color del jarabe de maple, que le caían en cascada sobre uno de los hombros sin un solo mechón fuera de sitio. Clare sonrió con timidez.

—Encantada de conocerte, Salvina —le dijo.

Clare le estrechó la mano y fue a despedirse de su familia.

Salvia la vio alejarse, sin conmoverse ante su gesto. A lo largo de aquel invierno, las muchachas que ni se habían dignado a hablar con ella durante años desearon de repente convertirse en sus amigas, lo cual resultó halagador hasta que Salvia se percató de que su amabilidad sólo tenía por objetivo conseguir un casamiento mejor. Nadie era nunca amable con ella a menos que quisiera algo.

Sólo había unos quince kilómetros hasta Galarick, y el grupo de las damas casaderas llegó poco después del mediodía. Salvia localizó la biblioteca casi de inmediato con la intención de pasarse allí el resto del día, pero se encontró recorriendo unas interminables murallas. La disposición de Galarick se asemejaba a una ciudadela con un patio exterior y otro interior y barracones para los soldados, pero no era más que una mansión con pretensiones: con toda la grandeza de un castillo pero poca de su fortaleza. Las fortificaciones eran innecesarias en una zona tan interior de Démora, en especial desde que la frontera con Kimisara se había llevado tan al sur.

Cuando el sonido de los cuernos anunció la llegada de su escolta militar, Salvia tuvo la suficiente curiosidad como para encontrar un lugar en la muralla interior desde donde verlos entrar desfilando. Había unos treinta soldados en total, y más caballos que hombres en una proporción cercana al dos a uno. Entre ellos caminaban varios perros de caza que evitaban con destreza los cascos de los caballos. Los jinetes, vestidos todos de negro con unas chaquetas, pantalones y botas, desmontaron al unísono y comenzaron a descargar las carretas y a llevarse a los caballos a los establos. Se oían charlas y risas, pero no tanto como ella esperaba.

Darnessa también observaba desde cerca con esa mirada atenta que Salvia asociaba con calar a la gente. La aprendiz se fue acercando a ella poco a poco.

—¿Son ésas las carretas? —señaló Salvia a los simples carros detenidos unos junto a otros—. Pensé que serían más elegantes —los cerca de diez carreteros y sus ayudantes vestían un atuendo sencillo: pantalones y chaleco café sobre una camisa blanca de lino.

—Los acicalarán mañana —dijo Darnessa—. ¿Habías visto antes a los soldados?

—No que yo recuerde.

Los soldados destinados al oeste de las montañas estaban en Tasmet, principalmente, y tenían enfrentamientos frecuentes con Kimisara. Por mucho que el tío William hubiera jurado lealtad y llevara una espada, aquellos hombres sí que habían hecho gala de su juramento de un modo en que su tío jamás lo había tenido que hacer. Salvia se estremeció al pensar en lo que habrían pasado ya aquellos aceros.

—Ése de allí es el capitán, el de los galones de oro en el cuello —le señaló Darnessa a un jinete de cabello oscuro, rasgos bien parecidos al menos en la distancia y un porte orgulloso. La casamentera la miró de soslayo.

—El hijo del general Quinn. Un buen partido.

Sin duda.

El general Quinn se había casado con la hermana de la reina anterior. Aquellos casamientos y otros tantos de la época habían servido para establecer una férrea alianza entre las familias más ricas de Aristel, lo cual tendría una crucial importancia a la hora de repeler el último gran intento de invasión por parte de Kimisara unos años después. Cuanto más aprendía Salvia sobre los casamientos arreglados, mayor era la sensación que le daba de que eran éstos los que mantenían unido el reino.

Frunció el ceño mientras el joven dirigía las maniobras.

—¿Crees que su padre lo haya enviado al Concordium para concertar su matrimonio? No puede ser lo bastante mayor.

—No estoy segura. No reunirá los requisitos nupciales hasta dentro de tres años.

—Un tiempo excesivo para un compromiso —dijo Salvia—. ¿Me tomo la molestia de anotarlo en el libro?

Darnessa asintió.

—Es raro que los soldados se nos aproximen tanto como para evaluarlos. Adelante, crea una página para cada oficial.

En aquel momento tañó la campana para anunciar el almuerzo al mediodía. El barón de Galarick había proporcionado a las damas su propio salón para que comieran y se entretuvieran, pero Salvia se resistía a unirse a ellas.

—No tengo tanta hambre. Creo que iré por algo de comer a la cocina y me lo tomaré en la biblioteca, si no te importa.

—Mientras comas de verdad. Estás demasiado delgada —Darnessa le apretó el brazo a Salvia, y ella lo retorció para liberarlo.

Estaba tan acostumbrada a que la casamentera juzgara a la gente que resultaba complicado saber si estaba siendo crítica o tan sólo maternal, y ninguna de las dos cosas la hacía sentir cómoda.

—Lo haré.

Darnessa la dejó a solas, y Salvia se quedó observando a los soldados durante unos minutos más, sintiendo una extraña envidia. Todos los hombres de allá abajo se movían con un objetivo claro, mientras que ella siempre se sentía perdida. Cierto, la casamentera la mantenía ocupada, y cierto, Salvia a veces disfrutaba con su trabajo aunque jamás lo reconocería, y aun así Darnessa no era muy distinta del tío William en lo referente al deber que Salvia tenía para con ella. Los soldados también tenían un deber con las órdenes que recibían, pero era por su propia elección, y todos ellos desempeñaban un papel importante en sus misiones, cuando no en el futuro del reino.

Salvia tamborileaba un ritmo sobre el barandal de madera que tenía delante. Era buena en la enseñanza; quizá Darnessa la pudiera recomendar a una familia pudiente..., no este año, pero sí, quizá, en el siguiente Concordium. Lo más probable era que la casamentera se retirara para entonces, y Salvia ya tendría la edad suficiente para que los demás la tomaran en serio. Dependiendo de quién reclamara sus servicios, quizá pudiera tener su propio hogar.

Había aceptado aquel oficio por desesperación, y lo ponía con frecuencia en tela de juicio a pesar de que Darnessa le asegurara que era apropiada para desempeñarlo. Ahora veía que era la mejor decisión que había tomado en mucho tiempo. Era un paso hacia la libertad.

Salvia sonrió y se marchó en busca de su libro de anotaciones. Tenía trabajo que hacer.

12

El duque Morrow D'Amiran observaba la puesta de sol desde la torre noroeste de la enorme fortaleza de piedra de espaldas al angosto y neblinoso paso de Tegann. A la primavera le había costado lograr tener un paisaje este año. Los pocos árboles dispersos de hoja perenne eran lo único que le daba algún color a las laderas que se alzaban abruptas a su espalda como una cortina de granito.

El azul pálido de sus ojos seguía al hombre que avanzaba con audacia por el puente levadizo y se detuvo ante el rastrillo mientras lo levantaban para dejarlo pasar. Los colores de la vestimenta del kimisar eran tan apagados como el terreno, y los bordes de su silueta se fundían con el fondo. D'Amiran se acarició la barba teñida de negro mientras buscaba en la penumbra del bosque algún rastro del resto de kimisares que él sabía que estaban allí afuera. Sólo uno de ellos era visible y, pasados unos segundos, el duque se percató de que lo que estaba viendo era un árbol caído en lugar de un soldado al acecho. Le preocupó ver lo eficaces que eran los kimisares ocultándose, aunque debería agradarle, ahora que eran sus aliados.

Aquella alianza era algo desagradable, pero la desesperación de Kimisara había propiciado unos términos de un mayor agrado. Por ahora, el país del sur sólo quería alimentos, por mucho que, cuando se volviera a poner en pie, no le cabía la menor duda de que Kimisara volvería a apropiarse de la provincia de Tasmet pellizco a pellizco, si es que no montaba otra campaña a gran escala para recuperarla. Y, en lo que a él le atañía, se la podían quedar; tan sólo valía la pena conservar los ricos yacimientos de cobre del sur. El ducado pertenecía a su familia como recompensa por el servicio de su padre en la Gran Guerra, cuarenta años atrás, pero era casi un insulto. Aunque parecía espléndido sobre el papel, el territorio era gris, pedregoso y yermo. Como el niño criado en Mondelea que era, le había echado un vistazo a la fortaleza que iba a ser su nuevo hogar y se puso a llorar.

Se esperó entonces que aquellas lágrimas enojaran a su padre, pero lo único que hizo éste fue llevárselo aparte y explicarle que eso no era nada en comparación con los siglos de humillaciones a los que su familia ya había sobrevivido después de ser expulsada del trono por la familia Devlin. Aquel lugar no era sino un peldaño más en el camino para recuperar lo que les correspondía por derecho. «Tal vez no vea yo ese día», le dijo su padre, «pero tú sí».

Y su padre tenía razón en lo referente a la primera parte. El Santo Espíritu se lo llevó once años después, y Morrow sufrió diversos reveses cuando tanto él como su hermano vieron impedido su ascenso por el escalafón militar: Rewel ni siquiera consiguió llegar a teniente. Su camino quedó bloqueado por la estrella emergente del general Pendleton Quinn, el nuevo favorito del rey, tanto en el campo de batalla como en el del casamiento. Pero si algo había aprendido el duque en sus cuarenta y tres años era que no todas las batallas se ganan por medio del enfrentamiento directo. A veces se lograba igual que lo hacía el constante ascenso y descenso de las mareas que él observaba de pequeño, algo inofensivo y fiable, útil, incluso, hasta que un día arrancaba la pared de un acantilado.

La marea estaba subiendo. Tan sólo tenía que seguir siendo paciente un tiempo más.

Unos pasos a su espalda llamaron la atención del duque D'Amiran sobre la llegada de su invitado a la plataforma de la torre. Dos guardias flanqueaban al extranjero que llegaba a conocer al noble, por vez primera. Ni la desconfianza de su anfitrión ni la grandiosidad del entorno parecían descomponerlo. Allí se quedó, con los brazos cruzados y los pies bien plantados con el basto tejido de la capa que le caía desde los anchos hombros hasta las rodillas.

Al ver que el joven no parecía tener ganas de hablar, el duque decidió ser quien empezara.

—Eres el capitán Huzar, ¿no es así?

El hombre hizo un único gesto de asentimiento con la cabeza metida bajo la capucha, pero no dijo nada. Los kimisares tenían la piel más oscura que los demoranos de Aristel, e incluso en una distancia tan corta parecía perderse entre las sombras. El remolino de tatuajes de sus antebrazos expuestos servía para potenciar el efecto de ausencia de una silueta.

—¿Están tus hombres en posición?

Huzar respondió con un fuerte acento que endurecía todas las consonantes.

—Sí. Llegaron conforme a tu calendario.

D'Amiran se permitió una leve sonrisa.

—Excelente.

Huzar no se inmutó ante la alabanza. La falta de deferencia irritaba al duque, pero decidió dejarlo pasar de momento. Las cosas iban demasiado bien como para quejarse por unas pocas frases de respeto por parte de un hombre que probablemente nunca se había dirigido a alguien tan importante como él. D'Amiran se agarró las manos en la espalda.

—¿Y todos ellos comprenden sus funciones?

—Tal y como se indicó, sólo sus propias funciones. Si capturan a alguno, que lo dudo, no podrá informar sobre el resto. Ni sobre ti.

—Tus hombres no deben aterrorizar al grupo —el duque bajó la barbilla para lanzar una mirada penetrante a Huzar—. Basta con aislarlo de todas las comunicaciones. Mientras crean que todo va bien, proseguirán su camino hacia aquí.

Huzar tensó los labios al oír que se daba por sentado que sus hombres no entendían su cometido.

—No actuarán a menos que sea necesario —hizo una pausa—. ¿Cuándo deberíamos esperar la llegada de nuestro rehén?

No pudo pronunciar bien la palabra con la hache muda, que sonó como una jota aspirada.

D'Amiran hizo un gesto con la mano para restarle importancia.

—Mi hermano lo está buscando. El príncipe Robert es un oficial de caballería, de manera que sólo es cuestión de tiempo que salga de patrulla y se separe del grupo principal. Cuando tus hombres se lo lleven a través del paso de Jovan, gran parte del ejército los seguirá, y nosotros actuaremos. Siempre que tus hombres sean capaces de traer al príncipe de vuelta hasta aquí a través del paso, es tuyo.

13

Una fila de criados se dirigía con charolas al salón de las damas, al caer el sol. Las mujeres no les prestaban atención mientras decidían dónde sentarse y llenaban las copas de vino. Cuando el sirviente principal anunció que la cena estaba lista, las invitadas se acercaron a la mesa alargada.

Uno de los criados torció la boca en un gesto de rechazo al ver que las damas de mayor rango obligaban a las de menor a tener pequeñas deferencias con ellas. Sus oídos prestaron atención cuando se iniciaron las conversaciones, pero pasados unos minutos tuvo la sospecha de que aquello iba a acabar con él del aburrimiento: las riquezas que ostentaban, las propuestas de casamientos que rechazaban y otros temas menos interesantes aún. Sólo su opinión de los soldados tenía algo de interés; les divertiría saber cómo cambiaban impresiones las muchachas. Ninguna había reconocido al príncipe Robert, lo cual era un alivio.

La carta de la casamentera tan sólo incluía los nombres de las casas de las damas, pero ellas se trataban con confianza y se llamaban por el nombre de pila, lo cual dejó al criado un tanto perdido hasta que se percató de que se habían colocado en el mismo orden de rango en sociedad que indicaba la lista. Se dedicó a estudiar a las muchachas de una en una y a ponerle cara a los nombres. Aquellos arreglos tan antinaturales despistaban mucho: ¿cómo podían aguantar la pintura en los párpados? Algunos de aquellos peinados parecían desde luego dolorosos; le producían a él picores en el cuero cabelludo, lo cual le recordó que no se había cortado el pelo en dos meses, y se dio cuenta entonces de que faltaba una dama. Volvió a contar. Sólo quince.

Con una reverencia de cortesía, se aproximó a la cabecera de la mesa.

—Mi señora Rodelle, si me permites que te pregunte, ¿están todas tus damas presentes? Veo que sobra un plato.

La casamentera estudió la mesa y suspiró.

—Sí, es probable que la dama se encuentre en la biblioteca y no haya oído la llamada al comedor.

La rubia a su izquierda soltó un bufido.

El criado decidió que ya no había mucho más que averiguar allí aquella noche y se alegró de tener la oportunidad de escaparse.

—¿Voy a buscarla, mi señora?

Intervino la joven rubia, lady Jacqueline.

—Ya hemos tomado los dos primeros platos. Aparecer ahora sería una descortesía por su parte.

La señora Rodelle lanzó una mirada de advertencia a la joven y se volvió hacia él.

—Te agradecería que le llevaras algo de comer. Gracias.

El criado hizo una reverencia, retrocedió y rodeó la mesa para preparar una charola con comida. Todo el pan se había repartido, y acababa de decidir que la muchacha tendría que pasar sin él cuando la dama sentada a la derecha de la casamentera lo llamó con un gesto de la mano. El joven se guardó una mueca para sus adentros y se dirigió hacia ella, pero para su sorpresa la dama le entregó su panecillo.

—Se lo puedes llevar a ella; yo tengo de sobra —sonrió lady Clare y lo miró a los ojos, la única que lo había hecho.

Al parecer, no todas eran unas creídas.

Salió del salón sin hacer ruido y descendió por los oscuros pasillos que ya había memorizado en las pocas horas transcurridas desde su llegada. Ante la puerta de la biblioteca, equilibró la charola sobre la rodilla el tiempo suficiente para abrir el pasador y empujarla suavemente con el codo. *Entrega la comida, échale un vistazo a la joven y vuelve a los barracones.* Según la situación del asiento vacío y el desdén mostrado por lady Jacqueline, podía asegurar que ésta era la última de la lista, lady Broadmoor. Sin embargo, dudaba de que fuera a ser capaz de averiguar esta noche el nombre de pila de la joven.

La dama no levantó la vista de su asiento ante la mesa junto al fuego, de manera que el criado carraspeó.

—Perdona la intrusión, mi señora, pero te traje algo de cenar. Las demás damas han dicho que no te unirías a ellas.

La joven levantó la cabeza de entre las pilas de libros.

—Oh, gracias —se levantó y apartó los papeles y los libros—. Armé un pequeño lío, pero le puedes decir al maestresala que lo recogeré antes de irme.

La muchacha había estado escribiendo en un libro de registro bastante grande. Tratando de no ser excesivamente descarado, se acercó para ver mejor. La mitad de las hojas parecían escritas, pero el libro estaba dividido en secciones con páginas cuyas esquinas estaban dobladas, de manera que no era un diario. La mirada del joven recorrió las hojas de papel que la chica tenía a su alrededor. Cada una parecía tener escrito un nombre masculino. La página por la que estaba abierto el libro contenía la información de una hoja cercana. Estaba transcribiendo notas. Interesante.

La precisión de su escritura también le recordaba la carta de la casamentera. Una extraña coincidencia, desde luego, teniendo en cuenta especialmente lo que estaba escribiendo la joven. Trató de lograr un mejor ángulo, pero ella recogió unos cuantos papeles y los introdujo en el libro antes de cerrarlo. Después apiló unos cuantos libros más encima y los desplazó a un lado. Recogió en una pila el resto de papeles sueltos antes de darse la vuelta para echarlos al fuego que tenía a su espalda. Cuando crecieron las llamas, el muchacho pudo observar mejor sus rasgos.

Parecía muy joven, de unos dieciséis años, quizá. Más bien alta, aunque su estatura se podía deber a sus zapatos. Su rostro carecía de esa belleza de muñeca de porcelana que tenían las otras mujeres, pero su sonrisa era realmente sentida. No podía distinguir el color de sus ojos tal y como estaba ella de espaldas al fuego, y de su trenza simple se había escapado una aureola de cabellos finos que le daba el aspecto de haberle dado el viento en la cara. El color del pelo también resultaba difícil de determinar, ya que la danza de la luz le daba unos tonos dorados y rojizos. Y, o bien lo engañaban las sombras, o bien tenía la nariz ligeramente torcida, como si se la hubiera roto en algún momento del pasado.

La valiente mirada de la joven se encontró con la suya, y ella dejó que la estudiara sin avergonzarse ni indignarse. Cuando la mirada de ella lo recorrió a él de arriba abajo, el chico encogió los dedos bajo la charola al darse cuenta de repente de que tenía las uñas sucias. Ella le señaló la mesa.

—Deja eso donde haya sitio. Yo me sirvo.

El criado se percató del tiempo que se había quedado mirándola, bajó la charola de forma apresurada, derramó la sopa, he hizo tintinear la vajilla. Ella se volvió a sentar en la silla y extendió los brazos para ayudarle.

—No creo haberte visto antes —dijo ella.

—No, mi señora —respondió mientras secaba la sopa con un paño—. Vine con la escolta. Hacía falta una mano en las cocinas, y me han dicho que ayude.

—¿Eres uno de los soldados? —dijo ella y se le iluminó la cara, y él asintió—. Algo bueno por tu parte, que ayudes. ¿Y quién no querría echarle un ojo a nuestras encantadoras damas? ¿Estás espiando para tu capitán?

Su tono de voz era desenfadado, pero él dio un respingo y de inmediato se maldijo por ello. La joven prosiguió como si no hubiera reparado en su reacción.

—Supongo que es natural que la gente sienta curiosidad por ellas.

Hablaba del grupo como si ella no formara parte de él. O, extrañamente, como si fuera su dueña.

—¿Cómo te llamas? —le preguntó.

—Fresno —respondió sin pensar. Acto seguido, al recordar cómo debía comportarse, se enderezó e hizo una reverencia—. Fresno el Carretero, mi señora. Y a eso me dedico, más que nada, a conducir los carros.

La media sonrisa de la joven adoptó un aire nostálgico.

—Fresno es un nombre muy bonito. Me recuerda a los bosques en los que crecí. ¿Cuánto tiempo llevas en la caballería?

—Toda la vida, mi señora. Sirvo con el capitán Quinn desde que le dieron el mando, pero lo conozco desde que era un niño —se contuvo al darse cuenta de que le había dado más información de la que debería.

La joven ladeó la cabeza como un pajarillo mientras lo miraba, hacia arriba, y él tuvo la inmediata sensación de haber cometido algún error, aunque no se decidía por cuál.

—Pues bien, maese Fresno —dijo ella—. Yo me llamo Salvina, y es un placer conocerte. ¿Qué me trajiste de cena?

—Pollo frío con salsa de albaricoque y verduras, mi señora, además de pan con queso y mantequilla. Y esto es la especialidad de las cocinas —levantó la tapa que cubría el cuenco—. Sopa de cebolla.

Lady Salvina se inclinó hacia delante para olisquear el vapor que ascendía del plato de pollo, pero retrocedió de golpe con un gesto de repulsión.

—Aj. Aquí le ponen cebolla a todo, y no me quiero ni imaginar una sopa hecha entera con cebolla.

El criado se detuvo con la tapa aún a medio levantar.

—¿De verdad, mi señora? Es mi preferida.

Le hizo un gesto para que tapara el cuenco humeante.

—Entonces, tómala tú.

—¡Mi señora, no podría!

—¿Por qué no? —respondió ella—. Si la devuelvo a las cocinas sin haberla probado, ¿qué harán con ella?

Él parpadeó.

—Se la echarán a los cerdos, supongo.

—Y tú no la probarás.

El joven le hizo un gesto negativo con la cabeza.

—Más tarde conseguiré que me den un poco en las cocinas, mi señora.

Salvina imitó unas arcadas de un modo nada propio de una dama.

—Tú mismo, pero no te darán más que restos fríos. Además, el cerdo de la semana que viene sabrá a cebolla.

Fresno reprimió una sonrisa. Quizá pudiera desarrollar aquello para convertirlo en el contacto que el ejército quería dentro del grupo de las damas casaderas. Y aquel libro de anotaciones que tenía resultaba interesante. De todas formas, no quería aparentar un excesivo entusiasmo.

—Mi señora, no es apropiado, de verdad.

—Por favor —le pidió ella con sencillez—. Siéntate y relájate durante unos minutos. No he hablado con nadie en todo el día. Jamás en la vida he tenido una conversación con un soldado.

El muchacho tomó una silla de la mesa para poder sentarse frente a ella. Salvina le lanzó la cuchara, y él la cazó en el aire con una tímida sonrisa.

—No sé yo si valgo para mucha conversación, mi señora.

—Entonces come —partió la pieza de pan y se inclinó sobre la mesa para ofrecerle uno de los trozos. Era mucho más grande que el que ella se había quedado para sí, y él lo miró con nervios—. No tengo tanta hambre —le dijo ella.

Él tomó el pan con cuidado de no tocarle los dedos a la dama.

—Gracias, mi señora.

Salvina se reclinó y atacó su propio plato. Él siguió su ejemplo sin decir nada, aunque la mirada se le iba sin cesar hacia el libro, en el borde de la mesa. ¿Qué fin tendría?

—Y bien, Fresno —dijo lady Salvina después de haberse comido medio plato—, ¿de dónde procedes? ¿De algún lugar cerca del valle de Tenne?

Fresno tenía la boca demasiado llena para responder inmediatamente.

—Sí, mi señora. ¿Cómo lo supiste? —¿Y por qué *te importa eso*? Se preguntó en silencio.

—Hablas con rapidez, algo que he detectado en las personas de aquel lado de las montañas.

Fresno se relajó un poco. Una de las primeras cosas en las que él había reparado era el acento de Crescera que ella tenía: separaba del modo más sutil las palabras que él solía unir al hablar, como al decir «tantambre» en vez de «tanta hambre».

—Me fui de casa y entré en el ejército cuando tenía nueve años, pero supongo que nunca me desprendí de mi hogar.

—¿Lo echas de menos, tu hogar?

Su respuesta requería una calculada dosis de veracidad, pero no demasiada.

—Al principio sí, pero nos mantenían muy ocupados, y eso ayudó. El ejército es ahora mi familia.

De repente se le ocurrió que ella también había dejado atrás a su familia camino de una nueva, pero al contrario que él, ella jamás regresaría a su casa. ¿Se había sentido ella igual que él unos años atrás, viajando a lo desconocido, con una sensación de entusiasmo y la de tener un deber, pero también una terrible soledad y temor al respecto del futuro? Cuando su mirada se volvió a posar en el libro de anotaciones bajo la pila de libros, se preguntó si ella también se enterraba en su trabajo igual que había hecho él.

La mano de Salvina se interpuso en su línea de visión y tomó el libro de todo lo alto.

—¿Te estabas fijando en éste?

—No, mi señora —se apresuró a decir antes de darse cuenta de que ella no hablaba del libro de notas.

—Ah —dijo ella con cara de decepción—. Pues es un relato muy interesante del reinado del rey Pascal III. ¿Estás familiarizado con el personaje?

Fresno sabía mucho sobre los reyes de Démora, pero tampoco era necesario que ella lo supiera.

—La verdad es que no, mi señora.

Salvina dejó escapar un leve suspiro.

—Para los soldados no es necesario saber de historia, imagino —volvió a dejar el libro sobre la pila y continuó comiendo—. Supongo que, en cierto modo, ya era esperar demasiado.

Consideraba a los soldados unos incultos, unos ignorantes con los que no valía la pena hablar. Fresno bajó la cabeza sobre la sopa para ocultar la sangre que se le estaba subiendo a las mejillas.

—¿Te educaron, siquiera, durante tu instrucción militar? —preguntó ella.

No, quería decirle él, *sólo aprendimos a ensartar cosas y a desfilar*. Pero se aclaró la garganta y le dijo:

—No tanto como a ti, mi señora, de eso estoy seguro.

Tenía que moderar su tono de voz o se metería en un lío. O algo peor, haría saltar su tapadera y quedaría como un necio ante toda la compañía.

—Supongo que la educación no cuenta para mucho en tu trabajo —dijo ella. Fresno encajó la mandíbula con fuerza y se concentró en un trozo de pan que se disolvía en la ya fría sopa mientras ella continuaba—. Te hace la vida más fácil, seguramente.

—¿Es más fácil que yo no sepa cómo son las cosas? —le soltó antes de poder contenerse.

Ella frunció el ceño.

—No es eso lo que quiero decir.

—¿Es más fácil ser tan obediente como un niño? ¿No poner nada en tela de juicio?

Quizá hubiera algo de cierto en aquellas acusaciones, pero aun así, a él le resultaron insultantes.

—Por supuesto que no —dijo ella—, pero... el éxito de un ejército depende mucho de que los soldados sigan las órdenes, ¿no estás de acuerdo conmigo?

—No sabía que mi señora fuera tan experta en cuestiones militares.

Salvina resopló con fuerza.

—¿Sigues tú las órdenes que te dan, o no?

No estaría allí mismo en aquel instante si no lo hiciera.

—Sí, señora.

—¿Alguna vez has discutido sobre las órdenes que te dan o has tratado de zafarte de ellas?

—No, señora —se pasó el pulgar por la nariz y apartó la mirada.

—Eso era todo cuanto quería decir, maese Carretero —dijo ella un tanto decaída en su silla—. Puedo, incluso, identificarme con ello. Tenemos en común más de lo que piensas...

—Pienso que es obvio que no tenemos nada en común, mi señora —dijo, se empujó para apartarse de la mesa y se levantó—. Si me lo permites, me retiraré.

Ni siquiera esperó a que ella le diera su permiso para marcharse. Al salir y cerrar la puerta, Fresno captó un vistazo de su rostro, rojo de ira.

Y pensar que la dama le había caído bien al principio. No le había parecido en absoluto pretenciosa, pero era tan mala como las chicas sentadas a la mesa, entendidas en moda y en la educación de los libros únicamente.

Se marchó furioso hacia los barracones e hizo caso omiso de todo aquel con quien se cruzó. A medio camino se percató de que tal vez debía haberle dicho a alguien que había dejado los platos en la biblioteca, pero decidió que lady Salvina podría encontrar a alguien que se ocupara de ellos. De todas formas, un soldado era demasiado estúpido como para saber qué hacer a menos que alguien se lo indicara.

Una parte de sí le susurraba que no era culpa de ella. Una mujer, y en especial una que se había criado en las aletargadas tierras de cultivo de Crescera, tampoco tendría por qué saber nada sobre el ejército. Había reconocido que nunca había tenido un encuentro con un soldado. De no haber estado interpretando el papel del carretero, le podía haber demostrado lo culto que era, le podía haber explicado que los mejores soldados pensaban con la cabeza.

Pero la dama tampoco andaba tan errada en lo referente a la importancia de seguir las órdenes.

Llegó ante la puerta del capitán antes de darse cuenta. Una veloz mirada a su alrededor le dijo que el pasadizo estaba desierto, pero aun así llamó a la puerta de madera siguiendo un código. Tras esperar unos segundos sin respuesta, abrió la puerta y entró a escribir su informe.

14

Darnessa levantó los ojos de su bordado en el instante en que su aprendiz asomó la cabeza por la puerta.

—Sólo quería decirte que ya me voy a acostar —dijo Salvia.

—¿Ya cenaste?

—Sí, un sirviente me trajo algo a la biblioteca. Me imaginé que lo enviabas tú.

Darnessa asintió.

—Así es. Insisto en que no deberías evitar tanto a las damas.

—Tenía mucho trabajo que terminar —Salvia vaciló—. ¿Sabías que ese criado era en realidad uno de los soldados de la escolta?

—¿Es eso cierto?

Salvia abrió la puerta un poco más, entró y se apoyó en ella para cerrarla.

—Me dijo que solamente estaba siendo útil, pero yo creo que en realidad estaba observando para el capitán Quinn.

Darnessa se echó a reír.

—Tendrías que haber oído a las chicas soñando con los oficiales. Bien que les complacería saber que los hombres las están espiando —alzó la mirada y vio a Salvia con el ceño fruncido—. ¿Acaso te sorprende?

—Supongo que es lógico desde el punto de vista militar —Salvia se encogió de hombros—. Estamos a su cuidado.

Se podía dar por seguro que a Salvia se le escapaba el aspecto romántico de la idea.

—Al principio había pensado que sería una buena fuente de información sobre los oficiales —prosiguió la aprendiz—, así que empecé con la rutina habitual de hacerlo hablar.

El enojo en el tono de voz de Salvia hizo que Darnessa alzara el rostro.

—¿Y no salió bien?

—No —se enderezó y lanzó las manos al aire—. ¡Se molestó mucho! Y todo cuanto hice fue preguntarle si le habían dado una educación.

—Y, por supuesto, no te mostraste condescendiente —dijo Darnessa con un gesto negativo de la cabeza y volvió a bajar la vista.

—¡No es culpa mía que sea un ignorante!

Darnessa suspiró.

—No todo el mundo disfruta del saber de los libros tanto como tú, Salvia.

—Pues sí que me sirve de mucho en este oficio —Salvia se cruzó de brazos y se volvió a apoyar en la puerta.

Darnessa hizo una mueca.

—Entonces, quizá deberías centrarte mejor en lo que te ayudará a hacer tu trabajo, como llegar a conocer a esas muchachas —la casamentera señaló hacia la puerta a la espalda de Salvia—. Tenemos que encontrarles una pareja que les convenga.

—Ya escogiste a esas chicas —protestó Salvia—. ¿Qué más se puede hacer hasta que lleguemos allí?

—¿Y cómo esperas ser capaz de encontrarles pareja como es debido si no llegas a conocerlas?

—Ya sé lo que piensan de mí.

—¿Y quién tiene la culpa de eso? Esta mañana te bastó con dos minutos para ponerte a repartir insultos.

Salvia se puso roja de ira, pero no dijo nada. Darnessa se quedó mirándola hasta que empezó a retorcer las manos.

—¿Conseguiste el nombre de ese soldado, por si he oído hablar de él?

—Fresno el Carretero, y lleva las riendas de las carretas —Salvia tenía la mirada perdida en la chimenea y no reparó en el sobresalto de Darnessa.

¡Fresno el Carretero!

Darnessa se apresuró a bajar de nuevo la vista sobre su costura. Aunque casi todo el mundo sabía que el rey tenía un hijo llamado Fresno —uno de los nombres más comunes entre los niños nacidos fuera del matrimonio—, muy pocos sabían que el nombre de la familia de su madre era el del Carretero. Su apellido oficial era Devlinore. El hijo ilegítimo servía de forma discreta a las órdenes del general Quinn junto al príncipe heredero, y el uso del nombre de su madre resultaba lógico. Si se trataba de él, era un enorme golpe de suerte.

Cuanto más lo pensaba, más probable le parecía que fuera él, que estaba aprovechando la oportunidad para ver a su familia y amigos en Tennegol. Y no era un oficial: no había límites de tiempo para concertarle un matrimonio. Trató de acordarse del muchacho de la cena. Era de piel oscura. Tanto su madre como la del príncipe eran de Aristel, de modo que eso encajaba. Salvia podría tener la oportunidad de descubrirlo para la casamentera, suponiendo que no hubiera causado demasiados daños.

—¿Hablaste con él de algo más?

—La verdad es que estábamos teniendo una charla muy agradable. Me pareció alguien con quien podría llevarme bien si no tuviera que comportarme como una de las casaderas.

Había un dejo de lamento en la voz de Salvia, lo cual satisfizo a Darnessa, pero había algo más que alertaba el afinado sentido de la casamentera.

—Esperemos que no hable con los demás soldados sobre esta noche; sólo hará más difícil que averigüemos cosas sobre ellos.

Salvia dio un respingo. Eso era bueno. Después de calmarse vería que era necesaria una disculpa. Darnessa sólo tenía que dejar que Salvia pensara que había sido idea suya.

—Será mejor descansar, entonces —dijo Darnessa por fin—. Mañana empezamos temprano.

Salvia asintió con hastío.

—Buenas noches.

Darnessa aguardó hasta que la puerta se hubo cerrado, tras salir la muchacha, para dar rienda suelta a la sonrisa que había estado conteniendo.

Oh, Salvia silvestre, ya te daré una pareja yo a ti.

15

Quinn estaba estudiando un pergamino cubierto de notas cuando Charlie le trajo la cena. Un vistazo al reloj de vela le dijo que el paje debería estar ya en la cama hacía un buen rato, pero no se veía capaz de reprender a su hermano por tratar de cuidar de él. Más tarde, cuando los oficiales entraron en la sala, en fila, y se colocaron uno al lado de otro, el plato continuaba intacto. Siguió mirando el pergamino con el ceño fruncido durante varios segundos antes de colocarlo sobre uno de los montones que tenía a su alrededor y levantó la vista.

—Discúlpenme, sólo estaba pensando —la disculpa era innecesaria, pero en el pasado a él lo hacían esperar los oficiales con el fin de poner su rango de manifiesto. A él le parecía una costumbre de mal gusto. Tomó una hoja nueva de pergamino y hundió la pluma en el tintero—. Infórmenme.

Cada uno de los hombres detalló lo que habían averiguado sus cuadrillas aquel día sobre la gran casa y sus gentes, sus rutinas y las tierras de alrededor. Quinn llenó la página de información y empezó otra antes de que hubieran terminado. Por fin, dejó caer la pluma, flexionó la mano derecha y dijo:

—Muy bien. Hay algunas lagunas, pero con el tiempo todos aprenderán a distinguir qué es lo útil —se reclinó en su silla y se mordió el labio antes de continuar—. Los criados suelen ser la mejor fuente de información, así que hagan que sus cuadrillas se muestren serviciales y hagan preguntas. Pueden coquetear con las doncellas, pero nada de jugar con sus sentimientos, lo cual me recuerda que...

—se incorporó en la silla para buscar un pergamino concreto—. Aquí están las notas que ha tomado el ratón sobre las damas. Memoricen los nombres y mañana les ponen cara.

Casseck cogió la página y la observó. Frunció el ceño al llegar al fondo.

—¿Hay algún motivo para que haya escrito tanto sobre esta última, señor?

—Que el ratón llegó a hablar con ella a solas. La dama estaba en la biblioteca, y él le llevó allí algo de comer.

Cass lo miró por encima del pergamino antes de pasárselo a Gramwell. Quinn hizo caso omiso de aquella mirada.

Robert se asomó por encima del hombro de Gramwell.

—Dice que la chica estaba tomando notas sobre la gente. ¿Qué significa eso?

—Estaba copiando una serie de notas sobre nobles: lo que les gusta y lo que no, descripciones, propiedades, ese tipo de cosas. Nada preocupante.

—A mí sí me suena un poco preocupante, señor —dijo Cass arqueando una ceja.

—Yo también lo pensé al principio —dijo Quinn—, pero después tuve en cuenta que se trata de la dama de menor rango, de modo que quizá esté tratando de congraciarse con la casamentera haciéndole parte de su trabajo. La señora Rodelle ronda los cincuenta, de manera que tal vez le empiece a costar registrarlo todo a ella misma.

Gramwell asintió sin levantar la vista.

—Suena lógico, señor.

—Eso es todo lo que tengo —dijo y bajó la mirada para indicar que la reunión había finalizado, pero se percataba de que Casseck seguía teniendo preguntas.

Aun así, su amigo se cuadró y saludó con el resto, pero cuando Robert y Gramwell se marcharon Cass se quedó y cerró la puerta detrás de ellos. Se sentó en la silla frente a Quinn y esperó mientras hacía como si revisara unos pergaminos. Siempre dejaban a un lado las formalidades cuando estaban a solas, pero Casseck esperaba a que Quinn empezara.

Finalmente, se reclinó.

—¿Qué pasa, Cass?

Casseck se encogió de hombros.

—Estaba pensando que el ratón no ha hecho un contacto firme dentro del grupo. Creí que ése era el objetivo.

—Todavía no ha conocido a todo el mundo. ¿Qué me quieres decir con eso?

—¿Por qué no lady Broadmoor?

Quinn se movió inquieto en su asiento.

—Pensábamos en una de las doncellas.

—Yo creo que ella sería mejor. Tú mismo inferiste que tiene influencia en la casamentera. Podría ser útil si hay algún problema.

Cass tenía razón. La mirada se le fue hacia el resumen que Fresno había hecho del último par de días de extensas patrullas. Tenían pruebas de que había otro grupo kimisar por allí. Tendría que informar cuando llegara el siguiente mensajero.

—Además —prosiguió Casseck—, ahí decía que fue ella quien inició la conversación con él. Me sorprende que el ratón no aprovechara la oportunidad.

—La conversación terminó cuando ella dio a entender que el ejército está lleno de simplones.

—Ya lo leí —Cass se inclinó hacia delante y apoyó los brazos en la mesa—, pero eso no tiene sentido, Alex. Decía que la chica empezó siendo amable y que compartió la cena con él, entonces, ¿a qué viene la falta de respeto tan repentina? El ratón es a veces demasiado susceptible. No sería la primera vez que saca conclusiones precipitadas.

Quinn soltó un gruñido.

—Quizá tengas razón —se pasó la mano por el pelo greñudo y se rascó la parte de atrás de la cabeza—. Pero se fue furioso. No creo que ella tenga muchas ganas de volver a hablar con él.

—Quizá yo podría interceder, explicarle que al ratón no le gustan los comentarios sobre su educación porque nunca aprendió a leer.

Quinn lo pensó durante varios segundos.

—¿Sabes? Eso tiene posibilidades. Si alguna vez le vuelve a llevar la cena, ella se sentirá a salvo dejando abierto ese libro suyo de anotaciones aunque él esté cerca. Podría verlo mejor.

—Creía que ese libro no te preocupaba.

—Tampoco hace ningún daño ser precavidos.

—Por supuesto que no —reconoció Cass—, pero claro, a lo mejor tienes dudas de la capacidad del ratón para mantenerse firme con ella cerca. ¿Es guapa?

Quinn se irritó.

—Mis hombres no han venido aquí a coquetear, y menos con las casaderas del Concordium.

—Por supuesto que no —volvió a decir Cass, esta vez con la sombra de una sonrisa—. Entonces, ¿hablo mañana con ella? ¿Intento suavizar las cosas en nombre del ratón?

El ratón había metido la pata, suspiró Quinn para sus adentros.

—Muy bien. Inténtalo. Si funciona, la utilizaremos como contacto.

Casseck se puso en pie y se estiró.

—Sólo tienes que asegurarte de que el ratón está preparado para este papel —se dio la vuelta para marcharse—. Y duerme un poco, Alex. Las semanas que tenemos por delante van a ser más duras de lo que piensas —hizo una pausa con una mano en el picaporte—. Y necesitaremos un nombre en clave para ella.

Quinn daba unos golpecitos sobre la mesa con la pluma mientras leía las notas del ratón por décima vez. Aquellas damas eran como una bandada de pájaros que no paraban de graznar y seguían a uno que les marcaba el camino.

—Estornino.

Cass asintió al abrir la puerta.

—Los estorninos son unos pájaros muy listos.

—Lo sé. Y también irritantes como un demonio.

16

Por la mañana temprano llegaron los mozos a buscar los baúles de las damas. Salvia ya estaba levantada y lista, pero a muchas de las otras les hizo falta algún empujoncito. Con el ajetreo de los criados por todas partes, resistió el impulso de participar y se limitó a ir detrás de su baúl hasta el patio exterior, donde aguardaba la hilera de carretas. La mañana era fría, y se ajustó la capa para arroparse más mientras estudiaba cada rostro que daba vueltas a su alrededor en busca de la cara que había conocido la noche previa. Pasados unos minutos, lo encontró jalando un paño ancho para cubrir una de las carretas.

El motivo de las rosas bordadas en la tela indicaba la especial alcurnia de la persona que viajaba en ella, dado que era un emblema que se solía reservar para el uso de la familia real. Siempre había alguna princesa que se llamaba Rosa, y muchas familias utilizaban alguna variación del nombre para dar a entender un parentesco con la realeza: en su propio grupo tenía a una Rosalynn. Era bastante paradójico que, en el resto de los casos, los nombres de las plantas y las flores indicaran un nacimiento ilegítimo o muy humilde, salvo en el suyo, pero es que su padre se enorgullecía de llevar abiertamente la contraria a las convenciones.

Salvia observó cómo Fresno el Carretero ataba el techado de tela al armazón. Su nombre decía que era un hijo bastardo o un campesino... o ambas cosas. Ninguna de las dos le preocupaba a ella. Era más alto de lo que se había percatado, ancho de hombros aunque no corpulento. Había desaparecido la pose de subordinación que había adoptado la noche antes; se movía con eficacia y confianza en su trabajo. Rodeó una pila de equipaje y se aproximó con el deseo de llegar tan cerca como para hablar con él sin llamar demasiado la atención. Desde luego que no sería grosero si ella se acercaba con tanta gente a su alrededor.

Ante ella surgió el uniforme negro de un jinete, y Salvia levantó la vista para toparse con la amistosa mirada de unos ojos azules bajo un cabello rubio pajizo. Un teniente, a juzgar por la barra de plata que lucía en el cuello.

—Buenos días, mi señora —dijo él—. ¿Puedo ayudarte? Cualquiera diría que perdiste algo.

—Te ruego me disculpes, mi señor —dijo ella—, pero esperaba poder hablar con el conductor de la carreta. Anoche lo conocí, y creo que malinterpretó algo que dije, así que quería pedirle disculpas.

El teniente echó un vistazo por encima de su hombro.

—Ya me enteré.

¿Tan malo había sido? ¿Acaso estaban ahora todos los soldados enojados con ella? El teniente no lo parecía, es más, estaba sonriendo.

Aquélla era una buena oportunidad para empezar a averiguar cosas sobre los oficiales para Darnessa, pero no iba a ir a ninguna parte con ninguno de ellos hasta que arreglara las cosas con Fresno el Carretero. Quizá pudiera hacer las dos.

El soldado le ofreció su brazo.

—Permíteme que interceda por ti, mi señora. Ya veo que no descansarás hasta que esto se haya solucionado. Soy el teniente Casseck, por cierto.

—Te lo agradezco —lo tomó por el codo y dejó que él la guiara—. Encantada de conocerte, mi señor. Yo soy Salvina de Broadmoor.

—Debes comprenderlo, mi señora —dijo el teniente mientras caminaban—. El Carretero se pone un tanto susceptible porque no sabe leer.

Ella levantó la vista sorprendida.

—¿No sabe leer?

Casseck se encogió de hombros.

—Es algo bastante común entre los soldados. Aprenden sobre todo a base de recitar. Si uno no aprende a leer antes de alistarse, jamás lo hará.

—Es una pena —murmuró ella.

Llegaron a la carreta justo cuando Fresno saltaba del asiento del conductor. Saludó al teniente, y la mirada de sus oscuros ojos se desvió por un segundo a sus brazos agarrados.

—Mi carreta está prácticamente lista, señor —se inclinó con torpeza ante ella y alzó la mirada bajo aquellas cejas oscuras y rectas—. Buenos días, mi señora. Es un... placer... volver a verte.

—Lady Salvina estaba contándome lo que sucedió anoche —dijo Casseck antes de que ella pudiera hablar—. Creo que está preocupada porque te despediste de mala manera.

—Sí —se apresuró a explicarse Salvia—. No pretendía ofenderte. Acepta mis disculpas, por favor, maese Carretero.

—No hay nada que disculpar, mi señora —vaciló él, y sus palabras sonaron tan forzadas como las de ella—. Discúlpame tú a mí por provocar tu preocupación, mi señora.

Y ahí estaba de nuevo: su pronunciación y su forma de expresarse eran sin duda formales. No venían al caso con su educación, pero Casseck había dicho que había aprendido de oído. Resultaba obvio que era inteligente.

El Carretero se inclinó de nuevo ante ella y fue a rodear la carreta. Salvia recordó su forma de mirar la pila de libros y se percató de lo humillado que debió de sentirse cuando le restregó en la cara el hecho de que no sabía nada sobre ellos. Salvia sabía lo que habría hecho su padre.

—Puedo enseñarte a leer —soltó de golpe.

El Carretero se dio la vuelta, boquiabierto, y el teniente retrocedió para mirarla con aire de reprobación.

—Eso es demasiado generoso por tu parte, mi señora —dijo Casseck.

Tampoco era muy propio de una dama. Darnessa no estaría feliz, pero Salvia también podía pasar tiempo con él para conocer a los oficiales.

—No es ningún problema en absoluto —insistió ella—. Tengo muy poco más que hacer durante el viaje. Y... y quizá sirva para mejorar las perspectivas en la carrera de maese Carretero. ¿Crees que tu capitán lo aprobaría?

—¿Lo haría? —dijo Fresno con un rostro indescifrable.

—Creo estar en condiciones de hablar por él —respondió Casseck.

La situación se tensó entre ambos. El Carretero debía de estar avergonzado porque el teniente se lo hubiera contado a ella.

—Podemos empezar ahora mismo —dijo Salvia—. Tengo una pizarra en el baúl. Puedo acompañarte en el asiento delantero mientras tú conduces y enseñarte las letras —hizo una reverencia ante el teniente y se alejó deprisa antes de que él o el Carretero le pudieran poner alguna objeción.

Aquello sería mucho más divertido que ir en una carreta atestada con un puñado de víboras. Era también una especie de desafío, ver si era capaz de que el muchacho leyera algunas frases simples cuando llegaran a Tennegol.

Salvia se encontró su baúl todavía esperando a que lo subieran a la carreta y lo abrió. Estaba escarbando en él en busca de la pizarra cuando apareció Darnessa a la altura de su codo.

—¿Qué estás haciendo?

La casamentera debía de haber estado observándola.

—Según parece, ese soldado del que te hablé ayer, Fresno el Carretero, no sabe leer, así que me ofrecí a enseñarle —sacó Salvia la pizarra mientras hablaba rápido—. Si viajo delante con él, habrá más espacio ahí detrás para las damas. Y también podré conseguir información sobre los oficiales.

Hizo una pausa a la espera de las objeciones de Darnessa, pero su maestra en el oficio estaba mirando a los dos soldados. Casseck seguía hablando con el Carretero, que mostraba una expresión pensativa. Unos segundos después, la casamentera se volvió hacia ella.

—Asegúrate de cubrirte la cabeza —fue todo cuanto le dijo.

17

El ratón repasó mentalmente cada nombre mientras veía a Casseck y a Gramwell ayudar a las casaderas a subir en la parte de atrás de las carretas. Lady Broadmoor había desaparecido, pero en cualquier instante necesitaría su ayuda para subir al asiento del conductor, así que esperó. Sus disculpas lo habían tomado por sorpresa, porque él seguía pensando que, cuando Casseck le contara que no sabía leer, ella habría decidido de una vez por todas que él no era digno de su tiempo. En cambio, se había ofrecido a enseñarle.

Los jinetes montaron, y quedaba ya poca gente en tierra, pero seguía sin verla. ¿Habría cambiado de opinión?

—¿Maese Carretero? —oyó que le decía en voz baja y se dio la vuelta de golpe, buscándola.

Tardó unos segundos en percatarse de que estaba por encima de él, sentada plácidamente en el asiento del conductor. Llevaba un sombrero de paja atado a la barbilla con una cinta verde.

Fresno retiró las riendas del asidero y subió.

—¿Cómo llegaste hasta aquí arriba?

Ella ladeó la cabeza y arqueó una ceja.

—Subí.

Grises, sus ojos eran grises, y a él se le había olvidado decir «mi señora».

—Disculpa lo del sombrero —dijo ella tocando el ala ancha y apartándose para que Fresno se pudiera acomodar en el asiento del conductor sin golpearse con él—. La señora Rodelle insistió.

Tenía desperdigadas por la nariz y las mejillas unas pecas del color de la miel en las que él no había reparado la noche anterior. Desde tan cerca, también podía oler los aromas a lavanda y a salvia de su vestido, algo que sin duda prefería a los perfumes florales en los que se bañaban las demás mujeres. Carraspeó.

—No podré darle a tus lecciones la atención que es debida hasta que llevemos unos minutos de ritmo constante por el camino, mi señora.

Ella asintió.

—No esperaba menos. Haremos lo que podamos —se puso a tamborilear con los dedos sobre la pizarra en su regazo y después juntó las manos sobre ella en un gesto torpe.

El asiento del conductor tenía la suficiente anchura para los dos, pero no estaba acolchado, y él se preguntaba cuánto tiempo pasaría antes de que la joven se viera vencida por la incomodidad. Con un poco de suerte sería algo más de unas horas. La encontraba ligeramente intrigante, aunque no había dejado de irritarlo. «Estornino» era el nombre perfecto para ella.

Cuando dieron la orden de partir, Fresno hizo restallar las riendas sobre su tiro, y la carreta arrancó entre sacudidas. Durante los siguientes minutos, los sonidos de los caballos, los crujidos de las ruedas y el repiqueteo metálico de las tachuelas cuyo eco rebotaba en los muros de piedra eran demasiado elevados para mantener una conversación. Cuando salieron por las puertas, el ruido descendió, pero ninguno de los dos dijo nada mientras la caravana giraba hacia el camino de levante y se estiraba un poco.

El estornino volvía a juguetear con la pizarra en su regazo esperando a que él le dijera que estaba listo para empezar. El ratón miraba al frente cuando por fin habló.

—¿Puedo preguntarte por qué deseas enseñarme, mi señora? No tengo cómo corresponder a tu amabilidad.

Pareció sorprendida por la pregunta.

—Disfruto enseñando. Hace unos años enseñé a leer a algunos de mis primos —tamborileaba con los dedos en la pizarra cuando hizo una pausa—. Estoy segura de que tú puedes enseñarme algunas cosas.

—¿Como qué? Ni siquiera sé leer.

—Bueno —dijo ella—, tal y como señalaste anoche, no sé mucho sobre el ejército.

A Fresno se le dispararon mentalmente las alarmas. ¿Por qué iba ella a querer saber nada sobre el ejército?

—Hasta ahora sólo he conocido al teniente Casseck —prosiguió ella—. ¿Quiénes son los demás oficiales?

Al ratón no le cabía la menor duda de que cualquier cosa que dijera acabaría en aquel libro de anotaciones. Sus nombres tampoco eran algo que él pudiera ocultar, en realidad, así que señaló a Gramwell y dijo que era un buen jinete, aunque no mencionó que era el hijo de un embajador.

—¿Y tu capitán? —Salvia miraba con los ojos entornados a la figura de negro que cabalgaba cerca de la parte delantera de la columna—. ¿Cómo es?

Se encogió de hombros.

—Muy reservado, fundamentalmente.

—Supongo que el mando es algo solitario.

Él se volvió hacia ella, sorprendido.

—¿Qué te hace decir eso, mi señora?

—Bien, quizá no sea el caso de esta misión, pero me imagino que tiene que estar preparado para dar a cualquiera de sus hombres la orden de ir al encuentro de una muerte segura —el lado derecho de su boca adoptó una sonrisa torcida—. No es precisamente un puesto para hacer amigos.

O bien era muy perceptiva o bien sabía sobre las cuestiones militares mucho más de lo que daba a entender, y no estaba seguro de cuál de las dos opciones le resultaba más desconcertante.

—Estoy listo para empezar cuando quieras, mi señora.

—Maravilloso —dijo ella—. ¿Conoces la canción del abecedario, esa que aprenden los niños?

—Algo, mi señora, pero en su mayoría carece de sentido para mí.

—No después del día de hoy —dijo ella con firmeza mientras dibujaba el primer conjunto de letras en la pizarra.

Y así comenzó la primera lección. Él aceleró las cosas haciendo como si se diera cuenta de que conocía más letras de las que creía, como las de su nombre o las que designaban a ciertas unidades en el ejército. El estornino no dejó escapar la oportunidad de preguntarle por ellas, y más de una vez fingió él alguna distracción con la carreta para interrumpirle el interrogatorio.

—De modo que recorreremos un promedio de unos treinta kilómetros al día —le decía ella—. ¿Es mucho eso en comparación con la velocidad a la que puede viajar un ejército?

—Eso depende —sus ojos buscaban algo con la mirada—. Si hay caminos o..., mira, mi señora. Me gustaría probar algo de lo que he aprendido —le señaló un letrero colocado en un cruce de caminos al que se acercaban.

Salvina frunció un poco el ceño antes de mirar en la dirección que él le señalaba.

—Adelante.

Se atascaba al ir emitiendo la pronunciación de las letras. Con la paciente corrección por parte de ella, consiguió sacar «Cañada del Arce» y «Campo Lino». Como si se sintiera complacido consigo mismo, señaló hacia un letrero girado que se hizo visible al pasar.

—Ése empieza por...

—Pradofrío —dijo Salvina, interrumpiéndolo—. Dice Pradofrío —sus ojos apuntaban al frente, pero tenía la mirada perdida.

Él la observaba con el rabillo del ojo.

—No te gusta Pradofrío —le dijo con precaución.

Apretó los labios en una fina línea, levantó la mano izquierda, se agarró el antebrazo derecho y se clavó los dedos en el músculo. Había visto comportarse de un modo similar a los soldados. Cuando recibían puntos de sutura o les colocaban un hueso, se pellizcaban alguna zona blanda para distraer la atención del trabajo del cirujano.

—Había olvidado que pasaríamos por esta zona —Salvina tragó saliva dos veces antes de conseguir pronunciar las palabras—. Mi padre murió aquí.

Arrugó la frente y volvió el gris de su mirada fantasmal hacia el rostro de Fresno. La cruda emoción que le estaba dirigiendo era de tal intensidad que él no pudo apartar la mirada.

—Creía que por fin había empezado a superarlo, pero a veces lo siento como si hubiera sido ayer, y es como si me hubiera dado una cornada un animal salvaje.

Salvina tenía la mano derecha agarrada al banco de madera entre ambos, y él sintió el sorprendente impulso de ponerle la suya encima para ofrecerle algún consuelo, pero eso habría sido muy inapropiado.

—No tenemos que hablar de él —le dijo—, pero podría ayudar.

—¿Cómo?

Él se encogió de hombros.

—Quizá alivie algo de la presión acumulada, como quien drena una herida purulenta.

Salvina frunció los labios y puso una cara ligeramente divertida.

—Una analogía oportuna, si bien un tanto asquerosa.

Él bajó la cabeza.

—Lo siento. Soy un soldado. Es de lo que sé.

El silencio de ella parecía más atronador que el rítmico golpeteo de las patas de los caballos que se esforzaban tirando de la carreta. Él sintió que algo cobraba fuerza dentro de ella.

—Se llamaba Peter —dijo de golpe. Se le pusieron los ojos vidriosos, y él contuvo la respiración y esperó durante un giro completo de la rueda que tenía bajo sus pies—. Tenía el pelo oscuro, los ojos azules, y me leía a la luz de la chimenea mientras yo le zurcía las camisas. Cuando leo ahora, hay veces en que las palabras me suenan con su voz en la cabeza —volvió el rostro y bajó la mirada al camino, con una voz tan tenue que él apenas pudo oírla—. Me preocupa que algún día se me olvide cómo sonaba.

El impulso de tomarle la mano era ahora tan fuerte que se levantó el gorro y se rascó la cabeza para evitarlo.

—Tu madre y tú debieron quedar destrozadas.

Salvina se encogió de hombros.

—Ella murió mucho antes de eso. Ni siquiera la recuerdo.

Él aguardó, pero Salvina no mencionó a ninguna madrastra. ¿La había criado su padre solo? Jamás había oído una cosa así. Las niñas que perdían a su madre siempre pasaban a manos de parientes del sexo femenino, al menos hasta que el padre se volvía a casar, pero resultaba obvio que ella estaba muy unida a él.

—¿Qué edad tenías?

—Doce.

De nuevo, no se extendió más en su respuesta.

—¿Tienes algún hermano o hermana? —le preguntó él con naturalidad.

—No.

Otra respuesta cortante. Algo no iba bien. ¿Estaría siendo demasiado indiscreto? Se había dejado unos cuantos «mi señora», así que tal vez estuviera disgustada con aquello. Se debatía sobre la manera de proceder cuando Casseck se acercó cabalgando a la altura de la carreta.

—Carretero —le dijo el teniente de forma repentina y le hizo dar un respingo—, nos detendremos un poco más adelante para descansar y comer algo —Casseck señaló un recodo donde el camino pasaba junto a un río ancho y una arboleda. Parecía un lugar común de descanso para los viajeros. Gran parte de la hierba estaba erosionada, y se podían ver los restos de varias fogatas—. Cuando hayas terminado de atender a los caballos, el capitán Quinn quiere tener unas palabras contigo —hizo un gesto de asentimiento hacia Salvina—. Mi señora.

Ella le puso una media sonrisa y le correspondió el gesto.

El ratón llevó la carreta y la situó en posición mientras pensaba más en el silencio de la dama que en el camino que tomaba el carro. No le daba la sensación de que fuera ira aquello con lo que se había topado. Era como un muro. Lo sabía porque él también tenía el suyo.

Los oficiales almorzaban en un círculo cerrado fuera del alcance de la vista y el oído de las damas mientras los soldados iban y venían atendiendo a los caballos y se pasaban la comida los unos a los otros. Charlie aguardaba con los oficiales, a un lado, sujetando una jarra de agua. No muy lejos, un soldado empezó a contar un chiste indecoroso, pero recibió una contundente mirada del capitán y bajó la voz. Quinn volvió a mirar a sus lugartenientes.

—Vi humo. Nuestro soldado de la izquierda tiene algo que contarnos.

Casseck asintió.

—El cabo Mason patrullará por ese lado. ¿Hay algo que deba decirle al soldado, señor?

Quinn hizo un gesto negativo con la cabeza.

—De momento no. ¿Alguien ha visto alguna señal a la derecha? —tres respuestas negativas—. Mantengan los ojos bien abiertos, no deberíamos tardar en saber algo de ese soldado. Gram, ¿cómo está el camino por delante?

—Despejado, señor —respondió Gramwell con la boca llena—. La mansión Darrow está lista para recibirnos. Les dije que llegaríamos a tiempo para la cena, y dejé a dos hombres para que exploren los alrededores.

Quinn asintió con sequedad y levantó su taza para que Charlie la rellenara de agua.

—Bien, ¿algo más de lo que haya que informar?

Casseck carraspeó y dijo:

—¿Qué tal le va a nuestro ratón?

—Fenomenal, aunque un poco incómodo. El estornino hace muchas preguntas.

Casseck desvió la mirada hacia un grupo cercano de soldados.

—No parecía incómodo.

Quinn suspiró.

—Está interpretando el papel; dejémoslo que lo haga —le dio un sorbo al agua mientras trataba de expresar lo que no encajaba—. Sin embargo, hay algo que no cuadra. ¿Ha averiguado alguien algo más sobre ella?

Robert sacudió la mano para llamar la atención.

—Oí una conversación de las damas. Mucha maldad, celos porque Cass estuvo hablando antes con ella —le guiñó un ojo a Casseck—. En una ocasión se refirieron a «las de su clase», como si no fuera de la misma «clase» que ellas, sea lo que sea lo que demonios signifique eso.

Quinn se frotó el labio inferior con el pulgar.

—Al parecer, sus padres murieron. Quizá proceda del orfanato de un convento.

Gramwell se aclaró la garganta.

—Hay una mansión y una aldea de Broadmoor al noroeste de Galarick; pasé por allí al venir de Reyan. El señor de Broadmoor goza de buena consideración, pero no sé nada más.

—Tan claro como el lodo —refunfuñó Quinn mientras arrancaba un trozo de cecina de ternera—. No hay ninguna contradicción, en realidad, pero tampoco encaja todo. Podría ser la hija bastarda secreta de alguien, una muchacha de la alta nobleza que vino al mundo cuando murieron sus padres, o algo completamente distinto.

En la parte opuesta del círculo, Casseck se reclinó y se cruzó de brazos.

—Suena como si este trabajo estuviera hecho a la medida del ratón.

18

Al atardecer, el grupo se detuvo en la casa del señor de Darrow, la primera de una serie de haciendas en las que las recibirían de acuerdo con lo dispuesto por la casamentera. Después de la cena con el señor de la casa, Salvia se sumergió en la biblioteca de su anfitrión, dejó por escrito en su libro todo cuanto había averiguado aquel día y se puso a leer todo aquello que despertó su interés. Para su sorpresa, Fresno el Carretero apareció después de haber completado sus deberes y le preguntó con timidez si podría practicar escribiendo las letras. Para cuando se fue a la cama, Clare, que se había ofrecido de manera voluntaria a ser su compañera de alcoba, estaba dormida, así que Salvia evitó tratar con ella.

El segundo día de viaje transcurrió como el primero y, después de otra lección de lectura y otra sesión hasta altas horas, esta vez en la biblioteca del señor de Ellison, Salvia regresó a la alcoba y se encontró a Clare sentada en camisón junto al fuego, con unos brillantes rizos que enmarcaban su rostro terso.

—Aquí estás —le dijo—. Preparé té para las dos.

Salvia observó a Clare mientras dejaba el libro de anotaciones encima de su baúl cerrado. Las otras damas no le habían prestado la menor atención en dos días, de manera que su amabilidad tenía que tener el fin de ganarse su favor. De todas formas, Clare no tenía de qué preocuparse: ella era el partido más valioso con el que contaban.

Clare sostuvo en alto una taza de té con su plato.

—Me preguntaba si volverías antes de que se enfriara.

El aroma de la menta verde con un toque de naranja atrajo a Salvia a su lado. En la biblioteca hacía frío, y no se pudo resistir a la promesa del calor tanto del hogar como del té. Se sentó sobre las piernas encogidas, en la zalea de borrego, y lo aceptó con un «gracias».

—Te quedaste hasta muy tarde —dijo Clare.

No tenía ningún sentido ser grosera.

—Tienen un libro que no había visto nunca... y que tampoco es probable que vuelva a ver —eran pocas las casas que tenían libros escritos en kimisar, ni un simple e inofensivo tratado de geología—, y ese soldado, el Carretero, vino a una clase de lectura.

El muchacho había frustrado sus intentos de investigar a los oficiales. Tanto ayer como hoy, Salvia había intentado que el muchacho se abriera mostrando interés por su vida, algo que no era tan difícil: el ejército era fascinante. Por lo general, resultaba sencillo hacer que un hombre se pusiera a hablar, pero cada vez que su conversación se empezaba a desviar, él la traía de vuelta a la clase de lectura. Por otro lado, era agradable tener un alumno tan diligente. Le gustaba de un modo especial observar cómo escribía ella, probablemente porque sus propios intentos eran demasiado torpes.

Clare se cambió la bata de seda azul.

—La señora Rodelle me contó que fuiste la maestra de tus primos y también de unos huérfanos de la aldea —no había en sus palabras, en absoluto, el desdén que Salvia se esperaba—. Me dijo que no eres feliz si no estás enseñando o aprendiendo algo.

Salvia frunció los labios, incómoda por lo acertado de aquel comentario.

—Yo diría... —vaciló—. Yo diría que es por mi padre. No teníamos un hogar, pero siempre tuvimos los libros que él intercambiaba y los que le prestaban. Él mismo me enseñó a leer y a escribir.

Pensar en su padre solía provocarle un vacío terrible y desgarrador, pero esta vez no fue más que un dolor apagado. Para su sorpresa, casi echaba de menos el dolor.

Salvia cambió de tema antes de que Clare pudiera decir nada.

—También es un efecto secundario de haber pasado en cama seis meses —el tío William la había sacado de aquel barranco y le había envuelto en nieve el tobillo maltrecho hasta que se lo colocaron cuando llegaron a casa. Después vino la neumonía, que le puso más difícil la batalla contra la depresión y el dolor—. Mis dos primos más pequeños se subían a mi cama, y yo les leía. Les enseñé el abecedario, y lo siguiente que supe fue que el tío William había ordenado que su tutora hiciera las maletas.

Los ojos pardos de Clare se abrieron de par en par.

—¿Qué edad tenías?

—¿Por aquel entonces? Trece años. Los más pequeños me preferían a mí, pero a Jonathan le molestaba. Soy apenas unos años mayor que él, además de ser mujer.

—Jamás he conocido a nadie de tu edad, hombre o mujer, que sepa tanto —dijo Clare con timidez y un tono de admiración sincera en la voz.

Salvia bajó la mirada al líquido de su taza, sin saber muy bien cómo responder.

—Yo siempre he disfrutado de las clases más que mis hermanos —prosiguió Clare—. Ojalá hubiera podido aprender más.

¿Le estaba pidiendo Clare que le enseñara?

Salvia carraspeó para aclararse la garganta.

—¿Hasta dónde llegaste en tus estudios?

—Principalmente, hasta donde era necesario que supiera: sumar, leer y poesía. También botánica, pero eso se limitó sobre todo a las plantas comestibles. Sin embargo, la historia era mi preferida. Solía quitarles los libros a mis hermanos para leer por las noches —y esto último lo dijo con una sonrisa traviesa.

Salvia sintió que ella también sonreía.

—¿Sabes? Llegaremos a la casa de Underwood dentro de dos días. Imagino que allí habrá una biblioteca de proporciones considerables.

—No sabría ni por dónde empezar.

—Lo sabrás si yo te ayudo.

A Clare se le iluminó el rostro.

—Eso me encantaría —dijo, y se quedaron en silencio mientras le daban un sorbo al té. Pasados unos instantes, Clare prosiguió—: ¿Puedo hacerte una pregunta?

Salvia hizo una mueca. Clare le preguntaría ahora sobre los casamientos arreglados. Aquella conversación tenía como objetivo lograr que ella se abriera. Quizá debería dejar que fuera Clare quien hiciera hablar a Fresno el Carretero. Salvia asintió con cautela y dejó su taza junto al fuego.

—¿Por qué no quieres trabar amistad con ninguna de nosotras?

Salvia se quedó boquiabierta, y de inmediato la volvió a cerrar.

—Quizá no te hayas percatado, pero ninguna desea mi amistad.

—Yo sí.

Salvia flexionó las rodillas bajo la falda y se las agarró contra el pecho.

—Nunca he tenido amigas.

—¿Nunca?

Salvia se encogió de hombros.

—Demasiado humilde para tener amigas nobles, de familia demasiado buena para las plebeyas una vez que fui a vivir con los señores de Broadmoor.

—¿Y qué me dices de cuando vivías con tu padre?

—Viajábamos mucho. La mayoría de las niñas creían que era un niño, porque siempre usaba pantalones. Así que tampoco, en realidad.

Clare la miró con cara de pena.

—Cuánto lo siento.

—No lo sientas. Tenía a mi padre. Él era todo cuanto necesitaba.

Aquella idea era evidentemente extraña para Clare.

—Rara vez veía yo a mi padre. Lo más probable es que me hubiera entregado en casamiento hace años de no haber sido por la ley.

—Sabes cómo se promulgó esa ley, ¿verdad? —dijo Salvia. Clare le dijo que no con la cabeza, pero parecía tener un sincero interés.

Salvia bajó las rodillas, alargó el brazo hacia la tetera para servirse otra taza y adoptó sin darse cuenta su tono de voz de maestra—. Las muchachas nobles morían en gran número al dar a luz, y el rey Pascal III encargó un estudio que concluyó que el embarazo era mucho más seguro para las jóvenes a partir de los diecisiete años. Él quiso redactar la ley conforme a eso, pero sus nobles se opusieron en una revuelta, y llegaron a una solución de compromiso. Desde entonces, cualquier casadera en una unión arreglada ha de tener por lo menos dieciséis años cumplidos.

Clare apartó la mirada y se mordió el labio inferior.

—Mi hermana se casó a los dieciséis, hace dos años, y ahora me toca a mí.

—¿Y cómo te sientes al respecto?

Clare se encogió de hombros con un rostro carente de expresión.

—¿Acaso importa?

Salvia no sabía cómo responder. Con frecuencia le parecía mejor aceptar aquello que no se podía cambiar, pero rechazaba lo que parecía ser su destino. Soltó un bufido. Tal vez fuera cosa de su destino, que la rechazaba a ella.

—¿Y tú? —le preguntó Clare—. ¿Te encontrará la señora Rodelle un buen partido mientras estamos en la capital?

Salvia casi escupió el té que tenía en la boca.

—¿De dónde diantres se te ocurrió esa idea?

—Es lo que ha estado diciendo Jacqueline. Todas creen que es así como te pagará Darnessa.

—Pues bien, no lo es —Salvia daba golpecitos con el dedo en la taza—. ¿Y qué otras cosas dice?

Clare escondió los pies debajo del camisón.

—Dice que me rebajo al mezclarme contigo.

Salvia sonrió de oreja a oreja.

—¿Y cómo te sientes, aquí abajo en el lodo con los plebeyos?

Su amiga le sonrió.

—Me gusta mucho.

19

Quinn observaba con el ceño fruncido los mensajes que habían ido recopilando procedentes del pelotón de exploradores en los últimos tres días transcurridos desde que salieron de Galarick con las damas casaderas. Justo antes de que el grupo llegara a la mansión Darrow el primer día, uno de los cuatro exploradores informó que se había topado con un pelotón kimisar. A la noche siguiente se detuvieron en la casa del señor de Ellison, donde llegó un mensaje de otro explorador que decía que él también se había encontrado con un grupo de kimisares que se desplazaba. Consciente de que no podía ir por ellos sin dejar de proteger a las damas de las que había de cuidar, Quinn dio a los exploradores la instrucción de seguir, por el momento, a esos pelotones.

Después, aquella misma tarde, habían informado de la presencia de otros dos pelotones. Todos ellos viajaban al este, igual que la escolta. Con diez hombres en cada pelotón, los hombres de Quinn estaban ahora oficialmente en inferioridad numérica.

Fue, sin embargo, el informe del explorador más avanzado lo que más le preocupó. Se había adelantado más allá de su cuarta parada, el castillo del barón de Underwood, y se había adentrado en la provincia de Tasmet. En lugar de pelotones kimisares, vio grupos de hombres de Crescera que se desplazaban supuestamente a trabajar en las minas al sur de Tegann. No habría sido causa de preocupación de no ser porque al preguntar en las tabernas locales sobre el aumento del negocio los números no cuadraban, de manera que el explorador había abandonado su zona designada y había seguido a algunos de ellos. El abandono de su misión principal le hacía correr el riesgo de la horca, pero Quinn confiaba en aquel explorador por encima de todos los demás.

Justo antes de que llegaran a su parada nocturna recibieron el mensaje codificado del explorador:

Mercenarios, no mineros. 3,000 hombres.
Acampados a 60 kilómetros al sur de Tegann. A la espera.
Regreso a mi puesto.
C.

Todo un regimiento se estaba congregando en Tasmet. Quinn, sin embargo, seguía esperando a que uno de los mensajeros de su padre llegara hasta ellos, de manera que no había informado aún sobre el tema. Si no había un mensajero esperándolos al día siguiente en la casa de Underwood, Quinn enviaría a uno de los suyos.

Y el estornino (lady Salvina) no dejaba de hacer preguntas todos los días, y por las noches iba el ratón a su encuentro para recibir las lecciones. Las preguntas inocentes siempre conducían a otras más profundas, preguntas que, acumuladas, podían suponer una información muy valiosa para sus enemigos. ¿Cómo estaba organizado el ejército? ¿Cómo podía ascender de rango Fresno el Carretero? ¿En qué armas tenía formación, y ante quién respondía? ¿Qué tipo de alimentación tenían los soldados? ¿Recibían todos formación en el combate, hasta los cocineros y los pajes?

Todas las noches, ella tomaba aquellas notas en su libro.

Todos los días, él veía más señales de que las damas no la consideraban una de las suyas.

Todos y cada uno de sus instintos le decían a voces una sola cosa.

Lady Salvina era una espía.

20

La cuarta mañana amaneció gris y con llovizna, pero Salvia tenía la intención de viajar con Fresno el Carretero igualmente, de manera que se abrigó bien y, por una vez, se puso encantada el sombrero. Las damas rebosaban de un entusiasmo bullicioso; su siguiente parada duraría tres días enteros en el castillo del barón de Underwood. Estaba previsto un banquete para la segunda noche, y se reían de forma disimulada ante la perspectiva de bailar con los oficiales del ejército y otros nobles invitados. En un momento dado, Salvia oyó que Jacqueline decía entre ruidosos susurros que «Salvina puede bailar con los cocineros», y su público estalló en risitas.

Salvia estaba demasiado absorta en sus propias preocupaciones como para que eso le importara. Si Darnessa se percataba de la escasa información que había obtenido después de haber pasado tanto tiempo con el Carretero, se iba a enojar. Se quedó despierta toda la noche debatiéndose al respecto de cómo plantearle al muchacho la cuestión de su extraño silencio.

El Carretero ya estaba sentado en el asiento del conductor con la mirada puesta en las nubes bajas y una expresión frustrada en la cara. Tuvo que llamarle dos veces por su nombre para que le prestara atención.

El muchacho miró hacia abajo y se quitó el sombrero.

—Buenos días, mi señora. Me temo que hoy será mejor que viajes en la parte de atrás de la carreta.

Salvia abrió la boca para protestar y decirle que no le iba a pasar nada si se mojaba, pero entonces se fijó en que tenía una ballesta en el asiento, a su lado, y una espada en la cintura. Miró a los demás soldados a su alrededor. Todos iban armados, el doble de lo normal. ¿Esperaban tener problemas?

Al volver a mirar al Carretero se percató de que llevaba la espada para desenvainarla con la derecha. Siempre escribía, bastante mal, con la izquierda.

—Quizá sea lo mejor —dijo ella—. Considera esto una disculpa.

Sacó una manzana del bolsillo y se la lanzó hacia arriba apuntando ligeramente hacia la izquierda para ponerlo un tanto a prueba.

El muchacho tenía las riendas sujetas con ambas manos, las retuvo sólo con la izquierda y atrapó la manzana con la derecha.

—Gracias, mi señora.

Qué curioso.

Salvia dio la vuelta a la carreta y aguardó su turno para subir. Con aquella lluvia ninguna de las damas quería estar cerca de la zona trasera, abierta, así que se sentó en el lugar más próximo a la portezuela de atrás, enfrente de Clare.

En cuanto la caravana se puso en movimiento, Salvia tuvo la sensación de haber acertado de lleno en sus sospechas de que los soldados esperaban algo. Se sobresaltaban con los ruidos y observaban sin cesar los árboles a los lados del camino. Transcurrida una hora de viaje, uno de los perros salió disparado hacia el bosque, y la caravana se detuvo de forma abrupta. El animal desapareció entre los arbustos, y todos los hombres aguardaron quietos.

Salvia se asomó al exterior para mirar. El Carretero estaba de pie sobre el asiento del conductor con la ballesta sujeta con la parte interior del codo derecho. Tal vez no significara nada más allá de que había aprendido a manejar tanto la ballesta como la espada con la mano derecha porque así lo hacía la mayoría, pero ella lo dudaba sin saber muy bien por qué. ¿Por qué fingir ser zurdo delante de ella?

El muchacho miraba al bosque como el resto de los soldados, con una intensa expresión de concentración en la cara. Salvia estudió los árboles pero no vio nada. Cuando volvió a mirar al Carretero, él la estaba mirando.

Y no sonreía.

Salvia volvió a meterse en un lugar cubierto dentro de la carreta. Clare se despertó de su siesta, la miró con una expresión interrogante, y Salvia le respondió encogiéndose de hombros. Las otras damas, sin embargo, se mostraban indiferentes y se quejaban por el retraso. Pasados unos minutos, el perro regresó trotando como si no sucediera nada, y los soldados se relajaron un poco. El teniente Casseck recorrió a caballo la fila diciéndoles a todos los hombres que habían respondido bien al simulacro. A juzgar por la ansiedad que aún era patente en todos los rostros, aquello no había sido en absoluto un simulacro.

El capitán Quinn llegó a caballo junto a su carreta, y Salvia se asomó para echarle un vistazo, ya que rara vez se acercaba tanto. Tampoco lo había visto nunca hacer nada que pareciera un verdadero trabajo. Su porte era tan enhiesto como el de la realeza, y ella se lo imaginaba tan mimado durante toda su vida como un verdadero príncipe. Después de conversar en voz baja con el Carretero, Quinn le entregó algo: un trozo enrollado de pergamino. El Carretero abrió la nota y frunció el ceño al verla.

Salvia se volvió a ocultar, con la mente disparada y sin ser apenas consciente de que la carreta se volvía a mover. Quizá fuera un diagrama. O quizá hubiera aprendido ya lo suficiente para leer lo que había escrito. Avanzaba con bastante rapidez.

O tal vez ya supiera leer.

Era una estupidez dar por sentado que ya sabía leer tan sólo por un vistazo de unos segundos, pero en combinación con el resto de las señales de que era diestro, aquello le dejaba un mal sabor de boca. ¿Por qué mentir sobre aquello? ¿Qué obtenía, más allá de pasar más tiempo con ella?

No se materializó ninguna amenaza durante el resto de la mañana, y la llovizna evitó que se detuvieran a descansar y estirar las piernas como de costumbre. Llegaron a la casa de Underwood una hora después del mediodía, con un buen adelanto sobre lo previsto, y se vio el alivio en las caras de los jinetes. Las elevadas murallas de la fortaleza en el cruce de caminos les ofrecía seguridad frente a lo que hubiera allí afuera. Underwood marcaba la frontera entre Crescera y Tasmet, que ya formaba parte de Démora desde hacía una generación. Seguro que no se sentían amenazados.

Quiso preguntarle al teniente Casseck por la alerta y la reacción de los soldados, y quizá soltarle algún comentario sobre los veloces progresos de Fresno el Carretero con la lectura, pero antes de que pudiera llamar su atención, el teniente y los demás oficiales desaparecieron. Se abrió camino entre una hilera de soldados que cargaban con baúles y con armas hacia los barracones. Todos le abrieron paso, pero no pudo localizar la cabellera rubia del teniente sobre las del resto. Hasta el Carretero se había desvanecido y había dejado que su paje atendiera a los caballos de su carreta. El niño parecía demasiado pequeño para aquella labor, pero la desempeñaba con gran habilidad.

Lo estudió por un instante. El trabajo de un paje era el de atender las necesidades de los oficiales, así que los conocería bien. Cambió de destino para ir a tropezarse con él cuando se llevaba los caballos de allí.

—Hola, mi joven amigo —dijo ella—. ¿Has estado con nosotros desde el principio?

El chico se detuvo y se inclinó.

—Sí, mi señora. Buenas tardes, lady Salvina.

—Veo que sabes cómo me llamo, mi buen señor —bromeó ella—. Pero yo no sé el tuyo.

—Charlie Quinn, mi señora.

Aquello era casi demasiado bueno para ser verdad.

—¿Eres pariente del capitán Quinn?

El niño asintió con entusiasmo.

—Es mi hermano.

Salvia puso cara de interés.

—He oído hablar muchísimo de él, debes de estar orgulloso de ser su paje.

Al chico se le iluminó el rostro, y la culpa le cayó a ella como una piedra en el estómago. No la hacía sentir nada bien aquello de manipular a un niño, pero su situación se estaba volviendo desesperada.

—No he almorzado, ¿y tú? —le preguntó ella, y Charlie le dijo que no con la cabeza—. Cuando hayas terminado con los caballos, ¿te gustaría comer conmigo en el jardín? Pensaba traer el almuerzo aquí afuera, ahora que parece que está dejando de llover.

—Sería un honor, mi señora.

A Salvia se le torcieron los labios en lo que ella esperaba que fuera una sonrisa.

—No, maese Quinn, el honor es mío.

21

El alivio de la llegada a la casa de Underwood duró muy poco.

—Dos más —Quinn arrojó un mensaje sobre la mesa en la estancia de los barracones donde se reunían—. Dos más de esos malditos pelotones kimisares —cerró los ojos mientras se agarraba con los dedos el puente de la nariz e intentaba pensar.

—El soldado que va por delante no ha informado de nada nuevo —señaló Casseck mientras estudiaba el trozo de papel y se lo pasó al siguiente.

—El soldado que va por delante ni siquiera ha dado informes —soltó Quinn. Maldita sea, estaba de mal genio. Respiró hondo y abrió los ojos—. Ningún mensajero desde Galarick, ni mensajes aguardándonos aquí.

—Pues enviemos a nuestro propio mensajero —dijo Robert.

—Podríamos encerrarnos aquí y hacer una señal con una fogata roja —sugirió Gramwell. Toda unidad del ejército llevaba paquetes de pólvora que hacían un humo rojo al quemarla para llamar en su ayuda a todas las fuerzas que se hallaran a la vista—. Los kimisares jamás serían capaces de tomar este lugar con setenta hombres.

—A menos que haya más pelotones por ahí afuera —mascculló Rob.

Gramwell estaba en desacuerdo.

—Necesitarían cientos para abrir una brecha en estos muros, y si hubiera tantos, sin duda lo sabríamos.

—No nos podemos quedar aquí —dijo Quinn—. Underwood es leal al duque, y no hay nadie lo bastante cerca como para ver la señal.

Todos los kimisares que han visto nuestros exploradores se dirigían al este, de manera que quizá ni siquiera se preocupen por nosotros. Sin embargo, si descubren que Rob forma parte de nuestro grupo, eso podría cambiar. El general se dará cuenta de que no ha tenido noticias nuestras e investigará, si no lo ha hecho ya, de manera que ahora mismo deberíamos centrarnos en dar en Tennegol el aviso acerca del ejército que se está congregando. Creo que no cabe ninguna duda de que los D'Amiran están planeando algo, pero están a la espera.

El príncipe frunció el ceño.

—¿Esperando qué?

—¿Qué sucede durante el Concordium? —dijo Quinn—. Que los nobles ricos y gordos de toda Démora dejan sus tierras y se van a la capital cargados con todo el oro que son capaces de llevar, escoltados por sus mejores tropas. Viajan todavía más lentos que nosotros, de modo que la mayoría partió hace un mes; cualquiera que tuviera que cruzar las montañas fue al norte y las rodeó por Mondelea.

Cass arqueó las cejas.

—Ninguno está en casa. Cuando el aviso les llegara hasta Tennegol, todo habría acabado ya, y los pasos estarían cerrados.

Quinn asintió. Fuera lo que fuera lo que su padre enviara por el paso del sur hacia Tennegol, lo más probable era que el conde D'Amiran lo detuviera en Jovan, pero si las casaderas de Crescera no se presentaban en el Concordium, se daría la alarma de forma prematura. Mientras el reino estaba ocupado intercambiando damas y dotes, los D'Amiran se la jugarían y flanquearían al ejército de poniente por la retaguardia. Quinn intentó no pensar en que todos sus amigos —su padre— serían aniquilados. No obstante, podía sentir que todos se habían dado cuenta. Por primera vez, el capitán se alegró de tener a Charlie allí con ellos. Su hermano estaba más seguro, aunque apenas fuera un poco.

—¿Y qué hacemos, entonces? —preguntó Gramwell.

—Fingimos que todo va bien mientras reunimos tanta información como sea posible. Nuestros exploradores buscarán también las maneras más sutiles de desbaratar sus planes. Es posible que, una vez que las damas hayan cruzado el paso y estén a salvo, podamos enviar a un grupo que vuelva atrás y les queme los suministros, o algo similar. Fresno seguirá donde está, por ahora, haciendo lo que le sale mejor.

Rob carraspeó.

—¿Y qué hay del estornino?

Quinn se apartó el pelo oscuro de los ojos. Le estaba empezando a molestar llevarlo tan largo.

—¿Qué pasa con ella?

—¿Te has fijado en con quién pasa el tiempo, aparte del ratón?

Quinn rechinó los dientes.

—Rob, si sabes algo, será mejor que nos lo digas ahora mismo?

A su primo se le daba muy bien el dramatismo, pero había vidas en juego.

—Con lady Clare —Rob se fijó en el resto de las caras, pero ninguno parecía entender por qué era importante aquello—. La hermana de Clare de Holloway está casada con el conde Rewel D'Amiran, el hermano del duque. Yo mismo asistí a la boda en lugar de mi padre, hace dos años.

Quinn miró a Casseck, que arqueó las cejas. Las pruebas contra el estornino eran circunstanciales, pero se incrementaban día tras día. Ahora se enfrentaban a la posibilidad de tener dos espías.

Unos golpes en la puerta fueron el anuncio de un criado con una charola de comida. Quinn se dio cuenta de lo hambriento que estaba; se había saltado el desayuno a causa de los temas urgentes de la mañana, y sólo se había tomado una manzana. Apartaron el mapa e hicieron una pausa en la reunión. Se había ventilado la mitad del primer plato y se estaba sirviendo más agua en la taza cuando se percató de que alguien estaba ausente en aquella escena.

—¿Dónde está Charlie?

22

El teniente Casseck comprobó las cocinas después de pasar por los establos y no haber hallado más rastro de Charlie que el hecho de ver que los caballos de las carretas estaban atendidos como era menester. Al paje le divertía atender a los oficiales, de modo que a Casseck le preocupó que le hubiera pasado algo. Decidió regresar a los barracones. Si Charlie no había regresado aún, Quinn armaría un buen lío. Todos lo harían.

El jardín estaba rodeado de una pared alta de setos, Casseck echó un vistazo por una de las aberturas al atajar por allí y se detuvo en seco. Allí estaba Charlie, sentado al sol en una banca, platicando con lady Salvina, que escuchaba con mucha atención. Las piernas de Charlie se columpiaban adelante y atrás mientras adornaba su charla con diversos gestos con las manos, y ella se reía cuando él llegaba a alguna conclusión. Casseck se agachó detrás del seto con la esperanza de que no lo hubieran visto.

Observó que ella le ofrecía a Charlie un panecillo mientras ella hablaba ahora. El niño estaba hipnotizado con Salvina, que le contaba una historia que terminaba con ella haciendo como si se golpeara en la cara con algo. Charlie se encogió de dolor.

Sin duda, la joven sabía hablar con los niños.

Salvina se inclinó hacia delante como si le hiciera una pregunta, y Charlie respondió con entusiasmo, como si quisiera complacerla, lo cual puso a Casseck nervioso. Sin embargo, Charlie no sabía nada que pudiera ser un peligro, y era un chico listo. No le contaría nada que no debía, no de manera voluntaria.

Casseck se dio la vuelta al oír el crujido de unos pasos en el camino de gravilla a su espalda. Una de las casaderas se dirigía al jardín, aunque él no se imaginara cómo era capaz de caminar con aquellos zapatos. Llevaba los cabellos rubios recogidos en un complejo peinado alrededor de su rostro de porcelana recién pintado. Y estaba muy bien dotada. Tampoco es que fuera muy propio de Casseck quedarse devorando los escotes con la mirada, pero aquél llamaba la atención, en especial con ese vestido rosa de escote bajo que llevaba. La dama le miró a los ojos y sonrió, y él le hizo una reverencia mientras ella se cambiaba la sombrilla de mano para ofrecérsela. El teniente se llevó la mano a los labios.

—Buenas tardes, mi señora.

—Lo mismo te digo, mi señor —dijo ella—. Creo que no nos han presentado como es debido.

Casseck se irguió.

—Soy el teniente Casseck, lady Jacqueline.

Los ojos de la dama, azules como el cielo, se abrieron de par en par.

—¿De manera que ya me conoces? Me siento halagada.

Quinn los había obligado a memorizar los nombres. Aquél era fácil: aquella dama siempre se colocaba por delante. De todas formas, la joven suponía una oportunidad para acercarse más a lady Salvina y a Charlie, de modo que le ofreció el brazo.

—¿Quieres dar un paseo por el jardín, mi señora?

—¡Eso sería maravilloso! —le dijo con un duro brillo en los ojos mientras se agarraba de su brazo.

En cuestión de unos pocos pasos, la tenía apoyada con fuerza sobre él, como si estuviera cansada o le doliera algo. Casseck la enderezó y se inclinó para evitar la sombrilla que la mujer sostenía sobre sí con la otra mano.

Jacqueline se rio cuando doblaron la esquina, aunque no sonaba como si se estuviera divirtiendo.

—Oh, mírala dónde está —dijo con un gesto de la barbilla para señalar a Salvina, cuyos ojos lanzaron una fugaz mirada hacia ellos y se volvieron a centrar en Charlie. No fue una mirada amistosa—. No la vimos durante el almuerzo, pero tampoco me sorprende encontrármela aquí afuera. Con todas esas pecas, cualquiera diría que evitaría el sol, pero lo que yo creo es que esa chica dormiría aquí afuera si pudiera.

Jacqueline cambió la dirección de ambos para alejarse de Salvina y de Charlie, y Casseck la siguió a regañadientes. Aunque ya conocía la respuesta, le preguntó:

—¿Eres amiga de lady Salvina, entonces?

—Desde luego que no. Yo no me mezclo con la plebe —dijo ella, Casseck se detuvo en seco, y Jacqueline levantó la vista—. ¿No lo sabías? —parecía alterada—. ¡Oh, válgame! Pensaba que la casamentera sin duda te lo habría contado al verte como los hombres que nos protegen. No puedo creer que no te lo haya dicho.

—Mi señora Jacqueline, ¿estás diciendo que Salvina no es una dama?

Sus uñas pintadas centellearon cuando agitó las manos antes de aferrarse al brazo del soldado.

—No debes decirle a nadie que te lo he contado, mi señor. Yo sólo... pensaba que lo sabías.

—Entonces, ¿por qué está contigo y con el resto de las damas?

Era obvio que la mujer se lo quería contar.

—Es un asunto de la señora Rodelle. No querían que nadie lo supiera. Ni siquiera sé con seguridad cuál es su verdadero nombre —dijo Jacqueline, que volvió hacia él una mirada suplicante y suspiró con tal fuerza que Casseck sintió preocupación por el aguante de su corpiño—. ¡No debería haberte dicho nada! ¡Por favor, prométeme que no se lo contarás a nadie!

—Por supuesto que no lo haré, mi señora.

23

Charlie se puso firme, con aire de estar complacido consigo mismo.

—Señor, almorcé con lady Salvina. Quisiera informarle sobre nuestra conversación.

Quinn no sabía de qué tenía más ganas, si de gritarle al muchachito o de reírse con él. Casseck se forzó a mantener la cara seria mientras se apoyaba en la puerta cerrada a la espalda de Charlie. Quinn se obligó a centrarse con mucha seriedad en su hermano.

—Pero no pediste permiso para hacerlo. El teniente Casseck tuvo que ir a buscarte.

—Tú dijiste que teníamos que saber más sobre ella. Fue una oportunidad que surgió sobre la marcha —dijo Charlie con gravedad.

Cass empezó a toser. Quinn se reclinó en su silla y se tapó la boca con la mano.

—Muy bien, dame tu informe.

—En primer lugar, señor, me gustaría asegurarte de que no hablamos sobre el ratón. Ni siquiera me preguntó por él.

Quinn se relajó un poco.

—¿Qué averiguaste?

Charlie puso una sonrisa triunfal.

—Cumplió diecisiete años el mes pasado —la edad le parecía importante.

Se lanzó a contarles una historia de huesos rotos y de subirse a los árboles, y de cómo ella le daba clase a sus cuatro primos cuando vivía con sus tíos en la mansión Broadmoor.

No había mucho que fuera de utilidad, pero ya era más de lo que el ratón jamás le había sonsacado.

—¿De qué más hablaron?

—Principalmente hablé yo, señor. Ella quería saber sobre mi hogar y mi familia. Hablamos de cómo me hice paje, de mis viajes con el ejército, de los lugares que he visto, y de mi instrucción para ganarme un ascenso, igual que tú.

Información sobre mí a través de un tercero cercano. Oh, qué lista eres, estornino. Por encima de la cabeza de Charlie, podía ver que Casseck había llegado a la misma conclusión.

—¿Preguntó por alguno de nosotros?

—Sólo si me trataban bien. Le dije que sí, pero nada más, para no decirle algo sin querer sobre Robert, sobre Fresno o sobre ti.

Quinn repasó la conversación para dar con lo que lo estaba inquietando.

—Cuando le hablaste sobre tu servicio en el ejército, ¿qué tipo de cosas le contaste?

Charlie adoptó un aire pensativo.

—Hablamos sobre el tamaño del ejército, la velocidad a la que viaja, los diferentes tipos de soldados, cómo se consiguen los suministros —se encogió de hombros—. Las chicas no saben nada de todas esas cosas. Le pareció interesante.

A Quinn se le fue el corazón a los pies.

—Estoy seguro de que así fue.

Casseck cerró la puerta al salir Charlie, después de que Quinn le diera permiso para retirarse.

—El niño creía que estaba siendo de ayuda. Dudo mucho que le haya contado algo que no podamos considerar de conocimiento público.

—Se las arregla para hacer que confíes en ella —dijo Quinn, que se daba golpecitos en el labio—. Pero Charlie tiene muy buen ojo para juzgar a las personas. Allá en casa, en una ocasión, supo ver qué criado era el que nos estaba robando, y siempre sabe cuándo le miente alguien.

Casseck se sentó frente a él.

—La verdad es que la información de lady Jacqueline tiene más sentido ahora. El estornino es la secretaria de la señora Rodelle.

—Pero ¿por qué viaja como una de las casaderas? —Quinn alzó una mano en el aire—. ¿Y por qué hace tantas preguntas sobre el ejército?

—¿Crees que es una espía?

—Habla kimisar, ¿lo sabías?

Casseck arqueó las cejas.

—Jamás apareció en los informes del ratón.

—Yo hablo kimisar, igual que tú. Eso no nos convierte en traidores —Quinn hizo caso omiso de la mirada que le dirigió su amigo—. La otra noche estaba leyendo un libro sobre minería, escrito por un geólogo kimisar.

—Pesada lectura.

—Aunque no inusual, por lo que ha visto el ratón. Podría no significar nada más allá de que le gustan las piedras.

—Alex.

La seriedad de la voz de su amigo hizo que Quinn lo mirara por fin a los ojos.

—Necesitamos información más allá de lo que el ratón puede averiguar.

Quinn asintió a regañadientes.

Tenía que saber lo que había en aquel libro de registro.

24

Tras el servicio del día de capilla, Salvia y Clare se pasaron la mayor parte de la segunda jornada en la biblioteca del señor de Underwood. Su amiga devoró los libros que Salvia escogió para ella, y Salvia alternaba la lectura con las notas en su libro de registro, donde añadió lo que había obtenido de Charlie. El niño había respondido sin reparos a todas las preguntas que ella le había hecho sobre el ejército; a los nueve años, sabía mucho más que ella, lo cual ponía aún más de relieve lo mucho que Fresno había evitado decirle. ¿Qué estaba ocultando?

Dado que Charlie era el hermano del capitán, en cuanto consiguió que el paje comenzara a hablar, se centró en sus antecedentes. Le soltó más información sobre su hogar y su familia de la que era siquiera capaz de recordar. Los Quinn tenían un destacado historial militar y, al parecer, los hijos estaban siguiendo los pasos del padre, con el reciente ascenso que había conseguido el capitán, antes que sus compañeros. O bien Quinn era un consumado militar o bien, siendo el hijo del general, todo el mundo se sentía empujado a hacer que lo pareciera.

Cuando Clare y ella interrumpieron su lectura para el almuerzo, Salvia prestó atención a los soldados de la escolta que iba viendo. Seguían inquietos, habían apostado sus propios guardias en las murallas y alrededor de los aposentos de las damas, lo cual la dejó helada. Estaban muy en el interior de su propio reino, y se comportaban como si estuvieran en territorio hostil. Quizá se las pudiera arreglar para charlar con el teniente Casseck aquella noche y preguntarle sobre eso.

Con la esperanza de que Fresno apareciera para recibir otra lección de lectura, Salvia se quedó en la biblioteca cuando Clare se retiró a descansar antes del banquete. No estaba segura de encontrarse preparada para hacerle frente, pero Salvia se encontró con que echaba de menos su compañía. O quizá echara de menos que él siempre se alegrara de verla. Hizo un gesto negativo con la cabeza mientras devolvía un libro a su lugar en la estantería. Primero Clare, ahora Fresno. La compañía resultó difícil de aceptar al principio, pero después de haberla probado, ahora la anhelaba.

Clare ya estaba vestida cuando Salvia regresó a su alcoba. Salvia se ofreció a peinar a su amiga, que aceptó, aunque parecía extrañamente apagada. Salvia se sentía cómoda en silencio, y se puso a colocar los rizos castaños y lustrosos de su amiga en una trenza en cascada mientras pensaba en cómo abordar al teniente Casseck.

Salvia, de repente, se percató de que Clare le había hecho una pregunta. Se quitó un broche de entre los labios fruncidos.

—¿Decías?

—Decía que si ya tienes un marido pensado para mí.

—No lo sé —le dijo Salvia. Aquella pregunta de Clare no parecía destinada a ganarse su favor; destilaba miedo—. No soy yo quien los arregla, en realidad. Básicamente, me dedico a recabar la información que sirve para concertarlos. ¿Qué tipo de marido quieres?

Clare se miró las manos mientras jugaba con las cintas de su corpiño.

—La verdad, alguien que sea amable, nada más, y que no sea terriblemente mayor que yo.

Un recuerdo encajó en su lugar. La hermana de Clare, Sophia, se había casado con el conde D'Amiran dos años atrás, y Darnessa ya le comentó una vez que ninguna casamentera respetable habría casado a ninguna muchacha con aquel hombre tan cruel. Salvia colocó en su sitio el último de los rizos de Clare.

—¿Tiene esto algo que ver con el marido de tu hermana? —le preguntó.

—Supongo. Ella no es feliz —Clare sollozó como si estuviera conteniendo las lágrimas—. Él... no es amable. Y ella lleva ahora a su hijo en su seno. El segundo, en realidad —las palabras se le empezaron a atropellar, cada vez más deprisa—. Su marido se enojó y la tiró por las escaleras el año pasado, y mi hermana perdió su primer hijo. Ahora se limita a pegarle.

Salvia se sentó en el banco y le puso la mano en el hombro, que le había empezado a temblar con el esfuerzo que necesitó con tal de no llorar. Clare levantó la vista hacia ella con el temor salvaje de un animal atrapado.

—Yo no quería venir... Mi padre mintió..., sólo tengo quince años... —sollozaba Clare y, sin pensarlo, Salvia rodeó a su amiga con los brazos y la atrajo hacia sí.

Salvia sintió que la invadía una feroz sensación protectora mientras Clare lloraba y sacaba de dentro los temores que no se había permitido mostrar hasta ahora. Mecía y tranquilizaba a su amiga. El tío William podría ser un imbécil, pero él jamás le habría hecho a ella nada semejante.

—No —susurró una y otra vez—. Nunca. No permitiré que eso te suceda.

Los sollozos de Clare acabaron por apagarse.

—Pero ¿qué puedes hacer tú? —le dijo entre hipos.

—No lo sé, pero ya se me ocurrirá algo. Si tienes sólo quince años, casarte va contra la ley.

—Pero no puedo volver a casa sin un matrimonio ya arreglado. Mi padre me mataría.

Salvia hizo que Clare alzara la mirada hacia ella.

—Clare, te lo juro: no permitiré que eso suceda.

Los ojos pardos de Clare se abrieron de par en par ante aquella promesa tan absoluta de Salvia.

—Te creo —susurró.

—Bien. Vamos a limpiarte la cara. No queremos llegar tarde a la cena.

25

Salvia permaneció con Clare la mayor parte de la velada y mantuvo a los hombres apartados de ella, aunque aún seguía queriendo hablar con Casseck. Era un banquete formal, en un gran salón y con muchos invitados. Aunque ya estaba casado, el barón de Underwood se había propuesto impresionar a la caravana de casaderas y a los nobles locales con lo mucho que podía ofrecer como anfitrión. Era una oportunidad perfecta, pero Salvia dejó a un lado su habitual recopilación de datos con tal de apoyar a Clare, que parecía cada vez más cansada. Cuando se sentaron a cenar, el rango de Clare las obligó a separarse y a poner varios asientos de por medio, y Salvia la vigiló en busca de signos de otro momento de descompostura. Con la mirada puesta en su amiga, se metió en la boca un tenedor entero, y hasta ese momento no se percató de que el plato estaba hecho casi exclusivamente de unas cebollas grandes y viscosas. Sintió náuseas, pero se obligó a tragar y acto seguido se enjuagó la boca con vino varias veces. Aquella combinación no le cayó nada bien al estómago, y no pudo probar ni un solo bocado más, ni siquiera de un simple pan.

Después del postre, Salvia volvió a aparecer al lado de Clare y comenzó a pensar en un plan para escapar juntas del salón. El teniente Casseck se encontraba allí, pero entre el alcohol y varios eructos nauseabundos con sabor a cebolla, ya hacía rato que Salvia había abandonado la posibilidad de resolver cualquier misterio aquella noche. Una pareja de jóvenes se aproximó al comenzar la música, y Salvia hizo que ambas les dieran la espalda sin importarle que quedaran como unas maleducadas.

Darnessa se detuvo frente a ellas.

—¿Todo bien?

Salvia le hizo un gesto negativo con la cabeza.

—Clare no se encuentra bien, y yo también preferiría irme. ¿Podrías disculparnos a ambas con los demás?

Miró a su maestra en el oficio de una forma que le decía que más tarde se lo explicaría, y la casamentera asintió.

Cuando se abrían paso hacia las anchas puertas, Casseck las interceptó.

—Lady Salvina, no nos estarás dejando ya, tan pronto, ¿verdad? Tenía la esperanza de conseguir un baile, mi señora, o si no la oportunidad de conversar.

—Me temo que ninguna de nosotras dos se encuentra bien esta noche, mi señor. Debes disculparnos.

Salvia fue a dar un paso para rodearlo, pero él le bloqueó el paso. Quería hablar con ella. Era la oportunidad que Salvia había esperado, pero no iba a dejar a Clare. Casseck la miró durante unos segundos y, a continuación, hizo un gesto para que otro oficial se acercara.

Y le dijo a Salvia:

—Si no te encuentras bien, quizá sea de ayuda un poco del aire fresco de los jardines —un soldado con el cabello rojizo y los ojos del color del bronce apareció a la altura del codo de Clare—. Él es el teniente Gramwell, mi señora.

El joven oficial hizo una reverencia y le ofreció a Clare su brazo.

Clare miró hacia atrás, pero Salvia se inclinó para acercarse a ella y le susurró:

—Él podrá llevarte mejor que yo. No permitiré que desaparezcas de mi vista.

Con un leve temblor, Clare se agarró al brazo del teniente y dejó que él la llevara. Casseck le ofreció a Salvia el suyo, ella lo tomó, y los siguieron al exterior.

Casseck dirigió sus pasos a los jardines sin mediar palabra y dejando que aumentara la distancia entre ellos y Clare y Gramwell, pero sin perderlos de vista. Tenía que llevarse a Clare de vuelta a su alcoba, parecía agotada.

—¿Se encuentra bien la dama? —preguntó Casseck.

Salvia suspiró e hizo un gesto negativo con la cabeza.

—Creo que este viaje la tiene abrumada.

—¿Y tú, mi señora Salvina, cómo estás?

—Yo... —miró a su alrededor—. Yo tengo mis preocupaciones.

—¿Algo en lo que te pueda ser de ayuda, mi señora?

Parecía que Clare se había relajado un poco. Tres días de observación también habían llevado a Salvia a creer que el oficial Gramwell era un hombre decente. Quizá un rato con él lograra que Clare se sintiera más esperanzada al respecto de su futuro.

—No he visto al soldado Carretero desde que llegamos —dijo Salvia—. Espero que tu capitán no esté descontento con sus progresos.

—En absoluto, mi señora —le aseguró—. Es sólo que el Carretero está ocupado. El capitán lo envió de patrulla hoy.

—Ah, ¿sí? —dijo ella, aunque no estaba sorprendida—. Creí que sólo conducía las carretas.

Casseck hizo un gesto crispado.

—El capitán insiste en que todo aquel bajo su mando ha de ser un jinete competente.

—Y saber luchar —añadió ella—. Tu paje me contó que todo el mundo recibía instrucción en el combate, incluso los pajes y los cocineros.

Se hizo un momento de silencio.

—Parece que has aprendido mucho sobre el ejército.

—No tanto —dijo encogiéndose de hombros con la esperanza de no meter a Charlie en un lío por haberle contado tantas cosas—. Es que no sabía nada antes de hacer viaje —ladeó la cabeza para mirarlo—. Lo cual hace que me pregunte si me equivoco cuando observo que todos los soldados han estado con los nervios a flor de piel desde ayer.

Otro silencio. El teniente Casseck se pensaba las respuestas.

—Eres astuta, mi señora, pero no puedo decirte nada al respecto.

Su tensión repentina resultó contagiosa. Un escalofrío le ascendió a Salvia por la espalda al recordar a Fresno observando los árboles, preparado para enfrentarse a lo que fuera que hubiera allí.

—¿Estamos bajo algún tipo de amenaza?

—Es posible, pero de nuevo, no puedo decir nada más.

—Yo... —vaciló ella—. Ojalá pudiera ayudar. Ser una mujer es a veces frustrante. Me siento inútil.

La sombra que formaba ahora el rostro del oficial se ladeó para mirarla. Los dientes blancos relucieron en la oscuridad cuando sonrió.

—Quizá, cuando necesitemos a alguien que se suba a los árboles, te lo pediremos.

Salvia se rio.

—Supongo que tu paje ya te lo contó.

—Así es —le dijo y, antes de que ella pudiera preguntar nada más, añadió—: ¿Sabías que el capitán tiene una hermana de tu edad? Creo que también arreglarán su matrimonio en el Concordium.

Salvia no se dejó engañar por el cambio de tema. Ya sabía aquello por Charlie.

—Afortunada ella.

Casseck se detuvo.

—Mi señora, ¿te ofendí de alguna manera? Hablas con frialdad.

—Estás tratando de distraerme —le dijo, él se tensó y dejó caer su brazo, y ella supo que estaba en lo cierto—. No soy una niña, teniente. Si no quieres ser honesto conmigo al respecto de esta amenaza, debes saber que soy especialmente buena para averiguar las cosas.

—Te creo, mi señora —le dijo en voz baja—. Pero tú debes creerme a mí cuando te digo que no conocemos con exactitud esta amenaza, y tengo órdenes estrictas de no comentarlo con nadie. El capitán no sabe en quién podemos confiar.

Salvia se cruzó de brazos. Para alguien que se mantenía tan al margen del resto, Quinn tenía a todo el mundo atado muy en corto. Ya llevaba días observándolo, y siempre la desanimaba su ademán regio y esa forma de confiar a Casseck todo su trabajo.

—Me pregunto por el capitán Quinn. ¿Es de verdad tan maravilloso como cree Charlie?

Casseck apretó los labios como si no quisiera sonreír.

—No es perfecto, no, pero ningún hombre lo es.

—Y es tu mejor amigo.

Eso le sorprendió.

—¿Cómo lo sabías?

Se encogió de hombros y continuó caminando. Casseck también admiraba al capitán, tanto como Charlie, de manera que su opinión jamás sería objetiva.

—Por tu forma de hablar de él, por tu postura cuando te lo mencionan, es como un hermano para ti.

Casseck le volvió a ofrecer el brazo.

—Más que mis propios cuatro hermanos.

Salvia tomó su brazo y permitió que el teniente redujera el paso.

—Y bien, háblame sobre tu familia.

26

Quinn se deslizó al interior de la alcoba de las jóvenes, que estaba vacía. No había mucho tiempo. Casseck sólo podía retrasar el regreso del estornino por un rato. El brillo de la chimenea daba la luz suficiente para localizar una vela, y la encendió con las brasas. Con ella pudo ver más claramente las dos camas y los baúles en el pie de cada una. A simple vista supo qué baúl era el suyo.

Estaba cerrado con llave, de manera que dejó la vela a un lado, sacó una pequeña ganzúa y se puso manos a la obra. El baúl se abrió unos pocos segundos más tarde, y el capitán se tomó unos instantes para observar la disposición de todo antes de meter la mano para rebuscar entre sus contenidos. Lo que buscaba descansaba en el fondo. Se inclinó para agarrar aquel libro grande y encuadernado en cuero, y percibió el aroma de la lavanda y la salvia de los tejidos. El olor le nubló fugazmente el pensamiento, pero sacó el libro de allí, cerró la tapa del baúl y abrió sobre ella el registro de anotaciones.

A la luz titilante de la vela, estudió todas las páginas escritas del puño y letra del estornino: nombres, descripciones, propiedades, gustos y preferencias, personalidades, diagramas genealógicos y parentescos matrimoniales. Ni una sola palabra sobre el ejército ni sus movimientos, y nada parecía codificado. Aquella tensión de la que ni siquiera había sido plenamente consciente comenzó a relajarse.

Hacia el final, llegó a una sección sobre los candidatos masculinos en la que estaban incluidos sus oficiales. El ratón le había contado muy poco a la joven, pero lo dejó asombrado cuanto había deducido sobre ellos y la información que había obtenido después de tan sólo unos pocos días. Si el ratón pudiera intimar más con ella, la muchacha sería de una extraordinaria utilidad cuando estuviera cerca de D'Amiran. Iba explorando mentalmente las posibilidades de aquella fuente al llegar a la última página escrita.

Capitán __________________ Quinn, nacido ca. 488, candidato ca. 512.
Primer ejército, Noveno de Caballería.
Padres: general Pendleton Quinn, lady Castella Carey de Quinn.

Al principio le hizo gracia que no hubiera conseguido averiguar su nombre, pero se le encogió el estómago al descubrir cómo lo veía ella. *Altivo, distante, orgulloso, reservado.* Con lo bien que el estornino había interpretado a sus amigos, le inquietó su retrato. Debajo había un preciso resumen de su carrera y su hogar. No debería haberle sorprendido ver un listado de sus hermanas.

Hermanos: Serena ca. 490, C; *Gabriella ca. 492* (*Con. 509*)*; Isabelle ca. 493; Brenna* ca. 496; Jade ca. 497; Amelia ca. 499.

Era todo correcto. Debía haberlo memorizado de su conversación con Charlie. Maldita sea, qué lista. En el fondo había una última nota:

Charlten (Charlie) Quinn, paje, nacido ca. 500.
Encantador, idealista, inteligente, trabajador, idolatra a su hermano. En instrucción (en 509) para un ascenso, en servicio en 518, candidato en 524.

El estornino planificaba con antelación.

Pero ¿y sobre el propio estornino? Quinn frunció el ceño y regresó a una página a la antes había echado un vistazo.

Señor William de Broadmoor, señora Braelaura la Flechera de Broadmoor.
Jonathan 496, Hannah 498, Christopher 499, Aster 503 (B).

Cuatro hijos, todos lo bastante jóvenes para que el estornino fuera su institutriz. O bien le había dicho a Charlie la verdad, o bien su historia era una ficción muy bien planteada. Quinn no iba a pasar por alto el hecho de que su hermano la creía. Estaba claro que la esposa del señor de Broadmoor era una plebeya de nacimiento, pero el apellido del estornino implicaba que estaba emparentada con el otro lado de la familia. Su nacimiento era anterior a la fecha de aquel casamiento, lo cual generaba la posibilidad de que se tratara de una hija ilegítima del señor de Broadmoor. Era bastante común que los nobles dejaran embarazadas a las criadas jóvenes, en especial antes de sentar cabeza o después de haber engendrado ya los suficientes herederos, algo de lo que había pruebas con el nombre de una hija bastarda en la lista de la casa de los Broadmoor. Le habrían endilgado al estornino a alguna familia que ella siempre habría tenido por la suya propia y que le habría dado un nombre que implicara la legitimidad... si es que Salvina de Broadmoor era su verdadero nombre, cosa que lady Jacqueline parecía pensar que no era así. Pero Salvina no aparecía en la lista con sus tutores ni en cualquier otro sitio que él pudiera localizar.

Así que, ¿quién demonios es?

Casi se le había acabado el tiempo. Frustrado, Quinn cerró el libro de golpe. Sin embargo, aquel libro de registro no era peligroso en un sentido militar, y ésa era su principal preocupación. Lo volvió a colocar en el fondo del baúl y comprobó si había otros libros, papeles o compartimentos ocultos. Al no encontrar nada, dispuso todo el contenido en su situación original. Cerró el baúl y echó la cerradura, acto seguido apagó la vela y la dejó en su sitio antes de volver a salir por la puerta sin hacer ruido.

Y casi lo hizo demasiado tarde. La voz de Casseck resonaba por el pasillo cuando Quinn se agachó entre las sombras. La pareja pasó por delante de su escondite seguida por Gramwell y lady Clare. Quinn sonrió para sus adentros. Quizá el estornino no fuera una espía, pero le daba la sensación de que la sección del libro sobre Casseck estaba a punto de llenarse bastante.

27

Los oficiales las escoltaron a Clare y a ella de regreso a su alcoba, y Salvia temió haber hablado demasiado tiempo con Casseck hasta que vio la sonrisa en el rostro de Clare cuando Gramwell le besó la mano. No se había equivocado al juzgar a aquel joven.

Se ayudaron la una a la otra a desvestirse a la luz del fuego bajo, y Clare se puso a preparar un poco de té mientras Salvia sacaba su libro de anotaciones. Era mejor que escribiera cuanto había averiguado mientras aún lo tenía fresco. Clare no cabía en sí de entusiasmo mientras le daba detalles de su conversación con el teniente Gramwell, de manera que Salvia sacaría provecho también de aquello. Hasta que Clare se refirió a Gramwell por su nombre de pila, Luke, Salvia no se dio cuenta del tipo de impresión que el joven había causado en su amiga.

Salvia volvió la cara para ocultar su sonrisa y tomó la vela para encenderla y poder empezar a escribir. La cera de la parte superior estaba caliente y blanda.

Se le apagó la sonrisa. Alguien había estado en su alcoba.

28

Quinn tamborileaba con los dedos sobre la mesa mientras aguardaba en su sala de trabajo. La quería a ella. Era mejor que el ratón.

Ahora bien, si el estornino estaba al servicio de la señora Rodelle, necesitaría el permiso de la casamentera para utilizarla, en especial teniendo en cuenta lo que (a quién) él tenía que ocultar. Seguía también sin comprender quién era ella, y necesitaba saberlo.

Aquellas palabras que había escrito sobre él le martilleaban en la cabeza: *Altivo, distante, orgulloso, reservado.*

No se equivocaba.

Llamaron a la puerta, entró Casseck y dio paso a la casamentera al interior. Seguía vestida para el banquete, adonde había ido el teniente a buscarla. La ayudó a sentarse en la silla enfrente del capitán y los dejó a solas. Quinn juntó las manos sobre la mesa y esperó a que ella le hiciera un gesto de saludo.

—Gracias por venir, señora —dijo él antes de que ella pudiera hablar—. Acepta mis disculpas por no haberme reunido contigo antes.

—Puedo comprender los motivos —lo miró con una ceja arqueada—. Eres un hombre ocupado, capitán.

Quinn se movía incómodo en su silla.

—Tengo que preguntarte por lady Salvina.

—Desde luego. Yo tengo algunas preguntas sobre Fresno el Carretero.

Dio un respingo.

—Te explicaré cuanto pueda.

La casamentera entrecerró los ojos azules.

—Puedes empezar por decirme por qué estás jugando con ella.

Quinn hizo un gesto negativo con la cabeza.

—No tengo ningún deseo de jugar con ella.

—¿De verdad? —se inclinó sobre la mesa—. ¿Debería poner tus actos en conocimiento del barón de Underwood? ¿O quizá de tu padre?

Ah, directa al cuello. Las mujeres directas eran especímenes raros.

—Pareces muy dispuesta a protegerla. ¿Acaso te muestras tan protectora con todas las damas?

—Por supuesto que sí —le soltó ella—. Sus padres me la confiaron.

—Pero Salvina es especial.

—Tú la elegiste, no yo.

—En efecto, yo la elegí —Quinn se reclinó en su silla y se cruzó de brazos—. La necesito. Se encuentra en una situación inigualable.

La casamentera hizo hincapié en todas y cada una de las palabras cuando dijo:

—Y esa situación es...

—Se mueve con mucha facilidad entre los nobles y los plebeyos.

—Lo cual, según parece, no es algo tan único en nuestro grupo —la señora Rodelle dejó escapar una sonrisita al hacer una mueca.

—Es también muy observadora —entrelazó los dedos y se frotó los pulgares al escoger con cuidado las palabras—. Me llegó el rumor de que Salvina no cuenta con un título nobiliario; ¿es eso cierto?

—Es... complicado —dijo ella evitando su mirada.

—¿Ilegítima?

—No, bajo la tutela de un noble. De sangre plebeya —la casamentera hizo una pausa para observarlo, pero él mantenía un rostro inexpresivo—. Trabaja para mí como aprendiz, pero tal y como lo has notado, es capaz de reunir una gran cantidad de información si interpreta el papel de una dama. La mayoría de las casaderas están molestas con su inclusión, pero también saben que ella tiene la capacidad de formar o de deshacer sus casamientos, de manera que saben que pisan una terreno muy frágil en su forma de tratarla.

Todo tenía por fin sentido en cuanto al estornino. Era un alivio saber que ella nunca había mentido, realmente. Se daba unos golpecitos en el labio con el pensamiento disparado.

—Creo que podré trabajar con eso. Necesito una información que ella puede conseguir.

—¿La quieres como espía?

Al capitán se le tensaron los labios.

—No es mi término preferido, pero sí.

La casamentera se puso firme en su silla.

—No permitiré que la utilices en tus juegos militares.

—Esto no es un juego —hizo Quinn un gesto negativo con la cabeza—. Es algo terriblemente serio —esperó a que interiorizara aquello y a ver cómo se disolvía la furia de la mujer para convertirse en temor mientras seguía allí sentada y sin moverse—. Tengo que saber si puedo confiar en ti.

Una parte de la furia regresó a su rostro.

—La confianza es una vía de doble sentido, capitán.

—Cierto —dijo él—. Seré tan sincero como pueda, pero debo guardar algunos secretos —hizo una pausa—. ¿Cuento con tu silencio? Lo que voy a contarte no puede salir de estas cuatro paredes.

La casamentera le puso cara de pocos amigos.

—Tienes mi palabra de que guardaré silencio, pero mi confianza me la reservo.

—De acuerdo —dijo Quinn—. Una parte de mi misión al escoltarte consistía en buscar señales de que la familia D'Amiran tenía contactos con Kimisara.

Los ojos de la casamentera se abrieron de par en par.

—¿Y han encontrado pruebas de ello?

Quinn le hizo un gesto negativo con la cabeza. No sabía con certeza qué significaban los pelotones que habían visto sus exploradores, y no tenía sentido mencionarlo hasta que lo supiera.

—Peor aún. Los D'Amiran están congregando un ejército. Uno lo suficientemente fuerte como para levantarse contra la corona.

—Mientras la mitad de la nobleza del reino está en Tennegol —susurró ella.

—Sí. Y nosotros somos los únicos que lo saben.

—Pero... tu padre, el general, el ejército que está en el sur...

—Está disperso persiguiendo a docenas de pelotones kimisares que cruzan la frontera —al menos, eso era lo que estaban haciendo la última vez que supo de ellos—. No se esperan un ataque por la retaguardia. Les avisaría si pudiera, pero creo que nos bloquearon las vías de comunicación.

—¿Y regresaremos entonces a Crescera, donde estaremos a salvo? —le preguntó la casamentera.

—No, tenemos que continuar, observar cuanto podamos y fingir que no sabemos nada. Somos los únicos que pueden advertir al rey.

Se le enrojeció la cara de ira.

—Nos pones a todos en peligro haciéndote el héroe.

—¿Qué crees que sucederá si nos damos la vuelta? —le preguntó con calma.

Se quedó lívida.

—Se percatarán de que lo sabemos.

—¿Y?

—Nos convertiremos en sus víctimas.

—Las primeras de muchas. Me alegra que lo comprendas —dijo él.

La señora Rodelle cerró los ojos durante varios segundos y respiró hondo; acto seguido, los abrió y lo miró directamente a los ojos.

—¿Cómo puedo ser de ayuda?

—Quiero que las casaderas sigan tan felices sin saber nada. Todo aquel que lo sepa estará en peligro, y eso, ahora, te incluye a ti. Si el duque piensa que vamos detrás de él, todo se habrá perdido —respiró hondo—. Pero necesito a Salvina. Como una de las damas, podrá observar cosas que nosotros no podemos. Con tu ayuda, podré sacar partido de ello.

El rostro de la casamentera reflejó cómo se percataba de la situación.

—No tienes intenciones de contarle lo que está pasando.

—Ojalá pudiera, pero por su seguridad y por la de otros debe seguir sin saberlo por el momento.

Tan observadora como era la señora Rodelle, ya podría estar sospechando que Robert se encontraba con ellos. Sin embargo, no lo preguntó, y era mejor no saberlo con certeza.

—Cuanto menos sepa, más a salvo estará —insistió él—. Sólo puedo prometerte que sabrá todo cuanto deba saber. No tengo ningún deseo de verla herida.

La casamentera lo miró con firmeza.

—Si continúas mintiéndole, eso es inevitable.

El capitán se miró las manos.

—Sí, lo sé. Ya lo acepté. Mi trabajo no es siempre fácil ni sencillo. Ni tampoco lo es el tuyo.

Cuando volvió a alzar la mirada, se encontró con la empatía en los ojos de ella, que suspiró.

—¿Cómo pretendes utilizarla? Desde tu posición, no veo que tal cosa vaya a producirse.

—Quiero acelerar su amistad con Fresno el Carretero. Tiene que confiar en él y seguir sus pasos.

La señora Rodelle hizo un gesto negativo con la cabeza.

—Ella está muy por encima de él. Ya raya en lo indecoroso, y levantará sospechas.

—Exacto —reconoció Quinn—. Todas las alternativas que tengo llaman demasiado la atención sobre ella. Nadie repara en los movimientos de Fresno, y por eso es tan útil para mí. Ya están familiarizados el uno con el otro, de manera que, si elevo el rango de él, será más fácil que se hagan amigos. A partir de mañana mismo, será sargento, y dejará de conducir carretas.

La casamentera se cruzó de brazos.

—¿No es Fresno el Carretero el nombre del hijo ilegítimo del rey?

El capitán volvió a centrar su atención en ella.

—Así es. Estás bien informada.

—¿Lo dices porque conozco el nombre de un joven candidato de sangre real? —dijo ella.

La mujer iba detrás de él desde el principio.

—Doy por sentado que ése es el motivo por el cual permitiste que ella se mezcle con él. ¿Lo sabe Salvina? —preguntó él.

La casamentera le dijo que no con la cabeza.

—Su nombre es Salvia a secas, por cierto, y no, no lo sabe. Tenía incluso la esperanza de ver si el muchacho era un partido apropiado para ella. De haberlo sabido ella, habría echado a perder cualquier posibilidad con su terquedad.

Quinn se frotó la cara para ocultar los calores que le subían por las mejillas. Le daba la sensación de que la mujer aún quería formar aquella pareja.

—Creo que, cuanto antes se tropiece ella con esa información, mejor será. Excepto por la unión de parejas, por supuesto —se inclinó hacia delante—. Pero ahora necesito que me cuentes todo lo que puedas sobre ella para que podamos manejarla lo mejor posible.

La señora Rodelle arqueó las cejas.

—¿De cuánto tiempo dispones?

29

Salvia se despertó temprano a la mañana siguiente, muriéndose de ganas aún de darle un puñetazo a algo. Había repasado sus pertenencias después de que Clare se fuera a la cama en un intento por descubrir si habían alterado algo. No había nada que estuviera exactamente fuera de su sitio, pero no le daba buena espina. Estudió minuciosamente su libro de registro en busca de alguna señal de que lo hubieran tocado, y halló dos gotas de cera de una vela y un borrón que ella sabía que no estaba allí antes. Era el libro lo que buscaba el intruso.

Y había sido Fresno el Carretero.

Siempre había mostrado fascinación por su libro. Antes, ella daba por sentado que se debía al hecho de que no sabía leer, pero, al echar ahora la vista atrás, hasta el último minuto del tiempo que habían pasado juntos había tenido como objetivo acercarse más a aquel objeto. Y él no era el único. El teniente Casseck había evitado que regresara a su alcoba antes de tiempo. También sabía lo suficiente sobre el ejército para entender que ninguno de los dos habría actuado sin que se lo indicara su capitán, del que Casseck había dicho que aprobaba la farsa de Fresno allá en Galarick, el día de su partida.

Salvia terminó el desayuno con rapidez y dejó a Clare con la excusa entre dientes de salir a dar un paseo. Se fue furiosa a los jardines con la esperanza de quemar algo de aquella energía inquieta, pero sólo sirvió para recordarle el paseo de anoche con Casseck. Los soldados eran exactamente iguales que la gente de Monteguirnaldo: sólo eran agradables porque querían algo de ella. No verlo había sido una necedad.

Distraída en sus pensamientos, dio la vuelta a un seto y casi se tropieza con un hombre.

—Lady Salvina —dijo el soldado Carretero con una sonrisa de entusiasmo—. Tenía la esperanza de encontrarte para dar hoy una clase de lectura.

—Casi no te reconozco —dijo ella mirándolo de arriba abajo.

Vestía el atuendo completamente negro de un jinete en lugar de aquel chaleco pardo y la camisa de lino a los que estaba acostumbrada. Tenía las manos limpias y bien frotadas, y también se había cortado el pelo, de tono negro, lo cual lo hacía parecer mayor.

Fresno sonrió y alzó los brazos para mostrarle mejor su uniforme. El atuendo no era nuevo: el desgaste en algunos lugares le dijo a Salvia que ya tenía no menos de un año. Se acrecentó su ira. ¿Cuánto en él había sido una mentira?

—Me ascendieron a sargento. Se acabaron las carretas para mí —bajó los brazos—. Y te lo tengo que agradecer a ti, mi señora.

—¿Y cómo es eso?

Dio la impresión de que la frialdad en la voz de Salvia lo tomó desprevenido, y dio un paso atrás.

—El capitán Quinn dijo que mis esfuerzos por ser mejor me han hecho destacar.

—¿Y deseas continuarlos?

—Si mi señora lo desea —la miró Fresno con cautela.

—Pues no hay mejor momento que ahora mismo —Salvia se dio la vuelta en redondo y se alejó con paso decidido mientras él se afanaba por seguirla.

No trató de entablar conversación con ella mientras lo llevaba hacia el interior del castillo.

En la biblioteca, lejos de las miradas de los criados que pasaban, Fresno cerró la puerta a sus espaldas.

—¿Te sucede algo, mi señora? —le preguntó él.

—Dímelo tú—dijo Salvia mientras se dirigía a un escritorio—. Quiero que pruebes con algo antes de empezar. Agarró un trozo de papel de un montón sobre una mesa y utilizó un lápiz para escribir dos frases. Acto seguido se dio la vuelta y se lo entregó—. Lee esto en voz alta, por favor.

Sus ojos oscuros se abrieron de par en par cuando descendieron sobre la letra de Salvia. Había un temblor en su voz al obedecer.

—Te he estado mintiendo. Ya sabía leer.

Salvia se cruzó de brazos. Había pensado que oírle decirlo la haría sentir mejor, pero no fue así.

—Tómate la libertad de explicarte. Empieza por el principio, por la noche en que nos conocimos.

Fresno bajó el papel y tragó saliva.

—Recibí la orden de observar a las casaderas.

Aquello no sorprendió a Salvia en absoluto.

—De manera que eres un espía.

—Algo así, mi señora.

—No lo entiendo —dijo ella—. ¿Por qué espiarnos a nosotras, a mí?

Fresno apretó los labios.

—Debía conseguir un contacto para el capitán Quinn dentro del grupo para poder informar de cualquier cosa que se saliera de lo normal.

A Salvia se le retorcía el estómago.

—De modo que eso era yo, ¿no?

—No —se apresuró a decir él e hizo enseguida una mueca de dolor—. Bueno, sí. No quería utilizarte, pero entonces te ofreciste a enseñarme a leer, y el teniente Casseck lo vio como una oportunidad —hizo una pausa y añadió—: Igual que el capitán Quinn.

A ella le ardían los ojos.

—¿Tienes una idea de lo humillante que es saber que me he pasado los días quedando como una idiota?

Fresno agachó la cabeza.

—¿Acaso es peor que fingir que se es un analfabeto y un ignorante? Al menos tus intenciones eran honorables.

Pero no lo habían sido. Cierto, Salvia había querido ayudarlo, pero ella también quería información para Darnessa. Se le ocurrió otra cuestión.

—No te acaban de ascender, ¿verdad que no? Siempre fuiste un sargento de caballería.

Fresno asintió.

—Es mucho más fácil moverse por ahí siendo un soldado raso. Nadie te presta atención.

Tenía que haber sospechado aquello. Eran muchos los gestos del soldado que no encajaban con un rango tan bajo. Pero el muchacho le había caído muy bien, de modo que Salvia nunca creyó que él le fuera a mentir.

—Lo siento, mi señora —dijo él entre susurros—. Me limitaba a seguir órdenes. He odiado cada minuto de esto. Bueno... —alzó la mirada con una tímida sonrisa—. He disfrutado de tu compañía.

¿Acaso era ella diferente de él, en realidad? El simple hecho de que a ella le fuera fácil sacarles información a los hombres no significaba que disfrutara con ello. Por el Santo Espíritu, si había llegado incluso a manipular a Charlie.

Se aclaró la garganta.

—Eso no es lo único —le lanzó Salvia una mirada penetrante—. Anoche entró alguien en mi alcoba y estuvo leyendo mis registros.

Fresno se quedó absolutamente lívido. Había sido él.

—¿Por qué? —Salvia trató de aferrarse a su ira, pero lo único que oyó fue el dolor en su voz.

Fresno levantó las manos en un gesto de súplica.

—Hacías tantas preguntas... Siempre estabas anotando observaciones. Para un soldado, lo que parece es...

—Espiar —terminó ella la frase—. En especial cuando es eso mismo lo que uno hace.

Él asintió entristecido.

—Lo siento. No quería hacerlo.

Aquella primera noche, ella le había hablado al respecto de seguir las órdenes, y él se había molestado mucho. Ella pensó entonces que estaba exagerando, pero ahora se daba cuenta de que había puesto el dedo en la llaga. ¿Qué otras cosas le habría obligado a hacer el capitán?

—No obstante, quería despejar las dudas sobre tu nombre —dijo él—, y con lo que descubrió el capitán teníamos que saberlo a ciencia cierta.

Salvia se puso tensa. La noche anterior, Casseck había esquivado sus preguntas, pero ahora se le presentaba una oportunidad para forzar algunas respuestas. Hizo entonces un gesto de dolor. ¿Quién era el verdadero manipulador aquí?

—Ya sé que hay algún tipo de peligro. ¿Qué está pasando?

Fresno le hizo un gesto negativo con la cabeza.

—No te lo puedo decir. Yo ni siquiera lo sé todo. Mi trabajo se limitaba a encontrar alguien en quién confiar.

—¿Y cómo puedo confiar yo en ti, Fresno el Carretero? Me has estado mintiendo durante días.

Se le hundieron los hombros.

—Supongo que no puedes.

Salvia sintió una lástima repentina. El joven había fracasado en su misión, aunque se limitaba a seguir órdenes.

—¿Y por qué buscaba el capitán a alguien en quién confiar? —le preguntó ella en voz baja.

—El capitán quería un contacto al que poder recurrir si surgía algún problema, o que pudiera venir a mí en caso de enterarse de algo raro —bajó la mirada al papel arrugado que tenía en la mano—. Pero tienes razón. Lo estropeé. Lo siento —Fresno dio un paso atrás—. Si mi señora me disculpa, me retiraré de inmediato.

—Espera —dijo ella con una sensación de culpa que crecía en su interior, consciente de sus propias mentiras. Aquello sería mucho más fácil si pudiera contarle que ella era tan plebeya como él. Pero ¿la querrían todavía cuando supieran que no era una dama?—. No quiero que te metas en un lío.

Fresno se encogió de hombros.

—Aún estoy a tiempo de trabar amistad con alguna de las doncellas. Sólo será un poco más difícil ahora que vuelvo a ser un jinete.

—No seas ridículo —dijo ella, que ahora temía cómo reaccionaría Quinn si Fresno fracasaba—. Yo seré tu contacto.

Al joven se le iluminó la cara, y sus ojos oscuros se elevaron para encontrarse con los de ella.

—¿No estás enojada, mi señora?

Salvia le puso cara de pocos amigos, aunque la furia que sentía ya se había disipado en su mayor parte.

—Tampoco dije eso. Sabes que tu capitán sólo tenía que haberme preguntado él mismo qué era lo que estaba escribiendo, o haberme explicado lo que necesitaba.

—Jamás pretendió hacerte daño —dijo Fresno, que se acercó varios pasos. Iba más recto, más alto—. Yo mismo iba a ofrecerte su disculpa por mi engaño.

—Ajá —dijo ella, que frunció el ceño conforme levantaba la cara hacia él—. ¿Ibas entonces a contarme la verdad en algún momento?

Él asintió.

—Te la iba a contar mañana.

—¿Cómo? ¿No ibas a cabalgar en lugar de ir en la carreta?

Una bonita sonrisa se le extendió por la cara.

—Me dieron permiso para cabalgar contigo, si te mostrabas accesible.

Notó que le empezaba a poner una sonrisa en respuesta, aunque sabía que Quinn no habría permitido tal cosa a menos que le proporcionara lo que él quería de ella.

—No estoy acostumbrada a que me llamen «accesible», pero si eso me libra de la carreta, puedes llamarme lo que te venga en gana.

30

Después del almuerzo y de una muy necesaria siesta que la reparara de una noche tan inquieta, Salvia fue en busca de Darnessa y la encontró bordando en la sala de estar de su conjunto de habitaciones.

—¿Cómo está Clare? —preguntó la casamentera antes de que Salvia pudiera empezar.

—Oh —dijo Salvia tratando de recordar a qué se refería Darnessa—. Mejor. Me temo que este viaje está siendo demasiado para ella. Aún tengo que pensarlo un poco, pero tenemos que discutir su futuro antes de llegar a Tennegol.

Darnessa se encogió de hombros.

—Muy bien, ya me contarás. ¿Has hablado últimamente con Fresno el Carretero? No lo he visto mucho desde que llegamos.

Salvia se mordió el labio.

—Lo ascendieron, así que tiene nuevos deberes.

La casamentera tampoco tenía por qué saber que había sido sargento durante todo aquel tiempo.

—¿No me digas? ¿Y tiene algo que ver contigo y con tus clases?

Era un tono demasiado informal. Darnessa estaba tramando algo.

—Él parece creer que sí —dijo Salvia—. Dejará de conducir carretas, y se ha ofrecido a enseñarme a montar en agradecimiento.

—Supongo que suena justo.

Salvia ya sabía montar a caballo bastante bien (el tío William se había mostrado sorprendentemente abierto e incluso se la había llevado de caza en algunas ocasiones), y se lo había planteado de aquella manera para que Darnessa pensara que Fresno le debía algo. Aun así, se esperaba una cierta resistencia.

—No pensaba que fueras a dar tu aprobación.

—¿Por qué no? —dijo Darnessa—. Las damas montan a caballo sin cesar, y yo disfrutaría de un poco más de espacio para estirarme en la carreta.

—Sí, pero ¿cabalgar con un campesino?

Darnessa se asomó por encima del aro de madera para mirar a Salvia.

—¿Es eso lo que él te dijo sobre sí mismo? —volvió a bajar la mirada e hizo con la cabeza un gesto negativo de desaprobación—. Un joven bien parecido te habla con medias verdades, ¿y tú le crees? Debes de estar perdiendo tus habilidades, aprendiz.

La disposición de la casamentera a permitirle cabalgar con Fresno le dejó un mal sabor de boca, pero Salvia se marchó sin decir nada más. Darnessa la estaba manipulando. Ella quería que Salvia pasara tiempo con Fresno, y sólo podía haber una explicación lógica: la mujer estaba tratando de encontrarle pareja, y lo quería con tantas ganas como para permitir que Salvia dejara de actuar como una dama. Eso tampoco tendría por qué haberle molestado (ella también quería pasar tiempo con Fresno), pero había algo más sobre él, algo que Darnessa quería que ella descubriera.

Así que Salvia se fue en busca de la única persona que ella pensaba que se lo podría contar. Encontró a Charlie cerca de las cocinas, llevando alimentos y suministros hasta las carretas, y se dejó caer a su lado y se ofreció a ayudarle. Fue necesario un cierto interrogatorio indirecto, pero el paje ya le había dado la suficiente información para el momento en que regresaron a las cocinas. Después de otro viaje más, esta vez cargados con un saco de manzanas, Salvia se dirigió de regreso a su alcoba con una sensación de mareo.

Por el Santo Espíritu, aquello lo explicaba todo: el acento refinado de Fresno, la manera en que se apartaba de las formalidades, su frustración con el hecho de que le dieran órdenes... y la actitud de Darnessa.

Clavó la mirada en el fuego en la chimenea y dejó que la oscilación de las llamas bajas calmara sus caóticos pensamientos. Supuso que la casamentera no lo podía evitar. Fresno era el único hombre por el que Salvia jamás había mostrado algún interés, de manera que, naturalmente, la mujer había imaginado que aquello significaba que debían estar unidos. Pero Darnessa no sabía que Fresno sólo pasaba tiempo con ella porque Quinn se lo ordenaba.

Se sintió invadida por una sensación gélida. En el caso de que Fresno tuviera el menor interés en ella, se desvanecería en el instante en que descubriera que no era una de las novias del Concordium: ni siquiera era una dama. Él podría tener a quien quisiera. Ni siquiera lo rechazaría lady Jacqueline.

No, Darnessa era una insensata. Salvia no tenía nada que ofrecerle a Fresno.

Salvo cualquier ayuda que los soldados necesitaran. Y una amistad.

Sí, eso sí podía ofrecérselo.

Mientras tanto, tenía la obligación de hacer su trabajo. Salvia sacó del fondo del baúl su libro de registro y pasó las páginas hasta la entrada sobre el capitán Quinn. Con unos dedos aún temblorosos, sujetó la pluma y escribió en la página opuesta, que estaba en blanco:

Fresno Devlinore «el Carretero» (B) nacido ca. 489.
Sargento, Primer Ejército, Noveno de Caballería.
Padre: Raymond Devlin, rey de Démora.

Salvia se reclinó mientras los ecos de las campanas de la cena rebotaban en las murallas y entraban en su alcoba. No se veía capaz de escribir nada más aquella noche, de modo que volvió a meter el libro en el baúl debajo de los pantalones, al fondo. De repente recordó la sonrisa de complicidad de la casamentera cuando se despidieron un rato antes, y los labios se le torcieron a ella en su propia y astuta sonrisa.

¿No deseabas que *cabalgara, Darnessa? Perfecto. Tú lo quisiste.*

31

El duque D'Amiran alzó la mirada de su cena tardía en el Gran Salón de Tegann cuando le trajeron al hombre atado ante él. El cautivo traía rota y embarrada la librea de color negro y dorado, y apestaba a sudor y excrementos. D'Amiran se cubrió la nariz con un pañuelo con perfume de limón e hizo un gesto para que le soltaran la mordaza.

—¡Traidor! —farfulló el mensajero. Intentó escupir, pero tenía la boca demasiado seca.

El duque mantuvo la compostura. Aquel hombre no tardaría en suplicar por su vida, pero D'Amiran dudaba que supiera mucho que mereciera el esfuerzo. Sin embargo, tenía algunas preguntas, principalmente sobre los motivos de que a su hermano le estuviera costando tanto encontrar al príncipe. Estaba consiguiendo que sus aliados se impacientaran.

—¿De dónde sacamos a este hombre? —preguntó.

El capitán Geddes se solía jalar la oreja izquierda, a la que le faltaba un trozo grande.

—Lo atraparon nuestros amigos los kimisares. Llevaba un comunicado del general Quinn con la intención de encontrarse con el mando de la escolta cuando lo detuvimos en Underwood —sacó un fardo de papeles de la chaqueta y lo dejó sobre la mesa—. Las cartas están codificadas.

El duque les echó un vistazo mientras se dirigía al prisionero.

—¿Me equivoco al suponer que no sabes descifrar todo esto?

—No —lo observaba el mensajero con mirada firme.

—Yo te lo puedo averiguar, excelencia —se ofreció el capitán.

D'Amiran hizo un gesto negativo con la cabeza.

—Dudo que el general Quinn se tomara tanta molestia codificando los mensajes para acabar enviando la clave con ellos —frunció los labios—. No obstante, me preocupa que se haya tomado tantas precauciones. Tendrá sus sospechas —D'Amiran se volvió a cubrir la nariz al hacer un gesto para que se llevaran a aquel hombre—. Concentra tus esfuerzos en estas cuestiones, capitán.

Los guardias comenzaron a llevarse al mensajero a rastras hacia la puerta trasera del salón, y él no se resistía, pero tampoco colaboraba.

—Hazme un favor, capitán —le dijo el duque en voz alta a través de aquella mascarilla improvisada. El jefe de la guardia se dio la vuelta—. Espera a que haya terminado de comer antes de que te involucres. Entre chillidos, cuesta hacer buena digestión.

32

Salvia se despertó temprano y se vistió con sus pantalones, sus botas y una camisa de hilo con un chaleco de paño grueso, se recogió el pelo, se cubrió la cabeza con un sombrero de lana y la capucha de su chaqueta café descolorida y, acto seguido, hizo el equipaje y salió del ala de invitados antes de que nadie más diera señales de movimiento. Fue dando un paseo hasta las cocinas, donde se mezcló con el resto de criados y soldados comunes y tomó un desayuno rápido antes de dirigirse a los establos. Después de localizar al palafrenero mayor, le preguntó por la montura que habían designado para lady Salvina. El hombre se la señaló, contento por delegar otra tarea en aquella mañana tan ajetreada. Echó un vistazo al material sobrante de la caballería hasta que dio con una silla de montar que ya tenía los estribos colocados a la longitud apropiada y se la llevó a la cuadra.

No la habían tratado con condescendencia dándole un poni o un animal de carga, sino más bien una de las monturas de refresco de uno de los jinetes. Le ofreció una manzana a la yegua de color gris oscuro, empezó a cepillarla con una almohaza y se hicieron amigas de inmediato. Después de revisar al animal en busca de signos de alguna cojera o lesión, Salvia descolgó la silla de la portezuela de la cuadra y la subió sobre el alto lomo de la yegua.

Al inclinarse para asegurar la cincha, oyó una voz que le sonaba familiar.

—Muchacho, a esa silla hay que ponerle el albardón para una dama, y hay que ponérselo antes de cincharla.

Salvia sonrió y no lo miró.

Fresno abrió la puerta del compartimento y se acercó por detrás.

—¿Es que no me oíste? Antes, le tienes que poner encima la silla para montar a mujeriegas —la agarró del brazo, y ella se enderezó para quedar frente a él.

—Si no te importa, preferiría no usarla —dijo ella.

Fresno se quedó petrificado, agarrándole el antebrazo con la mano. Ella le llegaba a la altura de la barbilla, pero tan cerca de él tenía que estirar el cuello para mirarlo a los ojos.

—Si alguna vez hubieras intentado cabalgar con falda, sabrías por qué.

Fresno le soltó el brazo y retrocedió boquiabierto. La manera en que sus ojos la recorrían de arriba abajo no era muy distinta del modo en que los demás la miraban fijamente cuando la veían lucir pantalones, pero Salvia tuvo que resistirse al impulso de apartar la espalda de aquella mirada que permanecía sobre ella. El joven sacudió la cabeza.

—Una cosa es viajar en el asiento del conductor de la carreta o montar con albardón, mi señora, pero creo que la señora Rodelle trazará su línea ante esto.

Salvia le guiñó un ojo.

—Entonces te sugiero que me ayudes a mantenerme fuera de su vista hasta que sea demasiado tarde.

En el exterior, volvió la cara hacia el sol y se sumió en el calor de sus rayos. No iba a echar de menos aquella bobada de sombrero, aunque terminaría el día con muchas más pecas que al comienzo. Parecía un precio justo por la libertad que obtenía. Una vez en camino, Salvia observaba fascinada el paisaje. Los campos de cultivo iban siendo menos comunes conforme el terreno se volvía más rocoso, y las zonas boscosas que atravesaban eran más amplias. La caravana estaba empezando a cruzar Tasmet, que no era otro reino sobre el papel, pero a ella le resultaba exótico. En Crescera, sólo las casas más ricas estaban construidas de piedra, y los campesinos hacían las suyas con madera y tejados de paja. Aquí, hasta los hogares más pobres estaban hechos de piedra y tenían el tejado de pizarra.

Al principio se sintió avergonzada, pensando que daba la imagen de una pueblerina con los ojos abiertos como platos, en especial ahora que conocía la verdadera identidad de Fresno. Él, además, había pasado años en aquella provincia con el ejército, de manera que nada era nuevo para él, pero sí parecía deleitarse con que Salvia se quedara impresionada, y le señalaba el veteado de los minerales que atravesaban las paredes de roca por las que pasaban. Su cohibición se fue desvaneciendo poco a poco.

Fresno también se mostraba mucho más abierto ante sus preguntas sobre el ejército. Hablaba sobre sus compañeros como si fueran sus hermanos, algo que ya suponía Salvia, que se preguntaba cómo se sentía ante aquello.

—Tú sabes sobre mi familia —dijo ella—. ¿Cómo es la tuya?

Se encogió de hombros.

—No hay mucho que contar. Mi padre es... muy conocido. Crecí viéndolo desde la distancia. Mi madre sentía devoción por mí, pero sólo la he visto unas pocas veces en los últimos años. El ejército es ahora mi familia —evitaba la mirada de Salvia—. Supongo que mi nombre deja bien claro lo que soy.

—Lo cual no supone ninguna diferencia para mí —le dijo ella al darse cuenta de que no estaba aún preparado para revelar su identidad—. Háblame sobre la instrucción de los pajes. Me cuesta creer que tu capitán encargue a Charlie ciertas tareas.

Fresno frunció el ceño. Tenía esa piel tan oscura de los aristelanos además del cabello prácticamente negro. Ella jamás sería capaz de igualar ese tono de piel ni aunque se quedara al sol todo el verano contraviniendo las infinitas advertencias de su tía de que se le iba a arruinar la piel.

—Lo que más recuerdo eran las novatadas, la forma que los muchachos mayores tenían de atormentar a los más pequeños. El padre de Quinn era coronel por aquel entonces y, el día que llegó su hijo, desfiló hasta llegar ante su padre y le dijo que se quería salir del ejército si es que iba a tener que servir con un atajo de imbéciles como aquél durante el resto de su vida.

Salvia se rio a pesar de lo mal que le caía el capitán.

—Supongo que su padre lo obligó a quedarse.

Fresno le dijo que no con la cabeza.

—Su padre le dijo que se podía ir a casa si quería..., tampoco iba nadie a decirle a aquella bola de niños cómo comportarse mejor —puso una sonrisa tensa—. Quinn se lo tomó como un desafío, volvió a la tienda de los pajes y armó una pelea.

Salvia soltó un bufido.

—Supongo que aquel día se ganó el respeto de todos los demás chicos y lo hicieron teniente una semana después.

Fresno hizo caso omiso del sarcasmo de Salvia.

—No. Lo golpearon de lo lindo, pero se negó a delatar a quienes le habían pegado. Supongo que eso era lo que correspondía, ya que había empezado él —dijo Fresno con la mirada puesta en las orejas de su montura—. Ése fue el comienzo de un año muy duro para él. Nunca sabré por qué no desertó.

—¿Qué sucedió? —le resultaba un tanto intrigante—. Está claro que salió adelante y triunfó.

—La verdad es que no lo sé —dijo Fresno—. Se concentró en ser lo que tenía que ser y en hacer lo que tenía que hacer, fue haciendo amigos poco a poco, yo entre ellos, hasta que prácticamente todo el mundo lo admiraba sin saber muy bien cómo. Se tomó la responsabilidad muy en serio. Aún lo hace. Cuando llegamos a escuderos, todas las peleas y las novatadas se habían acabado, y los pajes realizaban tareas que solían corresponder a los escuderos, que ahora podían poner sus miras más arriba.

La devoción que por él sentían los amigos de Quinn se remontaba muy atrás, a la niñez. Salvia no pudo evitar sentir cómo aquello les impulsaba ahora a complacerlo, aun cuando sus órdenes no eran agradables. Si bien por el momento los forzaba tan sólo a unas pequeñas mentiras y engaños, lo más probable era que aquello no parara hasta que alguien le hiciera frente.

Fresno volvió el rostro hacia ella. La luz del sol le incidía en los ojos oscuros con tal ángulo que los hacía brillar con un intenso tono caoba.

—De manera que la respuesta corta es que a la edad de Charlie nosotros no hacíamos esas cosas. Qué oportunidad desperdiciada.

Salvia captó que Fresno también había sido paje y escudero, pero no había llegado aún a oficial, y estaba a punto de preguntarle por qué cuando él le dijo:

—¿Y tú, lady Salvina? ¿Participaste en peleas cuando eras pequeña? ¿O te bastaba con decir groserías desde lo alto a tus enemigos?

Fresno estaba bromeando, pero ella le respondió con sinceridad.

—En tres peleas, la verdad. Perdí la primera. Mi padre me dijo que había sido demasiado limpia con un chico que era lo bastante cobarde como para no meterse con los de su tamaño, de manera que en nuestro siguiente enfrentamiento utilicé la rodilla izquierda con gran eficacia. No creo que pudiera caminar derecho durante semanas.

Fresno se quedó anonadado.

—¿Y la tercera?

—Se trató más bien de un concurso de ingenio contra un oponente desarmado.

—No puedes dejarme así.

Salvia se encogió de hombros.

—Era un fanfarrón cabeza hueca que no dejaba hablar a las niñas, cuestiones en las que en general yo estaba de acuerdo, pero dijo que podría vencer a cualquier niña en cualquier cosa excepto en llorar, y lo desafié a jugar vencidas estilo kimisar —Fresno nunca había oído hablar de tal cosa—. Es porque me lo inventé —le explicó—. Yo trataba de jalar su brazo hacia abajo mientras él se resistía con el codo apoyado en una mesa.

Salvia extendió el brazo con el puño mirando hacia sí para mostrárselo.

—Parece que tu parte era más fácil.

Ella asintió.

—Eso dijo él, así que le pregunté de qué tenía miedo, si él era tan superior.

—¿Quién ganó?

—Pues depende de tu punto de vista. Sólo conseguí bajarle el brazo un tanto así —abrió el brazo en un ángulo amplio y volteó a ver a Fresno con una sonrisa maliciosa—. Pero entonces se lo solté —Salvia llevó el brazo hacia atrás para enseñarle cómo se dio un puñetazo él solo en la cara.

Fresno se echó a reír a carcajadas, sobresaltó a los caballos y a todos cuantos les rodeaban. Tras la irrupción inicial, se esforzó por mantener el control. Salvia llegó a pensar que se iba a caer del caballo. Los demás soldados los miraban fijamente, pero él les hizo un gesto con la mano para que no les hicieran caso mientras buscaba el aire y le caían las lágrimas por las mejillas. Por fin se tranquilizó y se secó los ojos con las manos enguantadas.

—Vaya, no puedo creer que hicieras eso. Es absolutamente diabólico.

—Yo no podía creer que hubiera funcionado tan bien —dijo Salvia con un gesto negativo con la cabeza—. Lo tiró de la silla y se cortó el labio con los dientes. Había sangre por todas partes —Fresno empezó a reírse de nuevo—. Lo mejor fue la cara que puso —Salvia se volvió a llevar la mano a la boca y puso una cómica expresión de horror—. Por supuesto, el tío William no lo consideró tan divertido. Ni tampoco el padre del niño.

Fresno se agarró de los costados como si se estuviera conteniendo. Cuando Salvia oyó sus propias carcajadas, se percató de que no se había reído de verdad en mucho tiempo.

La primera parada para descansar y estirar las piernas sirvió para que Salvia fuera consciente de un problema derivado de su forma de vestir.

Un observador externo podía dar por hecho que era un plebeyo, de manera que no se podía sentar con las damas. Ella hubiera preferido disfrutar de sus descansos con Fresno, pero él tenía cuestiones importantes que debatir con los oficiales y le insistió con mucha firmeza en que no se podía acercar a ellos de ninguna manera. Salvia decidió que comer sola era un pequeño precio que tenía que pagar por el privilegio de cabalgar.

Cuando se detuvieron para el almuerzo, Fresno se excusó y le mencionó que le tocaría salir a patrullar la zona en cuanto volvieran al camino. Salvia ya había dejado claro que no quería ninguna ayuda para desmontar, de manera que el teniente Casseck aguardó hasta que estuvo en el suelo para acercarse a ella. Él también parecía haberse repuesto del asombro de verla vestida y cabalgando como un hombre.

—Mi señora —le dijo—. Tengo una petición del capitán Quinn al respecto de su hermano, Charlie.

Salvia miró hacia Quinn, que llevaba su caballo hacia el lugar donde Fresno y otro oficial estaban reunidos en torno a una mesa improvisada con un mapa extendido.

—¿Cómo es que no me lo puede pedir él mismo?

Casseck se encogió de hombros.

—Llevar a cabo sus ideas es mi trabajo.

Salvia elevó la mirada al cielo. Se iba a desmayar del asombro el día en que Quinn hiciera algo en lugar de dar órdenes. O quizá estuviera demasiado avergonzado para verla después de obligar a Fresno a mentir, en cuyo caso no era un perezoso, sino un cobarde.

—Adelante, pues.

—Eres consciente de que nuestra situación ha alcanzado un cierto grado de peligro. El capitán está convencido de que si pone a Charlie bajo tu supervisión, él tendrá menos de qué preocuparse. Charlie seguirá con sus deberes de paje, pero se te asignará en parte a ti y a las demás damas. El Carretero no puede cabalgar a tu lado todo el día, ni tampoco puede comer contigo, pero Charlie sí puede.

Salvia ladeó la cabeza para mirar a Casseck a los ojos.

—¿Me equivoco al suponer que si nos atacan es menos probable que Charlie sufra algún daño si forma parte del grupo de las mujeres?

El teniente hizo una mueca.

—No te equivocas, pero no significa que estemos esperando tal ataque.

Podría estar diciendo la verdad. Aquella mañana, los soldados estaban alertas, pero no tan nerviosos como antes, aunque iban plenamente armados. Abrió la boca para preguntarle qué era lo que se esperaban, pero Casseck la cortó.

—Mi señora, me preguntaste cómo nos podrías ayudar, y créeme cuando te digo que esto nos permitirá concentrarnos más en comprender la amenaza. No es una petición menor. El capitán Quinn no cede el control con facilidad, en especial sobre su hermano.

Salvia suspiró y asintió.

—Lo haré por Charlie —se sentía tratada con una cierta condescendencia, pero el hecho de que Quinn se preocupara por la seguridad de Charlie la dejaba helada.

¿Quién había ahí afuera que fuese capaz de hacerle daño a un niño?

33

Salvia vio que Fresno se adelantaba cabalgando para patrullar la zona después del almuerzo. Parecía confiado en estar de vuelta para el momento en que se detuvieran para pasar la noche, pero la dejó preocupada el modo en que Casseck fruncía el ceño al verlo partir. ¿Por qué Quinn enviaba a Fresno solo? El capitán se pavoneaba dando órdenes mientras se preparaban para marcharse.

Salvia se acomodó en la silla y volteó a ver a Charlie, a su lado.

—Tu hermano parece un hombre de acción, siempre con prisa.

Charlie asintió.

—Mi padre dice que le asignó esta misión para que aprendiera a tener paciencia.

Salvia sofocó una carcajada. Quizá su padre sabía que el capitán no era tan maravilloso como todo el mundo pensaba.

—¿Quieres ver mi puñal? —le preguntó Charlie—. Mi madre pidió que lo hicieran de manera especial —se desenganchó del cinto la daga envainada y le mostró con orgullo las iniciales de oro incrustadas en la empuñadura. Parecía enorme en una mano tan pequeña—. Mi hermano también tiene uno.

—Mi padre me dio a mí mi propio puñal cuando tenía tu edad —le dijo Salvia—. Pero lo perdí.

Le contó que se escapó de casa y, cuando su tío la encontró y se la llevó a casa, el puñal se quedó en aquel barranco.

Los ojos pardos de Charlie se abrieron de par en par.

—¿Huiste de casa, mi señora? ¿Era cruel tu tío?

—Por aquel entonces, yo pensaba que sí —esbozó una sonrisa triste—. Mi padre acababa de morir, ¿sabes? Y cuando alguien a quien quieres tiene problemas o se muere, no siempre se piensa con claridad.

—Mi padre dice que una mente clara es lo más valioso que tiene un oficial —dijo Charlie con aire de solemnidad.

—Imagino que lo sabe por experiencia —respondió ella con igual gravedad.

Fresno no había regresado cuando ellos llegaron a la siguiente hacienda. La mansión Middleton contaba con unos muros altos y gruesos al estilo que había visto en otros lugares por los que habían pasado desde que salieron de la casa de Underwood. Tasmet había asistido a siglos de combates y de invasiones. Se imaginó que si viajaban hacia el sur, a Kimisara, las casas como aquélla estarían todavía más fortificadas. Salvia ayudó a Charlie a cargar con su baúl hasta la alcoba que Clare y ella iban a compartir, y percibió una creciente inquietud en los soldados que oteaban el acceso oriental en busca del compañero que no había llegado aún. Ya había pasado la hora de la cena, y el sol se estaba poniendo cuando la escolta comenzó a organizar una partida de búsqueda.

Salvia, que ahora lucía un vestido, vio desde lo alto del muro exterior de la hacienda que los oficiales hablaban en grupo. Charlie estaba inquieto junto a ella, y ella trataba de tranquilizarlo a pesar de sus propios temores. Aquella noche tenía la intención de sacarle a Casseck algunas respuestas directas, pero en aquel momento se dedicaba a dar órdenes. El capitán Quinn estaba de pie junto a él, de brazos cruzados. ¿Cómo podía parecer tan distante? ¿Es que no sentía ningún tipo de culpa por haber enviado a Fresno solo allá afuera? A él no lo había visto nunca salir a inspeccionar la zona y, aunque Salvia no supiera mucho sobre el ejército, le daba la sensación de que eso estaba mal. Un mando jamás debería dar a los demás unas órdenes que no estuviera dispuesto a cumplir él mismo.

Cinco jinetes estaban ya armados y montando cuando sonaron en la distancia cuatro toques cortos de cuerno. Los soldados se relajaron al instante, y Charlie se dejó caer contra ella en un gesto de alivio.

Varios minutos más tarde, un perro grande venía dando saltos por el camino, en el ocaso, seguido por Fresno en su caballo pardo, cabalgando como si tuviera ganas de regresar con ellos, pero sin prisa. Se abrieron las puertas, y las cruzó al trote con una serie de señales con la mano a los jinetes del patio. Casseck hizo un gesto con la cabeza al grupo que se había formado, y éstos se dirigieron de vuelta a los establos con sus caballerías.

Casseck se acercó a Fresno cuando éste desmontó.

—Perdona que te haya preocupado, Cass —oyó Salvia que decía Fresno—. Pero bien valía la pena.

El teniente ladeó la cabeza y señaló con los ojos hacia la muralla donde Salvia se encontraba con Charlie, y Fresno se volvió para saludarlos con la mano antes de darse la vuelta y marcharse con Casseck. Charlie intentó correr detrás de ellos, pero Salvia lo sujetó.

—Espera, Charlie. Estoy segura de que tienen cuestiones importantes que discutir. Ya sabemos que está sano y salvo; ahora deberías irte a la cama.

—Pero estoy seguro de que tiene hambre. Le llevaré algo de comer.

Salvia le hizo un gesto negativo con la cabeza.

—No, ya es tarde. Yo me encargaré de eso —el paje fue a protestar de nuevo, pero ella levantó un dedo—. Soldado, tu hermano me hizo responsable de ti, y lo que digo ahora es: a la cama —señaló hacia los barracones—. Ahora mismo.

Charlie obedeció con un hosco «sí, señora», y Salvia se dirigió a las cocinas y pidió una charola de comida. Con ambos brazos ocupados, cruzó el patio, empujó con el pie la puerta de las caballerizas para abrir una rendija y se valió de las caderas para abrirla lo suficiente para pasar. Caballos aparte, el establo estaba prácticamente desierto, y pasó en silencio por las cuadras hacia las voces que se oían en el extremo más alejado. El teniente Casseck le estaba llamando la atención a Fresno.

Muy despacio y sin hacer ruido, se acercó a la portezuela de la cuadra y se detuvo detrás de un panel divisorio, justo fuera de su vista. Por una rendija entre los tablones vio a Casseck mirando a los cuartos traseros del caballo, pero Fresno estaba fuera del alcance de su vista.

—Nos tenías a todos asustados, lo sabes —le dijo el teniente.

Incluida yo, pensó Salvia.

Fresno se levantó de donde estaba agachado, probablemente revisando los cascos de su yegua.

—Sé cuidar de mí mismo —su voz sonaba con una confianza y una autoridad muy distinta del modo en que se dirigía a ella.

Casseck no se dejó intimidar.

—No contra ciento treinta hombres.

Salvia contuvo un grito ahogado.

Fresno soltó un bufido.

—No están todos juntos en el mismo sitio.

Salvia arrugó la frente. ¿Acaso estaban rodeados? No era de extrañar que Quinn no quisiera que nadie lo supiera. A Darnessa le entraría el pánico.

—Muy bien, entonces diez —le admitió Casseck—. Eres bueno, pero no tanto.

Fresno apretó la mandíbula y le dio un cepillado a la yegua parda, que se puso a temblar y a piafar disfrutando. Casseck le dio unas palmadas en la cruz al animal mientras proseguía.

—No podemos permitirnos perder a nadie, y menos a ti. A partir de ahora todas las patrullas deberán ser de no menos de dos hombres, tres mejor.

Fresno le dijo que no con la cabeza.

—No tenemos los suficientes hombres para extendernos tanto. Nos hace vulnerables.

—Ya somos vulnerables —dijo Casseck. Antes de que Fresno pudiera volver a protestar, el teniente se aproximó y le puso la mano sobre el cepillo para obligarlo a prestar atención—. Lo digo en serio. Nadie volverá a salir solo, y tú en especial. Tu padre me mataría si te dejara actuar de este modo y me quedara sin hacer nada al respecto.

Eso, escucha a Casseck. Salvia deseaba que el teniente estuviera al mando en lugar de Quinn. Resultaba obvio que él se preocupaba más por la seguridad de sus hombres.

Fresno se volvió para fulminar al teniente con la mirada.

—Creo que ya se te olvidó quién está aquí al mando —le dijo muy despacio.

Salvia tenía que intervenir antes de que Fresno se metiera en un lío. Rodeó el panel divisorio e hizo el suficiente ruido como para que no pensaran que andaba a hurtadillas. La mirada de Casseck se dirigió veloz hacia la abertura en cuanto ella fue visible, y Fresno se puso en tensión de espaldas a Salvia. Después de mirar al rostro de Fresno durante un momento largo, el teniente bajó la mano y se enganchó el pulgar en el cinto.

—Hablaré con el capitán. Él te hará entrar en razón.

Casseck rodeó a Fresno camino de la puerta de la cuadra. Fresno se dio la vuelta para verlo irse, y su mirada se posó en Salvia cuando Casseck pasó junto a ella con un gesto cortés de saludo y desapareció. Ella se quedó en la puerta, y Fresno la estudió con una expresión indescifrable antes de regresar con el caballo.

—¿Cuánto tiempo llevabas ahí? —bramó.

Por qué no reconocerlo, pensó ella.

—El suficiente para oír ciertas cosas de interés.

Él no dijo nada y continuó cepillando al animal con movimientos rápidos y molestos. El estado de ánimo de ella se puso a la par.

—No vine a espiarte, si te refieres a eso —dijo Salvia—. Vine porque pensaba que estarías hambriento. De nada.

—Y ahora ya sabes quién soy —le soltó él—. Enhorabuena.

La ira de Salvia se evaporó. Él no quería que ella lo supiera. Era probable que Quinn lo obligara a esconderlo: podía conseguir más información como un plebeyo.

—Eres el hijo del rey —dijo ella con calma—. Lo sé desde ayer. No se lo diré a nadie.

Fresno dejó de cepillar y apoyó la frente en el costado de la yegua.

—¿Sabes?, este hábito tuyo resulta verdaderamente irritante.

El veneno que había en su voz no iba de acuerdo con el alivio que indicaba la caída de sus hombros, pero estaba contrariado, de manera que ella mantuvo su tono de voz neutral.

—¿Y qué hábito es ése?

—El de ir por ahí desenterrando todo lo que no deberías saber, oyendo lo que no tendrías por qué oír, obligando a que salga a la superficie todo cuanto debería mantenerse oculto —Fresno se dio la vuelta para lanzarle una mirada acusadora—. Y todo esto mientras me engañas sobre ti y tus propósitos.

De nuevo se dio la vuelta y lanzó el cepillo a una cesta con un ruido metálico que asustó a la yegua y la distrajo de su cena.

Fresno suspiró con fuerza.

—Ya era lo bastante malo pensar que te iban a desperdiciar con algún viejo rico y presuntuoso. Pero leí tu libro —se cruzó de brazos y se dio la vuelta para fulminarla con la mirada—. Tú no apareces en él. No como una de las casaderas. No como un miembro de la mansión Broadmoor. No existes. Y, aun así, vienes ante mí e interpretas el papel de la dama preocupada. Esta mañana ibas vestida y cabalgabas como un hombre; la semana pasada jugabas a ser maestra. La pregunta es: ¿quién serás mañana?

Salvia bajó la mirada.

—Seré tu amiga.

—Ya tengo amigos. Y ninguno de ellos ofrece tan poco y se lleva tanto como tú —avanzó un par de pasos y le quitó la charola de las manos—. Ya te puedes retirar.

Él había sabido durante días que ella le estaba mintiendo... quizá desde el principio. Si Quinn había sospechado que era una espía o que tenía algún tipo de relación con los ciento treinta hombres que los rodeaban, Fresno tuvo que haber hecho un esfuerzo enorme para tratar de demostrar que se equivocaba, y seguramente acabó entrando en su alcoba con tal de despejar la sombra de duda sobre su nombre. Y, aun así, seguía sin saber quién era ella.

Y Salvia no se lo podía contar.

—Buenas noches, Salvina de Broadmoor —dijo él, y en su voz había algo definitivo, un adiós no pronunciado.

Él sólo quería la verdad y, como su amigo, se la merecía.

—Salvia —murmuró.

—¿Qué?

Salvia enderezó los hombros y se obligó a levantar los ojos y mirarlo a la cara.

—Me llamo Salvia.

Los ojos oscuros de Fresno le sostuvieron la mirada durante varios segundos, a la espera, pero ella no se veía capaz de encontrarse la voz.

—¿Y qué es lo que viene después de «Salvia»? —insistió él con sutileza—. No es «de Broadmoor».

—La Pajarera —susurró ella—. Mi padre era pajarero. La señora de Broadmoor es la hermana de mi madre. Me acogieron cuando mi padre murió.

—¿Y ahora?

Salvia bajó la mirada.

—Soy la aprendiz de la casamentera. Su ayudante.

—¿Y cómo te paga? ¿Consiguiéndote un marido rico?

—No, por supuesto que no —por el cuello le ascendió un profundo rubor hasta el cuero cabelludo—. Yo no me quiero casar.

—¿Nunca?

—Nunca —respondió con firmeza, volviendo a alzar la mirada.

Los ojos de Fresno se desplazaron al oír un ruido detrás de ella, y levantó la comida para mostrársela al teniente Gramwell.

—Iré enseguida, señor —dijo él—. Sólo le estaba dando las gracias a lady Salvina, ya que tuvo la amabilidad de traerme esto.

Le hizo una reverencia a Salvia, con la charola de por medio, con la intención de encontrarse con sus ojos una última vez.

—Espero que cabalgues conmigo mañana, Salvia la Pajarera —susurró él.

34

El duque D'Amiran leyó el apresurado comunicado del barón de Underwood con los ojos muy abiertos: «El príncipe Robert estaba en el grupo de la escolta». El mensaje también confirmaba la información que habían obtenido del mensajero: el propio hijo del general Quinn lideraba aquel grupo. Para sus adentros, el duque se reprendió por no haber interrogado a su prisionero sobre Robert, pero había imaginado que el hombre no sabría nada útil en ese aspecto. De todas formas, tampoco importaba: D'Amiran conocía a ambos. Tanto el hijo del rey como su sobrino estarían bajo su techo en cuestión de días. No lo podía haber planeado mejor.

En un principio, el plan era dejar que los kimisares del sur raptaran al príncipe Robert y se lo llevaran por el paso de Jovan de manera que el general Quinn enviara a una parte significativa del ejército en su persecución. Aquellos kimisares se dirigirían al norte y regresarían por el paso de Tegann, momento en el cual quedarían cerrados ambos pasos, y numerosos demoranos atrapados en el lado que no querían de las montañas de Catrix. Así dividida, resultaría más sencillo derrotar a la fracción de poniente del ejército de Démora con las tropas que estaba congregando. Después, si querían, los kimisares podrían pedir un rescate para devolver al príncipe a Tennegol. O matarlo... a D'Amiran le daba lo mismo.

El duque hizo llamar a Geddes y lo puso al tanto de la situación mientras escribía una carta a su hermano, que estaba en Jovan, en la que le daba al conde las instrucciones de enviar a sus kimisares a través del paso sin el príncipe. D'Amiran había dado por hecho que la causa de que Rewel no hubiera encontrado al príncipe era la propia incompetencia de su hermano, pero en realidad se debía a que Robert no estaba con el general Quinn en el sur. Por mucha que fuera la emoción de saber que el príncipe heredero se dirigía directo hacia Tegann, suponía también una ligera complicación. Si los kimisares no tenían con ellos al príncipe raptado como cebo, el general enviaría menos tropas a perseguirlos, pero D'Amiran estaba demasiado entusiasmado como para preocuparse ahora por aquello.

—El príncipe viaja con un nombre falso —le dijo a Geddes—, de manera que eso puede significar que la escolta percibe algún tipo de amenaza, razón de más para que no los asustemos nosotros. No quiero que cunda el pánico: mis presas podrían sufrir daños. En cualquier caso, quiero ponerle la vista encima al joven Quinn. Dicen que es exactamente igual que su padre, aunque yo no considere eso precisamente como un cumplido.

Era la curiosidad morbosa lo que lo movía en aquello.

D'Amiran dobló la carta y sostuvo la barra de lacre en la llama de la vela de su escritorio.

—También me pregunto por qué el general le asignaría esta misión a su propio hijo.

—¿Crees que es para espiarte a ti, excelencia? —le preguntó Geddes.

Aquellas cartas codificadas, —hasta que las descifraran, le decían que el general Quinn no confiaba en nadie.

—Sin duda ninguna. Pero también podría estar tratando de hacer llegar al príncipe de regreso a la capital, lo cual podría significar que tienen informantes de los que nos tenemos que librar. En todo caso, no podemos contarle al capitán Huzar lo de Robert. La próxima vez que salgas a inspeccionar el paso, dile únicamente que Robert está de camino. Cuando tengamos al príncipe, quizá podamos obligar a los kimisares a darnos un poco más de apoyo antes de entregárselo.

Podría necesitarlos ahora, cuando su ejército se enfrentara al de Quinn.

—No estoy seguro de que podamos confiar en ellos, excelencia —dijo el capitán, que se pasaba el dedo gordo por el borde cicatrizado de la oreja.

D'Amiran se echó a reír mientras lacraba el pergamino.

—Sé bien que no podemos, pero esta hambruna y esta plaga van ya por su tercer año. Kimisara dará lo que sea a cambio de alimentos, de modo que harán lo que yo desee.

Geddes se pasó el cabello castaño sobre la oreja maltrecha y extendió la mano para recibir el comunicado.

—Estoy preparado para cobrarme tus presas con mis propias manos.

El duque le hizo un gesto negativo con la cabeza y le entregó la misiva.

—Relájate, capitán; en esta situación, no podemos perder.

—¿Qué me dices de los soldados que escoltan a las casaderas? —le preguntó Geddes al meterse la carta en la chaqueta.

—No son motivo de ninguna preocupación. De momento, evitan que deba traer yo mismo a las mujeres hasta aquí. Si las cosas van mal en el sur antes de que podamos irnos, aún estaremos a tiempo de volvernos contra los kimisares y atacarlos aquí —se rio—. Seremos unos héroes por salvar al príncipe Robert y devolverlo. Es posible, incluso, que dejemos que la escolta nos ayude, aunque pudiera ser que el joven Quinn sufra algún tipo de accidente fatal. Aunque no sea otra cosa, podemos exigirles información. Déjenlos tranquilos por el momento.

35

El ratón estaba tumbado en su catre en los barracones, con la cabeza a rebosar de pensamientos sobre el estornino como para poder dormir a pesar del cansancio. ¿Qué mosca le había picado para presionar a la joven de aquella manera? Trató de decirse que sólo se debía a que la muchacha nunca estaría cómoda hasta que pudiera ser ella misma. En realidad, era la tensión de su propio engaño lo que le hacía comportarse como un necio. Había estado a punto de estropearlo todo, no se había percatado de lo mucho que iba a perder hasta que le dijo que se retirara.

Pero ella no se marchó.

Salvia la Pajarera. Él ya sabía cómo se llamaba, pero oír cómo lo decía ella había sido un regalo. Ella confiaba en él, quería contárselo, igual que él se lo quería contar a ella.

Y allí se había quedado ella de pie, sonrojando sus pecas hasta que dejaban de existir conforme él la presionaba más y le exigía todo cuanto él tenía que saber. Las respuestas de la joven habían prendido el alivio. Y la decepción.

Soltó un gruñido y se frotó la cara. Había sido muy afortunado hasta ahora, pero temía que aquellos ojos grises acabaran por desarmarlo por completo en el peor de los momentos posibles.

36

Salvia estaba acostada y despierta en la cama que compartía con Clare, pensando en el alivio que había visto en la cara de Fresno cuando ella le dijo su nombre. Él ya sabía que ella le había mentido y que no era una dama. Él ya sabía que ella no era nadie.

Y seguía queriendo ser su amigo.

—¿Salvia? —murmuró Clare en la oscuridad y la sobresaltó. Creía que su amiga estaba dormida—. ¿Estás despierta?

—Sí.

—Todo el mundo está hablando de ti.

—¿Quién es todo el mundo? —le preguntó Salvia.

—Todas las damas. Te observan y dicen cosas horribles. No sé cómo defenderte.

Salvia frunció el ceño. Aquello podía suponer un problema.

—¿Y se lo guardan para sí?

—Sí, tienen miedo de Darnessa. No hablan cuando está cerca, pero ella lo sabe. Les dijo que tú no haces nada sin su permiso.

Salvia se encogió de hombros. Su padre siempre le decía que los chismes eran cosa de mentes estrechas.

—Entonces no hace falta que me defiendas. Si me importara lo que la gente piensa de mí, entonces... —Salvia se calló. Estuvo a punto de decir que se habría casado, pero le pareció una falta de delicadeza teniendo en cuenta hacia dónde se dirigía Clare. Carraspeó—. ¿Dónde estabas cuando regresé esta noche?

—Ah —a Clare le cambió el ánimo—. Fui a dar un paseo con el teniente Gramwell, otra vez.

—¿Otra vez?

—Hemos estado saliendo a pasear todos los días después de la cena, pero esta noche los soldados estaban ocupados con algo, así que salimos más tarde de lo normal —se hizo una larga pausa—. ¿Lo crees inapropiado?

Salvia sonrió y alargó el brazo hacia el otro lado de la cama para apretarle la mano a Clare.

—En absoluto.

37

Casi suspiró de alivio al verla desayunando al amanecer con los criados, a las puertas de las cocinas, vestida para cabalgar. Se acercó a ella sigilosamente por el banco y le ofreció una fresa grande y madura.

—Buenos días, amiga —le dijo en voz baja.

Salvia la agarró y alzó una tímida mirada hacia él.

—Quería disculparme por mi enojo de anoche —dijo él—. Estaba cansado y fui bastante injusto, pero me alegro de haber comprendido por fin el lugar que ocupas en todo esto.

—No son necesarias las disculpas. Los dos cumplimos órdenes —no quedaban galletas en el platón, y ella le ofreció la mitad de la suya—. A partir de ahora tomaré mis propias decisiones, aunque sé que tú tienes menos libertad para hacer lo mismo.

Aceptó la galleta y le rozó los dedos al tomarla.

—Me da la sensación de que estás acostumbrada a hacer las cosas a tu manera.

—Eso se lo puedes agradecer a mi padre —sonrió Salvia avergonzada.

El muchacho habría dado lo que fuera por conocer a aquel hombre.

—Estoy deseando oír más sobre él hoy.

A ella le brillaban los ojos en un rostro de aspecto pálido.

—Estoy deseando contártelo.

Casseck no le iba a permitir cabalgar solo después del patrullaje del día anterior. El teniente había sido lo bastante astuto como para presentar su propuesta en la reunión de la noche previa ante los oficiales, y al capitán no le había quedado más remedio que aceptar que todas las patrullas contaran con no menos de dos jinetes a partir de ahora. Por lo menos tendría una compañía agradable. Y, como era de esperar, apenas habían arrancado antes de que ella comenzara a hacerle preguntas.

—¿Puedes contarme qué sucedió ayer? —dijo ella—. Quise preguntártelo anoche, pero nos interrumpieron.

La preocupación en los ojos de la joven era gratificante, pero se equivocaba en su objeto. No habían sabido nada del soldado avanzado, de modo que salió a buscarlo. Resultó que sólo estaba enfermo con algo que se había contagiado en un lugar por el que había pasado unos días atrás. No era una enfermedad letal para nadie, pero sí... incómoda, y le había ralentizado el paso.

—No fue ni tan peligroso ni tan emocionante, siquiera —le dijo él—. Una aldea cercana está en cuarentena. Encontraron algún tipo de animal muerto en el pozo, y la enfermedad se extendió rápidamente, pero mientras evitemos el agua en esa zona, estaremos bien. Sin embargo, valió la pena investigarlo.

—¿De qué tipo de mal se trata?

Vaciló. Salvia no era aprensiva, pero no tenía ganas de describir los dos días de diarreas y vómitos.

—Es una aflicción que se lo lleva todo por delante. Preferiría no entrar en detalles, seas o no una dama.

Salvia captó lo que quería decir.

—¿«Que se lo lleva todo por delante»?

Él se rio ante aquel sentido no intencionado.

—Sí.

—¿Y no sería útil contagiársela a nuestros enemigos? —se preguntó ella.

Él jaló las riendas de golpe para quedarse mirándola. Santo Espíritu, aquello era brillante.

—¿Algo va mal? —preguntó ella al jalar su yegua gris y mirar a su alrededor.

—No, sólo que... eso es una idea tremenda.

Podían dejar Tegann fuera de combate al marcharse. Incluso al ejército que estaba más al sur.

—¿De verdad? Sólo estaba bromeando.

—Yo no —dijo él—. Espera aquí, tengo que hablar con Casseck. Le dio la vuelta a su caballo y le hizo un gesto a su amigo. Pasados unos minutos de charla, volvió junto a Salvia y le lanzó una mirada cargada de intención—. No debes decir nada sobre esto.

Salvia le hizo un gesto negativo con la cabeza.

—Tienes mi palabra —vieron que dos jinetes y un perro se adelantaban al galope. Cass ya estaba poniendo el plan en marcha—. Pueden adjudicarse el mérito de la idea —continuó ella.

—Tonterías. Si esto tiene el efecto que yo creo que podría tener, te conseguiré una distinción —inclinó la cabeza y la miró—. Haría que tu padre estuviera orgulloso.

Ella hizo caso omiso de su distracción.

—Evitas llamar la atención hacia ti cuando haces bien las cosas, pero aceptas las culpas aun cuando es innecesario.

Se encogió de hombros.

—Reconozco el mérito allá donde se merece.

—Creo que serías un buen oficial. ¿Te lo habías planteado alguna vez?

—No eres la primera que lo menciona —hizo un gesto negativo con la cabeza—. Pero mi hermano es teniente, y yo no puedo ser lo mismo.

—El príncipe —murmuró ella—. No deseas competir con él por un ascenso.

—Exacto. Las cosas ya son lo bastante difíciles para él. Prefiero darle mi apoyo.

—Entiendo ese deseo —dijo ella—. Sólo me gustaría que te otorgaras el lugar que te corresponde.

—Y también puede ser que yo no quiera un ascenso. Eso encadena a mi hermano a años de servicio, nada menos —señaló a Cass y a Gramwell, que iban cabalgando unos metros por delante—. Míralos. ¿Ves cómo tienen que comportarse todo el tiempo? Compáralo conmigo, aquí contigo. Esto es una libertad que ellos no tienen.

Salvia lo miró de soslayo.

—No me engañas, Fresno el Carretero, tienes ambición y una presencia de mando natural. Pero admiro tu sentido del deber y el honor.

Al joven le ardía la cara mientras buscaba la manera de cambiar de tema.

—Hablando de honor, si tus padres estaban casados, y tu padre era un pajarero y no un campesino, ¿por qué te llamaron Salvia?

—Les gustaba el nombre, supongo.

—No me trago eso —dijo él mirando al frente con una mano sobre los ojos para protegerlos del sol de última hora de la mañana.

—Era la planta favorita de mi madre. Mi padre me contaba que freía las hojas y se las comía directamente, en especial cuando estaba..., cuando estaba embarazada de mí —se le escapó una sonrisa—. Y entonces, cuando nací... —su voz se perdió, y bajó la mirada.

—Y cuando naciste... —la instó él a continuar.

Las pecas se le desvanecían al ruborizarse.

—Mi padre dijo que tenía un olor dulce y una piel suave, como las hojas de salvia. Cuando lo dijo en voz alta, ya no valdría ningún otro nombre —se mordió el labio antes de proseguir—. Es una palabra que viene de ***salvare,*** «curar», algo que era tan importante para mi padre como el conocimiento y la sabiduría, y tiene propiedades curativas. Más de una vez me dijo mi padre que yo era la única medicina capaz de aliviar el dolor de la muerte de mi madre —se pellizcaba ahora las uñas—. Me gusta eso.

—A mí también —le aseguró él—. Tiene un significado.

El rostro de Salvia adquirió un tono rosado más vivo, pero él hizo como si no reparara en ello y se centró en el camino.

—Suena como si tus padres fueran una buena pareja. ¿Es eso lo que te hizo escoger el aprendizaje de este oficio?

—No, me encontré metida en eso, por así decirlo. Mis padres decidieron unirse sin intervención de nadie. Mi madre era hija de un flechero.

—Déjame que lo adivine. Siendo pajarero, el padre de él le vendía plumas al de ella para fabricar las flechas.

—Casi. Mi padre se crio en un orfanato y nunca conoció a sus padres. Era él quien vendía las plumas en su época de aprendiz —una sonrisa ensoñada le iluminó la cara—. Racionaba cuanto tenía para vender y así poder visitarla casi todos los días.

Le resultaba imposible apartar la mirada de ella.

—Debió de tener una infancia dura, sin unos padres.

Salvia lo negó con un gesto de la cabeza.

—En realidad, el convento inspiró su amor por el conocimiento. De haberse criado fuera de allí, quizá jamás hubiera aprendido a leer y escribir tan bien. Además, tuvo mayores opciones de elegir el aprendizaje de un oficio, ya que no contaba con uno de familia. Cuando tenía trece años vio a mi madre por primera vez, y como el flechero ya tenía un aprendiz, padre escogió lo que más se parecía. Huyeron juntos nueve años después.

—¿Nueve años? —exclamó él—. Eso es mucha devoción.

—Y lo dice el soldado profesional —le contestó sonriente antes de volver a ponerse seria—. Se podían haber casado antes si sus padres hubieran dado su aprobación. Se portaron tan mal que mi padre se negó a enviarme con ellos cuando mi madre murió. Así que me quedé con él, siempre viajando.

—¿Qué le pasó a él?

—Hubo unas fiebres muy duras al final de un verano. Cuidó de mí mientras yo las padecía antes de caer él enfermo, de manera que me culpé durante mucho tiempo. Cerca ya del final, me llamaba Astelyn cuando me miraba. Creía que yo era mi madre —Salvia tenía la mirada perdida en algún lugar entre las orejas de su montura—. En cierto modo me alegro, porque eso le reconfortaba.

Todo cuanto tenía en la vida, perdido a los doce años.

—Lo siento —le dijo él.

—No es culpa tuya.

—Cierto, pero siento haberte hecho revivirlo por mi propia curiosidad.

—No, tenías razón con aquello que dijiste —resopló y cerró los ojos—. Me siento mucho mejor una vez drenada la herida. La mayor parte de la amargura ha desaparecido por fin. Quizá pueda sanar ahora como es debido.

Se sacudió un poco y lo miró con una sonrisa.

—Y bien, cuéntame sobre tu cicatriz.

Aquel cambio lo tomó desprevenido.

—¿Mi qué?

—Tu cicatriz —le señaló sobre el ojo izquierdo—. ¿Cómo te la hiciste? Parece reciente.

—Ah, esto —dijo mientras se frotaba la frente—. Una coz de un ciervo que no estaba tan muerto como yo creía.

—Mientes —en su tono desenfadado había un dejo de advertencia.

Él supuso que no había ningún mal en contárselo.

—Un encontronazo con la pica de un kimisar el mes pasado. Pero sí tengo por aquí una cicatriz de un ciervo —se señaló en un punto sobre la oreja—. Tenía trece años.

Salvia se negaba a dejar que la llevaran por otro camino.

—¿Has participado en muchas batallas, entonces?

—Por supuesto —dijo él—. Llevo en el ejército desde que tenía nueve años, pero han tenido más de escaramuzas que de batallas. Las cosas están tensas con Kimisara, pero tampoco se trata de una guerra abierta —*aún,* añadió para sus adentros.

Cabalgaron un trecho en silencio, pero él sabía en qué estaba ella pensando.

—Sí —dijo de forma abrupta.

Ella se sobresaltó.

—¿Qué?

—Quieres saber si he matado a alguien. La respuesta es sí. A unos cuantos, la verdad.

—Ah.

—El primero fue el más duro —no era capaz de entender por qué se sentía movido a contárselo, y tampoco lo podía evitar—. Bueno, no fue duro en aquel preciso instante, si tenemos en cuenta que él quería matarme a mí, pero después me sentí como en una especie de aturdimiento. Te arrebata algo que jamás podrás recuperar —tragó saliva. Lo recordaba todo, los gritos, el olor de la sangre y el temor, la sensación del cuerpo del otro al ceder, la luz que se apagaba en sus ojos—. Tenía quince años. Lo hice con una lanza.

La lástima ensombreció el rostro de Salvia.

—Y ahora es más fácil.

Asintió.

—En los días buenos me digo que se ha vuelto más fácil porque soy más diestro, o que ellos me matarían a mí si se lo permitiera, que estoy vengando a algún amigo o que está justificado de alguna otra manera. En los días malos… —bajó la mirada al camino, incapaz de recordar el rostro del último hombre al que había matado, aunque apenas habían pasado unas semanas. ¿Cuántas otras caras había olvidado?

—Crees que es porque disfrutas con ello —concluyó ella su frase—. Que eres un monstruo.

La miró a los ojos, aterrorizado con la posibilidad de que ella lo viera de aquel modo.

—Sí.

La sonrisa de Salvia era dulce y tranquilizadora.

—No lo eres.

—¿Cómo lo sabes? —el hecho de que ella fuera capaz de calarlo tan bien le dio la esperanza de que estuviera en lo cierto.

—Porque aún te tiene preocupado.

38

La tercera mañana de cabalgata siguió el confortable patrón de las dos anteriores. Salvia aprendió más sobre la instrucción de los pajes y los escuderos, y Charlie le habló sobre sus abuelos, que vivían en Aristel, la madre de Fresno también procedía del lejano oriente, pero él no le contó nada aparte del hecho de que se había casado recientemente.

Por su parte, Salvia habló sobre capturar a los pájaros jóvenes y entrenarlos con su padre. Cuando Charlie no estaba con ellos, entretenía a Fresno con historias de espiar a los pretendientes y sobre cómo averiguaban Darnessa y ella lo que deseaban los hombres en una esposa.

—Me habría esperado que tu tío te enviara a la señora Rodelle para que te encontrara un marido, no a trabajar para ella —le comentó.

—Lo intentó el pasado otoño —dijo ella—. Dispuso primero la entrevista y me habló de ella después. Estaba furiosa.

Él sonrió.

—¿Y entonces lo saboteaste?

Salvia no respondió de inmediato.

—No, lo intenté por mi tía, ya que ella había hecho unos grandes esfuerzos por mí.

—¿Intentarlo? —dijo Fresno al tiempo que arrugaba las cejas—. Lo dices como si fuera en vano.

—Lo fue. Lo estropeé todo en cuestión de minutos. Darnessa me provocó, pero yo tampoco mostré ninguna madurez, desde luego.

—Suena como si hubieras deseado que saliera mejor.

Salvia infló los cachetes y dejó salir el aire despacio antes de responder.

—Sí y no. Yo jamás habría podido ser feliz fingiendo ser algo que no soy. Sólo me gustaría que el hecho de ser yo misma no causara tantos problemas. El tío William y yo nunca nos hemos llevado bien, pero él cuidó de mí cuando yo estaba en el peor momento de mi vida, y le debía mis mayores esfuerzos. Y mis mayores esfuerzos fueron un desastre —se le puso una sonrisa de arrepentimiento—. Una cosa es no desear casarse, y otra muy distinta es descubrir que nadie querrá jamás casarse contigo.

Fresno arqueó las cejas.

—No sé yo si es cierto eso.

—¿Y sabes que Darnessa me aceptó para servir de triste comparación con las otras mujeres? Para que los hombres escogieran a las chicas que ella quería para ellos cuando les dieran a elegir entre ellas y yo?

No había pensado en ello en aquellos términos desde la primera vez. ¿Por qué ahora le molestaba?

—Eso me cuesta creerlo.

—No es difícil si sabes lo que le gusta a un hombre. Son demasiados los que se distraen con el aspecto y no ven la incompatibilidad en su forma de ser —Fresno no parecía convencido, de manera que trató de explicárselo—. Digamos que un hombre prefiere las chicas calladas, de físico delicado y cabellos rubios, pero lo que necesita es una muchacha más abierta que contrarreste sus tendencias antisociales. Aquella con la que Darnessa quiere que forme una pareja es más alta de lo que a él le gustaría, no muy delgada, y tiene el pelo tirando a castaño, así que yo me tiño el pelo más oscuro aún, me pongo tacones altos y un vestido que... que me rellene mucho. Cuando nos vemos, parloteo mucho mientras la otra chica se muerde la lengua. En comparación conmigo, ella está más cerca de lo que a él le gusta, así que la elige a ella.

Salvia omitió que Darnessa decía que en ella era innato hacer exactamente aquello que hacía sentir incómodos a los demás.

—De manera que engañas a los hombres para que escojan lo que tú quieres? —Fresno sonaba asqueado.

—Así creía yo que era al principio, pero una buena casamentera le da a cada quien lo que necesita. La mayoría de las personas se centra en lo que quiere, pero nosotras no lo hacemos siempre. Algunos hombres sólo necesitan sentir que tienen el control —Salvia hizo una mueca—. Es complicado y satisfactorio crear una pareja arreglada que se convierta en amor, aunque tampoco creo que pueda hacer esto para siempre. Algún día le encontraré a Darnessa otra aprendiz y trataré de encontrar un puesto de maestra. Ahora soy demasiado joven, nada más.

La expresión de Fresno se volvió indescifrable.

—Si el proceso funciona tan bien, ¿por qué no lo utilizas contigo misma y haces que Darnessa te arregle un matrimonio?

—Porque preferiría cometer un error antes que cederle mi destino otra persona —le miró con una sonrisa torcida—. Y créeme, se me da de maravilla cometer errores.

Fresno se volteó, pero Salvia pudo verle la sonrisa.

—Puedo identificarme con eso —dijo él, que de repente entornó la mirada en dirección a un hilo de humo hacia el sureste.

Sacó su caballo del camino con un tirón de las riendas. Sin pensarlo dos veces, Salvia lo siguió y dejó que los demás jinetes pasaran de largo.

—¿Qué pasa? —le preguntó con un cosquilleo en el estómago, pero él parecía más estar entusiasmado que preocupado.

Se revolvió en la silla. No se veía a Casseck por ninguna parte, tenía que estar patrullando apartado del camino. Fresno hizo varios gestos con la mano al capitán, que iba varios metros por detrás. Quinn se encogió de hombros e hizo un movimiento: *adelante*.

Fresno volvió la cabeza hacia Salvia.

—¿Quieres ver el fruto de tu idea? —se inclinó hacia ella y susurró—: Siempre que no te quedes atrás.

Espoleó a su caballo y salió delante de ella a medio galope.

Con el ceño fruncido, Salvia picó las espuelas a Sombra, la yegua que había montado los dos últimos días. Fresno le hizo un gesto a Charlie para que los siguiera, algo que hizo con una sonrisa de entusiasmo. Al pasar junto a los perros que iban encabezando la caravana, Fresno le silbó a uno, que se colocó a su lado.

Cabalgaron en silencio durante cerca de una hora. Fresno iba atento a sus alrededores, con la ballesta preparada y la espada a la mano. Hasta Charlie había tomado una lanza, lo cual hizo a Salvia sentirse incómoda al acordarse del primer hombre al que había matado Fresno. Se sintió indefensa, por mucho que no hubiera sido capaz de manejar un arma ni aunque la tuviera, pero Fresno no los habría llevado allí a Charlie y a ella si esperaba algún problema.

Unos kilómetros más adelante, giraron a la derecha por otra pista ancha durante otro cuarto de hora. Fresno detuvo su caballo cuando el perro se adelantó dando saltos y desapareció de su vista.

—¿Qué pasa? —susurró ella al llegar a su lado.

Fresno la miró con una sonrisa de oreja a oreja, como un niño exultante.

Regresaron hacia los árboles y, pasados unos minutos, Salvia comenzó a estudiar a Fresno con el rabillo del ojo. De perfil se le veía la nariz recta aunque ligeramente aguileña, y la boca se le curvaba hacia arriba insinuando un sentido del humor que él solía soterrar. Se sentaba erguido en la silla con una elegancia y una confianza naturales que Salvia no había visto cuando estaba a las riendas de la carreta, aunque ahora entendía por qué. Ya lo conocía lo suficiente para saber que estaba relajado, aunque giraba y ladeaba la cabeza de forma breve al reaccionar a los sonidos del bosque mientras en sus ojos había una mirada perdida. *Ver con los oídos,* mi padre solía llamarlo.

La espada en su costado era sencilla pero elegante... y letal, sin duda, si es que la utilizaba con la misma elegancia y eficacia que mostraba en todo lo demás que hacía. Se preguntó si el rey sería consciente del hijo tan magnífico que tenía. Era una lástima que su nacimiento lo excluyera de un lugar oficial en la casa del monarca. ¿Sería ése el motivo por el que se unió al ejército?

Salvia volvió a alzar la mirada hacia su rostro y se percató de que la estaba mirando. El regreso del perro les ahorró el momento incómodo de tener que decirse algo. Cuando el perro se acercó al trote, Salvia vio que traía dos animales pequeños colgando de las fauces. Fresno le hizo un gesto con la cabeza a Charlie, y el niño desmontó y fue al encuentro del perro, que dejó caer los animales delante de él. Charlie se arrodilló, le dio unas palmaditas y un premio que se sacó del bolsillo, y acto seguido retiró un trozo de papel de una ranura oculta en el collar. Rascó al perro una vez más detrás de las orejas, se puso de pie y recogió lo que Salvia pudo ver ahora que eran dos hermosos conejos.

Le llevó todo a Fresno y miró a Salvia con una sonrisa. Ahora lo entendía. Los perros servían para intercambiar mensajes con sus exploradores más distantes. Igual que hacía su padre, lo más probable era que utilizaran silbatos que los animales podían oír, pero no los humanos.

Fresno dejó los conejos sobre la perilla de su silla de montar y leyó el mensaje antes de dirigirse a Charlie.

—Puedes volver a montar, no tengo que enviar nada de vuelta. Es probable que ya se haya alejado otro kilómetro —Fresno se metió la nota en la chaqueta, y Salvia trató de no sentirse herida porque no le mostrara lo que decía.

Podía ver la empatía en Fresno, pero el joven tenía sus órdenes. Sostuvo los conejos en alto por la cuerda que los ataba.

—¿Se te antoja un estofado de conejo esta noche? Sin cebolla.

Algo llamó la atención de Salvia, y alargó el brazo hacia la pata trasera de uno de los animales.

—Cazado con un lazo —dijo ella señalando a un punto donde le faltaba la piel, rozada. Probó a flexionar la pata—. Esta mañana.

—Muy bien, Pajarera —dijo él su nombre como si fuera un cumplido—. ¿Reparas en algo más?

Salvia estudió uno de los conejos tratando de discernir qué era lo que no encajaba. Se inclinó para acercarse más y lo apretó por el centro.

—Ya lo destriparon —con el ceño fruncido, apretó con más fuerza y se lo puso en el regazo. Sus dedos hallaron un corte abierto en la panza. Metió la mano y rebuscó.

Fresno sonrió al ver cómo Salvia sacaba un frasco de cristal lleno de agua y sellado con un tapón de cera.

—Nuestro explorador regresó a la aldea enferma y nos trajo un regalo.

Salvia alzó la mirada llena de asombro.

—Un arma embotellada.

39

Tardaron menos de una hora en regresar al camino y llegar hasta la caravana. Casseck había retornado de su patrullaje y ahora lanzaba una mirada fulminante a Fresno, que la sostenía sin pestañear. Se miraban desde varios metros de distancia mientras Salvia los observaba desde su silla a lomos de Sombra y sintiéndose incómoda. Por fin, Casseck avanzó a caballo y pasó por delante de Fresno para dirigirse a ella.

—Mi señora —dijo—. Te ruego que no te vuelvas a ir de esa manera. El Carretero es tan displicente al respecto de su propia seguridad que abandona el cuidado de la de los demás. El capitán Quinn jamás se perdonaría que te sucediera algo.

Fresno espoleó a su caballo y se fue a hablar con el capitán Quinn.

—Lo siento —dijo Salvia—. No me había dado cuenta de que fuera peligroso —miraba a Casseck con una fingida ignorancia—. Quizá si me contaras más sobre nuestra situación, podría actuar con prudencia, mi señor.

Casseck cerró los ojos un breve instante, como si rezara pidiendo paciencia.

—Mi señora Salvia, no nos resulta de ayuda que cabalgues por los bosques. Deberías dedicarte a observar cuando estés en aquellos lugares por los que nosotros no podemos patrullar.

—¿Como qué, banquetes, bailes y planes de boda? —le dijo ella con sarcasmo.

—No todas las batallas se libran en el campo, mi señora. El duque D'Amiran es un hombre ambicioso, y las lenguas se sueltan cuando se rodean de vino y de bellas damas.

—Me llamaste Salvia, de manera que ya sabes que no soy tal dama —le dijo en tono acusatorio. *Maldita sea, Fresno, ¿es que tienes que contarles todo?*

Casseck esbozó una leve sonrisa.

—Tenemos entonces la fortuna de que puedas interpretar a ambas. A las criadas también les gusta platicar —bajó la cabeza y espoleó a su caballo para avanzar y alejarse de allí.

Fresno se reunió con ella después de presentarse ante el capitán, pero Salvia no se sentía con ganas de hablar. Él no forzó la conversación, aunque Salvia sentía su mirada de soslayo. Al acercarse a su siguiente parada, superaron un punto elevado, y él le señaló las cumbres de las montañas que ahora eran visibles en el horizonte del este. Él sabía las ganas que ella había tenido de verlas durante días, pero Salvia no prestó casi atención al panorama. En cuanto entraron a caballo a la hacienda, él se mantuvo cerca de ella mientras desmontaban y caminaban hacia los establos.

—Yo jamás te pondría en peligro, Salvia —le dijo en voz baja mientras la ayudaba a quitar la silla.

Salvia alzó la mirada. Había una arruga de preocupación entre sus cejas oscuras.

—Lo sé.

—¿Qué te dijo Casseck? Casi no dijiste nada desde que volvimos —dejó la silla de montar sobre un barandal y cogió las riendas de su yegua para darle la vuelta detrás de Salvia.

Ella se dio la vuelta y dejó de cepillar a Sombra. Sus ojos barrieron los alrededores, pero nadie les estaba prestando atención mientras se dedicaban a atender sus propias monturas.

—El teniente Casseck me pidió que mantenga los ojos y los oídos abiertos cuando lleguemos a Tegann. Dice que el duque es ambicioso.

Fresno puso cara de pocos amigos.

—Para estar tan furioso por la inofensiva situación en la que yo te puse hoy, Casseck no esperó mucho para lanzarte él mismo al peligro.

—Pero si ya estamos en peligro —dijo ella en susurros—, ¿cuál es la diferencia, en especial si puedo ser de ayuda?

Fresno se acercó aún más y la obligó a inclinar hacia arriba la cabeza para ver su expresión, que ahora era de inquietud.

—Es que yo... Fui yo quien te metió en esto. Él debería quitarse de en medio.

Fresno la estaba mirando del mismo modo que la noche en que ella le confesó su nombre, como si ella fuera lo único en el mundo... salvo que esta vez no había ninguna charola entre ambos. Salvia se encontró con que los ojos se le iban hacia sus labios, a aquellos tres pelos cortos cerca de la comisura que se debía de haber dejado al afeitarse esa mañana. Metió los labios hacia dentro para humedecérselos con la lengua, a la espera de... algo.

Sombra hizo de improviso un movimiento lateral y la empujó contra él. Fresno la sujetó en sus brazos y alzó la mirada por encima de ella con una expresión de fastidio en la cara. La parte alta de la oscura cabeza del capitán Quinn apareció por encima del lomo de la yegua.

—Lo siento, Carretero —dijo—. Sin querer, golpeé al animal con la espada.

—No es nada, señor.

Fresno puso a Salvia de nuevo en pie, dejó de sujetarla en cuanto se encontró erguida y la tocó lo menos posible.

La enderezó como a un jarrón en un estante.

Con el rostro hirviendo, Salvia agarró las riendas de Sombra y se marchó volando de allí.

40

El capitán Huzar miraba al duque con una expresión pétrea, de espaldas a la chimenea del Gran Salón. Flexionó los codos, y el duque reparó en la forma en que los dibujos de tinta confluían el uno en el otro cuando Huzar cruzaba los brazos como los tenía ahora. Consideraba que los tatuajes eran una vulgaridad, pero había en aquéllos una especie de poesía que se desplazaba ante sus ojos.

—Mis fuentes dicen que estás enviando a nuestros hombres a cruzar el paso del sur sin príncipe ninguno —dijo Huzar—. ¿Cómo es esto?

El duque sofocó una mueca. Tendría que localizar a esos espías y eliminarlos. O pagarles y que trabajaran para él: eran increíblemente rápidos. Con una sonrisa alegre, le hizo un gesto al soldado kimisar para que se uniera a la mesa, que estaba puesta con suficiente comida para diez hombres por mucho que él cenara solo.

—Deberías comer algo, amigo mío. Sé que estás hambriento, esperando ahí afuera.

Huzar hizo caso omiso de la invitación.

—Comeré cuando los míos puedan comer.

D'Amiran se reclinó en su ornamentada silla de madera y se limpió los dedos en una servilleta de hilo.

—Lo que sucede, en realidad, es que descubrí que el príncipe Robert se encuentra de camino hacia aquí, con la escolta.

—Y no nos lo habías dicho.

—Se lo estoy diciendo ahora. No quería que les sirviera de acicate para agarrarlo antes de lo que teníamos planeado —bebía a sorbos de su vino sin quitarle a Huzar los ojos de encima.

—¿Y por qué no deberíamos agarrarlo? Ése es el objetivo. Cuanto antes, mejor.

—Antes no significa mejor: podría estropearlo todo. Nada ha cambiado aparte del momento en el que lo agarraremos, y es un cambio ventajoso —dejó la copa en la mesa—. Di instrucciones a mi hermano para que ordene a sus hombres causar tanto caos como deseen en la vertiente oriental de las montañas. Podrán quedarse con todo lo que sean capaces de traer de vuelta por el paso; eso a mí me es indiferente.

El rostro de Huzar se relajó ligeramente, pero no dijo nada.

—El príncipe y los demás estarán aquí dentro de dos días. Si tus hombres han hecho su trabajo...

—Lo han hecho —lo interrumpió Huzar.

—... entonces no hay nada de lo que preocuparse —D'Amiran tensó la mandíbula—. Retendremos al príncipe y daremos la señal cuando estemos preparados para entregártelo. Mientras tanto, no deberías volver por aquí hasta que te hagamos llamar.

Un criado trajo un plato grande y humeante de carne de ternera. A Huzar le rugía el estómago de forma audible.

—No me gusta esa programación. ¿Por qué esperas tantos días antes de actuar?

D'Amiran se inclinó hacia delante y tomó una pila de carne sobre un tenedor que fue goteando un jugo sanguinolento por la mesa camino de su plato.

—Paciencia, amigo mío. Ir contra la corona no es un asunto menor. Debo demostrar a mis aliados que tengo la capacidad de ganar, y debo saber dónde está el ejército demorano antes de irme —clavó el tenedor en la carne y lo dejó en posición vertical—. Considera lo siguiente: podríamos haber sacrificado a esta vaca meses atrás, pero habríamos tenido mucho menos que comer. Esperar hasta que llega el momento preciso nos permite alimentar a muchos más.

Huzar no apartaba la vista de la comida.

—Más carne no sirve de nada si son muchos los que mueren de hambre esperándola.

—Considera también que morir tú de hambre por solidaridad tampoco te ayuda a cumplir con tu tarea —el duque se metió un tenedor en la boca y masticó de forma pausada.

El capitán kimisar tragó saliva.

—Entendidos tus argumentos. Esperaremos. Por ahora.

—Haré que mis cocineros te preparen un regalo para que se lo lleves a tus hombres —D'Amiran le mostró una sonrisa benevolente—. Por tu fortaleza y tu paciencia.

Huzar asintió una vez.

—Necesitaremos ambas.

41

Los hombres se preguntaban por qué a las mujeres les gustaba tanto bordar, pero Quinn sospechaba que aquello les daba una excusa para concentrarse en algo distinto de la conversación, para evitar las miradas directas, tal y como hacía ahora la casamentera.

—Le está yendo bien a Fresno el Carretero —dijo ella desde su asiento junto al fuego—, aunque no vi con buenos ojos que desapareciera con ella durante más de dos horas, con paje o sin él.

Quinn se encogió de hombros de un modo que tenía la esperanza de que pareciera indiferente.

—Nunca estuvo en peligro. Teníamos que consolidar su confianza después de haberle ocultado tantas cosas.

—¿Y es ésa la verdadera razón? —le preguntó ella frunciendo los labios.

—No estoy seguro de qué pretendes dar a entender. Siento con ella la obligación de dejarle ver algo importante. Es crucial que siga a Fresno por donde él la lleve.

La señora Rodelle continuó hablando sin levantar la vista de su labor.

—Tienes que hacerme una promesa.

A Quinn se le tensaron los hombros con el impulso de cruzar los brazos.

—No puedo hacer promesas a ciegas.

—Es una petición simple por la seguridad de Salvia —se acabaron las evasivas de la casamentera cuando alzó la mirada—. Si va a estar bajo tu mando, debes asegurarme que, igual que en el caso de cualquier otro soldado, ella será capaz de defenderse.

Quinn arqueó las cejas de golpe.

—¿Quieres que la arme y le enseñe a combatir?

El aro de madera descendió varios centímetros. Aquello era importante para ella.

—No la quiero indefensa. Es injusto hacer que arriesgue su vida sin darle algún conocimiento de cómo defenderla.

Quinn cerró los ojos y se pellizcó el puente de la nariz.

—No es un pensamiento muy agradable el de enseñar a matar a una persona como ella.

—La alternativa es peor, capitán —le recordó ella.

—Tendrá que confiar en Fresno más de lo que lo hace ahora.

La casamentera volvió a bajar la vista sobre su labor.

—Creo que tú sabes perfectamente cómo conseguirlo.

42

Los pensamientos de Salvia revoloteaban y daban tumbos igual que las hojas azotadas por el viento que precede a la lluvia. Cada vez que pensaba que se le habían asentado, veía a Fresno y le cosquilleaba el estómago. Hasta anoche no se había dado cuenta de que rara vez la tocaba. Cuando la yegua la empujó hacia él, sintió el más breve... no sé qué.

Pero él ni siquiera la había mirado, y aquel no sé qué se había desvanecido como el humo.

Fresno la había saludado con su habitual «Buenos días, amiga» y, poco después de partir, la había dejado sola con Charlie. Salvia no lo culpaba por estar demasiado ocupado para cabalgar con ella, pero, incluso con Charlie a su lado, tenía una sobrecogedora sensación de soledad. Se dijo que se debía a que Darnessa le había dicho que al día siguiente tendría que viajar en la carreta, ya que iban a llegar a Tegann, y tenía trabajo que hacer. Aunque al hacerlo ayudara a Fresno y a los soldados, no tenía nada de ganas.

La caravana de carretas se detuvo, y Salvia miró a su alrededor. Pudo ver por delante una niebla que descendía hacia ellos desde lo alto de las colinas. Los soldados comenzaron a bajar los toldillos de las carretas y a sacar las capas de lluvia. Fresno dirigió a su yegua parda hasta llegar por su derecha.

—Pronto empezará a llover —dijo él—. El capitán quiere que Charlie y tú vayan en la carreta durante el resto del día. No hay motivo para que se empape ninguno de los dos —desmontó y levantó los brazos hacia ella.

—Puedo desmontar yo sola —le dijo ella, irritada.

Nadie le ofrecía nunca ayuda a Charlie para montar y desmontar de su caballo, y sólo tenía nueve años.

—Ya sé que puedes —respondió Fresno—, pero tienes dolores, te lo noto. No estas acostumbrada a cabalgar tanto —continuó con los brazos extendidos.

Tres días de cabalgata le habían pasado factura. Salvia trató de no sonrojarse ante la idea de que se hubiera percatado de qué partes de su cuerpo tenía doloridas. Con un suspiro de resignación, Salvia pasó con cuidado la pierna izquierda sobre la perilla para desmontar de frente a él. Alargó los brazos en busca de sus manos, pero éstas se deslizaron más allá de sus brazos para sujetarla por la cintura. La bajó al suelo entre dos caballos y no se movió para soltarla. Salvia era plenamente consciente de que nadie podía verlos.

Fresno bajó la mirada hacia ella.

—¿Mejor? —le preguntó con voz suave. Salvia asintió y fue a agarrar la brida, pero las manos de Fresno se tensaron, y ella volvió a alzar la mirada, sorprendida. Él se inclinó y se acercó más—. Mañana tendrás que volver a ser una dama, ¿verdad? —le susurró.

La inquisitiva mirada en sus ojos oscuros la aterrorizó, y trató de cubrirse con una repuesta frívola.

—Me temo que sí. Con un vestido y todo eso.

Él hizo caso omiso de su tono.

—Extrañaré nuestras charlas.

Salvia sintió el calor en las mejillas.

—Quizá pueda volver a cabalgar cuando nos vayamos de Tegann.

—Tenía la esperanza de que pudiéramos pasar algún rato juntos en Tennegol. Podría presentarte a mi padre. Quizá encontrarte algún puesto de maestra allí.

—Yo no quiero..., no quería... —respiró hondo para calmarse. Fresno estaba tan cerca que le inundaba todos los sentidos. El olor de su chaqueta de cuero mezclado con el aroma del verdor de su jabón de afeitar—. Es que no quiero favores especiales de ti.

—Lo sé, eres una de las pocas personas que no los quieren. No tienes una idea de cómo me hace sentir eso.

Los ojos de Salvia se fijaron en su boca. Aquella mañana no se había dejado ni un pelo. Se relamió los labios, nerviosa.

—En realidad sí lo sé. A mí no me presta nadie atención a menos que quieran algo de mí.

—Y por eso prefieres la compañía de los niños.

Salvia pestañeó.

—En general, sí.

—¿Y mi compañía?

La delicada presión de sus dedos la atraía hacia él.

El pánico se le empezó a aferrar a la garganta, y Salvia se agarró de sus mangas para mantenerse recta, pues hasta entonces no se había dado cuenta de que sus brazos descansaban sobre los de él. Bloqueó las rodillas en el sitio y se obligó a apartar la cabeza y levantar las manos para alejarlas.

—Ha sido agradable.

—Agradable —dejó caer Fresno las manos y retrocedió con los labios apretados en una línea fina. Hizo un gesto negativo con la cabeza y un leve ruido de desagrado—. Supongo que no debería haber esperado nada más.

Agarró las riendas de ambos caballos y se alejó furioso y sin voltear a ver atrás.

Salvia viajó en la carreta de los suministros, tratando de distinguir las siluetas de los soldados detrás de ellos. El golpeteo de la lluvia en la lona era demasiado estruendoso para mantener cualquier conversación con Charlie, que estaba tirado junto a ella y dormitaba apoyado en su silla de montar, y se sintió agradecida de estar a solas con sus pensamientos.

Fresno estaba en lo cierto cuando dijo que ella prefería estar rodeada de niños. Sus motivos eran simples y puros. Confiaban completamente, amaban y lloraban sin restricciones, odiaban sin sentimiento de culpa: cosas que ella no había hecho en los años que habían transcurrido desde la muerte de su padre.

Darnessa la utilizaba. El tío William la utilizaba. La tía Braelaura había tratado de convertirla en algo que ella jamás podría ser. Clare necesitaba su fuerza y su guía.

Pero Fresno quería cosas para ella.

Quería hacerla feliz, trataba de incluirla cuando podía, se ofrecía a disponer las cosas que él sabía que a ella le gustaban pero que nunca pediría. Y cuando se enteró de que no era una de las casaderas, aun así quiso saber si se iba a casar. ¿Por qué? Podría tener a quien él quisiera. Hasta una hora antes de entonces, jamás se había detenido a pensar que la pudiera querer a ella.

Pero entonces le había entrado el pánico y lo había estropeado. De todas formas, Fresno no era de los que se rendían con facilidad. ¿Volvería a intentarlo?

¿Quería ella decirle las frases apropiadas si es que lo intentaba? Salvia cerró los ojos y recordó la manera en que la había mirado, cómo se sintió cuando él la sujetó por la cintura y se inclinó para aproximarse.

Sí. Quería.

Salvia se quedó dormida al lado de Charlie y paso toda la tarde dormida, hasta la siguiente parada. Se despertó con el sonido de Fresno al abrir los pasadores de la puerta de atrás de la carreta, y se afanó para incorporarse y mirarlo a los ojos. Él estaba concentrado en Charlie, jalando al niño dormido hasta el borde junto a la caja sobre la que estaba acostado, mientras ella se frotaba la cara y se preparaba para decirle lo que había ensayado.

Fresno, debería haberte agradecido tu oferta; simplemente me tomó por sorpresa...

Sin embargo, él no la miró un solo instante, se limitó a cargar con el niño en brazos y se alejó con paso decidido y sin decir nada. Salvia se quedó allí para bajar sola y seguir a las damas a sus alcobas. En el último segundo recordó cómo iba vestida, volvió al carro del equipaje y cargó con su pesado baúl en la espalda.

43

El señor de Fashell sólo los tendría una noche bajo su techo, pero se desvivió y obsequió a sus invitados con todo un banquete. Hizo salir, incluso, a un cuarteto de músicos, lo cual significaba que después también habría un baile. Salvia se la pasó mal durante la cena. Estaba sentada lejos de Clare y al lado de los hijos más jóvenes del señor de la casa. Igual que la mayoría de hombres que conocía, se pasaron la velada tratando de impresionarla con sus logros y sus contactos. Con un cierto retraso, recordó que tenía un trabajo que hacer, y de forma automática comenzó a tomar nota mentalmente de todo aquello que más tarde podría escribir en su libro de registro, pero seguía sin prestar plena atención.

—Al ser la hacienda más cercana a Tegann, tenemos una gran responsabilidad con el duque D'Amiran —dijo el que estaba a su derecha.

Salvia volvió la cabeza de golpe ante la mención del duque.

—Oh, ¿de verdad?

El joven —ojos verdes, zurdo, de piel bronceada, apenas tres centímetros más alto que ella, las manos encallecidas, la daga del costado con signos de un buen uso... ¿cómo se llamaba...? Bartholomew— prosiguió:

—Casi todo aquel que va o que vuelve de la capital pernocta aquí. Ahora mismo, el paso sigue cerrado a las carretas, así que habrá una aglomeración de viajeros. Tú, con el resto de las damas, tendrás un lugar reservado en Tegann, por supuesto, de manera que esperarás allí hasta que quede despejado, pero la fortaleza no tardará en llenarse de gente. Algunos podrían volver hacia nosotros si esas lluvias tardan demasiado en llegar.

—Mi padre ha recibido varias cartas hoy en las que le ruegan su hospitalidad por adelantado —intervino el otro hermano, a la izquierda (ojos azules, diestro, le faltaba la mitad del meñique derecho)—. Afortunadamente, mi padre se lo puede permitir.

Salvia abrió mucho los ojos.

—¡Me llevas ventaja! No tengo la menor idea de quién estará allí.

Los hermanos recitaron toda una retahíla de nombres, muchos de los cuales le sonaban conocidos, pero no le decían nada. Eran pocos los que tenían las suficientes propiedades como para ser considerados seriamente como candidatos para el Concordium, y la mayoría tenían algo en común que le estaba costando concretar. De todas formas, como no había conocido a ninguno de ellos, les pidió a los jóvenes que le describieran a cada uno de ellos y se rio sin dejar de comentar lo ingeniosas que eran sus imitaciones.

Cuando les retiraron los últimos platos, los dos hermanos le pidieron un baile, y ella los obligó a lanzar una moneda al aire para ver quién recibía primero su favor. Cuando Bartholomew se la llevó de allí, Salvia lanzó una mirada de decepción entre pucheros al otro hermano —¿cómo se llamaba?— para aplacarlo. Le complació ver que el teniente Gramwell se había llevado a Clare a un rincón tranquilo, lo cual le recordó a Salvia que tenía que hablar con Darnessa, y puso mala cara. Lo más probable era que la casamentera no se alegrara por lo que estaba pasando. A Salvia le sorprendió que aún no hubiera reparado en ello.

—¿Algo va mal, mi señora? —le dijo su pareja de baile.

—Oh, no —dijo Salvia con una falsa alegría—. Acabo de recordar que me atoré el bajo de mi vestido azul al bajar de esa condenada carreta, y se me olvidó pedirle a la doncella que lo arregle —puso cara de enfurruñamiento—. No creo que esté arreglado a tiempo para el primer banquete en Tegann, y es el color que mejor me va.

—Pues me decepciona, lady Salvina, que no lo veré, si con él estás más encantadora aún que con éste.

Se ruborizó.

—No me tomes el pelo; sabes que estaré casada dentro de apenas unas semanas —Salvia bajó la barbilla y alzó la mirada a través de sus largas pestañas—. Sólo espero que él baile igual de bien que tú —le dijo con una leve falta de aliento e inclinándose hacia él.

El joven sonrió y la sostuvo con más fuerza.

Cuando su pareja de baile la hizo girar, Salvia captó al teniente Casseck mirándola con una divertida sonrisa. La expresión de Salvia se descompuso. ¿Y si le hablaba a Fresno sobre sus coqueteos? ¿Pensaría Fresno que le estaba enviando el mensaje de que a ella no le importaba lo que él sintiera? ¿Sospecharía de sus motivos si trataba de revertir lo sucedido por la mañana?

¿Por qué tenía que ser aquello tan complicado?

Salvia pasaba las páginas de su libro de registro e iba añadiendo notas obtenidas durante las conversaciones de aquella noche. Le llamó la atención uno de los nombres mencionados, y se detuvo a leer sobre él. Al parecer, aquel señor le resultaba conocido porque le había propuesto matrimonio a una de las casaderas aquel invierno. Volvió a detenerse al ver otro que se lo había propuesto a lady Jacqueline. Ambos fueron rechazados, por supuesto. Sin embargo, le sorprendió aquella coincidencia, y regresó a las páginas donde tenía resumida la información sobre las casaderas del Concordium.

Frunció el ceño al repasar los compromisos que habían rechazado, o que, más bien, sus padres habían rechazado en nombre de sus hijas. Las jóvenes con posibilidades de llegar al Concordium solían declinar o posponer las proposiciones de los pretendientes durante el año previo a la conferencia. Resultaba interesante que ni una sola de aquellas propuestas había sido presentada por una casamentera, pero claro, tal y como Darnessa se había quejado el mes anterior, eran unos cuantos los matrimonios que sí se habían producido sin ellas últimamente.

Salvia arrancó una página en blanco del final del libro y fue anotando las uniones recientes entre familias de Crescera y Tasmet, y acabó apuntando catorce, todas ellas acordadas por los D'Amiran. ¿Por qué? ¿Y por qué tantas? Tales uniones tampoco eran algo insólito: solían aportar alguna ventaja que las familias deseaban, pero catorce en dos años distaba mucho de ser normal. Volvió a repasar las páginas y anotó las dotes junto a los nombres de las parejas.

Ocho de ellos contaban con tropas y armas, como una ayuda clara en la protección contra las incursiones de los kimisares, hasta un total de unos mil ochocientos hombres. Dos consistían en grandes cantidades de oro. Tres implicaban la entrega de unas enormes cantidades de trigo y de otros cereales. El resto era una combinación de armas, oro y alimentos. En total, lo suficiente para una pequeña milicia.

Los D'Amiran estaban formando un ejército.

Salvia trazó una línea por el centro de la página y, en el otro lado, hizo una lista con las mujeres que estaban con ellos ahora. Junto a cada nombre, detalló las propiedades que ya se sabía de memoria: dinero, milicias, tierras, contactos. Cada dama era un premio. Ése era el motivo de Darnessa para elegirlas.

Y mañana, como las moscas en una telaraña, estarían atrapadas en Tegann y rodeadas de arañas.

Tenía que contárselo al capitán Quinn.

Casseck y Gramwell pasaron de largo y entraron en una sala al final del pasadizo de los barracones, pero Salvia esperó hasta que apareció Fresno camino de la misma sala para sacar el brazo de entre las sombras. Fresno le agarró la mano y le retorció el brazo en la espalda con fuerza antes de soltarla con cara de pocos amigos.

—Jamás te acerques a mí con ese sigilo. Te pude haber roto la muñeca.

—Lo siento —dijo Salvia con voz ahogada. Santo Espíritu, se le había olvidado lo furioso que estaba con ella por lo de aquella mañana. ¿La escucharía, siquiera?—. Tengo que hablar con el capitán Quinn.

La mala cara de Fresno se oscureció aún más.

—¿Por qué?

—No es cualquier cosa —insistió ella—. Y no puede oírnos nadie.

Fresno apretó los labios.

—Perfecto.

La tomó del brazo y se la llevó de vuelta por el pasadizo hasta una habitación que ella supuso que Fresno compartía con otro soldado. Cogió una vela, volvió a salir a encenderla con la antorcha de fuera, cerró la puerta y echó el pasador. Puso las manos en la cintura.

—Es arriesgado que bajes aquí.

—¿Acaso piensas que una pajarera no sabe moverse entre las sombras? —no esperó a su respuesta—. Primero, quiero saber por qué no deseas llevarme ante el capitán Quinn.

—Es peligroso que él hable contigo. Si la gente lo ve, podrían pensar que conoces nuestros planes. Mañana volveré a conducir una carreta. Podrás ordenarme cuanto quieras para comunicarte con nosotros, o hacerlo a través de Charlie —hizo una pausa—. Te he respondido lo mejor que puedo; ahora te lo ruego, cuéntame qué es tan importante que no puede esperar a mañana.

—Ya sé qué está sucediendo —Salvia sacó el pergamino doblado—. Esta noche averigüé quién pasará por aquí de viaje y se encontrará en Tegann cuando estemos nosotros —le describió rápidamente lo que había anotado—. Mira todos estos matrimonios. Fíjate en las dotes que iban con las parejas. Suficiente para formar un pequeño ejército. Y aquí —señaló la otra columna— pone lo que tenemos con nosotros.

Fresno la miraba a ella más que al papel que trataba de mostrarle.

—¿Y a qué conclusión llegaste?

Salvia respiró hondo.

—Creo que el duque tiene planeado llevarse a las casaderas y obligar a sus familias a apoyarlo. Al unir a todos los acaudalados de

Crescera con sus aliados, tendrá un ejército y los recursos para armarlo y abastecerlo. Con lo que ya tiene, puede apoderarse de todo al oeste de las montañas de Catrix, y después mantenerlo con lo que aportan nuestras damas. Esos hombres que nos rodean, los ciento treinta de los que te oí hablar, están ahí para asegurarse de que llegamos a Tegann y atraparnos allí. Todos los nobles que tienen el poder suficiente para detener al duque estarán en el Concordium, y todo habrá acabado antes de que se den cuenta de que no hemos aparecido.

—¿Y encajaste todas estas piezas por tu cuenta? —le preguntó despacio.

—Sí —Salvia dudó de sí misma de forma repentina.

Bajó la hoja, avergonzada. Fresno tomó el pergamino y lo estudió en silencio. Cuando Salvia se atrevió a volver a alzar la mirada, se encontró con que él la miraba a ella con lo que sólo fue capaz de identificar como temor.

—Dime —susurró con voz ronca—, dime ahora mismo que siempre estuviste de nuestro lado y que esto no es un cambio de lealtades.

Le ardieron las lágrimas en los ojos.

—¿Todavía dudas de mí?

—Dilo, Salvia.

—¡Te lo juro! —le dijo casi a gritos—. ¡Y ya puedes irte al infierno si no me crees!

Se dio la vuelta para marcharse, pero él la sujetó por el brazo.

—Lo siento, Salvia. No te vayas, te lo ruego —la atrajo hacia sí por los codos, pero no llegó tan cerca como por la mañana: ella lo había arruinado—. Es que esto... Santo Espíritu, esto lo cambia todo.

—¿Tengo razón, entonces?

—Lo discutiremos esta noche, pero sí, creo que estás en lo cierto.

—¿Y qué puedes hacer?

—No lo sé, pero esto es peor de lo que jamás nos imaginamos —la seriedad en su voz atemorizaba a Salvia, que empezó a temblar. Las manos de Fresno se deslizaron y ascendieron hasta los hombros—.

Gracias a ti, sin embargo, quizá seamos capaces de equilibrar un poco la balanza.

—¿A mí?

—Sí, a ti —dijo él—. Contamos con tu arma, y si funciona, habrá muchos menos enemigos en condiciones de luchar. De todos modos, necesitaremos tiempo. La enfermedad tarda unos tres días en manifestarse.

—Te lo ruego, déjame ayudar —le suplicó ella—. Me volveré loca si no me das algo que hacer.

Fresno suspiró.

—Salvia, no eres una dama. ¿No te das cuenta de lo que significa eso? Si el duque lo descubre, no eres de ningún valor para él salvo por la información. Ya está planeando una traición; ¿crees que vacilará a la hora de torturarte? No te hemos mantenido al margen porque no confiemos en ti o no te creamos capacitada, sino para protegerte. En ese sentido, le rogaría al Santo Espíritu que fueras una dama, sería más fácil mantenerte a salvo.

Salvia bajó la mirada.

—Ahora me siento como una idiota.

—No te sientas así. Sin ti, iríamos a ciegas e indefensos. Ésa es la verdad —la jaló con suavidad de la barbilla—. Tu capacidad para averiguar las cosas por tu cuenta no tiene igual, pero también empeora las cosas. Sabes demasiado.

Salvia respiró hondo y dejó salir el aire con resignación.

—Aceptaré que no me puedas contar todo ahora si me prometes que me contarás todo cuanto puedas, y más tarde todo lo demás.

—Te lo juro.

A Salvia se le hundieron los hombros en un gesto de derrota.

—¿Y ahora qué? ¿A interpretar a la dama? ¿A coquetear y mantener los oídos bien abiertos?

Fresno asintió.

—Sí. Casseck ya me contó lo buena que eres para eso —tenía una sonrisa un tanto temblorosa—. Y tengo un verdadero trabajo para ti, si estás interesada.

44

La sala estaba en silencio mientras miraban el pergamino del estornino.

—Es inútil preguntar qué podríamos haber hecho de haberlo sabido —se dijo Quinn para sí y para el resto de los presentes—. Centrémonos en lo que podemos hacer ahora.

—Nuestra lista de opciones es muy reducida —dijo Rob con amargura—. Nos superan en una proporción de siete a uno, y eso sin contar a los kimisares. Yo soy el único al que les interesa conservar. Los demás están todos muertos, y lo saben.

Quinn dobló el papel y se lo guardó en la chaqueta. La procedencia del ejército no era ya tan relevante como la manera de detenerlo.

—Miren aquí —dijo al pasar un dedo por el mapa—. Hemos estado siguiendo la pista a estos pelotones, convencidos de que estaban dispersos al azar mientras se desplazaban hacia el este, pero al ir añadiendo más ha empezado a parecer un círculo.

Trazó con un lápiz de carboncillo el resumen diario con todas las posiciones en relación al avance de su propio grupo por el camino de Tegann.

—Es una rueda —dijo Cass—, y nosotros estamos en el centro. Es para cortarnos las comunicaciones y evitar que escapemos.

Quinn asintió.

—Correcto. Pero, dado que ya nos dirigíamos a Tegann, no tenían motivos para actuar a no ser que nos desviáramos. Ya estábamos haciendo lo que ellos querían.

Rob soltó un gruñido.

—Ya me siento mucho mejor.

—Pero —Quinn levantó un dedo—. Hay un agujero —señaló un punto en el área norte del círculo. Aquí nunca hubo nadie.

A Rob se le iluminó la cara.

—Es probable que ahí tuviera que estar aquel pelotón al que eliminamos el mes pasado.

—Eso pensaba yo también —dijo Quinn—. De manera que podríamos tener una salida —se enderezó—. ¿Quién recibirá por la mañana el dibujo de nuestro soldado a la vanguardia? —Gramwell levantó la mano—. Hazle saber que mantendremos el patrullaje en la fortaleza mientras resulte práctico, pero no podemos contar con ser capaces de hablar con nuestros exploradores después de mañana.

—¿Qué deberá decirle a los demás exploradores? —le preguntó Gramwell, que se encorvaba para tomar notas.

Quinn lo meditó.

—Envíen pelotones al norte y al oeste para vigilar ese espacio vacío. Que nos hagan señales si se cierra. El del sur puede unirse al del este en el paso.

Gramwell asintió y tomó más notas.

—¿Cuándo utilizaremos nuestra arma embotellada? —preguntó Robert.

—La quiero en la cisterna de Tegann hacia la segunda noche. Hay un banquete programado para entonces, y será una buena distracción.

—¿Quién va a reconocer el terreno? —preguntó Casseck—. ¿Nuestro contramaestre? Sería lógico que él se preocupe por ver de dónde viene el agua.

—Vamos a enviar al estornino.

Casseck cruzó una mirada con Robert.

—¿Es eso aconsejable?

—Es perfectamente lógico —dijo Quinn—. Puede dar un paseo y hacer todo tipo de preguntas tontas e inocentes, y basta con que pestañee para que se las respondan todas.

Rob frunció el ceño.

—Creo que sobrevaloras sus encantos.

—¿No la viste esta noche? —dijo Cass—. Tenía a dos jóvenes comiendo de la palma de su mano en cuestión de minutos, y no creo que siquiera se estuviera esforzando.

Quinn se puso en tensión.

—¿Se supone que eso es un comentario al respecto de alguna otra cuestión?

—En absoluto —dijo Casseck en tono afable—. Me limitaba a apoyar tu decisión.

Quinn casi deseaba que Cass hubiera intentado disuadirlo de ello, pero ya era demasiado tarde; ella ya le había dicho al ratón que lo haría.

—Pasemos a otras formas de oponer resistencia. Funcione o no la enfermedad, y funcione a tiempo o no, tenemos que encontrar formas de quitarnos de en medio a la mayor parte posible de hombres de los D'Amiran.

—¿Veneno? —sugirió Gramwell.

—Dudo que podamos conseguir algo antes de mañana —dijo Quinn—. Además, tendríamos que tener cuidado con él en nuestra propia comida. Asegurarnos de que todo el mundo lo sabe.

—¿Y un incendio? —dijo Casseck—. La fortaleza de Tegann está hecha casi entera de granito, lo cual nos daría lugares a salvo donde ocultarnos. Cuando menos, cundiría el pánico y quemaría los suministros.

Quinn asintió.

—Me gusta. ¿Cuánto aceite tenemos?

Cass hizo un gesto negativo con la cabeza.

—Por desgracia, no mucho. Podemos robar algo en Tegann.

—Alcohol —sugirió Robert.

—Todo cuanto tenemos es vino y cerveza —dijo Gramwell—. No son lo suficientemente fuertes como para arder.

—No —respondió Robert con una sonrisa—, pero tenemos en nuestras filas a los hijos del destilador.

El príncipe se ausentó de la reunión unos segundos más tarde y regresó con Tim el Destilador y su hermano Gregory, dos soldados procedentes de una extensa familia de cerveceros y destiladores del norte de Crescera. Conducían carretas de suministros y eran unos soldados firmes y fiables a pesar de haber sido reprendidos en varias ocasiones por destilar su propio licor en el campamento. Les sorprendió el repentino interés del capitán en sus habilidades.

—¿Cuánto alcohol puro se puede sacar, digamos, de un barril de vino? —les preguntó.

Los hermanos cruzaron una mirada nerviosa antes de que Tim respondiera.

—Quizá un cuarto del barril, señor, pero gran parte de él es inservible.

—¿Inservible?

—Venenoso, señor —le aclaró Gregory—. No es bueno para beber, y sí altamente inflamable.

—¿Más inflamable que los licores que bebemos?

—Sí, señor —asintió Gregory—. Y arde de un modo muy traicionero. Esas malditas llamas son casi invisibles. El licor de beber arde de un modo mucho más visible. Es así como lo probamos.

—Qué curioso que lo menciones —dijo Quinn, que tamborileaba con los dedos sobre la mesa—. Lo quiero precisamente para iniciar un incendio. ¿Cuánto tiempo se tarda en destilarlo?

—¿Una cantidad de un barril, señor? Seis horas, mínimo.

—Excelente. ¿Qué necesitarán para constuir un alambique esta noche?

Los hermanos se volvieron a mirar, reacios a abrir la boca.

—Pues... verás..., no nos hace falta nada que no tengamos ya a la mano, señor —respondió Tim finalmente.

Quinn se quedó mirándolos.

—Muy bien, entonces. Pónganse manos a la obra.

45

Salvia cuidó su aspecto a la mañana siguiente e hizo un verdadero esfuerzo por integrarse con las damas. Fresno la miraba desde el asiento del conductor de su carreta mientras venía a despedirla uno de los dos jóvenes de la noche previa, Bartholomew. Casseck pasó junto a Fresno y le propinó un puñetazo en el pie, y el sargento le puso mala cara y le soltó un puntapié a su amigo. Al recordar lo que Fresno había dicho la noche antes, Salvia miró con una deslumbrante sonrisa al joven que le sostenía la mano. El hombre la ayudó a subir a la carreta, y ella dedicó a sus compañeras una mirada de suficiencia. *Hablen sobre esto,* pensó.

De no haber sido por la cortina de niebla gris que envolvía el paisaje, Salvia podría haber disfrutado de la vista, pero las horas pasaban lentas mientras la carreta daba saltos y chapoteaba por el lodo. El vestido se le quedó húmedo y salpicado por haber escogido el sitio más próximo a la portezuela trasera, pero así podía ver a Fresno conduciendo la carreta que iba detrás de ella. Algunas veces cruzaban la mirada, y él sonreía.

Las armas estaban de nuevo a la vista, y la tensión en los soldados era peor que el día en que llegaron a Underwood. Salvia se retorció las manos hasta que comenzaron a sangrarle en las zonas que tenía rozadas de sujetar las riendas. De haberse dado cuenta antes de lo que estaba sucediendo, ¿les habría dado tiempo a preparar un plan de escape? No podía quitarse de encima la sensación de que era culpa suya que ahora se encaminaran —y a sabiendas— hacia la trampa porque no había otra alternativa. Volvió a mirar a Fresno sintiéndose culpable, y él le hizo un leve gesto negativo con la cabeza, como si supiera lo que estaba pensando.

Fuera culpa de ella o no, ahora haría cualquier cosa con tal de ayudar a Fresno..., a todos ellos.

El clima los obligaba a ir a paso lento, y llegaron a Tegann al ponerse el sol, unas dos horas más tarde de lo que esperaban. Una serie de antorchas fijas alrededor de la fortaleza emitían su luz en forma de amplias esferas neblinosas. Su anfitrión, el duque D'Amiran, se aproximó a la casamentera en aquella luz que se desvanecía con velocidad y se ofreció para ordenar que llevaran charolas con la cena y agua caliente a las alcobas de las damas de forma que no tuvieran que arreglarse y esperar para cenar. Salvia permitió que el teniente Gramwell la ayudara a bajar de la carreta y echó un vistazo a su alrededor con la esperanza de observar algo, cualquier cosa que pudiera ser útil, pero apenas podía distinguir las formas de las murallas o los edificios. Sólo se veía bien la puerta de acceso interior, que tenía el aspecto de las fauces de una criatura lista para devorarlos enteros. Se estremeció.

Tal y como correspondía a su rango entre las mujeres, Salvia esperó a que todas pasaran delante de ella antes de continuar hacia el ala de invitados, al margen del torreón. Fresno caminaba detrás de ella, cargado con su baúl. Cuando lo dejó en el suelo de su alcoba, ella se apresuró a prestarle ayuda para colocarlo contra los pies de la cama. Fresno se acercó más para susurrarle:

—La cisterna está en el cuadrante sudoeste, por si te quieres perder por allí mañana.

Salvia echó la vista a la puerta abierta a su espalda.

—¿Puedes hacerme un favor y lavarme la ropa? —dijo ella. Él la miró confundido, y Salvia se explicó—. Los pantalones y ese tipo de cosas. Están llenos de lodo de la cabalgata.

Fresno asintió, y ella se apresuró a sacar un fardo de la zona del fondo del baúl. Fresno lo cogió y le guiñó un ojo.

—Eso sí, no olerán ni la mitad de bien.

—Eso que ganas —dijo ella, aliviada al ver que Fresno parecía haber olvidado el desaire del día anterior.

Clare entró cuando él se marchaba, y venía seguida de una criada que traía una palangana de agua caliente. La amiga de Salvia llevaba una expresión distraída y, si no se equivocaba, se le notaba la silueta cuadrada de un pergamino doblado que se había metido por debajo del corpiño. Salvia se apartó con una sonrisa y se dedicó a preparar una tetera para las dos.

Cuando se quedaron a solas compartiendo otra taza de té después de la cena, Clare le confesó a Salvia sus sentimientos al respecto del teniente Gramwell, que él la correspondía en sus afectos, y le mostró la nota que él le había escrito. Nada de aquello sorprendió a Salvia, por supuesto, pero le aconsejó que fuera cauta y discreta.

—Ya sé que te prometí que impediría que se acordara tu casamiento, y tengo toda la intención de hacerlo, pero tienes que ser cuidadosa. No lo conoces muy bien, y a tu reputación no le conviene que hagas algo para llegar a conocerlo mejor. Sinceramente, creo que embonan bien, pero él no se podrá casar durante otros tres años.

—¿Por qué tiene esa norma el ejército? —preguntó Clare.

—La vida de un oficial joven es difícil y peligrosa, y el matrimonio y los niños son una distracción que no se pueden permitir. A los veinticuatro, ya han ascendido a capitanes o los han echado del ejército —Salvia se encogió de hombros—. Es una ley que se remonta a hace más de un siglo, y nadie recuerda por qué se impuso. Yo, personalmente, creo que se ideó tan sólo para mantener lejos del ejército a los nobles, en especial a sus hijos más jóvenes dispuestos a enrolarse con tal de aumentar su atractivo para el casamiento. En el ejército, el compromiso sincero es crucial.

Clare lo meditó durante unos momentos.

—Por ese entonces yo tendré dieciocho, pero tampoco tiene tan mal aspecto.

—Y sería un hombre de tu elección, en lugar de que te subasten como a una vaca.

Su amiga la miraba llena de curiosidad.

—No parece que te gusten mucho los matrimonios arreglados. ¿Por qué eres la aprendiz de la señora Rodelle?

—Es una larga historia, pero nadie querrá casarse nunca conmigo, así que tengo que abrirme mi propio camino. Darnessa me ofreció un oficio, y yo lo acepté.

Aquello sorprendió a Clare.

—¿Y por qué no iba a querer nadie casarse contigo? ¿Te dijo eso la casamentera?

—Me pasé la infancia trepando a los árboles, cazando pájaros y usando pantalones —dijo Salvia—. De haber un momento en el que inculcar a una niña los modales de una dama, se me debió de pasar hace ya mucho tiempo, porque mi tía lo intentó durante casi cuatro años y no llegó a ninguna parte.

—Nunca te faltan las parejas de baile ni la conversación en la mesa —dijo Clare.

—Sí, pero eso es una interpretación —insistió Salvia—. Me limito a recoger informacion para formar futuras parejas.

Clare parecía albergar sus dudas.

—Me percaté de cómo te miran algunos soldados. En especial ese tan moreno con el que pasas el tiempo.

Salvia descartó aquella idea con un gesto de la mano.

—Para la mayoría soy una curiosidad, tanto como tú te quedarías mirando a un muchacho con un vestido de señora. He estado cabalgando y hablando con ellos porque me pidieron ayuda.

—¿Con qué? —preguntó Clare.

Salvia buscó un motivo que fuera vago pero resultara creíble.

—Les gusta conocer la disposición de los lugares donde nos quedamos, principalmente. No pueden entrar en las alcobas de las damas, pero si nos tienen que proteger tendrán que saber si hay puertas y ventanas traseras, ese tipo de cosas.

—Oh, supongo que suena lógico.

—Hablando de eso —dijo Salvia—. ¿Querrías hacer conmigo mañana una visita guiada por la fortaleza?

A la mañana siguiente, Salvia y Clare se vistieron para los servicios semanales del día de capilla con vistas a captar la atención de alguien que pudiera resultar útil. El hijo del maestresala del duque les ofreció la oportunidad perfecta cuando les sirvió el té en el desayuno y les preguntó si había algo más que pudiera hacer para conseguir que su estancia fuera más agradable. Sorprendió a Salvia con la boca llena, de forma que perdió la oportunidad de conseguir su atención inmediata, pero Clare se apresuró a reclamarla.

Con un leve roce de los dedos en el brazo, la joven volcó toda la fuerza de la mirada de sus grandes ojos pardos sobre el muchacho y le preguntó si había alguien que pudiera mostrarles los alrededores después del desayuno.

—Mi amiga y yo nunca hemos visto un lugar tan... magnífico.

Su víctima asintió como si estuviera hipnotizada y le ofreció sus humildes servicios. Los labios de Clare esbozaron una sonrisa que le iluminó las tersas mejillas, y parpadeó despacio con sus largas pestañas.

—Ya lo estoy deseando, señor.

El muchacho hizo una reverencia y se trompicó durante el resto de su recorrido alrededor de la mesa, llenando aturdido las tazas de té. Salvia le guiñó un ojo a su amiga en un gesto de admiración y se sintió como una aficionada en la presencia de una maestra. El teniente Gramwell no tenía escapatoria.

Afortunadamente para ellas, Thomas, el hijo del maestresala, estaba particularmente orgulloso del suministro de agua de la fortaleza, y las llevó directamente a verlo cuando se lo pidieron. No obstante, el acceso no era sencillo: la cisterna se encontraba dos niveles por debajo del suelo, estaba cerrada por arriba y se vaciaba por unas válvulas en el fondo.

—Se rellena de forma natural con el agua de la lluvia, de manera que Tegann es inmune a la sequía —se jactó—. El nivel está un poco bajo ahora mismo, pero las lluvias de la primavera llegarán muy pronto, y también despejarán el paso para tu viaje.

Pero ¿cómo entrar allí? No podían verter el contenido de la botella sin más por una de las rejillas de la muralla exterior.

—¿Y cómo lo mantienen? —preguntó Salvia.

—Todos los veranos vaciamos la cisterna y la limpiamos —señaló hacia una rejilla en el suelo—. Unos niños se meten y frotan las paredes, y Tegann se abastece del agua del río durante esa época.

Clare puso cara de estar horrorizada.

—Ahí adentro tiene que haber meses de suciedad y de hojas, ¡y tal vez animales, incluso!

—Oh, mi señora, tenemos una forma de prevenir eso —las llevó hasta un pasadizo de servicio y una trampilla de madera elevada sobre un rectángulo de piedra—. Todo lo que cae por las alcantarillas pasa por este pozo.

Thomas abrió la tapa y tiró de la cuerda que descendía. A poco más de un metro de profundidad apareció una cesta de malla. En el fondo de la cesta había un par de piedras y unas hojas muertas.

—Esto se encuentra en el fondo, junto a una reja, y atrapa todo cuanto no lo puede atravesar. Limpiamos la cesta y la rejilla con regularidad.

Clare se deshizo en halagos hacia el ingenioso diseño mientras Salvia meditaba. Sería difícil entrar, pero quizá no imposible.

—¿Qué tan lejos nos hallamos de la parte alta de la cisterna? —le preguntó Salvia.

El muchacho volvió a bajar la cesta por el vacío.

—Está a unos ocho metros. También hay un rebosadero que da a los túneles de desagüe.

Clare se asomó al agujero negro.

—Esto es más ancho de lo que me habría imaginado. ¿Es así de ancho también el desagüe?

—Tiene que serlo, mi señora. Cuando limpiamos la cisterna, un niño tiene la mala fortuna de meterse por ahí para frotar esta última sección.

Clare se estremeció.

—Parece oscuro, resbaladizo y angosto.

—Y lo es, pero hay que hacerlo de vez en cuando por la salud y bienestar de damas como tú.

46

Salvia alentó a Clare para que saliera a dar un paseo por los jardines con el teniente Gramwell mientras dibujaba unos diagramas de la cisterna y las vías para llegar al pozo de mantenimiento. Darnessa llamó a la puerta, y Salvia escondió su trabajo de los ojos de la casamentera y se preparó para darle alguna excusa, pero Darnessa no le preguntó qué estaba haciendo.

—Tenemos que hablar sobre Clare —dijo la casamentera.

Salvia hizo un gesto crispado y asintió.

—Está recibiendo demasiadas atenciones de ese oficial. Personalmente, opino que hacen buena pareja, pero ella es una de las casaderas del Concordium. Tiene que interrumpir esa relación.

—No podemos acordar su casamiento —protestó Salvia—. Sólo tiene quince años. Su padre mintió con tal de conseguir incluirla.

—Lo sé —dijo Darnessa—. Pero la quería ver fuera del alcance de su padre. Es preferible permitir que se comprometa joven antes que casarla con un hombre como ése al que el padre entregó a su hermana.

—Ya me habló de eso la noche del banquete en Underwood. Lloró hasta enfermar —Salvia hizo una mueca de culpabilidad—. Permití que Gramwell se la llevara a pasear por el jardín, que fue cuando empezó todo, aunque, sinceramente, no era mi intención. Él se limitó a ser fuerte y amable justo cuando ella lo necesitaba.

Darnessa sabía tan bien como ella que Gramwell debía esperar tres años más para casarse. Emitió un sonido meditabundo.

—Quizá podamos encontrar algo negativo en ella que la haga menos deseable, y así se podría «conformar» con Gramwell. Recuérdame, ¿de dónde es su familia?

—Del norte —Salvia se acercó su libro de registro y pasó las páginas hasta llegar a la de Gramwell—. Su padre era el embajador en Reyan, que se acaba de retirar y regresó a Key Loreda, de donde es.

La casamentera puso cara de alegría.

—¡El hijo de un embajador! Eso lo favorece, y Key Loreda tiene una tradición según la cual la casadera vive con su futura familia política durante un año antes de casarse. La pareja queda unida como si estuviera casada, pero se considera que la suegra tiene el deber de formar a la mujer de su hijo.

Salvia puso mala cara.

—Eso suena horrible.

—No si le caes bien a tu suegra, y Clare es todo dulzura. No me imagino qué mujer no le daría su aprobación. Veremos qué podemos hacer por ella —Darnessa observó las demás páginas de los oficiales e hizo una pausa—. No tienes en muy alta estima al joven capitán Quinn. ¿Acaso te ha hecho algún desaire?

—Nunca he hablado con él —reconoció Salvia—. Tan sólo he visto lo que les exige a los demás.

—Un mando militar tiene el deber de ser exigente.

—Sin embargo, nunca lo he visto ensuciarse las manos —protestó Salvia—. No siento tanto respeto por quien se dedica a obligar a los demás a que le hagan todo.

La casamentera se encogió de hombros y dio unos golpecitos con el dedo en la página opuesta, sobre Fresno el Carretero.

—Qué curioso que tengas tan poco sobre un hombre con el que has pasado tanto tiempo.

—Lo conozco, así que es menos probable que lo olvide —Salvia recuperó su libro—. Además, hay otros a los que hay que detallar.

—Veo que ya descubriste quién es.

Salvia alzó la mirada con cara de pocos amigos.

—Me lo pudiste haber contado y haberme ahorrado que pasara una que otra vergüenza.

Darnessa se sonrió.

—Sinceramente, no estaba muy segura. No quería influir en tu investigación.

—Ya —volvió Salvia sobre su libro.

Quería terminar su diagrama.

—Podríamos tratar de arreglarle un casamiento en el Concordium.

—Se lo preguntaré —dijo Salvia en un intento por sonar indiferente. No tenía la menor intención—. Pero no creo que le interese. Se le ve demasiado afanoso sirviendo en el ejército.

—Si tú lo dices —Darnessa se levantó para marcharse.

—Ah, por cierto —la llamó Salvia. La casamentera se detuvo para darse la vuelta—. No me pidas detalles, pero no bebas nada de agua después de esta noche. Podría no ser seguro a menos que se hierva. Cuéntaselo a las damas y a las doncellas según creas oportuno.

Darnessa se limitó a asentir, lo cual hizo a Salvia sospechar que Quinn estaba compartiendo con la casamentera cosas que se negaba a que Fresno le contara a ella.

Una vez satisfecha con su resumen de la cisterna y otra información relevante, Salvia dobló las dos páginas, se las guardó debajo del corpiño y se fue a comer. Los criados estaban preparando el Gran Salón para el banquete de aquella noche, de modo que habían preparado una comida informal en unas mesas largas en el jardín, junto al salón, pero no había soldados presentes.

La información que tenía era crítica, y esperaba que alguien se pusiera pronto en contacto con ella. Los jardines eran un lugar donde parecía lógico encontrarla, de manera que se sirvió un plato y escogió un banco debajo de un árbol para comer y esperar. No obstante, según pasaba el tiempo, se preguntó si tal vez la biblioteca habría sido mejor. Salvia estaba a punto de rendirse cuando localizó a Charlie, que estaba recogiendo los platos del resto de las damas. Le puso una sonrisa sincera al ver que se acercaba.

—Hola, mi joven soldado.

La sonrisa del paje la derritió. Era un niño tan encantador y tan dispuesto..., nada parecido al orgulloso de su hermano.

—Mi señora, permíteme que sea yo quien lleve tu plato.

Salvia, que captó lo que le daba a entender, asintió, deslizó los papeles de su escondite y los colocó debajo del plato antes de entregárselo.

Observó cómo Charlie regresaba a las cocinas y se preguntó si el niño era consciente de que quizá llevaba el futuro del reino metido entre dos platos sucios.

47

—¿Ideas? —pidió Quinn.

Casseck estudió el diagrama de la cisterna.

—Sus dibujos son mejores que los de Fresno.

—No le contaré que lo hiciste.

—¿Quién irá al banquete, tú o yo? —preguntó Robert.

—Yo —dijo Quinn—. Haré un breve acto de presencia para que D'Amiran me vea.

Rob se puso muy contento.

—¿Significa eso que yo tengo la suerte de llevarme a Charlie a la cisterna?

Quinn le dijo que no con la cabeza.

—No. Es mi hermano y es mi responsabilidad. Tú tratarás de pasar desapercibido a partir de ahora. Y vuelves a ser el teniente Ryan Bathgate si alguien lo pregunta, pero preferiría que nadie lo preguntara. Si te sacamos a escondidas o si te escondemos más adelante, tendremos menos complicaciones si ya eras un fantasma con anterioridad.

Robert soltó un suspiro dramático.

—Fue bonito mientras duró. Quizá acabe esforzándome para lograr un ascenso, al fin y al cabo.

Quinn puso los ojos en blanco.

—Aún te queda mucho trecho por recorrer. ¿Preguntas? —echó un vistazo a su alrededor—. Muy bien, ve a arreglarte para la cena.

Charlie avanzaba sigiloso por el pasadizo con su hermano a su lado. Al menor rastro de la presencia de alguien, estaba preparado para hacer como si un paje estuviera llevando a su señor ebrio hasta la cama, pero aquel pasadizo estaba desierto. Todos los criados debían de estar en el banquete.

Encontraron una trampilla rectangular de madera justo donde lo describían las notas de lady Salvina. El capitán levantó la tapa, jaló la cuerda y contó la distancia. Apenas metro y medio hasta la cesta. La sacó, la dejó a un lado y miró a su hermano.

—Probaremos con los pies por delante. Creo que debe de haber espacio suficiente para que te puedas mover.

Charlie se asomó a la negrura. No le daba miedo la oscuridad, pero aquello no era la noche: no había luz de la luna ni de las estrellas con la que ver. Su hermano le había dicho que allí hacían bajar a unos niños a que limpiaran, de manera que tenía que ser seguro. Y Alex, su capitán, lo necesitaba. Aquello era algo que sólo él podía hacer.

Antes de que el valor le pudiera fallar, Charlie se sentó en el borde del agujero, volvió a mirar hacia arriba y le dio unas palmaditas a las botellas que llevaba metidas dentro del chaleco. Levantó las manos y susurró:

—Listo.

Alex lo agarró de los brazos y lo bajó. Acto seguido, la tapa volvió a su sitio, y el olor de la piedra y la humedad envolvió a Charlie como un manto.

Se fue ladeando de un costado a otro para descender hasta el lugar donde el pozo se encontraba con el túnel de desagüe horizontal. ¿En qué dirección estaría la cisterna? Palpó a su alrededor hasta que sus dedos rozaron una rejilla de alambre, y la siguió hasta dar con el marco que la sujetaba. Tenía que estar en el lado de la cisterna. Fue palpando el marco tratando de determinar cómo estaba sujeta la rejilla. Charlie casi se echó a reír de alivio cuando se percató de que estaba sujeta por unos simples ganchos en los lados. Empujó la rejilla hacia arriba y dejó apenas el espacio suficiente para pasar.

Doblándose y retorciéndose, maniobró con las piernas y el resto del cuerpo por otro túnel horizontal hasta que estuvo lo suficientemente adentro como para deslizarse hacia abajo de cabeza y sobre el costado derecho. Por el tacto de las paredes, se diría que solían estar resbaladizas, pero la falta de lluvia las había secado. Controló su descenso con facilidad aunque de vez en cuando se raspaba los nudillos con la piedra. La oscuridad total era inquietante. No podía ni verse las manos a un palmo de la nariz.

Charlie avanzaba despacio, preocupado porque el eco de los ruidos pudiera ascender y llamar la atención, hasta que llegó a un borde. Había un rebosadero por allí en alguna parte, de manera que movió los brazos a su alrededor tratando de discernir si se trataba del rebosadero o de la cisterna. Un terrón de arena cayó por el borde y salpicó abajo. Aquél era el lugar correcto.

Metió los codos hacia dentro y deslizó la primera botella para extraerla del chaleco. Se sacó de la manga una varilla metálica y perforó el sello de lacre. Le temblaron las manos al verter el contenido, y se salpicó un poco en los dedos. Cuando por fin quedó vacía, repitió el proceso con la segunda botella. Al terminar, estaba empapado en sudor. Se restregó la cara con la manga húmeda antes de volver a guardarse las botellas.

Completada su misión, Charlie retrocedió poquito a poco hasta que ascendió por la zanja. Giró el cuerpo en aquel espacio tan reducido y volvió a colocar la rejilla. Después de haber dado un suave silbido, el rostro ansioso de su hermano apareció en lo alto. Las manos de Alex lo agarraron y lo jalaron hacia arriba.

Alex dejó a Charlie de pie en el suelo. Después de la oscuridad de la cisterna, el pasillo le parecía luminoso.

—¿Hecho? —le preguntó el capitán en voz baja.

Charlie se sentía embriagado con la sensación de su logro.

—Hecho, señor.

Se relamió el sudor alrededor de los labios y saludó antes de secarse la frente con la manga.

Alex soltó un fuerte suspiro y lo agarró en un abrazo. Aquel gesto sorprendió a Charlie, pero correspondió al abrazo de su hermano, sonriente. Se moría de ganas de contarles a los demás niños del campamento que era un espía de verdad.

48

Salvia se había rizado y teñido el pelo en un tono rojizo con uno de los tónicos de su baúl y tenía la sensación de que se le había ido la mano, pero pensaba que eso la ayudaría a integrarse más entre las damas. Se había rellenado, incluso, la parte de arriba del vestido y había hecho un esfuerzo por cubrirse las pecas con maquillaje. Mientras Clare y ella se reunían con las demás a las puertas del Gran Salón, el teniente Casseck se paseaba alrededor de las damas y estudiaba sus rostros.

Clare estaba inquieta a su lado.

—¿Sería una grosería preguntarle a su excelencia por Sophie? Hace meses que no sé nada de ella.

—Absolutamente apropiado —la tranquilizó Salvia—. Su hermano está casado con tu hermana, y eso te convierte en familia.

En silencio, se preguntaba qué tipo de influencia podría ejercer Fresno para mantener a Sophie a salvo. Ella no tenía la culpa de estar casada con un traidor.

Casseck pasó por delante de ellas por tercera vez y se detuvo en seco.

—¿Lady Salvina? —le preguntó.

Salvia sonrió y extendió la mano.

—Buenas noches, teniente.

Casseck le besó la mano y después lo hizo con la de Clare. A cualquiera de las demás damas le habría dado un síncope por recibir atenciones después de Salvia, pero a Clare no le importaba. En aquel momento apareció Darnessa y se llevó a Clare a la cabecera de la fila para presentársela al duque, que estaba de pie justo en el interior de la puerta principal recibiendo a los invitados, y Salvia se quedó a solas con Casseck.

—¿Sería demasiado presuntuoso por mi parte esperar un baile, mi señora? —preguntó Casseck.

Salvia vaciló. Fresno no estaría allí aquella noche, pero sin duda que se enteraría de ello por los demás soldados. De todas formas, tenía que bailar con alguien, y Casseck le caía bastante bien.

Como si le leyera el pensamiento, el teniente sonrió.

—Estoy seguro de que al Carretero no le importará.

Sintió cómo le subía el calor por las mejillas. ¿Se había convertido ahora en motivo de burlas entre sus amigos?

—Aceptaré encantada, teniente.

—Ya lo estoy deseando —se inclinó y se alejó, y Salvia regresó a la fila que aguardaba.

Las dos damas que tenía delante echaron un vistazo a su espalda antes de juntar la cabeza y cuchichear, pero Salvia estaba absorta en la idea de que Casseck no la había reconocido. Si fuera capaz de lograr un aspecto tan diferente como para engañar a los demás, se le abriría todo un mundo de posibilidades. Se fijó en las doncellas que se apresuraban haciendo mandados de aquí para allá mientras la fila avanzaba. Con tantos séquitos yendo y viniendo, una criada desconocida no llamaría la atención.

El Gran Salón estaba decorado con guirnaldas de flores primaverales traídas de algún lugar mucho más cálido que Tegann, y las esteras del suelo liberaban unos aromas dulces cuando las pisaba la multitud de invitados. A los lados había unas mesas que rebosaban de carnes, fruta y galletitas, algo que a Salvia le resultó más impresionante aún, ya que conocía lo largas que eran las distancias que habían de recorrer aquellas cosas para llegar hasta allí. Las damas que tenía delante parecían indiferentes ante el esplendor que las rodeaba. Quizá estuvieran acostumbradas a las riquezas y nunca se detuvieron a pensar de dónde venían.

Se quedó asombrada con el propio salón: los aposentos privados de la familia en la mansión Broadmoor habrían cabido allí dentro con holgura. Se trataba de un añadido reciente de la fortaleza, construido cuando se le concedió a la familia D'Amiran el ducado de Tasmet cuarenta años atrás. Al parecer, los cerca de ciento cincuenta años viviendo prácticamente en el exilio no habían hecho menguar su gusto por la opulencia. Las altas vidrieras representaban escenas de la familia durante la unificación de Démora en un solo reino, aunque habían omitido la disputa que tuvieron con Casmun hace trescientos años, que arruinó las relaciones comerciales. También se omitía su pérdida del trono unos cien años después de aquello.

Salvia tuvo tiempo de sobra para observar al duque mientras esperaba a que se lo presentaran; era la última de las damas, como siempre. Morrow D'Amiran ya había dejado atrás los cuarenta y se teñía el pelo y la barba para tener una apariencia de juventud, pero en las manos y en la frente lucía las arrugas de una mediana edad ya avanzada. Salvia no podía negar que era apuesto en un sentido tradicional. Tenía los rasgos faciales bien cincelados, y los dientes blancos y rectos. No se había permitido ganar corpulencia como el tío William, y era de ademán agradable a pesar de la mirada fría y calculadora de sus ojos de un azul cristalino. Salvia se agachó en una marcada reverencia y clavó la mirada en el suelo mientras Darnessa la presentaba.

—No tengo conocimiento del linaje de Broadmoor —dijo el duque sujetándole la mano—. ¿Dónde se encuentran tus haciendas?

—A un día de camino hacia el norte y el oeste de Monteguirnaldo, excelencia —respondió Salvia sin saber muy bien si deseaba resultarle interesante, y decidió pecar de insulsa.

Requirió de un gran autocontrol para no soltar aquella mano que le sujetaba los dedos con delicadeza, aunque de manera firme.

—Su tío pertenece a la nobleza menor, excelencia —intervino la casamentera—. Es él quien mantiene todas las pertenencias de su madre en fideicomiso, a modo de dote —era una afirmación meticulosamente dirigida a dar a entender que Salvia gozaba de un rango y una riqueza superiores a las de su tutor.

—Cierto, eso explicaría por qué no había oído hablar de ella —hizo una pausa y la miró de arriba abajo mientras ella trataba de no retorcerse—. Gozas del aspecto de alguien que disfruta de estar al aire libre.

Su piel. Le estaba haciendo un comentario sobre sus pecas. Ahora Salvia pensaba que ojalá se hubiera puesto aquel sombrero tan ridículo. Bajó la cabeza e intentó parecer avergonzada.

—Este último invierno nos ha tenido tan confinados que me temo haberme excedido con el sol en cuanto llegó la primavera, excelencia.

Su anfitrión le ofreció una sonrisa genuina.

—Querida mía, es un sentimiento que de verdad comprendo. Aun después de los años transcurridos desde mi llegada aquí, los inviernos de las montañas me hacen anhelar los suaves climas de Mondelea que conocí en la infancia.

Lo que había empezado como una afirmación nostálgica acabó con un dejo de amargura. El duque tensó la mano sobre la de ella.

Era muy pequeño cuando su familia llegó a Tasmet, y antes de eso habían vivido prácticamente en la pobreza, pero recordaba el hogar de aquella infancia de forma clara y con nostalgia. Salvia se decidió por una combinación de empatía y agasajo.

—Su excelencia me muestra que no hay vergüenza en extrañar cuanto dejé en mi propio hogar.

La mano se relajó.

—No, mi señora, no hay ninguna en absoluto —se inclinó para besarle la mano—. Espero que disfrutes de tu tiempo aquí y encuentres placentero tu nuevo hogar, allá donde se encuentre.

—Se lo agradezco a su excelencia desde el fondo de mi corazón —murmuró Salvia volviendo a bajar la mirada al agacharse en una reverencia.

La casamentera hizo otra reverencia al duque y se llevó a Salvia de allí.

—Muy bien hecho —le dijo Darnessa en el oído—. Ve ahora a pasártela bien, pero no te olvides de que también tienes un trabajo que hacer.

Su maestra en el oficio no se daba cuenta de que lo que estaba en juego era mucho más que una información para ejecutar casamientos arreglados. Quizá Quinn no le hubiera contado todo, al fin y al cabo. Salvia odiaba ocultarle las cosas, pero por protectora que pudiera ser Darnessa, no era buena idea contarle nada todavía. Y, de todas formas, aquél no era lugar para hacerlo.

Clare ya estaba bailando con el teniente Gramwell, de manera que Salvia se mezcló entre la gente con la intención de ponerles nombres a las caras. Para su diversión, se encontró con que las imitaciones caricaturescas de los dos jóvenes de la última parada fueron lo bastante precisas como para que pudiera identificar a varios de los nobles presentes. No habían llegado aún todos los supuestos pretendientes; allí había muchos nobles casados de alta alcurnia, sospechaba ella, para sellar su lealtad al duque D'Amiran antes de que entrara en acción. Cuando ellas se marcharan, los demás tendrían sitio para quedarse en la fortaleza. Salvia esperaba que aquellas idas y venidas retrasaran los planes de D'Amiran de casar a las mujeres con sus aliados durante unos pocos días que resultaran críticos.

A juzgar por la constante afluencia de jóvenes que se aproximaban a ella para pedirle un baile, Salvia era un inesperado añadido en lo que a las casaderas se refería, y lo más probable sería que fuera concedida como recompensa a alguien a quien el duque considerara leal. Es decir, siempre que consiguiera mantener la imagen de una dama de buena cuna. Salvia contempló el enorme salón lleno de leales partidarios, consciente de sus bienes en conjunto, y lo comparó con el tamaño de su propia guardia de honor. Empezó a preguntarse si debería buscarse a un hombre al que le pudiera gustar lo suficiente como para protegerla, en el caso de que se produjera lo peor.

Y aun así, ella nunca podría darle la espalda a Fresno y al resto de los soldados. En la victoria o en la derrota, ella se mantendría firme de su lado, aunque la segunda opción supusiera perderlo todo.

Como si los pensamientos de Salvia lo hubieran atraído, el teniente Casseck apareció junto a su codo.

—Vine a reclamarle a mi señora el cumplimiento de su promesa —le dijo con una sonrisa.

Salvia le tomó la mano, y él la condujo hasta el otro extremo del salón, donde se congregaba una menor cantidad de personas. El duque era como la diana de unos arqueros: igual que las flechas, la densidad de gente se incrementaba cuanto más cerca se estuviera de él. Se alegró de poder evitarlo, y dado que no había nadie lo bastante cerca como para oírlos también podía hablar con una mayor libertad.

—¿Qué te parecieron mis notas de esta mañana? —preguntó ella—. ¿Resultaron útiles?

—De lo más impresionante —dijo Casseck—. El capitán Quinn estaba muy complacido.

—No lo hice por él —dijo Salvia con un poco de amargura.

—Aun así está agradecido.

Casseck la hizo girar de manera que le diera siempre la espalda al duque y todos aquellos que orbitaban a su alrededor. Salvia se encontró mirando a una ventana muy ornamentada con una representación del general Falco D'Amiran expulsando de Tasmet a los kimisares.

—¿Y cuándo hará algo al respecto?

Nadie les estaba prestando atención, pero ella se ciñó a unas frases de lo más neutral.

—Está hecho.

Salvia perdió el paso en el baile.

—¿Ya?

—Charlie ni siquiera llegó tarde a la cama.

Por supuesto que Quinn había utilizado a su hermano pequeño. Salvia rechinó los dientes.

—Me alegro de que el niño le pareciera útil.

Casseck arqueó una ceja.

—Comprendo tu preocupación, pero no estoy seguro de quién más piensas que podía haberlo hecho.

Salvia no estaba dispuesta a admitir que tenía razón, y volvió la cabeza. Casseck la desplazó un poco a la izquierda, y se encontró de nuevo mirando a la vidriera.

—¿Cuándo se empezaron a poner mal las cosas entre la familia real y los D'Amiran? —le preguntó para cambiar de tema—. Esta familia volvió a ser aceptada después de la Gran Guerra, pero la situación se echó a perder con bastante rapidez —dijo haciendo un gesto con la barbilla hacia la vidriera.

Casseck volvió la cabeza para mirar por encima del hombro.

—Me sorprende que no lo sepas. Fue algo relacionado con el Concordium de hace veinte años.

Cuanto más aprendía Salvia sobre las casamenteras y el poder que ostentaban, más se convencía de que eran ellas quienes dirigían el país en la sombra.

—No hace tanto que soy la aprendiz de la señora Rodelle. ¿Qué pasó?

—Al parecer, el buen duque volvió a casa con las manos vacías. Le ofrecieron diversos casamientos, pero los rechazó todos.

—Suena como si quisiera a alguien a quien no podía tener.

Casseck se encogió de hombros.

—Hay quien dice que quería a Gabriella Carey, pero ella ya se había casado con el rey Raymond un año antes de eso, así que yo creo que esa teoría es errónea.

La madre de Quinn era una Carey: la hermana pequeña de la reina Gabriella. Se había casado con el capitán Pendleton Quinn en la misma época del compromiso de su hermana, pero la boda había pasado bastante desapercibida para tratarse de la unión de dos familias tan poderosas. La fanfarria alrededor de las nupcias del rey la eclipsaría, supuso ella.

El baile que estaban interpretando incluía varios giros y, aun así, Salvia siempre acababa encontrándose mirando a la ventana.

—¿Acaso tratas de mantenerme de espaldas a todo el mundo? —le preguntó ligeramente exasperada.

Una sombra de culpa se asomó por el rostro del teniente.

—Es que..., ah, me gusta mantener a la vista toda la estancia. Costumbres de soldado.

—No tienes que disculparte por eso —dijo ella—. Me contento con saber que no te avergüenzas de que te vean con la dama de condición más humilde entre todas.

—Por lo que vi esta noche, mi señora, son muy pocos los que tienen tales reservas.

Para variar, la colocó en un cierto ángulo.

—¿Fueron imaginaciones mías o te costó encontrarme antes entre la gente?

—Me costó. Pareces... distinta —hizo un gesto compungido—. Espero que no te haya sonado insultante.

Salvia apenas había oído aquello último. El corazón le latía con fuerza con sólo pensar que alguien que la tenía tan vista como Casseck no la reconociera.

Mañana pondría a prueba cuán lejos podría llevarla aquella capacidad de confusión.

49

Cass tenía al estornino en la otra punta del salón. Llevaba el pelo rojizo, de manera que, por unos breves instantes, Quinn no estuvo seguro de que fuera ella, pero entonces ladeó la cabeza como lo hacía cuando estaba pensando, y supo que era ella. Se abrió paso entre la multitud que rodeaba al duque.

—Excelencia —dijo el capitán con un gesto de cortesía—. Siento no haberme encontrado contigo anoche cuando llegamos. Llevábamos tanto retraso que tuve que ponerme al día con ciertas cuestiones críticas.

D'Amiran lo saludó con un gesto regio de asentimiento.

—No le demos importancia, capitán. Tus hombres se encargaron de todo —hizo una pausa y observó a Quinn de arriba abajo—. De modo que tú eres el hijo de Pendleton Quinn.

—El mismo, excelencia —a Quinn no se le escapó que el duque había omitido el rango militar de su padre.

De jóvenes, tanto el duque como su hermano se alistaron en el ejército, pero acabaron suspendidos antes de que cualquiera de los dos llegara a capitán. Según decía su padre, Morrow D'Amiran tenía potencial, pero se apoyaba demasiado en la reputación de su propio padre, una lección que Quinn se había tomado muy a pecho desde muy joven.

Aquellos ojos de color azul claro continuaban estudiándolo.

—Armand, ¿no es eso? No te pareces mucho a él.

—Alexander, excelencia. El segundo nombre de mi padre.

El duque hizo un gesto de desprecio.

O bien D'Amiran estaba tratando de sacarlo de quicio, o bien no recordaba el aspecto del general. Quinn era prácticamente una réplica de su padre, pero con el tono de piel oriental más oscuro de su madre.

—En realidad lo encuentro una ventaja, excelencia.

—Desde luego —el duque seleccionó una galleta hojaldrada de la charola que le ofreció un criado—. ¿Aprovecharás esta misión para visitar a tu tío, el rey?

Al principio, Quinn lo interpretó como una indirecta de que D'Amiran sabía que su padre lo había enviado para espiarlo, pero al reflexionar sobre ello le pareció una charla informal de lo más inocente.

—Por supuesto, excelencia. ¿Debo llevarle tus saludos o viajarás tú al Concordium con nosotros?

La sonrisa del duque dejó a la vista demasiados dientes para que fuera natural.

—Me complacerá que tú le lleves esos saludos tanto a él como a tu padre.

¿En forma de qué, con mi cabeza en un canasto? Quinn sabía qué aspecto tenía un hombre que odiaba a otro, y él no era sino el tercero en la lista de aquel hombre, detrás de su padre y del rey. Sus ojos lanzaron una mirada fugaz a Casseck y Salvia. Ella les daba la espalda. Hizo un gesto con la mano para señalar la estancia al volver a dirigirse a D'Amiran.

—Su excelencia hace un magnífico alarde. Creo que esto está a la altura de cualquier cosa que haya visto en palacio.

—Cierto, y bien que lo sabes tú, que has pasado tanto tiempo allí.

La gente siempre sentía celos de su situación, pero Quinn estaba hastiado de ella. Sólo eran peores las de Robert y Fresno. Reprimió una sonrisa: de nuevo el tercero.

El duque prosiguió.

—Espero que tus aposentos estén a la altura del nivel al que estás habituado, ¿es así?

—Más que aceptable, excelencia —le respondió—. Y te agradezco tu hospitalidad.

A D'Amiran parecía irritarle que sus pequeñas indirectas nunca obtuvieran una repuesta.

—Muy bien, entonces. Estoy seguro de que tendrás deberes que atender.

Una vez más, en lugar de mostrarse insultado, Quinn se limitó a sonreír y a hacer una reverencia al recibir el permiso para retirarse. Con una última mirada a Casseck y a Salvia, salió sin hacer ruido por la puerta principal y se dirigió de regreso a los barracones.

50

Salvia se levantó antes del amanecer, se puso un sencillo vestido de lana y se ató el corpiño con rapidez en la oscuridad. Acto seguido se peinó con un jarabe oscurecedor para el pelo antes de trenzárselo, recogérselo detrás de la cabeza y cubrírselo con una cofia. Un vistazo en su espejo de mano le mostró reflejada la imagen de una simple doncella en lugar de la elegante dama que todo el mundo había visto la noche anterior. Tomó un fardo de ropa sucia y salió de la alcoba.

Nadie se fijó en ella cuando fue a lavarla. Eran pocos a los que se veía, tal y como estaban las cosas: todo el mundo se estaba recuperando de la noche previa. En el cuarto de las lavanderas, que estaba vacío, Salvia dejó caer su fardo de ropa con otras prendas que pertenecían a su grupo y empezó a buscar más lugares que explorar con la idea de empezar por las cocinas. La cisterna tenía su propio enchufe en el cuarto de las lavanderas, lo cual le dio la idea de llenar una palangana vacía de los muchos que había en un estante. Nada mejor que empezar en aquel mismo instante a extender la contaminación.

En las cocinas encontró varias cestas de pan y queso dispuestas sobre una mesa central. Un cocinero con resaca apenas alzó la mirada antes de hacerle un gesto para que tomara una.

—Ya era hora de que empezaran a aparecer las muchachas. Sal y ve primero a la puerta principal. Los guardias están hambrientos, así que date prisa.

El hombre había pensado que era una recadera. Perfecto. Salvia sonrió y tomó una cesta y una taza de metal además de la jarra que llevaba y partió hacia la zona norte de la fortaleza. En un cuidadoso equilibrio de los pesos que llevaba, cruzó la puerta interior y el patio exterior y subió por los escalones de piedra más cercanos a la torre de entrada. Dos guardias somnolientos levantaron la cabeza cuando Salvia entró por la puerta.

—Hola, bonita —la llamó uno que estaba sentado cómodamente en una silla de madera desvencijada—. Qué alegría para la vista. Ven a despertarnos un poquito, ¿eh?

En ese momento, Salvia se percató lamentablemente de que no estaba preparada para manejarse ante las insinuaciones que aquellos hombres le podrían hacer a una humilde doncella. Nerviosa, dejó la cesta en el suelo y sirvió agua en la jarra. Cuando se la ofreció al guardia que había hablado, éste la agarró de la muñeca, la jaló y se la sentó en el regazo. Salvia dio un grito cuando el hombre le apretó el trasero y le susurró:

—Amorcito, ya hiciste que me despertara. ¿Qué te parece si ahora te quedas un ratito y me haces compañía? Este Hix no es muy divertido, que digamos, pero tú sí me lo pareces, y mucho.

El hombre le presionó la barba de una semana contra la mejilla y le dio un beso pegajoso que apestaba a vino rancio.

Salvia soltó un chillido y se apartó de él de un empujón, y él se echó a reír antes de tomarse el agua. Por el mentón le resbalaba un hilillo húmedo que le caía sobre el uniforme azul para unirse a otras manchas que parecían de vino... o de sangre. El soldado le ofreció la taza y le guiñó un ojo. Salvia se quedó mirándola sin estar dispuesta a acercarse más, aunque una parte de ella sí quería darle más agua contaminada, hasta que el hombre la retiró y la movió.

—Ven por ella, encanto.

El otro guardia, Hix, dio un paso al frente y le propinó un ligero golpe en la cabeza.

—Déjalo ya, Barley. La muchacha tiene rondas que hacer.

Le quitó la taza y la extendió para recibir su ración de agua. Ella se la sirvió con las manos temblorosas y aguardó a que el soldado se la terminara. Hix le devolvió la taza, cogió dos panecillos del cesto y le lanzó uno a su amigo el lascivo.

—Dame queso, ¿quieres? —dijo Barley, y Hix le tiró un pedazo.

Falló al agarrarlo y maldijo cuando el queso le rebotó en las manos. Inclinó la silla hacia atrás, lo recogió del suelo de piedra y le dio un bocado mientras miraba cómo Salvia se retiraba.

—Ya te buscaré después —le dijo el soldado a gritos cuando salió y cerró la puerta.

Salvia dejó en el suelo la cesta y el aguamanil para poder enderezarse el vestido y pasarse la manga por la cara; se sentía como una idiota por haber pensado que sería fácil pasearse por ahí sin más como una criada. Valiente espía que era.

En aquella mortecina luz del alba que los montes del este parecían alargar, vio a varios guardias vestidos de blanco y azul apostados en intervalos a lo largo de la muralla, el primero de los cuales la miraba expectante. Salvia respiró hondo al recoger sus cosas y se recordó que era más seguro estar a cielo abierto.

Los siguientes encuentros transcurrieron sin problemas, y avanzó por la muralla norte. Ninguno de los guardias le hizo más insinuaciones, aunque uno de la torre noreste se quedó mirándola el tiempo suficiente para hacerla sonrojarse. Ella se fijó en las montañas con tal de evitar su mirada y observó el vuelo de un halcón que procedía del sur y trazaba unos círculos sobre un punto cercano al paso.

En el muro oriental, a medio camino entre unos guardias y otros, pasó por delante de un hombre sentado con la espalda apoyada en la pared curva de una pequeña torre desguarnecida.

—¿Te sobra un poco de pan, jovencita? —le preguntó en voz baja.

Salvia se detuvo en seco y salpicó el agua de la jarra.

—¿Qué estás haciendo aquí? —dijo con voz entrecortada.

Fresno alzó la mirada con los ojos entornados y le puso mala cara. Tenía los cabellos oscuros disparados en ángulos extraños allá donde se había apoyado en el muro.

—Yo podría hacerte la misma pregunta —se levantó más y se acercó para tomar un panecillo—, porque sé que esto no es algo que te hayan dicho que hagas.

—Se llama tener iniciativa.

—No, se llama ponerse en peligro de manera innecesaria.

—Sé cuidar de mí misma —le dijo mientras trataba de olvidar al hombre de la torre de entrada.

—No, no sabes. Vuelve a la cama —su voz parecía estar dándole una orden.

—No hasta que termine de llevar lo que me queda de esto por aquí —Salvia se cambió de mano la cesta y lo apartó con un gesto—. Parecerá sospechoso si lo dejo ahora —le dijo volviendo la cara sobre el hombro.

—¡Maldita sea, Salvia; esto no es un juego! —le gruñó a la espalda.

Furiosa, Salvia continuó por el lado este y el lado sur, y llegó a rodear la torre circular antes de quedarse sin pan y queso. Aún le quedaba un poco de agua en la jarra, así que decidió subir a la torre a ver a los últimos guardias antes de regresar a las cocinas. El encuentro en la torre de entrada la había puesto más nerviosa de lo que ella jamás admitiría. Por un lado quiso dejarlo allí mismo e irse a la cama, pero no lo iba a hacer, desde luego, después de que Fresno le diera la orden de hacerlo. Se estaba recogiendo la falda para subir los escalones que subían hasta la trampilla abierta cuando oyó hablar a los hombres que había arriba.

—Te lo estoy diciendo, señor —afirmaba uno—. Lo vi antes, la última vez que escoltamos a su excelencia hasta la capital del reino.

—Es que no se parece al rey —replicó otro.

Salvia se quedó petrificada. Tenían que estar hablando sobre Fresno.

—La madre era una de esas orientales, con el pelo negro y la piel oscura. Y te estoy diciendo que era él, y su excelencia querría saberlo, señor.

Salvia retrocedió hasta un lugar donde no la verían si miraban hacia abajo. Una tercera voz de tono autoritario preguntó:

—¿Se lo contaste a alguien?

—No, señor —respondió el primer soldado—. No fui capaz de ubicar esa cara hasta que me puse a pensar en ello, y tú eres el primero al que se lo cuento.

—Entonces mantén la boca cerrada —se oyó la dura respuesta—. Su excelencia ya lo sabe, y si le estropeas los planes hablando de más, vas a desear que tu ejecución sea rápida.

Salvia no quiso oír nada más y salió volando de allí, agradecida por llevar las botas de suela de cuero blando, silenciosas sobre los escalones de piedra. Sabían quién era Fresno, y estaban planeando prenderlo. Tenía que avisarle... ya.

Bajó disparada los escalones hasta el fondo, temerosa de que los guardias la vieran si volvía a salir por la muralla. Ya en el suelo, se obligó a rodear caminando el patio exterior hasta la base de la pequeña torre donde Fresno estaba sentado, arriba en el adarve de la muralla. Agarró una piedra y la lanzó contra la edificación. Falló, y volvió a intentarlo hasta que impactó con una donde ella quería. La cabeza oscura de Fresno se asomó por el borde para mirar hacia abajo.

Al tiempo que trataba de mantenerse discreta, le hizo una serie de gestos para decirle que tenía que bajar a hablar con ella. Él le dijo que no con la cabeza, y ella dio un zapatazo en el suelo. ¿Por qué no se tragaba eso de que aquello era importante? Por fin, Fresno señaló con el dedo hacia un edificio que había a la espalda de Salvia y desapareció. Ella tiró al suelo el resto del agua y colocó la jarra y la taza dentro de la cesta antes de dirigirse hacia la puerta doble.

El olor a metal y a cuero engrasado le dio la bienvenida cuando jaló la puerta de la derecha para abrirla y entrar en la armería principal. Una única antorcha iluminaba el pasadizo desierto desde un soporte en la pared. Fresno irrumpió a la vuelta de una esquina en el extremo opuesto. Salvia no se explicaba cómo había llegado tan rápido hasta allí. Fresno se acercó hasta ella, la tomó por el brazo y la llevó con delicadeza al interior de uno de los cuartitos de almacenaje que estaban totalmente a oscuras.

—Al contrario que tú, yo tengo un motivo para estar ahí arriba, lo sabes, ¿no? —le susurró furioso.

Fresno cerró la puerta y empujó a Salvia con la fuerza suficiente para que retrocediera con la espalda contra una caja abierta y almacenada en un rincón. Se picó con algo puntiagudo, se llevó la mano a la espalda para palpar lo que era y empujarlo para meterlo entero adentro de la caja. Apenas veía nada con la débil luz que entraba por las rendijas de la puerta, de manera que se agarró al chaleco de Fresno para asegurarse de que estaba frente a él.

—Fresno, saben quién eres. Van a venir a prenderte.

Salvia gozaba ahora de toda su atención.

—¿Quién lo sabe?

—Los guardias de la torre; los oí hablar. Uno de ellos te reconoció.

Fresno le puso las manos en los antebrazos.

—Dime exactamente lo que dijeron. Exactamente.

Salvia se lo repitió palabra por palabra y añadió:

—Tienes que irte de aquí, Fresno.

Oyó cómo él le hacía un gesto negativo con la cabeza.

—No estaban hablando de mí.

—El hijo del rey, Fresno. Ése eres tú.

—Estaban hablando sobre Robert.

—¿El príncipe Robert? —dijo ella en un grito ahogado—. ¿Cómo...?

—Está desde el principio con nosotros, bajo un nombre falso.

—Pero... ¿cómo puedes estar tan seguro de que se refieren a él?

Al fin y al cabo, Fresno también era valioso para la corona. Y para ella.

—Tú confia en mí. Aunque tienes razón, tenemos que sacarlo de aquí. Hoy —le apretó el hombro—. Siento haberme enojado. Pensarás que a estas alturas ya debería haber aprendido a confiar en tu buen juicio, aunque lo de venir aquí no haya sido...

Dejó la frase a medias al oír el crujido de la puerta de la armería al abrirse y a dos guardias que entraban en el vestíbulo entre charlas y risas. Pasaron por delante del escondite de Fresno y Salvia, abrieron un armario de almacenaje en el extremo opuesto del pasadizo y se pusieron a buscar entre el material. Fresno se inclinó hacia la puerta para escuchar durante unos segundos, acto seguido retrocedió hacia Salvia y le susurró:

—Están sacando unas ballestas para su turno de guardia. Se irán cuando hayan encontrado las flechas.

Una oleada de terror invadió a Salvia, que lo agarró frenética del cuello de la camisa.

—Fresno, las flechas están aquí.

—¿Qué?

—Hay una caja de flechas de ballesta detrás de mí.

51

Salvia oyó cómo a Fresno se le cortaba el aliento en la garganta. Antes de que ella pudiera decir nada más, él la acercó hacia sí.

—Tienes que perdonarme por lo que estoy a punto de hacer —le susurró mientras bajaba la mano para subirle la falda.

—¿Qué...?

Pero Fresno le silenció a Salvia los labios con los suyos. Fue tan repentino, tan urgente, que ella casi no lo percibió como un beso mientras él la empujaba y la obligaba a retroceder.

Con una mano que ascendía por dentro de su vestido, Fresno la levantó del suelo y la colocó sobre las cajas mientras le jalaba con la otra los lazos del corpiño. Retiró la cara con el murmullo de una disculpa antes de separarle a Salvia las rodillas con la presión de sus caderas y maniobrar para colocarse entre sus piernas.

Se le soltó el corpiño, él se inclinó hacia delante y le acercó los labios al oído.

—Hagas lo que hagas, no dejes que te vean la cara.

¿Dejar que quién le viera la cara? No se veía nada, y eso sólo servía para que su proximidad resultara abrumadora. Entonces lo entendió Salvia. Necesitaban una excusa para estar escondidos, y tenía que parecer que llevaban un rato allí. Sin embargo, aquella actuación no podía ser sólo por una de las dos partes: ella tenía que hacer algo. Ya era lo bastante difícil pensar mientras las manos de Fresno le soltaban más el corpiño. Movió a ciegas los nudos del chaleco de Fresno, pero no se soltaban, así que lo rodeó con las manos y le sacó la camisa por fuera. Fresno le bajó la manga por el hombro, le deslizó los labios por la clavícula, subió por el cuello y le dejó el rastro de un hielo ardiente sobre la piel.

La mano de Fresno se deslizó entre el corpiño y la fina camisa de lino, justo debajo de donde aquella mano se había posado cuando la ayudó a desmontar del caballo, justo donde ella se había guardado la nota el día antes...

Salvia tenía una mano metida por debajo de su camisa, a medio camino por la espalda, con una perturbadora conciencia de los músculos bajo las yemas de sus dedos. El calor del aliento de Fresno le quemaba en la piel en el instante en que su mano derecha le quitó la cofia de la cabeza. Fresno hundió la nariz en los cabellos sueltos por la parte de atrás de su cabeza, inhalando lenta y pausadamente. Le pareció algo raro. Ella giró la cara hacia su cuello. Él olía infinitamente mejor, a jabón con la esencia del verdor de las plantas..., a ropa limpia..., a cuero..., a algo indefinible que la dejó con el solo deseo de inhalarlo más profundamente.

Fresno se detuvo de repente y se inclinó un poco hacia atrás, le acarició la mejilla con las pestañas al llevar sus labios sobre los de ella.

—Salvia —suspiró.

Ella cerró los ojos y separó los labios. *Sí.*

Se abrió la puerta y lanzó una luz cegadora sobre el rostro de Salvia. Chilló, y Fresno la protegió con su cuerpo. Un guardia que llevaba la antorcha en la mano se quedó inmóvil durante un segundo antes de echarse a reír a carcajadas. Su compañero se asomó por el marco de la puerta y se le unió. Salvia se bajó la falda y trató de volver a acomodarse el corpiño, consciente de que Fresno le ocultaba la cara de la vista de los soldados mientras se jalaba los pantalones para subírselos un poco más.

—Fuera de aquí, los dos —dijo el hombre de la antorcha. Retrocedió y abrió más la puerta. Fresno avanzó hacia ellos para que Salvia pudiera pasar por detrás de él sin llamar más la atención, y ella agarró su cesta, mantuvo la cabeza baja y salió—. Alégrate, muchacho, de que tenemos prisa, porque también podríamos habernos turnado.

Salvia vio que Fresno cerraba con fuerza los puños ante la provocación del guardia, pero en lugar de pegarle, para su alivio, se agachó para recoger la cofia que él le había quitado. El vestido se le movía a cada paso, y se agarró el corpiño para evitar que se abriera más mientras llegaba a tropezones hasta la puerta y se apoyaba en ella. El pánico se le agarró a la garganta cuando vio que el soldado sujetaba a Fresno por el brazo y se inclinaba para hablarle al oído.

—Y dile a tu capitán que si alguien vuelve a sorprender así a algunos de ustedes, tendrá noticias del capitán Geddes —el hombre empujó a Fresno contra ella—. Y ahora corre, muchacho.

Fresno tenía la mano sobre la espalda de Salvia y la empujaba para salir mientras el eco de las risotadas retumbaba y salía por la puerta. Salvia se tropezó con un montículo de tierra y apenas consiguió mantenerse en pie.

—Aquí adentro —susurró Fresno al tiempo que la guiaba hacia la pequeña capilla en la base de aquella torre contra la que él estaba sentado antes.

Salvia se vino abajo en un banco en el interior mientras Fresno cerraba la puerta y pegaba un ojo a una rendija en los tablones; y mientras él vigilaba el patio durante varios segundos, ella apenas se atrevió a respirar. Fresno por fin retrocedió.

—Creo que estamos a salvo. No hay nadie ahí afuera.

Con las manos temblorosas, Salvia volvió a subirse las medias por encima de las rodillas, se puso de pie y se alisó la falda. Tenía a Fresno muy cerca, volviéndose a meter la camisa. Le latía el corazón con tal fuerza que le dio la sensación de que Fresno podría oírlo.

—Tenemos que contárselo al capitán Quinn ahora mismo —le dijo ella en voz baja y apresurada.

—Iré en cuanto...

Fresno se palpaba el cinturón con la única luz procedente de la vidriera sucia. En cuanto dio con la hebilla que estaba buscando, se enderezó y se arregló el pelo alborotado. Salvia se encontró de repente con el deseo de sentirlo entre sus propios dedos. Con las mejillas ardiendo, bajó la cabeza para concentrarse en la tarea de enderezarse y volver a atarse el corpiño.

Fresno la jaló de la manga izquierda para volver a colocarla en su sitio, y la sorprendió tanto que Salvia levantó la cabeza para mirarlo a la cara, en penumbra.

—Tengo que irme —dijo él en voz baja—, pero tú deberías tomarte unos minutos para arreglarte el pelo; es un verdadero desastre. Y tienes la cara muy roja.

—Quizá se deba a mi falta de práctica en este tipo de cosas.

Se revolvió para zafarse de la mano que aún permanecía sobre su hombro. En los últimos dos días, se había permitido preguntarse cómo sería que la besaran, y que lo hiciera él, pero lo que acababa de pasar ¿había sido todo por aparentar? ¿Tantas ansias había tenido ella en participar en lo que para él no era más que una representación? Los ojos le quemaban con una sensación que ella se temía que se convirtiera en lágrimas.

Fresno permaneció en silencio durante un rato largo. Y entonces susurró:

—Yo tampoco la tengo.

Dio medio paso al frente. Salvia, que tenía el banco presionándole en la parte de atrás de las rodillas, no podía retroceder sin caerse. El chaleco de Fresno rozó las manos ahora inmóviles de Salvia, que se quedó mirándolas, confundida. ¿Qué se suponía que debían de estar haciendo esas manos? Fresno se encontraba tan cerca que podía sentir su respiración. Deseaba verle la cara, pero no podía forzar los ojos más arriba de su clavícula. Se concentró entonces en el débil pulso visible en la base de su garganta. Los músculos de su cuello se flexionaron al tragar saliva.

Las siguientes palabras de Fresno salieron a la fuerza como una confesión.

—Si lo hice bien en alguna medida, sólo se debe a la frecuencia con la que me lo había imaginado.

Salvia se encontró de repente ante la necesidad de recordarse que tenía que respirar.

Con la firmeza de haber tomado una decisión difícil, Fresno llevó la mano a la barbilla de Salvia y la empujó hacia arriba. En el mismo movimiento, deslizó el brazo izquierdo por su cintura y la atrajo hacia sí. Sus miradas se encontraron durante una décima de segundo; ella apenas tuvo tiempo de darse cuenta de lo que estaba sucediendo cuando el rostro de Fresno se inclinó sobre el suyo.

Al principio, Salvia se puso a temblar de tal manera que fue incapaz de reaccionar. Los labios de él presionaban sobre los suyos, y ella trató de ceder, trató de responder de un modo que le dijera que quería, pero que no sabía cómo. La confianza de Fresno flaqueó ante su tibia respuesta, y se retiró. Salvia casi entró en pánico. No podía acabar así. Se inclinó hacia él y deslizó las manos hacia arriba, hasta alcanzar el cuello abierto de su camisa. *No te detengas.*

Sus labios volvieron a encontrarse, y esta vez fue él el sorprendido, aunque sólo por un instante. Acto seguido, la acercó más contra él y la puso de puntitas. Salvia cerró los ojos mientras sus dedos le recorrían la mandíbula hasta llegar a perderse entre su pelo.

Un sonido, con más de chillido que de suspiro, se le escapó a Salvia, y los labios de Fresno se tensaron sobre los suyos en una media sonrisa. Aquello que tan torpe resultaba tan sólo unos segundos atrás, se había vuelto ahora natural, y Salvia ni siquiera tuvo que pensar en abandonarse a la delicada presión de su boca. Su segundo suspiro fue más suave y a propósito, y él lo correspondió. Y ambos se sonrieron antes de volver por más.

El tercer suspiro de Salvia fue tan espontáneo como el primero, pero la reacción de Fresno fue todo lo que ella podría haber esperado. Sus besos se volvieron más profundos, más insistentes. Sus brazos musculosos la rodearon con más fuerza y la levantaron del suelo por completo. Los dedos de Salvia se soltaron y liberaron la camisa de Fresno, y todos y cada uno de los músculos de su cuerpo se relajaron contra él. Si Fresno no la hubiera tenido sujeta por la parte baja de la espalda, habría caído deshecha a sus pies.

Nada en su imaginación se había acercado jamás a aquello.

Fresno retrocedió, y sus ojos parpadearon al abrirse. Seguía estando demasiado cerca para verlo con claridad, su aliento se entremezclaba con el de ella.

—T... tengo que irme.

Salvia asintió y le acarició la nariz con la suya. Sintió cómo su cuerpo se deslizaba hacia abajo mientras él la volvía a poner con los pies en el suelo. A decir de la luz de aquella estancia tan minúscula, que no había cambiado, apenas había transcurrido un par de minutos, aunque habría jurado que se trataba de una hora.

Fresno bajó la cabeza y apoyó la frente en la de ella, y durante un minuto más permanecieron así fundidos el uno contra el otro. Salvia le puso las manos en el pecho y acompasó el aliento a la temblorosa respiración de él.

—Te tienes que ir —consiguió decir.

Fresno asintió y le rodeó la mandíbula con la mano para pasarle el pulgar por el labio inferior antes de volver a inclinarse sobre ella.

—Eres preciosa... —susurró sobre sus labios para terminar con los besos más delicados.

Fresno fue liberándola de su abrazo gradualmente, le recorrió con los dedos la mejilla y la cintura como si no soportara separarse de ella, retrocedió y se enderezó el chaleco. Y ya se había ido.

52

Los oficiales apenas se estaban desperezando, pero en cuestión de cinco minutos ya estaban vestidos y reunidos en la sala. Ya habían programado una patrulla para aquella mañana; se marcharían lo antes posible sin invitar a los guardias de D'Amiran a acompañarlos, lo cual ofendería a su anfitrión con toda seguridad. Entre los cuatro hombres estaría incluido Robert, y cabalgarían a fuerte ritmo en dirección a la escapatoria que había en la zona norte del cerco de los kimisares, una brecha que rezaban para que siguiera abierta. Regresarían con uno de los soldados exploradores, y dejarían allí al príncipe para que escapara a pie con el otro. Si la fortuna les sonreía, llegado el momento en que alguien se percatara de su ausencia, Robert ya estaría muy lejos.

No había tiempo que perder. Había que reunir suministros y preparar los caballos. Quinn les dio permiso para retirarse, y Rob y Gramwell salieron disparados de la sala, pero Casseck se quedó. Cuando se cerró la puerta, se sentó frente a Quinn y se inclinó sobre la mesa.

—¿Por qué el ratón no trajo al estornino al círculo después de enterarse de esto? Ella lo sabe prácticamente todo.

Quinn se centró en el mapa.

—La decisión apropiada era esperar. Una vez que ella esté adentro, no se puede deshacer.

—Alex —Casseck le lanzó una dura mirada—. ¿Qué es lo que no me estás diciendo?

Quinn cerró los ojos y se masajeó las sienes entre el pulgar y el resto de los dedos de la mano derecha.

—La besé.

—Ya veo —y, al pasar unos segundos sin que Quinn respondiera, Casseck carraspeó para ocultar algo que tenía un sospechoso parecido con una risa—. Bueno, pues ya era hora.

Quinn alzó la mirada de golpe.

—¿Lo encuentras divertido?

—En absoluto. Es muy duro estar celoso.

—¿Crees que estoy celoso? —Quinn pegó un puñetazo contra la mesa.

Casseck atrapó con destreza el tintero que había rebotado por el borde de la mesa y lo volvió a dejar en su sitio

—No es de ti de quien se está enamorando —le dijo en voz baja—. Cierto, hay que protegerla, pero ésa no es la verdadera razón por la cual no la trajiste al círculo.

Quinn exhaló lentamente y prefirió no responder a aquel argumento.

—Es demasiado pronto. Todavía tenemos que sacar a Rob de aquí y, si fracasamos, lo último que queremos es tenerla a ella implicada. Si lo conseguimos, todo cambia, y el ratón tendrá que contarle algo mientras ella aún confía en él. Y será muy pronto, lo prometo.

—Tan pronto como sea posible, después de eso. Mañana.

Quinn cerró los ojos y asintió.

—Mañana.

53

D'Amiran sabía que los excesos de confianza podían ser mortales, pero las cosas iban bien por el momento. Mejor que bien: tenía a Robert.

Sonreía mientras otro señor más firmaba y añadía su nombre a la lista de aliados. Todos ellos se habían mostrado muy dispuestos a comprometer sus recursos para su causa en cuanto él tuvo a todas las mujeres en su poder, aunque no le había informado a ninguno de ellos al respecto de su acuerdo con Kimisara. Era un detalle de menor importancia, y cuantos menos lo supieran, mejor, en especial teniendo en cuenta que la mayoría odiaba a los kimisares después de años de repeler incursiones de saqueadores.

Se acercó el señor de Fashell y le hizo una marcada reverencia.

—Excelencia —le dijo—, traje conmigo las últimas provisiones, algunas novedades y una humilde petición.

D'Amiran asintió, y el hombre prosiguió.

—Todo cuanto deseabas lo están llevando a tus despensas. Mi hacienda ha estado dando acomodo a los viajeros que venían a Tegann, y estamos orgullosos de haberte proporcionado tales servicios para tu causa.

—Y bien que me ha complacido contar con ellos —dijo el duque con gentileza—. Tu lealtad no ha pasado desapercibida, sino agradecida.

Fashell volvió a hacer una reverencia de agradecimiento.

—En cuanto a las novedades, excelencia, habrá un retraso en algunas llegadas. Numerosos viajeros de la zona se han visto afectados por una enfermedad, y muchos no pueden continuar su viaje en el momento presente.

—¿Una enfermedad, dices? —la preocupación quedó patente en el ceño fruncido de D'Amiran—. ¿Cuánto tiempo transcurrirá antes de que podamos esperar su recuperación?

—Sólo un día o dos, excelencia —se apresuró Fashell a tranquilizarlo—. Es posible que no hubieras reparado en ello siquiera, con tanta actividad y tantas llegadas, pero me daba la sensación de que debías estar informado.

D'Amiran sonrió, en cierto modo aliviado.

—Cierto, una vez más te agradezco la atención que prestas a mis necesidades. Si ésas son tus únicas novedades, escucharé tu petición.

—Cuestión menor, excelencia, al respecto de una de las damas que llegaron aquí hace dos días —Fashell se aclaró la garganta—. Mi hijo Bartholomew quedó profundamente cautivado por lady Broadmoor, y tengo la impresión de que la joven no se encontraba aún comprometida con nadie.

El duque arrugó la frente en un gesto pensativo.

—Broadmoor... —sí la recordaba: bastante simple y apocada, pecosa y flaca, con una mirada que evitaba la suya pero se fijaba en todo lo demás—. Sí, por supuesto. No tengo conocimiento de qué propiedades aporta. No mucho, probablemente, ya que nunca había oído hablar de ella.

—Las propiedades no suponen una preocupación para nosotros, excelencia, gracias a tu generosidad, y no pondremos objeciones si te resulta ventajoso entregársela a otro, pero en caso de que no te fuera de utilidad, pensé que no haría mal alguno al preguntarte.

—Ningún mal en absoluto, señor de Fashell —D'Amiran juntó las manos—. Consideraré tu petición, teniendo en cuenta los servicios que me has prestado.

Y ahí dejaría el asunto; no podía prometérsela a nadie todavía.

Si la muchacha había llamado la atención de Bartholomew Fashell, tenía que ver por qué con sus propios ojos.

Fashell hizo una última reverencia.

—Eso es cuanto podía esperar, excelencia.

El capitán Geddes se hizo sitio para pasar junto a Fashell ante la puerta.

—Excelencia —dijo con un gesto de cortesía casi sin aliento—, la patrulla de la escolta no ha regresado, y no hemos sido capaces de encontrar... —miró al resto de los presentes y se rascó la media oreja—... los —remató la frase al tiempo que trataba de cargarla de sentido con la mirada—. Aunque no los consideraría aún con retraso.

—¿Cuántos partieron? —preguntó D'Amiran.

—Cuatro, señor. Ninguno de ellos parecía ser un oficial, pero se fueron temprano y sin decírselo a nadie.

—¿Y tenemos localizados todos los oficiales?

—Hoy sólo hemos visto a tres —dijo el capitán—. Pero la situación es un tanto confusa, excelencia, porque estoy seguro de que hay cuatro: Quinn, Casseck, Gramwell y Bathgate. A este último no se le ha visto desde ayer.

El duque entrecerró los ojos.

—Entonces te sugiero que des con él.

54

Salvia se sintió tristemente incapaz de mantener la concentración aquel día. Mientras culpaba al cálido sol primaveral por el acalorado azoramiento de su piel, revivió en la cabeza una docena de veces los sucesos de aquella mañana con el eco de las palabras de Fresno. Nadie le había dicho nunca que fuera preciosa, pero no le cabía la menor duda de que él lo decía de verdad.

En una ocasión, llegó incluso a permitirse imaginar el episodio de la armería sin el engaño o sin el temor a ser descubiertos. O, pensó ella de forma irónica, sin una caja de flechas que se le clavaban en la retaguardia. Aquello sólo servía para imaginarse una serie de alternativas más delicadas, y eso hacía que las mejillas se le pusieran aún más rojas, hasta que recordó el peligro al que todos ellos se enfrentaban. El sentimiento de culpa también le pesaba: ¿en qué tipo de distracción podría convertirse ella para Fresno?

En la cena escogió un sitio desde donde poder vigilar a los oficiales en su mesa del rincón. Robert debía de ser uno de ellos. Fresno no quería que Salvia hablara con los oficiales, en especial allí, en Tegann, porque se habría dado cuenta de quién era. Casseck era tan transparente que casi parecía incapaz de mentir, pero Gramwell...

Al teniente se le iba la mirada hacia Clare cada dos por tres. Había pasado por alto una gran parte del protocolo al cortejar a Clare, pero nadie había puesto objeciones. Antes, Salvia había imaginado que el oficial estaba tan enamorado que no lo había podido evitar, pero tenía más sentido aún pensar que nadie se lo habría impedido si él fuera el príncipe. Sí, era absolutamente posible que él fuera el príncipe disfrazado.

Como si ambos le hubieran leído el pensamiento, Clare se excusó y salió por la puerta principal, hacia los jardines. Su admirador la siguió sin llamar la atención menos de un minuto después. Ya se habría ido después de aquella noche, y era probable que quisiera despedirse. Sonrió. Si alguna de aquellas mujeres se merecía la atención de la familia real, ésa era su amiga.

Salvia se tropezó con Charlie en el camino de regreso a su alcoba. Le mostró un fardo de ropa.

—Mi señora, tengo que entregarte esto —le dijo.

Debían de ser sus pantalones limpios, y la camisa. Se alegraba de tenerlos de vuelta. Salvia pensó en preguntar a Charlie sobre Robert, pero aquello no habría sido justo con el niño, y le había prometido a Fresno que dejaría de hacer aquellas preguntas a las que él le respondería más adelante, de manera que se limitó a decirle:

—Muchas gracias y buenas noches, mi joven soldado.

El niño bajó la cabeza rápidamente y se fue corriendo. En lugar de dejar la ropa en su baúl, Salvia deshizo el fardo con la esperanza de hallar un mensaje de Fresno. Un bulto en una de sus medias resultó ser el cabo de una vela envuelto en un trozo de pergamino.

Si estás dispuesta a confiarme tu vida, prende esta vela. Cuando se consuma, me encontrarás en el pasadizo inferior de los barracones de la zona oeste. F.

Con la mano temblorosa, Salvia encendió el pabilo y la colocó en un portavelas. Tardaría menos de dos horas en consumirse, así que se puso los pantalones limpios y se acurrucó en la cama a esperar. Ya echaría la nota al fuego antes de marcharse, pero hasta ese momento la conservó en la mano sin dejar de leerla una y otra vez. *Si estás dispuesta a confiarme tu vida...*

Lo estaba. Y aquella noche lo demostraría.

Salvia dobló silenciosa una esquina y lo encontró, apoyado en la pared frente a una antorcha que daba poca luz, de brazos cruzados y silencioso como una sombra. Fresno la siguió con la mirada hasta que se detuvo delante de él.

—Casi esperaba que no vinieras —dijo él.

No quería que Salvia se involucrara porque era peligroso, pero Quinn la necesitaba, de manera que la joven tenía un extraño aliado en el capitán. De todas formas, ella no lo estaba haciendo por Quinn. Sus ojos siguieron el trazo de los contornos de aquel rostro que había llegado a conocer tan bien en las últimas semanas: desde las cejas negras casi rectas sobre aquellos ojos de mirada tan oscura y tan profunda que se podía perder en ellos hasta esa barba de pocos días que conocía al tacto.

—Vine porque confío en ti —susurró ella.

Fresno presionó los labios al cerrarlos y tomar la mano derecha de Salvia entre las suyas, y dio un respiro hondo.

—Todo cambia mañana. Si te vas ahora, no pensaré mal de ti ni te pediré nada más, y aun así haré todo lo que pueda para protegerte de lo que se avecina —le volteó la mano y le pasó un pulgar por la palma que le produjo una corriente eléctrica que le subió por el brazo—. Pero si te quedas, te comprometes. Te conviertes en una pieza de la que dependemos y en la que confiamos. Aquí no hay medias tintas ni vuelta atrás. Debes decidir esta noche.

—Eres un necio si crees que me voy a ir de aquí —le dijo Salvia con firmeza.

Él hizo un gesto compungido.

—Morirá gente, Salvia; por nuestra mano y por la de ellos. La manera más segura de que estés a salvo es que no te involucres. Ésa es la verdad.

Rodeó los dedos de Fresno con los suyos.

—Lo sé. No tengo miedo —pero estaba temblando.

—¿Prometes que seguirás las órdenes, sin vacilar y sin ponerlas en tela de juicio? —Fresno la miraba con un silencio muy significativo. ¿Por él?

—Sí —susurró Salvia—. Lo prometo.

Los hombros de Fresno decayeron un poco, y asintió.

—Entonces hay algo que debo hacer antes.

Fresno se llevó la mano de Salvia a los labios y la besó. Acto seguido, sujetándola con firmeza por los dedos, la condujo por la penumbra del pasadizo hasta la última puerta. La empujó y la abrió sin llamar, y llevó a Salvia al interior de una sala de los barracones que no tenía ventanas y se utilizaba de almacén. Unas velas sujetas en la pared de piedra iluminaban un caos de sillas de madera, mesas y catres amontonados en un lado y una pila de colchones de paja en un rincón. Habían llevado varios de aquellos colchones al centro del espacio vacío y los habían amontonado a dos alturas, cubiertos con una manta grande. La dejó sorprendida lo que aquello implicaba —era tan inesperado, tan contrario a lo que Salvia creía sobre él— que en su mente sólo percibió el rechazo.

Oyó que Fresno le echaba cerrojo a la puerta y se quitaba la chaqueta de cuero, y sintió sus manos en sus hombros cuando él le dio la vuelta para mirarla de frente. Le acarició la mejilla con una mano mientras la otra se dirigía a su cinturón.

—Mi dulce e inocente Salvia —le susurró Fresno, y mientras, la mente de ella seguía patinando y sin avanzar.

Se oyó el chasquido del cinturón al soltarse y, aunque Salvia no dejaba de mirarlo a los ojos, vio una daga envainada en la mano que él acababa de levantar entre ellos dos.

—Esta noche tengo que enseñarte a matar a un hombre.

55

Salvia extendió la mano hacia el cuchillo, y Fresno lo giró para obligarla a sujetarlo con el pulgar en el extremo de la empuñadura.

—Sujétalo así.

Salvia ya había manejado un cuchillo; su padre le había enseñado años atrás, pero esto era distinto. Tal y como lo sostenía ahora, con la hoja partiendo de la parte inferior de la mano, no se podía utilizar para nada que no fuera apuñalar o rajar. Tragó saliva.

—Estoy lista.

—¿Segura?

Salvia sabía que el más profundo temor de Fresno era ser un monstruo, disfrutar matando. Y ahora se veía en la obligación de exponerla a ella a lo que más le aterrorizaba. Salvia asintió con la confianza que él necesitaba ver, y la expresión del soldado se volvió firme, fiera.

Antes de empezar, Fresno le mostró los lugares donde sería vulnerable un hombre con armadura. Presionó las manos de Salvia allá donde las arterias eran más superficiales y le mostró los ángulos de la hoja que aprovecharían ambas cosas. A continuación, la rodeó para situarla en una posición defensiva, puso los brazos sobre los de ella para colocárselos y utilizó su propio cuerpo para obligarla a agacharse. Salvia sintió un escalofrío cuando Fresno se separó para volver a situarse delante de ella.

Le pidió que avanzara sobre él con la daga envainada en diversos ángulos y le advirtió que no vacilara cuando se sintiera reacia. Le dolió aquella actitud crítica, pero Fresno estaba tan serio que Salvia contuvo el impulso de contestarle.

La tercera vez que Salvia dudó al avanzar, Fresno le arrebató el arma de la mano y la empujó para tirarla sobre la manta con la hoja enfundada contra su cuello en un abrir y cerrar de ojos. Salvia siempre había pensado en él como en un soldado, sabía que había matado a otros hombres, pero ahora comprendía por primera vez lo poderoso y mortífero que era.

—¿Te asusté? —le preguntó él al retirarse. Ella asintió—. Bien —le lanzó la daga al regazo cuando ella se incorporó—. Levántate y prueba otra vez.

Salvia se sintió invadida por una severa determinación, comenzó a progresar tal y como él quería y le arrancó alguna que otra alabanza, con cara seria. Después de cerca de tres horas, Fresno le arrebató la daga de la mano y le dijo:

—Tu arma desapareció; ¿ahora qué?

Sin pensarlo, se lanzó de lleno contra él y le clavó el hombro a la altura del estómago. Le sorprendió lo suficiente como para que Fresno se encogiera con el golpe y cayera de espaldas sobre la manta. Se oyó un impacto seco y terrible cuando su cabeza se golpeó contra el colchón de paja. Horrorizada, Salvia se puso de rodillas mientras Fresno gruñía y se llevaba las manos a la cabeza. Se inclinó sobre él para darse cuenta de inmediato de su error cuando él la agarró por el cuello y la jaló para susurrarle:

—Estás muerta.

Salvia le dio un golpe con el puño en el brazo.

—¡No es justo!

—¿Crees que esto es un juego? —le preguntó él—. ¿Acaso se juega limpio cuando se pelea contra un hombre que te dobla en tamaño?

La protesta de Salvia se apagó.

—No.

Fresno la soltó.

—Bien. Otra vez.

Fresno se acercó a ella por detrás, por delante, por el costado, le retorció los brazos y le dobló los dedos para obligarla a soltar el cuchillo, e hizo que ella lo empujara con todas sus fuerzas. Salvia aprendió a utilizar los pies y a encontrar zonas vulnerables en caso de que los tuviera en el aire porque la hubieran levantado del suelo. Fresno le enseñó cuáles de sus huesos eran los más fuertes, dónde era ella más débil, cómo permitir que la alcanzaran para conseguir una ventaja definitiva, le enseñó a caer. Y cayó con dureza sobre el colchón de paja más veces de las que era capaz de contar.

Todas las velas se habían consumido salvo dos de ellas, lo cual le decía que ya debía de estar cerca el amanecer. Salvia se notaba más cansada de lo que se había sentido jamás en su vida, pero no se atrevió a quejarse. Sin embargo, no pudo evitar que sus reacciones se ralentizaran, y le menguaron las fuerzas. Finalmente, se acostó jadeando sobre la manta mientras él, de pie ante ella, le deba golpecitos con el pie izquierdo.

—Otra vez.

—Estoy muy cansada —resolló Salvia.

—Me da igual. Otra vez.

—No puedo —dijo con un quejido al ponerse sobre las temblorosas manos y las rodillas.

—Sí puedes —los golpecitos eran más fuertes—. Levántate.

Le invadió la ira, y Salvia utilizó esa llamarada para golpearlo con el codo en la parte posterior de la rodilla. Fresno cayó hacia atrás con un gruñido, y ella lo agarró del pelo y lo empujó hasta abajo, luego lo presionó con el antebrazo sobre el cuello mientras él trataba de echarle mano, y Salvia se agachó lo suficiente para decirle jadeando:

—Estás muerto.

Fresno sonrió por primera vez.

—Muy bien.

Salvia se derrumbó contra él.

—Ya no, por favor —murmuró contra su hombro sudoroso.

Los fuertes brazos la rodearon y la aproximaron más a él, que le apoyó la mejilla en lo alto de la cabeza.

—Ya no —la tranquilizó—. Hemos terminado.

Salvia casi se echó a llorar de alivio, se agarró a su camisa y hundió la cara en ella.

—¿Por qué fuiste tan duro conmigo?

Fresno le alzó la barbilla y la miró con una fiereza que le arrebató el aliento.

—Porque si tú mueres, será por culpa mía, y no puedo vivir con eso —bajó la cabeza y aproximó tanto los labios a los de ella que los rozó al susurrar—: ni sin ti.

Salvia no supo quién besó a quién aquella vez, pero tampoco importó. Sintió un calor que se irradiaba desde los lugares donde se tocaban y que le daba una energía que ella no creía posible. Aquellas manos y aquellos brazos que tan frustrada la habían tenido toda la noche con su rapidez y con su fuerza, ahora se movían despacio y la acariciaban con delicadeza. Fresno exploraba con timidez las curvas de su espalda y sus caderas, y ella lo animaba a envalentonarse con sus suspiros, hasta que sintió que sus manos le recorrían y rodeaban los muslos.

Fresno se giró y se puso de costado para mirarla de frente, y ella se aferró a su cintura con la necesidad de estar aún más cerca. Sus dedos le rozaron la piel allá donde se le había salido la camisa, y él emitió un leve gemido con el rostro hundido en sus cabellos. Salvia sonrió y deslizó la mano bajo la tela. Siguió con las yemas de los dedos el contorno de los duros músculos de su espalda y disfrutó con su manera de reaccionar a su roce. Los labios de Fresno ya estaban otra vez sobre los suyos, con un hambre que ella sentía por igual, y él la jalaba de la parte de arriba para hacer que reaccionara del mismo modo.

Sus manos callosas eran muy delicadas al trazar el recorrido de su columna. Abrió los dedos, y entonces fue como si le cubrieran la espalda entera. Los dedos de Salvia hallaron la textura de una cicatriz ancha bajo su hombro, una prueba de su mortífero pasado y su futuro, y de su fortaleza. Pero allí, en aquel instante, era vulnerable al roce más ligero. Fresno temblaba con el sonido más leve que ella emitiera, y Salvia se embriagaba con aquella sensación de poderío a pesar del hecho de que él fuera mucho más fuerte. Pero Fresno jamás le haría daño. Salvia sólo tenía que decir que no, y él se detendría.

No quería decirle que no.

Salvia volvió la cara hacia el cabello de Fresno mientras él le dejaba una hilera de besos cuello abajo. Un escalofrío lo recorrió cuando ella le rozó el oído con su aliento.

—Fresno —susurró.

Las manos que había en su espalda se cerraron en un puño, y su cuerpo se puso completamente rígido. Hundió su rostro en el hombro de Salvia, entre gruñidos.

—Santo Espíritu, ¡NO!

Salvia había hecho algo mal.

—No tienes por qué parar...

—Sí, tengo que hacerlo —había en sus ojos una mirada de desesperación cuando retrocedió y sacó las manos de debajo de la camisa de ella.

—Hay cosas que tú no sabes, Salvia.

—Cuéntamelas, entonces.

—Pronto, mi dulce Salvia. Te lo prometo —la rodeó con los brazos y la besó con delicadeza cuando se consumió la última vela—. Pero esta noche no.

56

La despertó el ruido afuera, en el pasadizo. Fresno seguía acariciándole la espalda igual que lo estaba haciendo cuando ella se quedó dormida. Había jalado aquella manta que olía a viejo para envolverlos a ambos, pero la mayor parte del calor que ella sentía procedía de él.

—Tenemos que levantarnos —susurró Fresno.

Salvia se acurrucó más contra él.

—No quiero —masculló contra su camisa.

Fresno la beso en la cabeza.

—Yo tampoco, pero tenemos que hacerlo.

Salvia gruñó, empujó la manta para apartarla y se percató de que podía ver algo con la luz que entraba por debajo de la puerta. Apareció la sombra de unos pies, y el eco de unos nudillos en la puerta resonó por toda la habitación. Fresno se puso en pie y se acercó sin hacer ruido, en calcetines por el suelo de piedra. Salvia sonrió al oír cómo se tropezaba con la daga allí olvidada y soltaba un juramento.

Se abrió una rendija en la puerta, y Salvia se puso el brazo sobre los ojos para protegerse de la luz repentina.

—Ya veo que las clases estuvieron bien —dijo una voz con sequedad.

El teniente Casseck. Le daba igual lo que pensara, pero aquella luz era demasiado intensa.

—Cierra esa maldita boca —le dijo Fresno—. ¿Qué pasa?

—D'Amiran se dio cuenta de que Robert se fue. Quiere ver a Quinn ahora mismo, pero camina despacio por el vino de anoche.

Salvia se preguntó si se refería al duque o al capitán.

Fresno volvió la cabeza sobre el hombro para mirarla.

—¿Podrás llevarla de vuelta a su alcoba con discreción?

—Sí.

—Danos cinco minutos.

—Que sean tres.

Fresno cerró la puerta en la cara del teniente y la volvió a abrir cuando Casseck llamó de nuevo.

—Gracias —dijo Fresno a regañadientes al aceptar la vela que le ofrecía su amigo. Le puso cerrojo a la puerta y se volvió hacia ella—. Primero, vuelve a arreglarte. Tienes el pelo hecho un verdadero desastre.

Salvia se incorporó con rigidez y empezó a pelearse con el brasier. Lo tenía suelto en la espalda, y no estaba segura de poder abrochárselo sin quitarse la camisa. Fresno posó la vela sobre una mesa y se dejó caer a su lado.

—Deja que te ayude.

Salvia se encogió de vergüenza cuando él le levantó la parte de atrás de la camisa. Sus manos jalaban las cintas, pero no conseguía sino soltarlo más.

—Oh —exclamó con timidez—. Las cintas rasgaron los ojales. Espero que tengas otro.

Él ya había buscado en su baúl, así que debería saberlo, pero Salvia se limitó a decir:

—Lo tengo.

Se concentró en atarse las botas mientras él trataba de alisarle el pelo hacia abajo, pero lo que hizo fue enmarañárselo más. Salvia se lo quitó de encima con unos manotazos y se puso a desenredarlo con pericia. Fresno suspiró, se puso de pie y, conforme lo hacía, la levantó a ella también por las axilas. La rodeó para ponerse frente a ella y le soltó el cinturón para que pudiera volver a fajarse la camisa. Aun con la distracción de las manos de Fresno en sus pantalones, consiguió colocarse el pelo en una sola trenza y enroscarlo lo suficiente para ocultarlo debajo de la capucha. Fresno le lanzó su chaqueta y le hizo un gesto para que dejara de pisar la manta de manera que él pudiera volver a amontonar los colchones de paja en el rincón. En cuanto se sintió arreglada de nuevo, trató de doblar la manta antes de rendirse y acabar enrollándola. Fresno la tomó de sus manos y la lanzó en lo alto de la pila del rincón.

Sin duda, ya habían pasado tres minutos, pero no se produjo ninguna llamada en la puerta que los urgiera a salir. Fresno se fijó en su manera de mirar la puerta y le dijo:

—Volverá cuando te pueda llevar a salvo hasta tu alcoba.

—¿Y por qué no me puedes llevar tú?

—Porque no creo que pueda ir caminando a tu lado sin que resulte obvio lo que pasó anoche.

Salvia arqueó una ceja.

—Creí que no había pasado nada.

Fresno no le prestó atención y se metió la camisa por dentro de los pantalones. Salvia sintió un nudo en el estómago. ¿Por qué no la miraba a los ojos?

El capitán. Él quería utilizarla, pero Fresno no quería. Ella misma había visto la renuencia en Fresno cuando la obligó a prometer que obedecería las órdenes, cuando la enseñó a pelear. ¿Qué órdenes le había impuesto Quinn?

Tras lo sucedido la noche anterior, la respuesta estaba clara: a Fresno no le permitían estar con ella, por mucho que él quisiera. Un sentimiento de ira le subió hasta el pecho. ¿Acaso pensaba el capitán que ella no era lo bastante buena para Fresno? Eso no era asunto suyo, maldita sea.

—¿Estás lista para salir? —le preguntó él.

Salvia se cruzó de brazos.

—No, no lo estoy. Quiero hablar contigo.

Fresno se quedó petrificado con una mano medio metida en los pantalones.

—¿Sobre qué?

—Sobre las cosas que no sé todavía. Dijiste que anoche no. Pues bien, ya es hoy por la mañana.

Fresno tragó saliva. Un golpecito en la puerta lo salvó, y casi se echó a correr para responder.

—Treinta segundos —susurró Casseck por la rendija.

Fresno le hizo un gesto a Salvia para que se acercara.

Llegó a su lado.

—Cuéntamelo, Fresno.

La atrajo hacia sí.

—Esta noche, te lo prometo. Todo.

Sus labios estaban sobre los de Salvia, y ella se fundió en él, apenas capaz de preguntarse qué demonios era lo que estaba pasando allí y por qué querría alguien tratar de impedir lo que tenían cuando era algo tan bueno. Si hasta Darnessa lo quería.

Un solo toque en la puerta los interrumpió.

—Te veré esta noche —murmuró Fresno antes de abrir la puerta y entregársela a Casseck.

El teniente la condujo hasta el final del pasadizo y le entregó un fardo de leña.

—Esto es para la alcoba de lady Salvina —le dijo como si nada.

Atravesaron el patio vacío caminando el uno junto al otro. La mayoría de los criados tenía que estar desayunando, y todos los nobles durmiendo aún.

Salvia sabía que tenía que cuidar su reputación, pero le preocupaba más todavía lo que Casseck pensaría de Fresno. Si informaba al capitán sobre lo que había visto...

—No hicimos...

—Lo sé. Lo conozco lo suficiente como para ver eso —la miró de arriba abajo—. Eres tú y tu honor lo que me preocupa. En lo que a esas harpías que viajan contigo se refiere, ya te estás acostando con la mitad de los soldados —Salvia puso los ojos en blanco, pero Casseck se mantenía serio—. Si ellas hablan donde alguien las pueda oír, podrías verte acorralada por algún hombre que piense que puede hacer lo que quiera contigo. Nos veríamos obligados a matarlo, con un poco de suerte antes de que llegara demasiado lejos.

Salvia pensó en el guardia de la torre de la entrada.

—Quizá podríamos utilizar eso en nuestro propio beneficio.

Casseck se detuvo para mirarla fijamente.

—No. Un no rotundo. Eso es ir demasiado lejos. Nosotros jamás te utilizaríamos de ese modo.

Salvia le lanzó una mirada acusadora a los ojos.

—Al capitán Quinn no le importa utilizar a nadie en su provecho..., incluido Charlie.

Casseck le hizo un gesto negativo con la cabeza.

—Si de verdad crees eso, mi señora, es que no lo comprendes en absoluto.

Salvia se dio la vuelta, siguió caminando y obligó a Casseck a acelerar el paso para no quedarse atrás. Estaba harta de que todo el mundo defendiera a Quinn, harta de no saber nada, harta de ver a Fresno sucumbir ante las exigencias de su capitán.

Y, sobre todo, estaba harta de ser el peón de Quinn.

57

Quinn cruzó el patio de armas para acudir a la llamada del duque D'Amiran y subió con paso enérgico los escalones del adarve de la muralla exterior.

—Excelencia —dijo Quinn al aproximarse—. Lamento que me haya costado tanto encontrarte; me dieron mal el lugar donde te encontrabas.

Hizo una reverencia exagerada y volvió a enderezarse con una mirada inquisitiva al tiempo que trataba de no parecer tan cansado como estaba.

—Quiero una explicación, capitán —dijo el duque—. Cuatro de tus hombres partieron ayer de patrulla... sin mi permiso y sin la compañía de mi guardia.

Quinn parpadeó.

—No estaba al tanto de que necesitáramos de tu permiso o de tu escolta, ya que nos encontramos bajo la autoridad del rey. De todas formas, en el futuro me aseguraré de que estás informado. No pretendíamos causar ningún daño.

—¿Ningún daño? —gruñó D'Amiran—. ¿Y qué me dices al respecto de esa informacion que hablan de unos hombres armados que recorren mis tierras y aterrorizan a mis labriegos? Si no se pueden sembrar mis escasos campos a causa del caos, ¿quién pagara las pérdidas? ¿Tú, acaso? Los soldados destruyen por pura costumbre, pero los hombres como yo han de asegurar el bienestar de su gente.

Estaba claro que el incidente era algo inventado o que lo había vinculado de forma falsa a su patrulla, pero Quinn se hizo el arrepentido.

—Si mis hombres son de verdad culpables de tales daños, te aseguro que la corona cubrirá con creces tus pérdidas.

—Dispones muy alegremente de la bolsa de la corona, capitán —se burló el duque—. ¿Es la influencia de tu madre, o la de tu padre la que te permite tales libertades? Tu rango ya deja bien a las claras las ventajas de ser hijo de un general para disfrutar de una carrera de éxito.

Quinn hizo caso omiso del insulto.

—Eso no me corresponde a mí juzgarlo, excelencia. Me limito a cumplir mis órdenes lo mejor que puedo.

El rostro de D'Amiran se ensombreció.

—En ese caso, capitán, y dado que te encuentras bajo mi techo, yo te daré nuevas órdenes. Tus hombres y tú tendrán prohibido abandonar esta fortaleza hasta nuevo aviso. No patrullarán más allá de mis puertas, y se presentarán a formarse tres veces al día bajo la supervisión del capitán de mi guardia para que nos podamos asegurar de que no desaparece nadie más.

—¿Quién desapareció, excelencia?

D'Amiran le lanzó una mirada fría a los ojos.

—Parece que perdieron a uno de sus oficiales.

—Creo que a su excelencia le informaron mal —dijo Quinn con un tono manso y respetuoso—. No nos hemos formado hoy, aún, pero acabo de verlos a los dos hace apenas unos minutos.

—Sí, pero ayer había tres. Cuatro, si te incluimos a ti. Cuando tu patrulla regresó, uno de tus hombres había sido reemplazado por otro, alguien más bajo y más sucio.

Quinn lo miraba desconcertado.

—Me dijeron que el sargento Porter se cayó del caballo y se dislocó el hombro. Sólo se me ocurre sugerirte que fuera él ese hombre en cuestión, que no iba sentado tan erguido como cuando partió. Puedo traerlo ante ti, excelencia, si es que deseas hablar con él.

—No —le soltó su anfitrión—. Estoy seguro de que ya te encargaste de cubrir ahí sus huellas.

—Excelencia —dijo Quinn con cuidado—. No estoy seguro de por qué piensas que yo haría tal cosa... o cómo. Si te hemos ofendido, violentado tu hospitalidad, o si nos hemos mostrado indignos de tu confianza, me disculpo sinceramente y te ruego la oportunidad de desagraviarte. Quizá deberíamos irnos. Hay tiempo suficiente en el día de hoy para reunir a las mujeres y llevárnoslas de vuelta a la hacienda del señor de Fashell. Podemos esperar allí a que se abra el paso.

—No seas ridículo, capitán —el pánico que invadió el rostro de D'Amiran le dijo a Quinn que el duque no estaba preparado aún para actuar—. No sólo se trata de unos aposentos inferiores, sino que ahora mismo hay una enfermedad allí. Lo único que deseo es que respetes mi autoridad en mis tierras, un derecho concedido por la propia corona.

Quinn bajó la cabeza.

—Como su excelencia desee. ¿Hay alguna otra restricción? ¿Podemos continuar moviéndonos con libertad dentro de tus murallas y escoltando a las damas a las que nos encomendaron proteger? Sólo pensamos en su seguridad y en su honor, y los soldados ociosos son la peor pesadilla de un mando militar.

El duque hizo un gesto de irritación con la mano.

—Claro, por supuesto. Pero si desaparece alguno más de tu grupo, te haré responsable a ti personalmente.

—Tal y como deberías, excelencia —dijo Quinn—. Mis hombres deben reunirse ahora, siempre que el capitán de tu guardia esté listo para pasar su primera revista.

Retrocedió e hizo un gesto de cortesía al guardia que se encontraba detrás de D'Amiran para que le abriera camino.

Casseck se dejó caer en una silla enfrente de Quinn ante la mesa.

—¿A qué viene eso? —le preguntó.

Quinn se frotaba la cara mientras le detallaba su conversación con el duque.

—Creo que está preocupado por lo que perdió al irse Robert —dijo Casseck—. Quizá se lo prometiera a Kimisara.

Quinn bostezó.

—Puede que tengas razón. Habría sido un rehén muy valioso. Ya dijo Fresno que su pueblo se estaba muriendo de hambre.

—Hablando de Fresno —dijo Casseck—. ¿Qué tal le va ahí afuera con los demás?

—Porter dijo que ya se están cansando de comer ardilla y que les vendría bien un baño, pero que están bien en general. Sin heridos. Fresno se enfermó aquella vez, pero de no haber sido así, quizá no tendríamos ahora nuestra arma embotellada. ¿Cómo está Charlie?

—Muy bien. Esta mañana estaba en los establos, atendiendo a Surry y a Sombra. Tres días, ¿no?

—Por lo menos —Quinn se frotó el cuello y volvió a bostezar—. ¿Qué tenemos que hacer hoy, Cass?

—Todo está bajo control. Dos barriletes pequeños más de ambos tipos de alcohol anoche. El pelotón de Gramwell ya terminó de supervisar el alcantarillado. Las rotaciones de nuestras guardias cubren todas las áreas que tú designaste, y tenemos una lista actualizada de quienes están aquí. Habrá varios grupos que se irán hoy, y varios más que llegarán. De todos modos, los hombres están cansados.

—Bueno, ahora que no van a cabalgar, habrá menos que hacer. Pero asegúrate de que descansen..., lo necesitarán.

—Tienes que dormir un poco, Alex. Tómate una siesta —Casseck señaló con la cabeza hacia la puerta lateral.

Quinn se rascó la parte posterior de la cabeza.

—Quizá lo haga, sí —se puso en pie para dirigirse hacia la habitación adyacente que ambos compartían.

—El estornino va a venir a la reunión de esta noche —dijo Casseck más como una afirmación que como una pregunta.

—Sí.

—Y todavía no lo sabe, ¿no?

—No —Quinn no volvió la cabeza al empujar la puerta para abrirla.

—***Ratón*** —esperó Casseck a que se detuviera—, te sugiero que te pongas la armadura cuando se lo cuentes.

58

Salvia se pasó durmiendo la hora de la comida y de la cena, y se despertó con un sobresalto cuando pusieron una charola con comida en la mesa que tenía cerca de la cabeza. Clare se sentó en el borde de la cama y le apartó a Salvia el pelo de los ojos.

—¿Cómo te sientes?

Salvia se incorporó con un quejido. Se sentía como si una carreta le hubiera pasado por encima.

—Me he sentido mejor.

—¿Dónde estuviste toda la noche? —le preguntó Clare—. Te oí irte, pero no regresaste. Pasadas unas horas, fui a buscar a Darnessa.

La casamentera la estaba esperando cuando regresó aquella mañana, despeinada y oliendo a sudor. Aunque Darnessa no llegara a llamarla ramera, fue una reprimenda que Salvia no quiso recordar. Se frotó la cara e intentó pensar.

—En el excusado —dijo—. Los soldados dijeron que hemos pasado por una aldea donde había una enfermedad muy desagradable. Seguro me contagié.

—¿Y por eso nos dijo Darnessa que no tomáramos agua?

—Probablemente. Supongo que a mí no me lo dijo a tiempo.

Clare sonrió, comprensiva.

—Te traje algo para cenar. ¿Quieres comer?

A Salvia le rugió el estómago en respuesta.

—Sí, gracias. Creo que ya pasó lo peor.

Clare le ofreció una taza de té de hierbas y observó cómo Salvia trataba de bebérselo despacio.

—¿Ha pasado algo interesante hoy?

—Muchas partidas y llegadas. El duque D'Amiran está enojado por algo. Se pasó la mayor parte del día paseándose enojado por las murallas exteriores y sin dejar de mirar hacia el bosque.

Salvia sonrió.

—¿Y qué ha estado haciendo nuestra escolta?

Clare le ofreció un pedacito de pan blando.

—No he visto a la mayoría de ellos, más allá de los soldados que patrullan a nuestro alrededor de vez en cuando. Creo que tratan de pasar desapercibidos. Una de las doncellas me dijo que el duque estuvo gritándole al capitán Quinn esta mañana.

Con sentimiento de culpa, Salvia le dijo:

—Lamento que no hayan visto hoy a Gramwell.

—Anoche me dijo que no podría escribirme ni acercarse a mí en un tiempo, pero si el duque dijera algo interesante, se lo diría —Clare entornó los ojos—. ¿Por qué iba a ser peligroso que hablara conmigo uno de nuestros escoltas?

—¿Dijo que era «peligroso»? —le preguntó Salvia.

—No, pero tampoco soy tonta, y menos aún lo eres tú.

Así debía de sentirse Fresno cuando ella le hacía preguntas.

—Clare, se está avecinando un problema, y no puedo contarte los detalles, pero no porque no confíe en ti. Cualquiera que lo sepa se encontraría en peligro.

—Y cuando la situación alcance un punto crítico, ¿cómo voy a actuar de un modo que sea útil si no sé nada?

—Yo te lo diré. O lo hará alguno de los soldados. O Darnessa —Salvia la añadió en último lugar, con la sospecha de que la casamentera sabía mucho más de lo que dejaba entrever.

Cruzaron una mirada de obstinación hasta que oyeron que llamaban a la puerta.

Clare se levantó y dejó la charola de comida sobre el regazo de Salvia.

—Trataré de contentarme con eso por el momento.

Rodeó la cama para abrir la puerta y regresó con una nota. Antes de que Salvia se lo pudiera impedir, Clare la abrió, le echó un vistazo y a continuación se la entregó.

Capilla principal, una hora antes de la medianoche. F.

Salvia alzó la mirada hacia Clare, que le correspondía con las cejas arqueadas.

—Anoche no estabas enferma, ¿verdad? —le preguntó Clare—. Estabas con él.

Salvia apretó los labios, y Clare puso los ojos en blanco.

—Dime tan sólo cuándo debería empezar a preocuparme porque no hayan regresado.

Salvia esperaba nerviosa en la capilla oscura, con tantas ansias de volver a ver a Fresno como ganas tenía de confrontar al capitán. Se movió el aire detrás de ella, y sintió el calor de alguien a su espalda. Soltó un grito cuando un brazo se deslizó y la rodeó por la cintura. Una mano enguantada le cubrió la boca, y se vio levantada del suelo. Mordió la mano con ganas y se preparó para asestarle un codazo a su atacante con todas sus fuerzas.

—¡Por el Santo Espíritu! —le exclamó Fresno al oído y entre dientes—. Pero si soy yo.

La soltó, y Salvia se dio la vuelta y le propinó un empujón.

—¡Me diste un susto de muerte!

Los dientes de Fresno centellearon en la escasa luz mientras sacudía la mano izquierda en el aire.

—Buena reacción, de todas formas —se quitó el guante y flexionó los dedos—. Ay.

—Bien merecido —el corazón le latía con tal fuerza que lo sentía en las yemas de los dedos.

—Ya lo creo —se la llevó hacia un lado y sin dejar de mirar a su alrededor—. Vamos a una reunión para hacer planes, pero tengo que explicarte algo antes.

El corazón de Salvia había comenzado a bajar el ritmo, pero se volvió a acelerar. Fresno respiró hondo.

—Robert se fue, así que ya es seguro contarte quién era.

—El teniente Gramwell, ¿verdad? —Salvia quiso demostrarle que ya lo había descubierto ella por su cuenta.

—¿Por qué te imaginaste eso?

—No querías que hablara con los oficiales, de manera que tenía que ser uno de ellos. Gramwell no dejaba a Clare ni a sol ni a sombra, y ¿quién sino un príncipe sería tan atrevido con una casadera del Concordium? Además, le dijo que no la vería en un buen tiempo —oyó un leve gruñido procedente de Fresno—. Haré todo cuanto esté en mis manos para que se pueda acordar esa unión. Será una reina maravillosa.

—Por una vez, te equivocas.

Levantó la cabeza de golpe al oír un ruido cerca del altar y se llevó a Salvia hacia el alojamiento de los soldados. Por el camino, Salvia trataba de averiguar dónde se había equivocado en sus deducciones. Fresno la acompañó al interior del barracón y se detuvo para cerrar la puerta a su espalda.

—Quinn —dijo ella cuando él volteó para mirarla de frente.

Fresno se sobresaltó.

—¿Qué?

—El príncipe Robert se estaba haciendo pasar por el capitán Quinn.

Él tragó saliva.

—Sí —miró inquieto hacia la puerta del capitán.

Salvia se quedó esperando, pero él no le dijo nada más. Pasados unos segundos, Salvia insistió.

—¿Y Casseck es en realidad el capitán?

—¿Por qué no te dejas ya de teorías? —Fresno levantó la mano derecha hacia el rostro de Salvia, con sus oscuros ojos clavados en los de ella—. Hay algo que tengo que contarte. Algo importante.

—¿Sí? —susurró ella, olvidado el misterio.

Ahora entendía por qué Fresno estaba nervioso. Quería decirle aquello que antes no podía. Las palabras que lo cambiarían todo.

Fresno vaciló.

—He practicado la manera de decirte esto muchísimas veces, pero sigo sin saber cómo.

Salvia se acercó a él y le puso una mano temblorosa en el antebrazo. *Por favor,* pensó, pero no pudo decir, *no necesito frases elegantes, tan sólo...*

Se abrió la puerta del capitán, que los iluminó con un haz de luz.

—¿Capitán?

Sin bajar la mano, Fresno volvió la cabeza lentamente para atender al teniente Gramwell, que en ese momento se percató de su intromisión.

—Perdóname, señor. Te ruego me disculpes, señor, pero estamos listos cuando lo desees.

Fresno hizo un breve gesto de asentimiento.

—Gracias. Sólo tardaré un par de minutos.

Gramwell no cerró la puerta sin antes lanzar una mirada arrepentida a Salvia. De nuevo se quedaron a solas a la luz de una única antorcha. Fresno siguió mirando a la puerta con la mandíbula apretada.

—*Tú* —susurró Salvia—. ¿Tú eres el capitán Quinn?

Sus ojos oscuros se volvieron de nuevo hacia ella, cargados de vergüenza. Al comprender la situación, Salvia sintió que la furia le recorría todo el cuerpo como un incendio voraz y descontrolado que le abrasaba todas las terminaciones nerviosas de la piel.

Todo era mentira.

Todo en él era mentira.

No había ningún Fresno el Carretero.

Se le nubló la vista y se apartó de él de un tirón, le retiró de golpe la mano del antebrazo con la única intención de invertir el sentido y lanzarle el puño cerrado contra la cara. Con aquella misma mano que él le había puesto en la mejilla, desvió el golpe, le agarró la muñeca y la obligó a llevar el brazo a la espalda con un movimiento veloz en arco. Su brazo izquierdo la rodeó, la atrapó y le sujetó los brazos en los costados al tiempo que la jalaba hacia él.

—Quizá me lo merezca —le dijo él con el esfuerzo de sujetarla—, pero la nariz rota nos vuelve lentos de un modo que no nos podemos permitir.

Tenía el brazo derecho cruzado por delante del cuerpo de ella, presionado entre los dos, bloqueando la mano izquierda de Salvia por debajo del codo, y también le había rodeado las piernas con una de las suyas para sujetarlas bien juntas. Salvia no se podía mover ni un milímetro.

—¡Eres falso, hijo de perra! —le soltó ella entre dientes—. ¿Es así como se comporta un honorable oficial del reino?

—En defensa de la corona, sí —su calma sólo servía para enfurecerla más, y Salvia se retorcía y forcejeaba contra su férrea sujeción mientras su muñeca izquierda le protestaba a gritos. Sus forcejeos hacían que él tuviera que esforzarse por mantener el equilibrio sobre una pierna—. Tampoco tú fuiste siempre sincera en cuanto a tu identidad y tus motivos, *mi señora.*

Decir aquello era una crueldad. Con cada segundo transcurrido, el Fresno que ella conocía se alejaba cada vez más, pero es que nunca había sido real.

—Los míos jamás tuvieron como objetivo utilizar ni hacer daño a nadie, *capitán Quinn* —soltó aquel nombre como si fuera un insulto.

La miró sin pestañear hasta que ella apartó la cara. Había caído en aquella actuación como una adolescente enamorada, ella, que se enorgullecía de su buen juicio, de su capacidad para ver más allá de la fachada que ofrecía la gente. ¿Y por qué? Porque deseaba un príncipe azul, un cuento de hadas. La oleada de ira remitió y dejó un abismo de dolor, que era peor aún, y se desmoronó contra él con un sollozo ahogado.

Quinn relajó la pierna y liberó la presión en su espalda lo justo para soltar su brazo derecho. Salvia podría haber escapado en esos breves instantes, pero intentarlo no le importaba ya lo suficiente. Le limpió a Salvia las lágrimas con los dedos, y ella se quedó con la mirada perdida y vacía. Era humillante. Ni siquiera había llorado cuando murió su padre.

—Nunca quise hacerte daño —susurró él.

Salvia no quería responder, no quería mirarlo, ni siquiera quería hacer un gesto con la cabeza para decirle que sí ni que no.

—Salvia, por favor, lamento muchísimo que haya tenido que pasar de este modo. Sólo la verdad a partir de ahora..., te lo prometo.

¿Cómo podía él pensar que aquella promesa significaba algo?

—No quiero tu verdad. La odio —sonó su voz muerta incluso a sus propios oídos—. Te odio.

—Lo diré de todas formas: te quiero, Salvia la Pajarera. De todo cuanto he dicho y hecho, eso sí es verdad.

De todas las cosas que podía haber dicho, ésa era la peor. Liberada ya su mano izquierda, la llevó hacia atrás y lo abofeteó con todas sus fuerzas.

59

Salvia hizo caso omiso de las sonrisas de disculpa de Casseck y Gramwell al entrar en la sala y pasar por delante de ellos. Sin embargo, no los odiaba: toda la culpa recaía en el capitán, que ahora arrastraba una silla hasta el otro lado de la mesa. Le hizo a Salvia un gesto para que se sentara, y ella lo hizo sin mirarlo. Se negaba a regresar a sus aposentos. Quizá fuera por rebeldía, quizá por lealtad a Darnessa y a Clare. Quizá no pudiera aguantar quedarse al margen, pero cuando él le ofreció quedar liberada de tomar parte en sus planes, ella se limitó a darle la espalda y dirigirse hacia la puerta de la sala donde se reunían.

Los tenientes guardaban silencio, de pie, en el otro lado de la mesa mientras Quinn se sentaba junto a ella. La tenían por uno más de los suyos, y no como la mascota que ella se temía, aunque tal vez el motivo de su deferencia fuera la marca roja con forma de mano en la mejilla del capitán que empezaba a desaparecer.

La información que conoció era aterradora. Los ciento treinta hombres que había oído mencionar eran en realidad doscientos soldados kimisares, aunque al menos habían matado a diez. Cuando Quinn le mostró cómo estaban situados los pelotones, ella estableció la relación mentalmente.

—Su mando está aquí —señaló Salvia un grupo cerca del paso.

Todos se quedaron mirándola.

—¿Qué te hace decir eso? —le preguntó Quinn.

—La mañana en que estuve en la muralla, un halcón entrenado volaba en círculos alrededor de ese punto antes de posarse. Procedía del sur.

—¿Cómo sabes que no era un halcón cualquiera? —le preguntó Quinn. Ella arqueó una ceja en respuesta, y él soltó un bufido sin el menor humor—. Cierto. Una pajarera lo sabría.

La mayor parte de la reunión giró alrededor de perfeccionar la respuesta de los soldados si el duque actuaba antes de que brotara la enfermedad. La responsabilidad de Salvia consistiría en reunir y ocultar a las damas, y si las prendían, en estar atenta a cualquier intento de rescate. De manera que, después de todo cuanto había hecho por Quinn, él quería que se quedara sentada al margen y observara.

—Puedo hacer más —discutió—. Como mujer puedo proporcionar... una distracción especial.

Quinn descartó la idea con un gesto de la mano.

—Valerte de los desmayos cuando sea necesario lo dejo a tu criterio, pero estamos hablando de combatir, Salvia.

No sabía muy bien cómo, pero su nombre en sus labios era un insulto; no tenía ningún derecho a dirigirse a ella de aquella manera tan informal. Salvia se cruzó de brazos.

—Y estoy hablando de combatir. Los guardias de D'Amiran no pueden ser más libidinosos. Podemos utilizarlo en nuestro propio beneficio.

Quinn abrió los ojos como platos.

—Ni se te ocurra.

Casseck y Gramwell se movían inquietos.

—Además —continuó con una mirada significativa—, prometiste que cumplirías las órdenes, si mal no recuerdo.

—Y tú prometiste... —titubeó.

Se hizo un silencio incómodo mientras los tenientes miraban a cualquier lado menos a su capitán. Salvia se pellizcó el antebrazo para dominarse. No iba a llorar. Allí no. Se clavó las uñas a través de la chaqueta y la camisa, pero mantuvo la compostura.

—Mi señora —dijo el teniente Casseck—, esto es lo que necesitamos de ti. Es de una verdadera importancia, y nos libera un hombre para combatir.

Salvia se apretó con más fuerza al volverse hacia Casseck. La expresión del teniente era abierta y sincera, y Salvia retrocedió por aquella sinceridad, pero se mantuvo en silencio durante el resto de la reunión.

Gramwell se marchó cuando le dieron permiso para retirarse, pero Casseck se quedó allí.

—Tengo que comprobar unas cuantas cosas antes de acompañarla de regreso —dijo Quinn—. ¿Puedes esperar con ella?

Casseck asintió.

Cuando Quinn se marchó, Casseck arrastró una silla y se sentó frente a ella, pero no dijo nada. Pasado un minuto entero, ella le preguntó:

—¿Cuánto tiempo he estado metida en esto?

—Desde la noche en que te conoció —dijo Casseck—. El nombre en clave para el primer agente que se adentra en una situación concreta es «ratón», porque se supone que es el que va recogiendo las miguitas sin que nadie se fije. Pero tú lo viste, y eso cambió las cosas.

Salvia apretaba los puños bajo la mesa. La había utilizado desde el primer día.

—¿Y yo también tenía un nombre en clave?

—Te llamó «estornino».

Estornino. Un pájaro inútil e irritante que se dedicaba a graznar todos sus secretos a los cuatro vientos.

Casseck vio que Salvia luchaba contra las ganas de llorar.

—A él nunca le resultó fácil mentir —le dijo a Salvia—. Es más, conforme pasaba el tiempo, mayor era el desgaste al que se veía sometido.

—Lo hecho, hecho está —dijo Salvia con voz apagada. Sólo quería irse a dormir y olvidarse de todo—. Si él no hubiera estado interpretando al ratón, quizá nunca te habrías enterado de lo que estaba pasando.

Casseck asintió, y volvieron a guardar silencio. Finalmente, ella dijo:

—Recuerdo que se mencionó al ratón durante la charla: tú hablaste de él como si no estuviera allí.

—Son tácticas de espionaje. Eso descoloca a cualquiera que pudiera estar escuchando, y también nos evita confusiones sobre quién va a hacer qué, o como quién, y cuáles son las relaciones entre todos los demás —Casseck jaló la silla para acercarla, claramente aliviado por hablar de alguna cuestión profesional—. También es una costumbre útil para quienes se intercambian identidades. Las mantiene separadas dentro de su cabeza, hace que resulte más sencillo quitarse la una y ponerse la otra.

Las implicaciones que aquello tenía le produjeron náuseas. *Te quiero, Salvia la Pajarera.* ¿Qué identidad había dicho aquello? ¿Acaso importaba, siquiera? Una identidad era una mentira, y a la otra la odiaba.

Casseck hizo un gesto negativo con la cabeza como si le leyera el pensamiento.

—No, mi señora —le dijo a Salvia—, yo soy su amigo más antiguo, y puedo asegurarte que...

Se abrió la puerta, y Salvia y Casseck casi dan un salto en el asiento cuando entró Quinn. Miró alternativamente al uno y al otro antes de dirigirse con paso decidido hacia la puerta del cuarto de las literas.

—Lo que sea que estabas a punto de decir, teniente, guárdalo para ti.

Casseck se encogió de hombros y miró a Salvia avergonzado.

Quinn regresó unos segundos más tarde guardándose algo en el bolsillo superior de su chaqueta.

—Parece que las cosas están lo bastante despejadas para llevarte de vuelta.

Salió con paso firme por la puerta sin esperar a Salvia, que miró a Casseck antes de empujar su silla hacia atrás y seguir sus pasos.

—Salvia —la llamó Casseck, y ella se detuvo para mirar atrás—. No seas severa con él —le mostró una leve sonrisa—. O, al menos, no vuelvas a pegarle.

El capitán Quinn la esperaba en el pasadizo.

—¿Una charla agradable? —le preguntó él con una ceja arqueada.

—Bastante informativa —respondió ella con calma.

—¿Algo que me quieras decir?

—No, creo que ya expresé lo suficiente por esta noche.

Quinn se frotó la mejilla

—Me lo merecía.

—Al menos estamos de acuerdo en algo.

Salvia sintió una leve satisfacción, pero también sabía que él era lo suficientemente rápido como para haber esquivado el golpe. Había permitido que le pegara.

El camino de regreso transcurrió en silencio. Sólo se veía al guardia apostado en la entrada del Gran Salón, y no parecía estar interesado en nada que no fuera rascarse la oreja. Llegaron al ala de invitados sin ver a nadie más. Al llegar ante su puerta, Salvia se dio la vuelta para dejarlo sin pronunciar palabra, pero él la sujetó por el codo.

—Ahora estás metida en esto, para bien o para mal —le dijo—, así que tendrás que tomar una serie de precauciones extraordinarias.

Salvia asintió de mala gana, y él continuó:

—A partir de ahora no vayas a ninguna parte a no ser que sea absolutamente necesario y, aun así, asegúrate siempre de que alguien sepa dónde estás. No confíes en ninguna nota que no te hayamos entregado nosotros, y no confíes en ninguna que no reconozcas como mía.

Se metió la mano en la chaqueta, sacó un cuchillo y se lo puso en la mano a la fuerza.

—Lleva esto encima allá donde vayas.

Salvia bajó la mirada a la daga envainada. La empuñadura era negra y tenía unas letras incrustadas en oro: «AQ».

—Si tienes algún problema, cualquiera de mis hombres la reconocerá, y si no hay ninguno cerca... recordarás lo que te he enseñado.

Salvia no quería su cuchillo, el suyo personal, pero su razonamiento era sólido.

Quinn mantenía las manos sobre las de ella.

—¿Estarás bien?

Salvia agarró la daga y asintió.

—Buenas noches, Salvia.

Se llevó su mano a los labios y la rozó en los nudillos con un ligerísimo beso. Ella jaló la mano al sentir el roce de los labios, y él la soltó.

Salvia retrocedió al interior de sus aposentos y se negó a mirarlo mientras le cerraba la puerta en las narices. Empujó el pasador en su sitio, y el eco resonó en el silencio.

Cómo afrontaría el día de mañana, no lo sabía.

60

Quinn se dedicaba a sus deberes e inspecciones a la mañana siguiente, reflexionando sobre la manera en que su padre quería que aprendiera a tener paciencia. Pues bien, ya estaba aprendiendo.

Tenía la costumbre de hacer varias guardias al día caminando por las murallas interiores y las exteriores, y si se entretenía donde se podía ver el jardín, pues bienvenido fuera. Desde el ángulo que tenía en aquel momento, podía ver a Salvia sentada en una banca de piedra. Se había teñido el pelo y lucía un vestido que la hacía parecer otro de aquellos pavos reales pintados a los que él protegía, pero reconoció su manera de andar, sabía cómo inclinaba la cabeza al sonreír, la vio juntar las manos tal y como lo hacía cuando se estresaba. Dos hombres jóvenes revoloteaban a su alrededor y competían por sus atenciones. Quinn se inclinó sobre el barandal de madera y observó con el silencioso deseo de que ella le devolviera la mirada, pero no llegó a hacerlo.

Estaba tan centrado que no se percató de la llegada de Casseck hasta que se encontró a su lado.

—Y bien, ¿qué fue lo que le dijiste anoche? —le preguntó.

Quinn se miró las manos.

—La verdad.

—Ya veo. ¿Cuál fue su respuesta?

—No verbal, pero muy clara —se frotó la mejilla, aún dolorida.

—Lo siento.

—Me esperaba esa reacción, pero aun así se lo tenía que contar.

El dolor y la furia no habían sido una sorpresa, pero la mirada vacía que se había producido a continuación había sido peor. El hecho de que Salvia hubiera reunido la emoción suficiente para pegarle después de su ausencia de vida había sido un alivio.

—Ya se calmará, Alex, sólo tienes que darle tiempo. Podrás resarcirla.

Quinn soltó un bufido.

—Si D'Amiran no nos mata antes a todos.

—Siempre tan optimista. Lo cual me recuerda que vine a informarte.

Quinn se incorporó.

—Adelante.

—Tenemos tantas llegadas que se van a poner a levantar tiendas ahora —Casseck hizo un gesto con la barbilla hacia el patio de armas, donde estaban desplegando una lona circular grande—. Pero entre ellos sólo hay unos pocos guardias, lo cual significa que no tendremos que preocuparnos por mucho más que los soldados de D'Amiran.

—Y los kimisares —Quinn hizo un gesto hacia lo alto de la torre de granito—. Esta mañana intercambiaron las banderas de ahí arriba. Imagino que es así como el duque habla con ellos, aunque no tengo ni idea de lo que significa, y no hay manera de que los exploradores nos lo puedan decir —se daba unos toques en el labio mientras observaba la actividad en el patio—. Buenas noticias con las llegadas, aunque vengan demasiado tarde para contraer la enfermedad. Si es que funciona.

—Ésa es mi otra buena noticia —dijo Casseck—. Acabo de encontrarme a Charlie en el excusado. No se encontraba demasiado bien.

Eran buenas noticias, pero Quinn no fue capaz de sonreír, por el nudo de culpa que sentía en el estómago.

61

La doncella entró en la alcoba para prepararla para la noche. Apiló más leña junto a la chimenea y barrió las cenizas de las brasas antes de obligarlas a revivir. Acto seguido colocó una tetera sobre las llamas bajas para que las damas tuvieran agua caliente para el té y se limpió las manos en el delantal. Aquella habitación era más fácil de arreglar que las demás: sus ocupantes eran mucho menos exigentes. Por esa razón, solía tener una mayor dedicación, tan sólo por la amabilidad y el agradecimiento de las damas. Aquella noche, sin embargo, le dolía el estómago, y se apresuró con sus quehaceres para que le diera tiempo a descansar antes de la cena.

Desempolvó y ahuecó los cojines de las sillas, reemplazó las velas más bajas, y se acababa de acomodar para meterse a la cama cuando la puerta se abrió a sus espaldas y entró un guardia del castillo que la miraba con cara lasciva. Era enorme y tenía un aspecto peligroso, y le faltaba un buen trozo de una de las orejas. Sus intenciones quedaron claras cuando tras entrar puso el cerrojo a la puerta e hizo el gesto de lanzarle un beso. La doncella miró desesperada hacia la pequeña ventana. ¿Vendría alguien en su ayuda si se ponía a gritar? El soldado lucía una sonrisita mientras ella trataba de decidir si sería capaz de llegar a la abertura antes de que él la atrapara.

Se lanzó sobre la cama, rodó por encima de la colcha de satín, se puso en pie al otro lado y salió disparada hacia la ventana abierta. Tomó aire con fuerza para gritar tan alto como podía, pero la mano del soldado la agarró por la cara y la jaló hacia atrás. En cuestión de segundos, la tenía sujeta contra el suelo, y le liberó la boca tan sólo para rodearle el cuello con sus dedos carnosos.

—Te sugiero que guardes silencio —le susurró al oído con voz maliciosa.

La doncella rompió a llorar.

El soldado deslizó un cuchillo grande de su funda y le dio con él unos toquecitos en el hombro.

—La verdad es que ahora mismo no estoy de humor, pero eso podría cambiar en función de cómo respondas a mis preguntas. Podemos empezar con algo sencillo —el soldado retrocedió y la miró desde arriba—. ¿Cómo te llamas?

—Amapola —sollozó ella—. Amapola la Tintorera.

—¿Y de dónde eres, mi pequeña Amapola?

—De Monteguirnaldo.

—¿Entraste allí al servicio de la casamentera para atender a las damas durante el viaje?

La doncella asintió entre unas lágrimas que le caían hacia el pelo.

—Te lo ruego, no me hagas daño.

—Lo estás haciendo muy bien, Amapola —sonrió el soldado, pero no la liberaba—. Vamos a probar con preguntas más difíciles. ¿Cómo se llaman las mujeres que duermen en esta alcoba?

Amapola se ahogaba con la sujeción del hombre.

—Lady Clare de Holloway y lady Salvina de Broadmoor.

El hombre hizo un gesto negativo de decepción con la cabeza.

—Vamos a ver, yo sé que eso no es del todo exacto, mi pequeña Amapola —le pasó la hoja del cuchillo desde la clavícula hasta la cintura, le rasgó las cintas del corpiño, se lo abrió, y provocó un leve e inútil forcejeo—. Vamos a intentarlo de nuevo, ¿te parece? ¿Cómo se llaman las mujeres que duermen en esta alcoba?

La señora Rodelle no quería que nadie supiera que Salvia era en realidad su aprendiz, pero no había ningún secreto de una casamentera, por estúpido que fuera, que valiera la pena guardar ante aquel hombre.

—Clare de Holloway —sollozó—. Y Salvia la Pajarera.

—Mucho mejor —dijo complacido mientras le ponía la punta del cuchillo sobre el cuello de la camisola de lino—. Ahora, vamos a ver cuánto sabes sobre Salvia la Pajarera.

62

Salvia regresó a su alcoba con la mente nublada. No era capaz de recordar la mitad de lo que había sucedido aquel día. Como un caballo con anteojeras, se concentraba tan sólo en lo que tenía justo delante. Así, nunca veía a Quinn, nunca tenía que pensar en él.

Se dejó caer en la cama pensando que ojalá pudiera quedarse dormida en aquel preciso instante, incluso con aquel vestido tan ridículo puesto, con su corsé y todo; pero esa noche habría una reunión, y tenía novedades que aportar. Lo más probable era que Quinn no tardara en venir a buscarla, a menos que fuera lo bastante cobarde como para no acudir él en persona.

Alguien llamó a la puerta y Salvia rodó por la cama para levantarse y volvió a dejarse caer. El cielo aún se veía claro por la ventana, así que era demasiado pronto para ser Quinn. Clare no llamaría, así que tenía que ser Darnessa.

—Adelante —dijo con voz fuerte.

Cuando Darnessa abrió la puerta y entró, Salvia sintió una oleada de ira. Gran parte del torbellino emocional de los últimos días le recordaba el momento en que su tío William le dijo que iría con la casamentera, y todo ello, pasado y presente, había sido orquestado por esta mujer. Se puso en pie y se situó delante de ella.

—¿Desde cuándo lo sabías? —exigió saber Salvia—. ¿Desde el principio?

Darnessa suspiró al cerrar la puerta.

—Desde Underwood. Accedí a que te utilizara. No estaba previsto que sucediera de esta manera.

Salvia avanzó un paso con los ojos entrecerrados.

—¿Y cómo estaba previsto que sucediera, exactamente?

La casamentera se retorcía las manos y, por una vez, pareció empequeñecerse.

—Se suponía que sólo serían amigos. Tú debías confiar en él, ayudarlo. Tenía la esperanza de que quizá te permitieras verlo como algo más cuando todo esto acabara.

—Algo... más... —Salvia cerró los puños.

El frágil control que había conseguido mantener todo el día comenzaba a resquebrajarse.

—Yo sólo quería que fueras feliz. Y eras feliz —insistió Darnessa.

—Él me mintió.

—Tú también le mentiste a él.

—¡Siguiendo tus órdenes! —gritó Salvia.

Darnessa dejó caer los brazos y se irguió.

—No lo hice por diversión, Salvia. Y él tampoco.

Por furiosa que estuviera, Salvia sabía que la primera parte era cierta: la casamentera jamás abusaba de su influencia, y castigaba a quienes sí lo hacían. En cuanto a él... Resultaba más sencillo odiarlo que reconocer que se había tragado la idea de que un príncipe se había enamorado de ella. No era tan inmune al poder y a la posición social como ella creía.

—Él no es quien yo creía que era.

—¿Y quién soy yo, Salvia? ¿La casamentera mayor, o Darnessa?

—¿Y qué se supone que significa eso?

—Que cada uno desempeñamos varios papeles en la vida, y eso no los convierte a todos en una mentira —Darnessa se acercó más a ella y levantó las manos en un gesto de súplica—. Soy la casamentera mayor de Crescera. Tomo decisiones calculadas que afectan la vida de cientos, si no miles de personas. Eso es lo que soy —se detuvo cuando su falda rozó la de Salvia, y extendió un brazo para salvar la distancia—. Pero también soy Darnessa a secas. Soy tu amiga.

Salvia retrocedió antes de que Darnessa pudiera tocarla.

—Tú no eres mi amiga —le soltó—. Llevas tanto tiempo interpretando a la casamentera mayor que ya se te olvidó cómo dejar de manipular a la gente. Los amigos no hacen eso.

—No eres una autoridad en lo que a las amistades se refiere —dejó caer la mano Darnessa—, pero tienes razón. Lo siento.

—Aceptaré esa disculpa cuando seas capaz de arreglar con ella un plato roto —rodeó a la casamentera, se encaminó furiosa hacia la puerta y la abrió de golpe para encontrarse allí a Clare, de pie en el exterior con una expresión de culpabilidad. Salvia se dio la vuelta y se dirigió a Darnessa—: Buenas noches.

Darnessa asintió con el rostro arrugado como una servilleta usada. Clare se apartó del camino de la casamentera, entró en la alcoba y cerró la puerta a su espalda. Durante varios segundos, Salvia y ella se quedaron mirándose a una cierta distancia.

—¿Estás bien? —susurró Clare.

—No —dijo Salvia—. Era todo mentira.

Se deshizo entre lágrimas, y Clare la rodeó con los brazos y la dejó llorar.

63

Quinn le pasó un paño húmedo por la frente a Charlie.

—¿Cómo te encuentras, muchacho?

—Ahora mejor —Charlie se llevó las manos al estómago y cambió de postura en el catre de la habitación que Quinn compartía con Cass—. Me levantaré dentro de un minuto y terminaré mis tareas.

Quinn le hizo un gesto negativo con la cabeza.

—No, quédate aquí. Todo esto durará un par de días más. Sólo descansa.

—¿Cómo lo sabes?

A Quinn se le hizo un nudo en el estómago.

—Porque he visto esto antes, nada más.

Charlie asintió.

—Pero sí me llevaré la cubeta.

—No, ya la tengo yo —Quinn se puso en pie y recogió la maloliente cubeta cubierta con una toalla húmeda y sucia—. Tengo que ocuparme de algunas cosas, pero tú quédate aquí y llama si necesitas algo. Y tómate ese té cuando veas que puedes. Es una orden.

Charlie asintió y cerró los febriles ojos cuando el capitán se retiró.

Quinn se llevó la cubeta al excusado y vació él mismo el contenido y la enjuagó. Acto seguido se lavó la cara y las manos con un agua que había sido hervida, y echó la camisa en el caldero humeante donde los soldados ya habían empezado a lavar la ropa contaminada. No se podía permitir que nadie enfermara, y él menos aún.

Pero sí había permitido que le sucediera a Charlie. El razonamiento era indiscutible: el paje no era un soldado que perderían para el combate; necesitaba una primera señal de que la enfermedad funcionaría, y Charlie ya había quedado expuesto cuando la echó en la cisterna. Nada de aquello le aliviaba el sentimiento de culpa.

Quinn regresó silencioso a su cuarto, dejó la cubeta donde Charlie la pudiera volver a utilizar y se puso una camisa limpia antes de ir a buscar a Salvia para la reunión de la noche. Llegó pronto, temeroso de que ella se fuera sin escolta hacia los barracones.

Salvia abrió la puerta vestida con sus pantalones y lista para marcharse, y Quinn entró en la alcoba antes de que ella pudiera abrirse paso junto a él y salir al pasillo. La única luz procedía de un fuego bajo en la chimenea, pero la vista ya se le había acostumbrado lo suficiente para distinguir la hinchazón roja alrededor de sus ojos. Salvia había estado llorando.

Por él, por lo que había hecho.

No se percató de que había alguien más en la estancia hasta que se produjo un movimiento junto a la chimenea, aunque no era más que lady Clare. La joven se levantó para saludarlo, y él se preguntó qué sabría ella. No mucho, decidió. Salvia no habría querido poner en peligro a su amiga, pero, a decir de la mirada hostil de Clare, Quinn se daba cuenta de que sabía lo suficiente para culparlo a él de las lágrimas de Salvia.

—Capitán Quinn —dijo al tiempo que le ofrecía la mano—. Creo que no nos han presentado formalmente.

Quinn le rozó los dedos con los labios. Salvia observaba impasible.

—Lady Clare, es un placer conocerte.

Clare retiró la mano.

—Estaba a punto de irme a hablar con una de las doncellas. Imagino que ya te habrás ido para cuando yo regrese.

En sus ojos pardos había una dura mirada con el mensaje: *si le vuelves a hacer daño a mi amiga, responderás ante mí.*

Quinn hizo una reverencia, y la joven se marchó con una última mirada a Salvia. Cuando se quedaron solos, Quinn carraspeó.

—Di lo que tengas que decir —le dijo sin más.

Salvia parecía confundida.

—¿Sobre lo que averigüé hoy?

—Bueno, eso —movía los pies inquieto—, o cualquier otra cosa que me quieras decir. Cualquier cosa que quieras saber... Lo responderé todo ahora.

La sorpresa le invadió a Salvia la cara con una chispa de vida en un ademán por lo demás decaído.

—Muy bien. ¿Por qué continuaste mintiendo después de que yo te conté quién era? Y no me digas que para protegerme.

—Principalmente, para proteger a Robert —trató de no moverse inquieto—. Reasigné a nuestro primer ratón en el último minuto y, dado que yo no había estado nunca encubierto, aproveché la oportunidad para probarlo. No obstante, seguíamos necesitando un capitán, y Rob se parece mucho a mí. Pensé en regresar a mi papel pasados unos pocos días y que nadie lo notaría mientras él se mantuviera un tanto distante.

»Cuando te ofreciste a enseñarme a leer, en realidad no me podía negar, así que te seguí el juego, en especial porque ese libro de registro y tú eran cada vez más interesantes. También disfrutaba con la libertad de no ser el capitán —trató de sonreír—. Y con tu compañía.

Ella esperó sin decir nada.

Quinn respiró hondo.

—La cuestión fue que nos dimos cuenta de que estábamos rodeados, y mantener oculto a Rob se convirtió en una necesidad. Si hubiera vuelto a ser yo mismo...

—Lo habrías dejado al descubierto —remató ella la frase.

Quinn asintió y bajó la mirada.

—Todas y cada una de las decisiones que he tomado nos han puesto en la mejor situación posible para frustrar el plan de D'Amiran, y Rob está a salvo ahora. No me arrepiento de nada salvo de haberte hecho daño, pero... —vaciló—, también te lo podía haber dicho antes. He sido un cobarde.

—No tenías por qué besarme —dijo Salvia con frialdad—. No después de la armería, al menos.

—No, no tenía por qué hacerlo —alzó los ojos para encontrarse con su mirada. Besarla había sido como saborear el calor del sol—. Pero sí quería.

Salvia se sonrojó, apartó la mirada y se agarró los codos por delante del estómago, pero Quinn no era capaz de distinguir si era por ira o por vergüenza.

—Eres una complicación, Salvia, una complicación que jamás podría haber planeado. Ojalá pudiera lograr que lo entendieras —se encogió de hombros en un gesto de impotencia—, pero la verdad es que ni yo mismo lo entiendo. Lo único que sé es lo que siento.

Los ojos grises de Salvia volvieron a centrarse en él, pero siguió en silencio.

Quinn tragó saliva. Había sido un necio al pensar que sus mentiras habían sido perdonables. El hecho de que él la quisiera sólo servía para empeorarlas.

—Ni siquiera sé tu nombre —dijo ella de repente—. Pero supongo que podré llamarte «capitán» igual que todo el mundo —apartó la mirada y su rostro adquirió un tono rosado aún más intenso.

Santo Espíritu, tampoco era de extrañar que lo estuviera tratando como a un desconocido.

—Es Alexander —susurró él—. Alex.

—Alex —respondió ella en otro susurro, y había ternura en su voz. Eso bastaba. Por el momento.

64

Alex*.* Su nombre le resonaba en la cabeza cada vez que lo miraba. Era un nombre fuerte, un nombre apropiado para el hombre que ahora concentraba la atención de sus oficiales con una confianza y una autoridad naturales. Pero también tuvo cierta ternura e intimidad cuando lo susurró en su alcoba. De vez en cuando cruzaba una mirada con sus ojos oscuros, y en sus profundidades había un rastro de incertidumbre. Las palabras de Darnessa volvieron a ella.

Cada uno desempeñamos varios papeles en la vida, y eso no los convierte a todos en una mentira.

Gramwell estaba informando acerca de las pruebas realizadas para ver de qué se percataría la gente de D'Amiran y de qué no. Los soldados habían obtenido varios toneles de aceite y de dos tipos de alcohol muy puro y tenían pensado colocarlos alrededor de la fortaleza para ayudar a crear pánico y destruir el armamento. Habían observado que varios de los soldados del duque habían faltado a la cena o habían comido muy ligero y, por la noche, Salvia se había percatado de la ausencia de tres señores a la mesa, lo cual se interpretó como prueba de que la enfermedad se estaba extendiendo.

—Teniendo en cuenta que Charlie cayó enfermo esta tarde, soy optimista —dijo.

Había hecho enfermar a su propio hermano para poner a prueba el arma. Qué propio de Quinn. Salvia se cruzó de brazos y apartó la mirada, no sin captar antes la expresión de culpa en el rostro del capitán.

Salvia prestó atención a los lugares donde dispondrían el aceite y el alcohol para poder mantener a las damas alejadas de aquellas zonas. Cuando la discusión se centró en la manera de eliminar los largos barracones de una sola habitación que había en el patio exterior y, esperaban ellos, en hacerlo con una buena cantidad de guardias enfermos en el interior, Salvia prestó atención sólo a medias mientras estudiaba el mapa de la fortaleza. Estaba fundamentalmente basado en su propio boceto, con algunos añadidos. Apenas levantó la cabeza cuando Gramwell se marchó y regresó con dos soldados rasos que se parecían lo suficiente como para ser hermanos. Los oficiales comenzaron a preguntar a los soldados acerca de cómo iniciar un gran incendio muy deprisa.

—No es muy difícil, señor —estaba diciendo el más bajo de los dos—. Sólo hay que extender el alcohol. Se convierte muy rápido en vapor, en el aire, y entonces se dispersa. Pero si lo agarras justo al principio, puede ser muy bueno y explosivo.

Aquello captó la atención de Quinn.

—¿Explosivo?

Asintieron ambos soldados, y el más bajo continuó.

—Es mortal en un espacio cerrado. ¿Te lo puedo mostrar?

—Si eres capaz de hacerlo sin matarnos —dijo Quinn con las cejas arqueadas.

—Desde luego, señor. Sólo necesito una botella y un poco del licor.

Le facilitaron los materiales, y el hombre más bajo vertió un dedal de líquido transparente en una botella vacía. Tapó la botella con el pulgar e hizo que el líquido diera unas vueltas en el interior, hasta que pareció que la mayor parte había desaparecido. A continuación, y sin destaparla, dejó la botella en la mesa e hizo un gesto para que todos retrocedieran.

Quinn apartó a Salvia, que se asomó desde detrás de él para verlo. El brazo del capitán se mantenía delante de ella en un gesto protector, preparado para empujarla otra vez detrás si fuera necesario. Tan cerca, no pudo evitar inhalar los aromas del cuero, del verdor de las plantas de su jabón y del lino: una mezcla inconfundiblemente suya. Sintió que se estaba apoyando contra él. Para ver mejor.

El soldado más alto trajo una astilla de madera encendida procedente de la antorcha de la pared... con algo de nervios, pensó Salvia. El brazo de Quinn la rodeaba un poco, con los músculos tensos como la cuerda de un arco.

En un movimiento veloz, el primer soldado destapó la botella, el segundo dejó caer el palito ardiendo en el orificio, y ambos retrocedieron de un salto. Se produjo un sonoro «pop» que retumbó en la sala cuando un relámpago azul recorrió la botella, que escupió una llama por la boca durante unos instantes. Y se acabó. El soldado más bajo agarró la botella, la hizo girar de nuevo, y un rastro de la llama azul parpadeó en el interior y se desvaneció.

Quinn soltó a Salvia y se adelantó.

—Excelente. ¿Cómo hacemos para que esto pase en una estancia grande?

La pareja de hermanos parecía dubitativa.

—Hay que hacerlo salir al aire, señor —dijo el más bajo—. Podría tirar un par de botellas como ésta para que se rompieran y se esparciera.

—Pero se evapora muy rápido, ¿verdad? —dijo Casseck.

El hombre le dijo que no con la cabeza.

—Señor, tardaría un poco en poder conseguir ese efecto, aunque quizá fuera suficiente: las llamas se extenderían como la corriente de un río, no como esto de aquí —agitó la botella en el aire.

La discusión se centró en esa posibilidad, pero Salvia se sorprendió con la mente atascada en el recuerdo de un tragafuegos que había visto de niña. El hombre escupía una fina nube de alcohol en el aire y la prendía con una antorcha. Una vez creó un aro de vapor, se apartó y lo prendió cuando todavía estaba en el aire frente a él. Sonrió.

—Tengo una idea —dijo.

—Tú siempre las tienes —Quinn la estaba mirando, y toda la sala guardó silencio—. Cuéntanos.

—Bueno —dijo, consciente de que todo el mundo la estaba mirando. El capitán asintió para animarla—. Estaba pensando en unos fuelles.

—¿Fuelles? —repitió él con la frente fruncida—. ¿Como los de avivar el fuego?

Salvia retorcía las manos.

—Sí; bueno, unos veranos atrás hizo mucho calor, y mis primos y yo tomamos unos fuelles, les metimos agua y nos salpicamos los unos a los otros. Si... si adentro sólo hay un poco de agua, no sale como un chorro, sino como una nube de vapor...

A Quinn se le pusieron los ojos como platos.

—Una nube inflamable.

Salvia asintió, y las sonrisas se extendieron por todos los rostros.

—Eso es brillante —dijo el soldado raso más alto de los dos, que la miraba boquiabierto—. ¿Quién eres tú?

—Soldado Destilador, ella es Salvia la Pajarera —dijo Quinn, *Alex*, con una sonrisa que hizo que el calor le corriera a Salvia por las venas—. Nuestra arma secreta.

65

D'Amiran se protegió los ojos del sol y se tomó unos minutos para observar a la chica antes de aproximarse. Parecía tan inocente, allí sentada en una banca del jardín bajo uno de los árboles que ya tenían brotes y con un libro muy pesado abierto en el regazo. No era, sin embargo, excesivamente guapa, y sí bastante flaca. ¿Qué era lo que veía Quinn en esta plebeya? Se encogió de hombros. Quizá se limitara a darle lo que los jóvenes deseaban; como falsa casadera, no tendría por qué preservar su virtud.

Geddes, sin embargo, opinaba que la relación de Quinn no era superficial. Mucho mejor para aquella charla que el jovencito capitán se hubiera marchado. D'Amiran había accedido a la petición de Quinn de llevarse a un pelotón hasta el río para coger agua limpia aquella mañana... acompañado por su propia guardia, por supuesto. El muy necio había expresado su preocupación ante el bajo nivel de la cisterna y se quejó de que sus perros de caza se sentían encerrados, pero al duque le venía bien quitárselo de en medio durante unas horas.

Cuando la sombra del duque se cernió sobre ella, la muchacha alzó la mirada y se puso en pie con un sobresalto, pero él le hizo un gesto para que permaneciera sentada.

—¿Puedo unirme a ti, mi señora? —le preguntó el duque.

—Me haces un honor, excelencia —dijo ella con los ojos claros muy abiertos del asombro.

—Tenía curiosidad, simplemente, acerca de tu lectura —dijo D'Amiran al sentarse en el cálido asiento de piedra e inclinarse para mirar—. No me sucede muy a menudo esto de ver a una dama tan absorta en un volumen tan grande.

—Es de tu magnífica biblioteca, excelencia —le dijo la joven con timidez y giró las rodillas hacia él para que no pudiera acercarse más. Era probable que la muchacha llevara metida debajo de la falda aquella daga que Geddes había visto que le entregaba Quinn—. Espero no haberte contrariado al sacarlo de allí. Es mucho más agradable leerlo aquí afuera.

—Pero no por mucho tiempo —D'Amiran señaló hacia unas nubes que se estaban concentrando sobre las cumbres del este—. Por fin tendremos nuestras lluvias, y el paso quedara despejado. En unos pocos días podrás continuar con tu viaje.

La joven soltó un suspiro de ensueño.

—Extrañaré este lugar, creo yo. Viniendo de los campos abiertos de Crescera, siempre me imaginé que las montañas serían oscuras e imponentes, pero no lo son. Tegann se recuesta entre sus brazos como si de un amante se tratara, y jamás me había sentido más segura.

Sí que era buena la pequeña pajarera. D'Amiran estaba encantado muy en contra de su voluntad. Desvió su atención hacia un paje que se aproximaba desde la torre.

—Excelencia —dijo el muchacho con un gesto de cortesía. Estaba pálido y no iba del todo erguido, como si le doliera el estómago—. Deseabas que te informaran cuando el capitán Quinn regresara del río.

Junto a D'Amiran, la joven levantó la cabeza de golpe, y el duque se sonrió al dirigirse al niño:

—Muy bien. Dile al capitán Geddes que venga a mi encuentro en la muralla sur.

Cuando el paje se marchó, D'Amiran se giró de nuevo hacia la joven.

—Disfruté de nuestra charla aunque haya sido muy breve, pero debes disculparme, mi señora. Tengo asuntos que atender.

La muchacha extendió la mano para rozarle el brazo.

—¿Puedo preguntarte por qué nuestra escolta salió al río?

—Parece que tu capitán no confía en que yo sea capaz de proporcionar la suficiente agua para todos los que hay aquí —dijo el duque—. O quizá sea que no le gusta el sabor.

—¿De tu cisterna? Oh, ya vi ese sistema tan maravilloso, excelencia. El capitán estará exagerando, sin duda. Qué tontería.

La expresión de la joven era una mezcla de temor y de rencor, lo cual dejó al duque desconcertado, pero quizá temiera que alguien fuera a descubrir su relación con Quinn. D'Amiran le hizo una reverencia y le besó la mano antes de marcharse hacia el patio exterior y la muralla sur. El capitán Geddes lo esperaba en un punto desde donde podían vigilar las proximidades de la puerta de atrás.

Quinn no había puesto ninguna objeción a la prohibición de ir armados, pero parecía que algunos de los perros de caza que se llevaron habían capturado algún conejo. Ninguno de los perros parecía tener ganas de regresar a los límites de la fortaleza y danzaban alrededor de los soldados de la escolta quemando energía. El duque y su capitán permanecieron unos minutos observando las carretas que ascendían la pendiente.

—¿Habló su excelencia con la chica? —preguntó Geddes.

D'Amiran asintió.

—No es muy de mi agrado, pero veo parte de su atractivo. Es sin duda encantadora cuando desea serlo —sonrió el duque—. Imagino que esa pequeña zorra tiene pensado seducir al capitán de manera que él haga lo honorable y se case con ella, pero no creo que lo haya puesto aún en práctica. Eso arruinaría la carrera del joven y formaría un tremendo escándalo, lo cual habría sido divertido de ver. Mi pregunta es: ¿qué será más descorazonador, arrebatársela antes o después de que la haya probado? Cada una de las opciones encierra su propia poesía, ¿no te parece?

Geddes se jalaba la oreja destrozada.

—No creo que debas esperar más, excelencia.

—Sí, estoy de acuerdo —suspiró D'Amiran—. Ahora bien, con esta enfermedad nos costará mucho irnos pronto —se quedó pensativo unos instantes—. Cuando las lluvias se retrasaron, pensé que era una señal de que el Espíritu bendecía mi causa. Tuve la seguridad cuando averiguamos que el príncipe venía directo hacia nosotros, pero ahora me atormentan los problemas. Robert escapó, esta maldita enfermedad retrasa a mis aliados, y el idiota de mi hermano no deja de inventar excusas para no irse aún.

—Todo estará en su sitio mañana, excelencia —lo tranquilizó el capitán—. Era inevitable sufrir algún retraso.

—Eliminar a la escolta podría resultar complicado. Su vigilancia no puede ser más fastidiosa, y no podemos enfrentarlos en un ataque frontal sin arriesgarnos a perder una serie de vidas que me son necesarias —el duque inclinó la cabeza hacia el grupo que ahora entraba por la puerta, allá abajo—. Es probable que los tendríamos que haber eliminado justo ahora, cuando había tantos en el río, pero ese momento ya pasó. ¿Podríamos encargarnos de ellos cuando se reúnan para pasar revista?

—No sin perder a unos cuantos de nuestros hombres, excelencia. Escogieron muy bien el lugar —reconoció el capitán.

D'Amiran hizo un gesto de desprecio con la mano.

—Tampoco habría sido muy divertido. No sé cómo se las arregló Quinn para sacar al príncipe, pero ese vil canalla nos ha causado muchísimas complicaciones. Quiero que sufra, y quiero contárselo todo a su padre. Eso nos deja a la chica.

Geddes carraspeó para aclararse la garganta.

—Va a verlo a los barracones por la noche, vestida como un hombre, pero él la acompaña en el camino de ida y el de vuelta de sus encuentros románticos. Quizá podamos separarlos y después atraparla. Dado que no es una dama, ¿qué otra cosa podríamos suponer sino que es una espía?

—¿Y colgarla? —dijo D'Amiran con una sonrisita—. Eso sí que provocaría al capitán, sin duda, pero lo veo un tanto prosaico —tenía una mirada de nostalgia perdida en la distancia—. Necesito poesía en mi vida para combatir la monotonía de este lugar.

—Utilízala entonces a discreción, excelencia; no es más que una plebeya. Y no hay nada que traiga a Quinn más rápido en su ayuda. Alzarse en armas contra ti sería una traición, penada con la muerte.

—Sí —arrastró el duque la sílaba—. Ciertamente, eso es una romanza.

El mismo paje de antes ascendió corriendo los escalones más cercanos y se aproximó, más encorvado que la vez anterior.

—¡Excelencia! —jadeó agarrándose el estómago.

D'Amiran dio un paso atrás para apartarse del niño. Olía a alcantarilla.

—¿De qué se trata?

—Tienes una visita. Viene del bosque.

Huzar. El duque hizo una mueca y miró a Geddes.

—Ve a su encuentro y llévalo a mis aposentos. Lo recibiré allí.

—¡Ya estará allí, excelencia! —soltó el paje de sopetón.

D'Amiran entornó los ojos, y Geddes intervino.

—¿Cuánto tiempo hace que llegó, muchacho?

—Unos treinta minutos, quizá, señor.

—¿Y es ahora cuando nos enteramos de esto? —rugió Geddes, que le propinó una bofetada al niño con la mano abierta.

—Ruego a su excelencia que me disculpe, ¡pero tuve ir al excusado antes de poder contártelo! Era muy urgente.

Geddes levantó el brazo para volver a pegarle al niño, pero D'Amiran alzó la mano para impedírselo. El capitán se quedó paralizado.

—¿Por qué no enviaron a otro mensajero en tu lugar? —le preguntó el duque.

El paje se encogió y se apartó de Geddes.

—Todos los demás chicos están enfermos, excelencia. Peor que yo.

—¿Todos ellos?

El niño asintió.

D'Amiran hizo un sonido de asco y se marchó. Geddes salió detrás de él en su camino escaleras abajo y bordeando el patio hacia la puerta interior. Al pasar por los jardines, el capitán vio a la pajarera y a lady Clare paseando juntas. La primera se quedó mirándolo mientras subía las escaleras hacia la torre y, en ese preciso instante, el duque supo que la joven no era el objeto de los afectos de Quinn, sino su espía. Cómo iba a disfrutar haciéndoselo pagar a los dos.

Al llegar a sus aposentos se detuvo ante la puerta para recobrar el aliento por la subida y se percató de que Huzar había enviado a un subordinado esta vez. D'Amiran se sentó y estudió el rostro carente de emotividad que tenía ante sí.

—Traigo un mensaje de mi comandante.

El soldado kimisar pronunciaba las consonantes con la misma dureza que Huzar. Y no le había ofrecido ningún saludo.

Irritado, el duque le hizo un gesto para que prosiguiera. Ya ilustrarían a aquel kimisar sobre la manera apropiada de dirigirse a un noble una vez que se estabilizara la situación.

—Los kimisares volvemos a casa.

—¡¿Qué significa eso?! —rugió D'Amiran, que se puso en pie de un salto.

El joven continuó sin inmutarse.

—El acuerdo está roto. Nosotros mantuvimos nuestra parte, pero tú no. Tu ejército no se ha ido. No hay príncipe. No esperaremos más promesas. Regresamos a casa y tomaremos nuestro pago por el camino.

—Los atraparé a todos y cada uno de ustedes y los colgaré de las entrañas a lo largo de la frontera...

—No lo harás. Nosotros ya estaremos fuera de tu alcance antes de que tus soldados enfermos puedan cabalgar en sus caballos enfermos.

La realidad de aquella afirmación enfureció al duque, que agarró un cuchillo de su guardia más cercano y avanzó hacia el kimisar, quien, visto de cerca, se percató de que era poco más que un niño.

—Te equivocas en una cosa —dijo D'Amiran—. No habrá un «nosotros».

El joven reaccionó apenas con la más leve de las muecas cuando la hoja le hizo un corte profundo en el cuello. Se mantuvo en pie incluso mientras la sangre salpicaba el tapete de la chimenea. D'Amiran permaneció cerca hasta que el soldado se derrumbó en el suelo, y disfrutó de la pequeña victoria de ver a un kimisar postrado a sus pies como correspondía. D'Amiran puso una sonrisita de satisfacción al restregarse la cara y devolverle el cuchillo al guardia.

—Que limpien este desastre y que lo cuelguen de la torre para que sepan que no han de esperar su regreso —se dio la vuelta y se dirigió hacia su alcoba para cambiarse la camisa sucia y lavarse la sangre de la barba—. Y tráiganme a la chica. Esta noche.

66

Quinn vino a buscarla en cuanto oscureció. Le permitió entrar en la alcoba, y él empezó a pasearse de inmediato.

—Hoy ha cambiado todo dos veces.

—Me enteré de que fuiste al río —le dijo ella.

Él asintió.

—Trajimos agua limpia, y conseguimos contactarnos con nuestros exploradores. Encontraron a Robert y también a un mensajero del grueso del ejército, que ahora ocupa Jovan. Parece que el general decidió establecer allí su cuartel general, aunque no sé por qué.

—Suena a buenas noticias.

—Sí y no —dijo él—. Ahora que han comenzado las lluvias, la mayor parte del ejército quedará atrapada en la margen incorrecta del río Nai cuando llegue la crecida, pero hay un batallón justo al otro lado del paso hacia acá. Podrían llegar aquí en cinco o seis días, una vez que sepan que tienen que venir. Los soldados quieren cruzar el paso y pedir ayuda, pero sin fogata roja se tardará el doble.

—¿Fogata roja? —preguntó Salvia.

—Unos paquetes especiales sellados con cera —le explicó él—. Cuando se queman, generan una llama roja y gran cantidad de humo rojo. Solamente se utilizan en caso de absoluta emergencia para llamar a las fuerzas que estén a la vista. Yo tengo cinco.

Salvia recordó un detalle de su visita con Clare.

—Tienen algo así en la torre, para que Tegann pueda pedir ayuda, pero el suyo es verde.

Alex asintió.

—El verde es para las milicias locales. El rojo es para el ejército real, aunque se supone que debería acudir todo aquel que sea leal a la corona. Estoy dudando si utilizar una de las nuestras mañana. Aunque sólo sirviera para eso, podría amedrentar a los aliados de D'Amiran si creen que el ejército se dirige hacia acá.

—¿Y cómo conseguirás llevárselo a los exploradores?

—No puedo —dijo al tiempo que le daba un puntapié de frustración a la pata de la cama—. Aunque pudiéramos salir de entre estas piedras, está el anillo de kimisares que nos rodea, y según los exploradores, vuelven a ponerse en movimiento.

Salvia recordó lo que tenía que contarle.

—Vi a un hombre al que acompañaban al interior de la torre. Me pareció que tenía el aspecto de un kimisar.

Alex dejó de pasearse.

—¿Cuándo?

—Hará una hora.

—¿Y sigue aquí?

—N... no lo sé.

Alex hizo un gesto despreocupado con la mano.

—Le preguntaré a mis patrullas si han visto algo. ¿Estás preparada para salir?

—Sí. Clare le está diciendo a todo el mundo que estoy enferma.

Alex sonrió.

—Por aquí están cayendo como moscas, gracias a ti —Salvia se sonrojó, y él se acercó unos pasos más con aspecto serio—. Te debemos mucho, Salvia.

Se le aceleró el pulso al mirarlo a los ojos. Salvia se había quedado aterrorizada cuando se enteró de que Alex se había ido al río, pensando que les podrían tender una emboscada. Entonces recordó el resto de cosas que habían sucedido aquel día.

—El duque vino a verme mientras tú estabas fuera.

Alex se quedó petrificado.

—¿Qué quería?

—Una charla ociosa —le repitió la conversación—. No creerás que eso signifique nada, ¿verdad?

Él frunció el ceño.

—Quizá sí, quizá no.

—Normalmente platica con Clare, pero ella se había ido por agua. Quizá la estuviera buscando, nada más.

—¿Estabas sola?

Salvia asintió.

—Maldita sea, Salvia, te dije que no salieras sola.

—Estaba a plena vista —le discutió ella—. Sólo fueron unos minutos.

—Estamos contando las horas que faltan para que se desate un infierno —le puso la mano en el brazo—. Es mucho lo que puede suceder en unos minutos.

Alex no confiaba en Salvia lo suficiente como para dejar que fuera ella quien decidiera qué era demasiado arriesgado y qué no. Furiosa, se quitó su mano de encima con un codazo.

—¡Como si yo no supiera que unos minutos pueden cambiarlo todo!

A Alex se le vino la sangre a los pies y se quedó lívido a pesar de su habitual tono oscuro de piel. Volvió a alargar la mano hacia ella, le rozó el brazo con los dedos y se le puso la piel de gallina.

—Salvia, por favor. Me da igual lo que me haga a mí, pero a ti...

¿Cómo era capaz de seguir haciendo eso? ¿Cómo conseguía que primero le dieran ganas de arañarle la cara, y de besarlo y tranquilizarlo al minuto siguiente?

—¿Qué fue eso? —aquel momento entre ambos se acabó cuando sus ojos oscuros se dispararon hacia la ventana.

Se oyeron unos gritos procedentes del patio. Alex cruzó la habitación para mirar.

—Algo va mal —se giró de nuevo hacia la puerta—. Quédate aquí.

Salvia hizo caso omiso de su orden y fue a seguir sus pasos.

—Creí que no debía quedarme sola.

Salvia esperaba que la obligara, pero, en vez de eso, la tomó de la mano.

—Entonces, por el Santo Espíritu, no te separes y haz lo que yo te diga.

Salvia apenas había conseguido cerrar la puerta a su espalda cuando Alex la hizo correr por el pasillo y salir al exterior. Había gente por todo el patio de armas, y todos miraban hacia lo alto del torreón.

En la superficie almenada de la zona superior ardía una gran pira que proyectaba un resplandor anaranjado en las paredes de granito. Más abajo colgaba del cuello el cuerpo ensangrentado de un hombre pintado con la estrella blanca de cuatro puntas de Kimisara. Un soldado de negro se acercó a ellos y les dijo que todo el mundo estaba describiendo al hombre como un espía al que habían capturado.

—Yo creo que ese kimisar al que viste sigue aquí —observó Alex en tono irónico.

67

Salvia observó a los oficiales discutir acerca de lo que significaba.

—Cuando uno quiere dejar algo claro con un cadáver, lo cuelga donde todo el mundo pueda verlo —insistía Casseck—. Está colgado en la cara oeste, no de un mástil en lo alto. Todos los kimisares están al oeste. Abandonaron a D'Amiran.

—Ése debía de ser el desafortunado bastardo que trajo la noticia —dijo Gramwell—. Pero ¿por qué se irían? ¿Acaso viene alguien en esa dirección?

Alex levantó una mano.

—No importa. Ahora cobra más sentido el informe de esta mañana. Su ausencia nos deja un espacio abierto para llevarles la fogata roja a los exploradores, pero puede que no esté así mucho tiempo. Ahora es el momento —Casseck y Gramwell asintieron—. Cuando los exploradores la tengan, una pareja de hombres podrá llegar en dos días hasta un punto donde la señal se pueda ver. Pasará un mínimo de otros cinco días hasta que lleguen los refuerzos, pero vamos a contar con diez en total. Perderemos al hombre que salga, de manera que eso nos deja con veintinueve para controlar la situación aquí.

—Es factible —dijo Casseck—. En especial si los exploradores restantes pueden venir y entrar.

—Lo cual elevaría nuestro número a treinta y tres —Alex se cruzó de brazos—. De manera que tenemos que salir. ¿Qué me dices del alcantarillado, Gram? Encontraste un desagüe junto al río, en la orilla sur —indicó el punto en su dibujo.

Gramwell hizo un gesto negativo con la cabeza.

—El extremo está cerrado con una rejilla de varas de hierro... vieja, pero sólida. Conseguí soltar una de las barras verticales, pero el resto está bien sujeto. Ninguno de nosotros cabría de ninguna manera. Charlie podría, pero jamás llegaría tan lejos a solas en la oscuridad, en especial con el bosque plagado de guardias de D'Amiran.

Alex se mostró de acuerdo con un gesto afirmativo de la cabeza, y Salvia se sintió aliviada de que la enfermedad de Charlie hubiera convertido en sencilla aquella decisión.

—¿Y un perro? —preguntó Casseck—. Está lejos, pero no es imposible.

—Los tenemos a todos enfermos —dijo Gramwell—. Parece que el mal también les afecta a ellos. Tuvimos suerte de que contactaran hoy con los exploradores.

—¿Qué tamaño tiene el hueco en la rejilla? —preguntó Salvia.

Gramwell se remangó el brazo para mostrar las marcas que se había hecho. Casseck sacó un cordel anudado para medirlo.

—Parece que tiene unos dieciocho centímetros de alto y un poco menos de treinta de ancho.

Salvia extendió el cordón en la esquina de la mesa para imaginarse el tamaño. Unos instantes después, alzó la vista.

—Yo podría caber.

Alex suspiró.

—Ya sabía que ibas a decir eso.

Casseck y Gramwell intercambiaron una mirada, pero no se atrevieron a abrir la boca.

—Quizá debería ir a ver qué tal está Charlie mientras lo discuten los tres —dijo ella.

Todo iría mejor si ella no estaba presente.

Sin pronunciar palabra, Alex señaló la puerta lateral, y Salvia se metió en la habitación contigua. Se arrodilló junto al catre de Charlie y le apartó de la frente el pelo sudoroso. Tenía una respiración profunda y constante, señal de que se encontraría mucho mejor por la mañana. La espada de Alex descansaba en la cama junto a la de Charlie, y de repente supo que había sido él quien había estado cuidando de su hermano. Sólo había otra persona a la que él le había confiado el cuidado de Charlie, y era ella.

Alex abrió la puerta y entró para quedarse de pie, a los pies de Charlie, con los brazos cruzados.

—No me gusta.

Salvia no levantó la mirada.

—¿Se te ocurre una idea mejor?

—Aún no, sólo necesito tiempo para pensar.

—Se nos acabó el tiempo —se apoyó para levantarse y mirarlo de frente—. Sé moverme por los bosques sin hacer ruido, y sé orientarme por la noche. Soy capaz de trepar a los árboles y de escalar piedras. Nadie se dará cuenta de que me fui hasta que sea demasiado tarde... y quizá ni lo noten siquiera. Puedes enviarme antes del recuento nocturno.

—¿Y cuando te topes con los centinelas de D'Amiran?

—Con la enfermedad, hay menos por ahí afuera —levantó la barbilla—. Y tú me enseñaste a luchar. Puedo conseguirlo.

Alex entornó la mirada.

—Una lección no te convierte en una guerrera, sólo te hace estar menos indefensa.

—Tú me metiste en esto —se cruzó ella de brazos en un reflejo de la postura del capitán.

—Jamás debí hacerlo —cerró los ojos y se llevó una mano a la frente—. No es necesario que me castigues. Ya lo hago yo bastante bien.

—Esto no tiene que ver contigo y conmigo —dijo ella—. Tiene que ver con lo que hay que hacer y con quién es la única persona que tiene posibilidades de hacerlo.

—Ya sé que me odias —dejó caer la mano y centró la mirada en Salvia. Por primera vez se dio cuenta de lo cansado que parecía. ¿Dormía alguna vez?—, pero no te puedo perder. Eso me mataría.

—Alex —dijo ella, y él se sorprendió.

El hecho de que Salvia no hubiera oído nunca su nombre hasta la noche anterior le hizo preguntarse si alguien lo utilizaba alguna vez. Si todo el mundo lo llamaba «señor» o «capitán» resultaría sencillo olvidarse de que fuera cualquier otra cosa. ¿Había adoptado el papel de ratón para escapar de aquello?

—Es probable que mañana vaya a estar más segura ahí afuera que aquí adentro —le susurró—. Déjame ir.

Alex dejó caer los hombros, y Salvia supo que había vencido.

68

Salvia vio cómo Alex apoyaba los pies con firmeza y se inclinaba hacia abajo para agarrar la celosía de piedra tallada que cubría el desagüe de la alcantarilla. La mugre que había alrededor se desprendió con ella, pero pudo ver que la habían abierto recientemente, así como los cúmulos de tierra y el musgo que le habían puesto encima para ocultar aquel hecho. Pesaba mucho, y Alex la levantó y la giró con el fin de quitarla sólo lo suficiente para que ella cupiera. Miraban juntos a la oscuridad de allá abajo.

—¿Estás segura de que quieres hacer esto? —le preguntó Alex.

—Soy la única que tiene la oportunidad de conseguirlo.

Alex asintió sin apartar la mirada del agujero.

—¿Conoces el camino para salir?

—En la medida en que puedo saberlo.

—¿Y sabes dónde encontrarte con mis exploradores?

—Un punto al sur del paso.

—¿Y tienes el cuchillo que te di?

—Justo aquí, donde puedo agarrarlo.

Alex la volvió hacia sí, la sujetó por los codos e inclinó la cabeza para tocarse frente con frente. Salvia no tenía claro cuál de los dos temblaba más. Qué fácil resultaba imaginarse que volvía a ser Fresno de nuevo, y se permitió pensarlo, sentirlo. Cerró los ojos y acompasó su respiración a la de él.

Alex levantó una mano para recogerle unos cabellos sueltos en la nuca.

—Déjame decírtelo una última vez, Salvia. Por favor.

—No —se apartó ella con un gesto negativo con la cabeza.

Él no era Fresno, y no quería oírlo.

Alex la soltó y dejó caer las manos a los costados.

—Déjame decirte que los...

—No —volvió a decir ella.

No le proporcionaba tanta satisfacción como ella pensaba el hecho de ver cómo sus palabras lo golpeaban como si fueran puñetazos.

Una vez más, Alex abrió la boca para decir algo, pero volvió a juntar los labios y asintió.

—Estoy preparada —dijo ella, aunque no lo estaba.

Alex asintió y volvió a sujetarla por los brazos, la levantó y la fue bajando lentamente por el agujero húmedo.

—Tengo pies —dijo cuando sus botas tocaron el fondo del túnel, y él la soltó.

Tal y como la buscaban sus ojos, Salvia supo que no podía verla entre las sombras.

—Si te encuentras en problemas, te juro que no pararé hasta que dé contigo —le dijo Alex en voz baja.

Salvia podía haber hecho como que ya se había ido, pero no se podía marchar sin responder.

—Lo sé.

69

Salvia fue avanzando en silencio por la oscuridad total, palpando el recorrido por los giros y recodos que Gramwell le había descrito. Tenía que caminar encorvada, y deslizaba los pies en el agua gélida y lodosa. De vez en cuando se tropezaba con alguna piedra o, aún peor, con objetos blandos inidentificables. Afortunadamente, pasados los primeros minutos, el frío ya le había insensibilizado los dedos de los pies.

Intentaba no pensar en él: *Alex*; en la mirada suplicante de sus ojos y en su roce tan suave, en el temblor de sus manos cuando le soltó las suyas; en su promesa de abandonarlo todo por ella si se veía en aprietos. Si los soldados fallaban, podría quizá no volver a verlo nunca. O podría verlo colgado de lo alto del torreón.

Por mucho odio que sintiera hacia él, Alex no se merecía eso.

Se tropezó con un saliente de piedra y, para mantenerse en pie, se agarró a lo que ella esperaba que fuera la raíz de un árbol que atravesaba la pared. El entumecimiento de los dedos de las manos y de los pies le iba penetrando en las extremidades. ¿Sería así estar muerta: no ver, oír ni sentir nada y vagar por la oscuridad para siempre?

Más adelante, un destello de luz brilló en la pared, y se dirigió a tropezones hacia él con un sollozo de agradecimiento. Otro recodo, y la reja brilló al final del túnel. Una docena de pasos más y ya estaba agarrada a los barrotes, prestando atención a los sonidos de los insectos y las criaturas nocturnas, concentrándose para distinguirlos de los ecos a su espalda. Todo sonaba tranquilo.

Aliviada, palpó los barrotes verticales hasta que encontró el que estaba suelto. Lo jaló para desplazarlo y liberó una lluvia de polvo y de óxido. Sus ojos captaron el brillo de sus pálidas manos a la luz de la luna, y eso le dio la idea de frotarse la mugre en la cara, el cuello y las manos. Era igual que el día en que conoció a la casamentera, sólo que esta vez trataba de lograr el efecto contrario. Aquello le produjo una leve sonrisa, que utilizó para concentrarse en su tarea, tal y como Alex necesitaba que lo hiciera.

Una vez satisfecha con su camuflaje, se agachó y comenzó a meter el cuerpo a través de la abertura más grande de aquella reja de metal, bocabajo, con los brazos y la cabeza por delante. Por fin era una ventaja lo de ser tan flaca y tener el pecho plano. La faja que se había cosido para sujetar la fogata roja le descansaba cómodamente en la cintura, y no le dio ningún problema. La cadera, sin embargo, fue otra historia completamente distinta.

Salvia gruñía y se esforzaba para pasarla por el agujero, y refunfuñaba mentalmente por no haberse traído medio kilo de manteca para engrasar el túnel. Se bajó un poco los pantalones y se retorció hacia adelante y hacia atrás para avanzar otro par de dolorosos centímetros. Las barras de metal corroído le raspaban la piel expuesta, y se mordió el labio inferior con tal de no llorar mientras empujaba con los dedos de los pies y jalaba con los brazos. En un instante de dolor agónico, logró avanzar otros treinta centímetros, se golpeó en la cara con la piedra a la que se había agarrado e impactó con las rodillas contra la reja. Aun con el dolor que percibía en tantas partes del cuerpo a la vez, jadeó y gruñó de alivio.

Pero ahora estaba mojada entera, sucia y sangrando, por si fuera poco. Salvia sacó las piernas el trecho que le faltaba y se volvió a colocar los pantalones en la cintura. Se sentó, observó el túnel y se debatió entre si preocuparse o no de volver a poner el barrote en su sitio. Pero lo que hizo fue meter la mano en la reja y jalar el barrote para sacarlo y sopesarlo en la mano. Disponer de otra arma tampoco le vendría mal. Se detuvo una vez más para prestar atención a la señal de cualquier perturbación, descendió con cuidado por el terraplén y se dirigió hacia el sureste.

El terreno rocoso y la época tardía de la primavera hacían que hubiera menos vegetación, de manera que Salvia tuvo pocos obstáculos que retrasaran su avance. Poco después, ya había puesto casi cinco kilómetros de distancia entre la fortaleza y ella, y giró hacia el este por un risco escarpado cuando tuvo la sensación de que algo no iba bien: el bosque estaba demasiado silencioso. Salvia presionó la espalda contra un árbol y contuvo la respiración para escuchar. A su derecha, quizá a unos cuarenta metros, oyó el crujido de una ramita que se partió al pisarla alguien.

No estaba sola.

No podía contener la respiración para siempre. Del modo más silencioso que pudo, Salvia exhaló e inhaló varias veces en una sucesión rápida y temblorosa, tratando de no generar demasiado vaho en el aire gélido, aunque él ya sabría dónde se encontraba, seguramente. Se aferró con las manos sudorosas a la barra de hierro oxidado. Por encima de los latidos de su corazón, oyó una pisada en las hojas secas. Más cerca.

Salvia respiró hondo, se llenó de aire los pulmones y echó a correr por el risco, tan rápido como pudo. Una silueta grande se cayó entre la maleza detrás de ella. El viento le silbaba en los oídos al correr más rápido que en toda su vida, pero sabía que el resuello no le duraría.

El hombre le estaba ganando terreno.

Esquivó unos árboles pasando entre ellos, jadeando en busca de aire y cambiando de dirección cada vez que podía impulsarse en alguna roca. La luz de la luna le permitía ver hacia dónde iba, pero también hacía que el hombre la siguiera con más facilidad. Tenía sus jadeos justo detrás. Un recorte brusco a la izquierda le permitió ver fugazmente una mano que se estiraba hacia la capucha de su chaqueta. Segundos más tarde, unos dedos la rozaron.

Salvia se volvió de golpe y le atizó con la vara de metal en el antebrazo extendido. El hombre chilló, y Salvia oyó quebrarse algún hueso, pero su efímero segundo triunfal se acabó cuando perdió el equilibrio, se cayó hacia atrás y rodó por la pendiente pronunciada. Su arma improvisada salió volando entre los tumbos y volteretas que dio, más preocupada por cubrirse la cabeza y el cuello que por intentar detener la caída. El hombre gruñó de dolor al caer detrás de ella.

Salvia fue rebotando entre los helechos y las piedras hasta que aterrizó de golpe contra un tronco en el fondo del barranco que la dejó sin aire en los pulmones. No podía respirar. Durante un momento de pánico, Salvia pensó que jamás volvería a respirar, pero entonces volvió a entrarle el bendito aire en los pulmones y la sorprendió con su helada quemazón. Jadeó y tosió de manera incontrolada.

—¡Tú, cabrón!

Una manaza le agarró el pelo por detrás. Salvia sintió que la ponían de pie de un jalón y la empujaban contra un árbol. Las estrellas bailaban en su campo de visión, y notó que se le soltaba el pelo que llevaba recogido. El hombre la dejó caer de rodillas delante de él, y Salvia apenas vio levantarse el pie justo antes de que le diera una fuerte patada en las costillas y la hiciera girarse de espaldas sobre las rocas puntiagudas. Se le escapó un quejido de dolor.

—Bueno, bueno, ¿qué es lo que tenemos aquí? —se burló—. Una niñita perdida en el bosque.

La daga de Alex le presionaba en la parte baja de la espalda. Por arte de magia, no se había perdido. Tampoco era fingir demasiado que se pusiera a gemir y a llevarse la mano a la espalda magullada. Acababa de ponerle los dedos encima a la empuñadura cuando la enorme sombra se agachó para levantarla del cuello.

Le apestaba el aliento, y su saliva le salpicó a Salvia en la cara cuando se la acercó más.

—No te preocupes, encanto. Su excelencia hará que todo mejore mucho.

Las estrellas, reales e imaginarias, se desvanecían reemplazadas por un manto negro que se extendía cuando Salvia desenvainó la daga. La empujó hacia arriba y se la clavó al soldado en la axila expuesta con cada gramo de fuerza que fue capaz de reunir. La presión en su cuello se alivió lo justo para que Salvia recobrara algo de aliento, y retorció la empuñadura para que la hoja clavada se desplazara. La sangre cálida se le derramó sobre la mano, y un segundo chorro le indicó que había dado con la arteria. Los bordes de su visión se estaban volviendo blanquecinos cuando la mano por fin la soltó, pero ya era demasiado tarde, y Salvia caía... aunque jamás llegó a saber si se golpeó contra el suelo.

70

Quinn observaba cómo se consumían lentamente las horas de la noche en el reloj de vela. Cass ya se había ido a la cama hacía tiempo y lo había instado a hacer lo mismo, pero su amigo debía de haber sabido que le iba a resultar imposible dormir. El silencio era su compañía, y Quinn lo abrazó, lo dejó recargarse en él.

El silencio significaba que no habían capturado a Salvia. El silencio significaba que estaba a salvo.

Ella lo odiaba.

Él ya había tomado la decisión de no volver a decirle que la quería hasta que ella estuviera preparada, pero Quinn podría estar muerto a aquella misma hora del día siguiente; por eso lo había intentado, pero Salvia no quiso saber nada de nada. Eso le había dolido más que la noche en que se lo dijo por primera vez, y aquello casi lo mató.

Miró la vela. Las tres de la mañana.

Casseck dijo que ella se calmaría, que con el tiempo lo perdonaría, pero Cass no conocía como él la fiereza interna de Salvia, no entendía el dolor y la pérdida que ella había sufrido cuando su padre murió. No tuvo a nadie durante mucho tiempo. Quinn sabía con toda certeza que él había sido la primera persona en la que ella confiaba, a la que quería, en años. Aquello era la peor parte: arruinar las probabilidades de que ella se volviera a abrir a nadie. Quinn podía asimilar la pérdida de su propia felicidad, pero haber destruido la de ella era insoportable.

No debería haberla dejado salir. Todo el valor que Salvia tenía no podía compensar lo frágil y lo pequeña que era. Dejarla salir era señal de que o bien no la quería lo suficiente, o bien jamás sería capaz de negarle nada.

Las cuatro de la mañana.

Salvia lo comprendía mejor que nadie, así que tal vez aquello obrara en su favor. Él le había contado su temor más profundo —la posibilidad de ser un monstruo—, y ella se había negado a valorarlo siquiera. Por supuesto, eso había sucedido antes de que él le mostrara la faceta de aquello en la que no era un asesino: su disposición a mentir cuando fuera necesario. A mentirle a ella.

A veces hay alguien que sale herido.

Fresno había dicho aquellas palabras con tanta naturalidad que Quinn no había entendido que se lo debía tomar en serio, pero era aún peor que los golpes físicos, peor que las cortadas del acero y las cicatrices. Lo daría todo por volver atrás, a aquella primera noche, y empezar de nuevo. Verla sonreír con aquella sombra de anhelo y decir: «Alex es un nombre muy bonito».

Porque ése era él con ella: Alex. Oírla decir su nombre aquella noche le había descubierto algo de lo que él no se había percatado por la profundidad en que estaba sumido. De todos sus amigos, Cass ya era el único que lo llamaba «Alex» alguna vez, y sólo en privado y cuando quería dejarle algo claro. Él ya era «el capitán» incluso para Charlie, pero con Salvia él no tenía que acertar siempre o mantener siempre el control. O, más bien, no tendría que hacerlo. Los breves instantes en que se había permitido actuar con plena libertad habían sido los mejores de su vida, aunque le daba las gracias al Espíritu de que ella le hubiera llamado Fresno en ese momento. De no haberle hecho recobrar el juicio, la noche habría terminado de un modo muy distinto, y ella no lo habría perdonado nunca jamás. Al menos, ahora tenía una posibilidad, por pequeña que fuera.

Las cinco de la mañana.

En menos de dieciséis horas todo habría acabado. Si Salvia había conseguido llegar al exterior, entonces no importaba que él fracasara, que él muriera. Las personas adecuadas se enterarían a tiempo para tener la oportunidad de frenar al duque, y ella viviría. Hacerla salir había sido la decisión correcta. Salvia tenía una feroz determinación y era inteligente. Y ahora estaba a salvo.

Alzó la mirada cuando Casseck entró en la habitación frotándose la cara. No tenía aspecto de haber dormido mucho. Cruzaron una mirada, y Alex asintió. Cass sonrió aliviado. Un minuto después apareció Charlie con aspecto pálido, pero prácticamente recuperado. A esta misma hora del día de ayer se retorcía de dolor, y Alex se había dedicado a limpiar como penitencia cada cubeta que Charlie llenaba. Aquella noche sería el momento perfecto para actuar.

El paje se marchó a buscar agua para que se pudieran afeitar. El desayuno consistía en un estofado frío con pan de la noche anterior: habían cocinado los conejos que los perros habían traído. Ya era casi la hora de pasar revista para Geddes, el capitán de la guardia del duque. ¿No le fastidiaría saber quién se había escapado y había atravesado su red? Alex se sonrió mientras se ponía una camisa limpia y se peinaba.

Había una lluvia fina e intensa en el exterior, lo cual significaba que el paso estaría despejado a tiempo para que lo cruzaran los refuerzos. Todo cuanto le quedaba por hacer a sus soldados era causar a D'Amiran el daño suficiente para que no pudiera cerrar el paso cuando ellos llegaran. Gracias a la brillante idea de Salvia para eliminar los barracones, Alex se sentía más optimista que nunca.

Los hombres acudieron a formarse, y Geddes se aproximó con una sonrisa de suficiencia, como siempre. Alex no pudo evitar sonreírse también al saludarlo con un gesto de asentimiento: jamás le haría un saludo militar a aquel bastardo de la oreja destrozada.

—Todos mis hombres están presentes o en sus puestos.

El capitán apenas se fijó en las columnas que tenía ante sí.

—Ya veo —se jalaba la oreja mientras miraba a Alex de arriba abajo—. ¿Una noche larga? Pareces cansado.

—El techo de nuestro alojamiento gotea como un colador. Fue difícil dormir con toda la lluvia filtrándose.

—Mis más profundas disculpas —Geddes no parecía lamentarlo en absoluto—. También fue una noche penosa para mí.

A Alex, en realidad, le daba igual. Ahora que Salvia estaba a salvo, tenía trabajo que hacer preparándolo todo para la noche.

—Si esto es todo por tu parte, nos veremos dentro de unas horas para tu siguiente revista.

Geddes asintió y se dio la vuelta para marcharse. Alex miró a Casseck, y el teniente puso firmes a los soldados para darles permiso para retirarse. No habían hecho ningún anuncio aquella mañana. Todos sabían lo que tenían que hacer y adónde dirigirse.

—Oh, capitán —se dio la vuelta Geddes—. Casi se me olvida. Encontré algo que tú perdiste. Se rebuscó por la chaqueta mascullando—: Está por aquí, en alguna parte.

Alex rechinó los dientes mientras Geddes buscaba. El capitán había esperado justo a aquel instante para causar molestias a tanta gente como fuera posible. La lluvia estaba empapándole a Alex la chaqueta, y él sabía que el agua les estaba goteando por el cuello a todos y cada uno de los hombres que se encontraban allí de pie.

—Ah, aquí está.

No era posible que Geddes hubiera perdido un objeto tan grande dentro de su chaqueta durante un minuto entero...

No.

Santo Espíritu, NO.

Geddes sostuvo una daga con la empuñadura negra para que todos la vieran. Las iniciales doradas estaban cubiertas de mugre.

A Alex comenzaron a fallarle las rodillas, pero Cass ya lo tenía sujeto por el codo y lo mantenía en pie.

—Firmeza —le susurró su amigo.

Alex cerró las piernas en el sitio cuando Geddes dio un paso hacia él y le ofreció el cuchillo con una sonrisa. La lluvia recorría la empuñadura en un goteo oscuro al lavar la mugre.

Regueros de color rojo.

Sangre.

71

Alex apenas fue capaz de llegar a su habitación antes de vomitar en la cubeta que Charlie había utilizado el día antes.

¿Cuántas horas se había quedado sentado ahí afuera, regodeándose tan contento? ¿Cuántas horas llevaba ella muerta mientras él pensaba que se encontraba a salvo, mientras él sonreía, se afeitaba y desayunaba pensando que todo iba bien?

Sintió otra oleada, la pasó entre sollozos y no le importó que Casseck, Gramwell o Charlie vieran lo débil que era, porque nada importaba ya salvo que Salvia estaba muerta. Que ella estaba muerta y que era culpa suya, y que él también se quería morir.

Las arcadas cesaron por fin, aunque ya habían ido mucho más allá del punto en el que se le quedó vacío el estómago. Un trapo húmedo apareció ante su rostro y, al ver que Alex no hacía el menor esfuerzo por agarrarlo, fue Casseck quien le limpió los mocos, la saliva y el vómito. Alex estaba sentado en el suelo entre el catre de Charlie y el suyo, en el que apoyó la espalda.

—Yo la maté —susurró.

—No —dijo Casseck con firmeza—. Esto no es culpa tuya.

Alex hizo un gesto negativo con la cabeza y se llevó las manos a la cara antes de darse cuenta de que aún tenía agarrada la daga. Abrió los dedos, tenía los músculos tan agarrotados después de haberla asido con tanta fuerza que el dibujo de la empuñadura se le había marcado en la piel tan profundamente como para magullarla. Las líneas de la palma de su mano habían recogido la sangre de color café rojizo.

La sangre de Salvia en sus manos.

Se lanzó de nuevo por la cubeta con unas arcadas que no sirvieron para echar nada durante otros cinco minutos.

Esta vez fue Alex quien se limpió la cara, y Cass le ofreció una taza con agua. Charlie estaba pendiente, al fondo, con una expresión preocupada.

—¿Tú también te estás poniendo enfermo? —le preguntó el niño.

—No, yo sólo... —Alex dejó la frase a medias cuando empezó a surgir una nueva emoción.

Los iba a matar a todos.

No se dio cuenta de que lo había dicho en voz alta hasta que Casseck le dijo:

—¿Qué?

—Voy a matarlos —dijo Alex—. Al duque, a Geddes y a todo aquel que se interponga en mi camino hasta ellos.

Cass le dijo que no con la cabeza.

—Si se rinde, no puedes hacerlo.

Crecía la ira en su interior, y se calentó el alma en aquellas llamas.

—Tú me vas a ver.

—Tiene derechos y privilegios por ley. Eso podría arruinar tu carrera, acabarías en prisión.

—Me da igual —Alex se puso en pie.

Llamaron a la puerta de afuera, y el sargento Porter asomó la cabeza en la sala donde se reunían.

—Disculpen, señores, pero la señora Rodelle está aquí y pregunta por ti.

Alex cerró la puerta de la habitación interior que contenía la cubeta hedionda e hizo un gesto a Porter para que la dejara entrar. Casseck le dio alguna tarea a Charlie entre susurros, y el niño salió de la habitación cuando entró la casamentera. Sus ojos azules refulgían de ira al sacudirse la falda húmeda.

—¿Dónde está?

—Señora Rodelle...

—No soy idiota. Pasó la noche aquí. Te permití utilizar a mi aprendiz en tu espionaje, pero no permitiré que la conviertas en...

—Está muerta.

La casamentera se quedó petrificada a media frase y perdió hasta la última brizna de color en el rostro.

—¿Que está qué?

—Muerta —cada vez que decía aquella palabra, Alex se sentía más tranquilo—. La atraparon en una escapada que habría servido para traer hasta aquí los refuerzos con varios días de antelación.

—Pero... ¿estás seguro?

—Sí —Alex agarró con fuerza la daga en su mano—. Estoy seguro.

—¿La viste? —insistió la mujer.

Por primera vez, Alex titubeó.

—No.

—¿Es posible que esté viva en alguna parte?

Pero Geddes se habría burlado de él de un modo distinto si la tuvieran. Le habría dicho...

También fue una noche penosa para mí.

Alex se tambaleó y se agarró al borde de la mesa para estabilizarse. El cuchillo hizo un ruido metálico sobre la mesa, y él se dejó caer en la misma silla en la que había pasado toda la noche esperando mientras ella estaba...

—No lo sé.

—Viva o muerta, está en el torreón —dijo Casseck—. En los calabozos, en la enfermería o en los aposentos privados de D'Amiran.

—O en algún otro hueco —dijo Gramwell, que habló por primera vez—. Había ciertas áreas dentro del torreón que no fuimos capaces de explicar. Podrían ser pilares de carga o algún pasadizo o sala secreta.

—Vamos a acelerarlo todo —dijo Alex—. No voy a esperar a que caiga la noche —la oscuridad iba a ser su aliado, pero el tiempo era el enemigo—. ¿Podemos estar listos para la hora del almuerzo? Todo el mundo se dirigirá al Gran Salón de todas formas, así que tendremos hecha la mitad del trabajo de congregarlos.

Cass asintió. La casamentera los miraba boquiabierta.

—Creía que nos íbamos a ir como si no pasara nada. Suena como si hubieras planeado tomar la fortaleza.

Alex levantó la vista hacia ella.

—Y lo hicimos. Resulta que eran tus damas lo que el duque iba buscando desde el principio.

La consciencia de la situación le iluminó el rostro arrugado, y la mujer se sentó en otra silla.

—Por el Santo Espíritu, todos esos matrimonios de los dos últimos años... Estaba vinculando con él a la mitad de Crescera.

—Y ahora se hará con el resto —terminó Alex—. Salvia lo descubrió.

La señora Rodelle puso una leve sonrisa.

—Por supuesto que lo hizo.

—Que es razón de más para que vayamos a buscarla.

Todos y cada uno de los instintos de Alex le decían a gritos que atacara ahora mismo, que derribara el torreón ladrillo a ladrillo. Pero no, tenía que esperar hasta que fuera el momento adecuado, hasta que todo estuviera en su sitio. Cerró los puños para evitar que le temblaran los brazos.

Paciencia.

—Faltan unas pocas horas para que podamos actuar —dijo Alex—. En ese tiempo, quiero descubrir dónde está y si está viva.

Casseck hizo un gesto con la barbilla hacia la daga sobre la mesa.

—Esa jugada era para que quisieras descubrirlo. Lo estará esperando. Capturarán a cualquiera que fisgonee.

—Tengo una idea de a quién enviar —dijo Gramwell.

72

D'Amiran observaba la actividad allá abajo desde su ventana. Los soldados de la escolta iban y venían ajetreados por los patios de adentro y afuera recogiendo suministros para continuar su viaje, pero no era más que una tapadera. La estaban buscando.

Sonrió para sus adentros. Jamás la encontrarían.

Además, conforme fuera avanzando el día, Quinn se pondría más y más frenético. Geddes había visto la mirada en sus ojos cuando le entregó el cuchillo: el muchacho casi perdió el control allí mismo. D'Amiran disfrutaría ejecutándolo delante de todo el mundo. Los soldados de la escolta se dispersarían en pleno caos, y él podría fácilmente con ellos.

Después, todo encajaría aquella misma noche.

Esperaban que los últimos de sus nobles llegaran al atardecer. Los escribanos estaban concluyendo los anuncios de los casamientos y la exigencia de las dotes en aquel preciso instante, y los mensajeros partirían con las primeras luces del alba, en cuanto recogieran las sábanas como muestra de la permanencia de las uniones. D'Amiran encabezaría su ejército por la mañana, y se irían. Quizá podría estropear el elemento sorpresa si le enviaba la cabeza del joven Quinn a su padre con antelación, pero la poesía que había en ello era irresistible.

—Excelencia —se oyó una voz a su espalda. D'Amiran se apartó de la ventana para atender a su maestresala, que le hacía una reverencia—. La mesa matinal está lista, por si deseas desayunar —el hombre señaló la mesa ya puesta.

—En realidad, creo que iré al Gran Salón —dijo D'Amiran.

El maestresala trató de ocultar su frustración. No era tarea fácil subirlo todo hasta allí, pero al duque le daba lo mismo, quería ver la cara de Quinn con sus propios ojos, quería disfrutarlo.

Se quitó la bata con un movimiento de los hombros, y el maestresala se apresuró a traerle el jubón y le dijo entre dientes al paje que aguardaba que debían retrasar el desayuno hasta que el duque llegara. Una vez que tuvo abotonada aquella chaqueta ceñida y las mangas bien estiradas, D'Amiran bajó las escaleras con un saltito en cada paso. Entró en el Gran Salón por la parte de atrás, sonriendo mientras todo el mundo se ponía en pie. Hizo un gesto con una mano para que todos se sentaran y dirigió la mirada hacia la mesa donde se sentaban los oficiales de la escolta. Los tres.

Lady Clare abandonó su lugar, vino a su encuentro y se agachó en una marcada reverencia.

—Su excelencia nos hace el honor de asistir —dijo la joven.

A ésta la escogería para sí. Aunque su familia ya estuviera vinculada a él por medio del matrimonio de su hermano con la hermana de la muchacha, seguían siendo los más ricos de Crescera. Y era encantadora. Castella Carey también lo era, y esto casi le compensaba aquel disgusto.

Uno de los oficiales levantó la cabeza, vigilante, y D'Amiran se dio cuenta de por qué Clare había salido a su encuentro. Oh, cómo iba a disfrutar aquello.

—Querida mía, jamás dejaría pasar la oportunidad de pasar más tiempo en tu presencia —dijo al levantar la mano de Clare y ponerla sobre su brazo.

Habló lo bastante alto para que todos lo oyeran, y el oficial que vigilaba se puso tenso cuando D'Amiran se la llevó de regreso a la mesa. Cuando llegaron a la cabecera, el duque indicó que ella debería sentarse a su derecha, lo cual obligó a que se movieran algunas sillas.

Salieron las fuentes de comida, y el duque aguardó a que le llenaran su plato antes de volverse hacia lady Clare.

—¿Y cómo te encuentras esta mañana, mi señora? Espero que el tiempo no haya hecho decaer tu ánimo.

—Oh, no —dijo ella alegremente, demasiado alegremente—. Estoy un poco preocupada por mi amiga. Lady Salvina cayó enferma anoche, y no la he visto en toda la mañana.

A la joven no se le daba muy bien lo de ocultar sus intenciones. No dejaba de lanzar miradas a la mesa de los oficiales. Y desde allí vigilaban los tres sin tocar la comida.

El plan consistía en hacer que Geddes soltara una indirecta particularmente vil sobre el paradero de la Pajarera durante la próxima revista del mediodía. Sería una indirecta que pusiera a Quinn furioso por rescatar a su amada plebeya, una indirecta que lo condujera directo a una trampa en sus aposentos privados. Pero esto era demasiado bueno para pasarlo por alto.

D'Amiran volvió a mirar a Clare con una sonrisa comprensiva.

—Así es, se encuentra en mi enfermería. Hablé con ella hace apenas una hora.

A Clare se le puso la espalda rígida.

—¿Y podré verla, excelencia?

—Oh, no, mi señora —dijo él—. Me temo que no puedo permitirlo. Nunca me lo perdonaría si tú también cayeras enferma —miró hacia la mesa de los oficiales con una sonrisa petulante—. Y no está en condiciones de que nadie la vea en estos momentos.

73

Salvia se despertó con el constante goteo del agua. Le dolía la cara en más sitios de los que habría creído posibles, y apenas podía ver por un ojo. Apartó el rostro de la luz y descubrió un nuevo dolor en la parte de atrás del cráneo. Combatió el mareo y las náuseas durante los siguientes veinte segundos y los venció a ambos para acabar acordándose de la noche anterior. Resurgió la náusea, se puso de costado y expulsó el escaso contenido de su estómago sobre el suelo de piedra.

Unas manos grandes descendieron para quitarle el pelo de la cara mientras ella vomitaba, aunque tenía la mayor parte del cabello apelmazada contra el cuero cabelludo por la sangre seca. Los músculos que se tensaron con las arcadas sirvieron para identificar más arañazos y magulladuras, y Salvia se dobló y soltó un quejido.

—Te pondrás bien —la tranquilizó una voz profunda.

Salvia tenía las manos sobre el estómago. La faja de fogata roja había desaparecido. Frenética, se puso a buscarla palpando a su alrededor.

—La tenemos nosotros —dijo el hombre—. Relájate.

Trató de ayudarla a incorporarse, pero Salvia se resistió contra él hasta que el mareo le sobrevino. El hombre la sostuvo erguida hasta que el mundo dejó de dar vueltas. Salvia parpadeó ante el rostro oscuro y con barba que se iba volviendo más nítido. Ahora lo reconocía, aunque estaba oscuro cuando se encontraron en el bosque anoche. Cuando el hombre tuvo la seguridad de que podría mantenerse erguida ella sola, inclinó una cantimplora sobre un trozo de tela y empezó a limpiarle la cara. Salvia se apartó con un respingo del paño y del dolor que le producía, pero él siguió limpiándola con delicadeza.

—No nos dimos cuenta de que eras una chica hasta que salió el sol y pudimos verte mejor. Perdón si te tratamos con rudeza.

—Olvídalo —Salvia estaba anoche a punto de desmayarse cuando encontró a los exploradores de Alex, así que no se había resistido cuando la sujetaron contra el suelo y la registraron en busca de armas—. El guardia del castillo que me encontró antes que tú fue mucho más rudo.

El hombre se rio, y Salvia observó lo que tenía alrededor. Estaban sentados resguardados bajo una saliente de roca en la ladera de una montaña escarpada.

—¿Dónde están los demás? —preguntó ella.

El hombre vertió más agua en el paño.

—Dell está comprobando las trampas, y Stephen está haciendo guardia. Es probable que Rob y Jack estén justo en el paso a estas alturas. Si se apuran, podrán encender la señal mañana por la mañana, y tendremos refuerzos en menos de una semana, gracias a ti. ¿Podrás tomar algo?

Salvia asintió y descubrió que no era un movimiento que fuera a tener ganas de repetir demasiado pronto.

—Sí —dijo con voz ronca.

—Toma —le sostuvo la cantimplora en los labios—. Limítate a dar un sorbo por ahora, aunque quieras más.

Salvia obedeció y probó a tragar. Le dolían incluso los músculos de la garganta. El hombre de baja estatura la miraba.

—El primero siempre es el más difícil. Pero mejor él que tú.

Salvia recordó haberse despertado con el peso de un hombre muerto encima. Era un milagro que no se hubiera asfixiado. Después de quitárselo de encima a empujones, Salvia había vomitado sobre el cadáver. A buena hora se acordaba de haber dejado allí el cuchillo al alejarse dando tumbos y empapada en su sangre.

—¿Vomitaste tú después de tu primer muerto? —jadeó Salvia entre sorbo y sorbo.

—No conozco a nadie que no lo haya hecho.

Eso la hizo sentirse mejor.

—¿Incluido el capitán Quinn?

—¿Alex? Durante varios días —se sentó sobre los talones—. Anoche estabas tan agotada que no nos presentaron como es debido —le ofreció la mano—. Soy el sargento Fresno el Carretero.

Salvia suspiró.

—Sí, por supuesto que lo eres.

74

Salvia le contó a Fresno el plan de Alex mientras él preparaba algo de comer sobre un pequeño fuego. El olor de la sangre en su ropa y en el pelo le había quitado el apetito, pero se obligó a comer. Tenía que meterse la comida en la boca con mucho cuidado, ya que tenía los labios partidos por dos sitios distintos. Masticar también le resultaba difícil con la mejilla izquierda tan magullada y arañada. Al menos, los dientes y la mandíbula parecían intactos.

Fresno observaba cómo tomaba un trozo de pan artesanal (avena frita, básicamente) con los dedos sucios.

—¿Eres una doncella, entonces?

Se resistió al impulso de hacer un gesto negativo con la cabeza.

—No, trabajo para la casamentera. Me he estado mezclando con las damas y ayudando al capitán Quinn recabando información. Es una larga historia.

—Estoy deseando oírla.

Le ofreció un trozo de carne de ardilla. Aquella manera en que Fresno la miraba la hacía sentirse un tanto incómoda.

Salvia carraspeó al cogerle el trozo de comida de la mano.

—Cuando conocí a Alex, me dijo que se llamaba Fresno el Carretero. ¿Eres tú el verdadero Fresno el Carretero, o no es más que el nombre que se suelen poner los espías?

Fresno esbozó una sonrisa irónica.

—Yo soy el verdadero Fresno. Recabar información suele ser mi trabajo, pero él quería probar y que yo la hiciera de explorador. Mi historia ya era conocida y funcionaba, y le sugerí que la utilizara en lugar de inventar un personaje nuevo por completo.

Salvia valoró aquella idea mientras masticaba.

—Tienes que crear una identidad completa para que sea eficaz —dijo ella, y Fresno asintió—. Así que conoces bien a Alex, ¿no? ¿Crecieron juntos? —Fresno volvió a asentir—. ¿De verdad eres medio hermano del príncipe Robert? —asintió—. ¿Eres sargento en lugar de un oficial de mayor rango para no estar nunca por encima de él?

Fresno hizo una mueca.

—Parece que ya sabes mucho sobre mí.

—Tan sólo esos detalles. Me llevará su tiempo ordenar ciertas cosas en la cabeza; tu historia se mezcla con su personalidad.

Fresno reprimió la risa.

—Sí, es un tanto difícil mantenerlo en secreto —la observó durante varios segundos—. ¿Corresponde él a tu afecto?

Salvia levantó de golpe la cabeza.

—¡¿Mi qué?!

Fresno parecía sorprendido por su reacción.

—Tu afecto —repitió despacio—. Sientes un gran afecto por él.

—Yo no...

—Ah, ¿no lo sientes? Me habré equivocado, entonces... —Fresno se metió un trozo de carne en la boca—. Pero tampoco sería algo de lo que avergonzarse, si así fuera: la mitad de las damas que conozco lo escogerían a él antes que a Robert. Deberías ver el revuelo cada vez que aparece en la corte.

Salvia probó a sacudirse las migas de la chaqueta, que seguía húmeda, y lo que hizo fue restregarse la mayoría de ellas.

—Lo cual explica su pericia al engañar a una mujer.

—En absoluto —se reclinó Fresno—. Alex es un tanto... reservado en cuanto a sus pensamientos, pero los que lo conocemos bien por lo general podemos darnos cuenta de lo que se está cociendo ahí adentro —se dio unos golpecitos en la sien—. Una vez que ha tomado una decisión sobre algo, suele sacarla a la luz.

—Sí —reconoció Salvia—, y lo que «suele salir» es una mentira. Para empezar, me dijo que él eras tú.

Fresno sonrió sin rastro de humor.

—Apuesto a que fue doloroso.

Salvia dio un pequeño respingo.

—No soy una niña estúpida y sentimental...

—Me refiero a que sería doloroso para él —dijo Fresno con calma—. ¿Te lo habías imaginado en algún momento desde su punto de vista? —agarró su espetón y lo movió hacia delante y hacia atrás entre las manos morenas—. Intenté advertirle. Interpretar a un espía es divertido hasta que te das cuenta de que no eres tú quien le cae bien a la gente, les cae bien quien finges ser. Y si alguna vez lo descubren... —Fresno se encogió de hombros y lanzó el palo a las llamas—. Bueno, entonces te odian.

Te odio. Ésas habían sido prácticamente las primeras palabras que le salieron de los labios. Y su respuesta había sido...

Te quiero, Salvia la Pajarera. De todo cuanto he dicho y hecho, eso es verdad.

Salvia tenía la mirada perdida en el vacío, pero trajo de vuelta los ojos para centrarlos en Fresno, que lucía una sonrisa alentadora.

—Si él te dijo que siente algo por ti, te sugiero que lo creas. Tus sentimientos resultaron obvios la primera vez que dijiste su nombre.

Salvia cerró con fuerza los ojos contra la amenaza de las lágrimas. Todo aquello le había dolido tanto porque pensaba que él le había mentido, pero ahora comprendía que no lo había hecho, no de un modo que tuviera tanta importancia. Le había mostrado al verdadero Alex, el hombre bajo el uniforme, aquel Alex tan profundamente enterrado que él mismo había empezado a olvidar que existía. Y aquel Alex había puesto su corazón a los pies de Salvia, consciente de cómo reaccionaría ella. Sintió que le surgía un dolor desde muy adentro del pecho al recordar cómo se habían separado, que ella se había negado a dejarlo hablar siquiera y que él había aceptado su odio como algo que se merecía.

Pero ella no lo odiaba; la ira era un manto que Salvia tenía la costumbre de echarse encima aunque nunca le diera un calor duradero.

En realidad, lo que odiaba era que él la hubiera sacado al exterior y la hubiera obligado a sentir algo después de pasarse años encerrada en sí misma. Odiaba que él hubiera inutilizado aquel orgullo que ella tenía, que hubiera sacado a la luz sus fallos y que la hubiera querido a pesar de ellos, o por ellos, incluso. Odiaba no poder aguantar la idea de un mundo sin él.

Amaba a Alex.

Lo amaba, y se lo tenía que decir antes de que fuera demasiado tarde.

Abrió los ojos para encontrarse a Fresno sonriendo de oreja a oreja.

—Ahora mismo, mi único remordimiento es no haber sido yo quien se encargara de la tarea de espía, tal y como habíamos planeado en un principio: te habría conocido yo primero —se encogió de hombros en un gesto de resignación—. Pero no te preocupes, sé bien que no debo interponerme en su camino.

Stephen y Dell regresaron a la cueva en aquel momento. Fresno le había pedido a Dell una cubeta de agua de lluvia, y con él se puso a limpiarle a Salvia el resto de las cortadas y las rozaduras. Ella ni siquiera se había percatado de la mayoría de ellas, incluida una rajada en la frente, hacia el nacimiento del pelo. Salvia utilizó el resto del agua para aclararse el pelo, pero no se molestó con la ropa. Se escurrió el agua fría del cabello mientras los tres soldados preparaban sus armas e ideaban un plan para eliminar las patrullas de la guardia de la fortaleza.

—¿Cuántos habrá? —preguntó Salvia.

—Hemos visto no menos de veinte centinelas a pie —dijo Fresno—, pero en el último par de días han sido más bien ocho o diez.

Salvia asintió.

—La enfermedad.

—Recuérdame que le diga a Alex que eso fue genial. Su padre estará orgulloso.

Salvia se concentró en trenzarse el pelo sin querer alardear de su participación en aquello.

—¿Y cómo puedo ayudar ahora?

—¿Considerarías la posibilidad de quedarte aquí? Es más seguro.

Al oír aquello, Salvia alzó la mirada, y Fresno soltó una carcajada.

Ella entornó los ojos.

—¿Qué es lo que tiene tanta gracia?

Stephen y Dell cruzaron una mirada divertida. Fresno hizo un gesto negativo con la cabeza.

—Nada. Es que... ya veo por qué le gustas. Eres terca como una mula.

—Igual que él —Salvia tuvo que sonreír—. Dejando eso a un lado, voy contigo.

—¿Sabes manejar una ballesta? —le preguntó Fresno.

—Lo dudo.

—¿Lanza o espada?

Salvia tragó saliva.

—No.

—¿Cuchillo?

—Sólo un poco, y perdí el mío —se desvaneció su confianza.

Fresno suspiró.

—Mi señora —le dijo a Salvia—, odio decir esto pero, a menos que se te ocurra algo, tendré que insistir en que te quedes aquí, y estoy seguro de que el capitán estaría de acuerdo conmigo.

Salvia bajó la mirada con un ardor en las mejillas. No deseaba ser una carga, pero tampoco podía quedarse al margen. Tenía que haber algo. Le llamó la atención el cordón de la bolsa de viaje de Dell, y sonrió.

Mientras los soldados repasaban lo que se llevarían y lo que dejarían allí, Salvia se puso manos a la obra, tomó prestado el cuchillo de Fresno y aprovechó una bolsa rota para sus propósitos. Cuando le mostró a Fresno lo que había hecho, el sargento frunció el ceño.

—¿Se te da bien?

—Lo suficiente para cazar con ella —respondió Salvia.

La frente de Fresno seguía fruncida, pero accedió a dejarla venir cuando ella le prometió que seguiría las órdenes y no sería un estorbo.

No parecía que a Stephen y a Dell les molestara su presencia, en especial cuando demostró que era capaz de mantener su ritmo al bajar la ladera de la montaña. Cuando llegaron al río, que ya crecía con las lluvias y el deshielo, Fresno se detuvo y le hizo un gesto a Salvia para que se adelantara.

Salvia fue escogiendo entre las piedras del lecho del río, buscando las más lisas y equilibradas. Fresno la miraba de brazos cruzados. Seguía sin gustarle la idea, y ella francamente no lo culpaba por ello. Le flaqueó a Salvia su propio valor cuando pensó en el tiempo que había pasado desde la última vez que había utilizado una honda, y ni siquiera había probado aún la que había improvisado con un cordel y un trozo de cuero.

Se metió varias piedras redondeadas en los bolsillos. No había tiempo para ponerse exigente. Con un poco de suerte, ni siquiera las necesitaría.

—Ya tengo bastantes —dijo mientras salía caminando de la gélida corriente de agua.

Fresno no se movió.

—Si no tienes inconveniente en hacernos una rápida demostración.

Salvia tragó saliva, nerviosa.

—Me tendrás que perdonar la primera: nunca he utilizado esta honda.

—Te concedo tres intentos.

Salvia asintió y se pasó los extremos anudados entre los dedos. Apareció una piedra perfecta a sus pies, y se agachó a cogerla. Era casi demasiado buena para desperdiciarla con su primer intento, pero la colocó sobre la pieza de cuero y tensó el cordón. Cuando probó a hacer girar el arma, casi se le escapó la risa. Era como si jamás se hubiera desprendido de la honda.

—Intenta alcanzar el nudo verdoso de aquel árbol caído de allí —señaló Fresno el objetivo a unos veinticinco metros de distancia.

Salvia hizo girar la honda más rápido y se centró en el punto indicado. *No pienses. Lánzala y ya.* La copa de cuero de la honda silbaba al pasar por delante de su cara, justo por donde ella quería, y soltó el brazo para liberar la piedra, que salió volando e impactó en el tronco con un golpe seco y se incrustó en la madera empapada justo por debajo del objetivo. No le había dado al nudo por apenas unos centímetros. Cuando se recuperó de su propio asombro, Salvia lució una sonrisa de suficiencia y se volvió para mirarle.

—¿Servirá con eso?

75

Alex no sabía si creer lo que D'Amiran le había dicho a Clare o no, pero resultaba obvio que el duque deseaba que él pensara que estaba viva. Quería que Alex fuera a buscarla, y eso significaba que D'Amiran estaba preparado.

Y Alex también lo estaba.

Ya voy, Salvia.

Llamó a la puerta, le abrió la casamentera y lo dejó entrar en sus aposentos.

—Todas están aquí —dijo ella antes de que él se lo pudiera preguntar. Un vistazo a su alrededor le dijo que faltaba gente, y ella hizo un gesto hacia la alcoba—. Algunas se están cambiando. Su idea de vestirse con sencillez no coincide con la mía.

Alex asintió una vez, fue con paso decidido a cruzar la puerta del fondo y provocó varios gritos. Ninguna de las mujeres estaba realmente desnuda, y él no estaba de ánimo para protocolos.

—Todas me seguirán a mí, guarden silencio y no llamen la atención. Si se niegan a cooperar o se quedan atrás, eso les costará mi protección.

Una rubia alta dio un paso al frente inflando el pecho de un modo que debía considerar atractivo y le puso su mano encima.

—¿De qué peligro se trata, mi señor?

Alex desvió la mirada hacia las uñas pintadas que se aferraban a su brazo. *Jacqueline.* Recordaba su nombre tanto como aquel veneno que se remontaba hasta la primera noche. Salvia había arriesgado su vida por aquella condenada mujer. Había sufrido por ella. Le retiró los dedos con frialdad.

—La muerte.

Las mujeres guardaron silencio después de aquello.

Alex las sacó de allí tras recibir un breve gesto con la barbilla de uno de los soldados apostados en el pasillo, que le indicó que todo estaba despejado. Cada una de las casaderas llevaba un chal formando un fardo escaleras abajo, camino del cuarto de las lavanderas, tres pisos por debajo del ala de invitados. Con la escasez de personal provocada por la enfermedad y la proximidad del almuerzo, la zona estaba desierta. Su soldado se quedó en la retaguardia y permaneció afuera, ante la puerta, mientras Alex se agachaba y abría la alcantarilla tratando de no pensar en la última vez que lo había hecho. Alzó la mirada para toparse con más de una docena de caras horrorizadas.

—¡¿Ahí adentro?! —exclamó una de las damas.

—Sí, y rápido —extendió los brazos—. ¿Quién es la primera?

Lady Clare dio un paso al frente sin vacilar y se metió la falda entre las piernas para reducir su volumen. Alex la agarró por los brazos y la bajó.

—Avanza por el túnel para dejar espacio a los demás —se dio la vuelta hacia el grupo y extendió los brazos—. Siguiente.

No se movió ninguna, de manera que la señora Rodelle empujó contra él a la muchacha que tenía más cerca. Cuando Alex la bajó, el vestido se le enganchó en la abertura, y la joven llegó abajo con la falda sobre la cabeza. El resto se la recogió entre las piernas tal como lo hizo Clare.

Jacqueline se las arregló para ser la última, y Alex observó su voluminosa falda mientras ella le sonreía como una tonta.

—No creo que así vayas a caber —sacó un cuchillo, rajó la tela y le arrancó el exceso mientras ella protestaba—. Silencio —le espetó él.

En cuanto la joven desapareció en la oscuridad, Alex le dio un puntapié al resto del vestido y se lo lanzó hacia abajo. Ahora se encontraba a solas frente a la casamentera.

—Voy a traerla de vuelta —dijo él.

La señora Rodelle sonrió ligeramente.

—Lo sé.

La mujer extendió los brazos, y Alex la bajó, después lanzó por el agujero un costal y les explicó que contenía algo de comer, agua y varias dagas. Cuando volvió a sellar la reja de piedra sobre ellas y cubrió las rendijas con arena, oyó que la casamentera amenazaba con cortarle la lengua a la dama que se quejara. Alex sonrió de mala gana. No le cabía la menor duda de que estaba dispuesta a ejecutar su amenaza.

Alex y Charlie ascendían en silencio por la escalera de la torre. El duque y todos sus invitados se habían ido al Gran Salón para el almuerzo, de manera que todos los pisos estaban vacíos, o prácticamente vacíos. Los aposentos del duque se hallaban en silencio cuando pasaron por delante, y continuaron subiendo.

Alex se dirigía a lo más alto de la torre y hacia los soldados de guardia que se encontraban allí. Como siempre, le dolía utilizar a Charlie, pero no podía desperdiciar a un soldado y, con un poco de suerte, el niño estaría más seguro llevando a cabo aquella tarea. Dado que Salvia no había conseguido llegar hasta los exploradores, había decidido hacerlos venir, y la señal se utilizaría también para iniciar su ataque. La fortuna estaba de su parte, y justo cuando se aproximaban a la trampilla, ésta se abrió y bajó por las escaleras de madera un soldado que se quejaba con su compañero porque no podía esperar más para ir al excusado. Cuando llegó al fondo, Charlie atrajo su atención haciendo malabares con dos barriles pequeños que giraban el uno en torno al otro mientras el niño tartamudeaba una serie de disculpas. Cuando el soldado le dio la espalda a las sombras, Alex salió, le tapó la boca con la mano y le hundió una daga larga en la espalda en ángulo ascendente para perforarle el riñón. El dolor intenso le provocó un estertor al hombre, que cayó de golpe. Alex lo sujetó, lo arrastró de espaldas, lo bajó por los escalones de piedra y remató la tarea fuera de la vista de Charlie.

Alex limpió la hoja ensangrentada en la camisa del hombre, volvió a subir y le hizo una señal a Charlie para que siguiera avanzando. El niño asintió y subió tranquilamente las escaleras hasta la plataforma. Tenía los dos últimos paquetes de fogata roja, y esperaban que los guardias tuvieran un fuego encendido en las almenas, para calentarse. Alex retiró los pasadores de las bisagras de la escalera y se quedó escuchando cómo su hermano conversaba con el guardia que quedaba; acto seguido, Charlie bajó dando brincos por las escaleras de madera mojada mientras el guardia gritaba:

—¡¿Qué demonios?!

En el instante en que el pie del guardia se posó en el primer peldaño en su persecución, Alex dejó de sujetar la escalera, que se vino abajo e hizo que el hombre se tropezara con la trampilla y se golpeara en la cabeza en la caída. Alex desenvainó la espada y le atravesó el corazón al guardia antes de que pudiera recuperarse. Extrajo la hoja y observó a Charlie, que se había quedado mirándolo con los ojos abiertos como platos.

Alex pasó por encima del cadáver.

—Eh —dijo al tiempo que sujetaba la barbilla del niño y volvía sobre sí la mirada de aquellos ojos pardos aterrados—. Soldado, tienes un trabajo que hacer. Concéntrate.

Charlie tragó saliva y asintió.

—Vamos —dijo Alex, que subió a su hermano por la abertura y se agachó para apartar al guardia muerto de encima de la escalera.

Lanzó la escalera hacia arriba, a la plataforma de madera.

—Utilízala para mantener la trampilla cerrada.

—Su ballesta sigue aquí arriba —le dijo Charlie con voz fuerte mientras jalaba la trampilla para cerrarla.

—Prepárate para utilizarla si tienes que hacerlo.

—Sí, señor —Charlie se asomó hacia abajo para verlo una última vez con el humo rojo que ascendía a su espalda—. Alex —le llamó, y sus ojos cruzaron una mirada—. Buena suerte.

—Mantente a salvo, muchacho.

La trampilla se cerró de golpe, y oyó que se deslizaba la tranca sobre ella. Espada en mano, Alex bajó al trote por la escalera de piedra.

Tenía un hombre al cual matar.

76

D'Amiran se paseaba por delante de la chimenea del Gran Salón mientras sus invitados entraban de manera desordenada para el almuerzo. La escolta debería estar formándose ahora para pasar revista, y Geddes dejaría caer su indirecta de que la chica había estado desde el principio en los aposentos privados del duque. Ya se encargaría Quinn de sacar conclusiones. El muchacho caería de cabeza en la trampa, sin pensar, y D'Amiran tendría su ejecución, justo a tiempo de que todo el mundo la presenciara.

Mantendrían a las damas dentro del salón, por supuesto, pero todos los demás podrían salir al patio de armas. Lo colgarían. Lo dejarían ahí balanceándose, retorciéndose y cagándose encima mientras sus propios hombres lo veían, rodeados e impotentes. El duque se moría de ganas.

D'Amiran se detuvo y alzó la mirada. Las damas no habían llegado todavía. Quizá vinieran por la puerta de atrás, a través del torreón, para evitar la lluvia. Aun así, ya deberían estar presentes. No había ninguna enferma aquella misma mañana, que ya era más de lo que él podía decir de su propia gente.

Los gritos procedentes del otro extremo del salón sacaron a D'Amiran de sus pensamientos. En las puertas, la gente empezó a entrar corriendo y anunciando a gritos un incendio en el patio. Las vidrieras lanzaban motas de color por la sala con las llamas que había tras ellas, unas llamas que ardían bien altas y luminosas a pesar de tantas horas de lluvia. Los soldados conducían a más gente al interior y les gritaban que corrieran para ponerse a salvo.

Soldados de negro. Los jinetes de Quinn.

En un abrir y cerrar de ojos, prácticamente todos los aliados de D'Amiran se encontraban en el Gran Salón. La muchedumbre se apartó cuando el capitán Quinn se abrió paso a empujones, con la espada desenvainada y ensangrentada.

No estaba previsto que sucediera de aquel modo.

D'Amiran retrocedió varios pasos tambaleándose cuando Quinn agarró a un criado y lo empujó contra la pared con la punta de la espada en su estómago. Tras una breve conversación, el capitán del ejército de Démora dejó caer al hombre y barrió todos y cada uno de los rostros de la habitación con una mirada iracunda en sus ojos oscuros, buscando a quien él quería. Cuando aquellos ojos se centraron en él, D'Amiran vio su propia muerte a la espera.

Se dio la vuelta y huyó.

77

Alex se abrió paso a empujones entre la multitud del Gran Salón. El aterrorizado rostro del criado de D'Amiran captó su atención, lo agarró por el cuello y lo estampó contra la pared. Con la punta de la espada ensangrentada contra su barriga, Alex le exigió que le dijera lo que quería saber.

—¿Dónde está la chica?

—¿Qué chica? —jadeó el hombre.

Alex atravesó con la hoja la primera capa de la chaqueta del criado.

—Los guardias trajeron anoche a una chica. ¿Dónde la metieron?

El hombre abrió tanto los ojos que se le veía todo el blanco alrededor del iris.

—¡No vi a ninguna chica!

—¿La meterían en las mazmorras? —le preguntó más insistente.

El hombre gritó cuando la punta le perforó la piel.

—¡No lo sé! ¡No lo sé!

Alex lo soltó con cara de asco, y el hombre cayó de rodillas con las manos aferradas a la barriga. La gente se fue apartando de su camino mientras él seguía buscando hasta que se encontró con D'Amiran enfrente, al otro lado de la sala. El duque abrió desmesuradamente los ojos al verlo, se dio media vuelta y echó a correr hacia la puerta trasera, que no habían asegurado aún.

Alex salió disparado detrás de él, y todos sus instintos que le gritaban que el duque se dirigía hacia allá donde tuvieran retenida a Salvia y que la mataría. Varios pasos después de salir del salón, Alex tuvo que decidir: subir hacia los aposentos del duque, entrar directo en la torre, o bajar hacia las mazmorras y las despensas. Se detuvo y prestó atención en busca de alguna señal que le indicara hacia dónde ir. Y escogió bajar.

78

En cuanto apareció el humo rojo, los guardias de la muralla exterior comenzaron a caer con flechas de ballesta clavadas bien profundas en el pecho y en la espalda. Cuando quedó satisfecho, el teniente Casseck se asomó del interior de la torre de la entrada y dio un silbido estridente. Los hijos del destilador y otros dos compañeros salieron de la armería, que ya estaba envuelta en una humareda, cargados con barriles de alcohol y unos fuelles que habían robado en la herrería. Llegaron a los barracones, se dividieron, y una de las dos parejas dejó un barril chorreando al pasar junto a la puerta.

Casseck vio cómo abrían los barriles y vertían el alcohol en los fuelles, y rezó por que nadie dentro de los barracones hubiera encendido una vela, o todo saltaría por los aires antes de sus soldados pudieran escapar. Las dos parejas comenzaron a bombear la nube inflamable a través de las ventanas abiertas en cada extremo, y el teniente levantó la mano para hacer una señal a un arquero en la muralla, a unos cuantos metros de distancia, que prendió la brea de su flecha.

Todavía no.

Creyó haber oído gritos procedentes del interior de los barracones, pero la tienda que habían levantado en el patio se acababa de incendiar, así era difícil de decir con tanto ruido resonando en las murallas de piedra. Tim el Destilador se puso en pie para levantar con esfuerzo el fuelle y tirarlo por la ventana, y su compañero lanzó el barril medio vacío.

Casseck alzó la mano un poco más alto, y el arquero tensó la cuerda y apuntó hacia la ventana abierta.

Las dos parejas de soldados huyeron corriendo de los barracones y se lanzaron bajo el primer cobijo sólido que fueron capaces de encontrar. La puerta de los barracones se abrió de golpe, y los guardias salieron tambaleándose, frotándose los ojos y tosiendo. Uno de ellos se tropezó con el barril que chorreaba y lo derramó.

Casseck bajó el brazo.

El arquero disparó la flecha, y los barracones estallaron antes de que ninguno de ellos pudiera protegerse detrás de la muralla.

79

Salvia, Dell, Stephen y Fresno se encontraban a menos de un kilómetro y medio de la fortaleza de Tegann cuando la columna de humo rojo comenzó a surgir de lo alto de la torre. Unos minutos después arriaron una de las banderas, y el humo empezó a elevarse en secuencias de nubes. No podían ver a la persona responsable.

Fresno sonrió.

—Parece que la fiesta empezó antes de tiempo —señaló a Salvia—. Busca un sitio donde esconderte. Nosotros eliminaremos a los centinelas conforme regresen.

Salvia miró a su alrededor.

—¿Qué tal un árbol? Así también podré ver mejor lo que está pasando adentro.

Señaló un árbol de hoja perenne. A la mayoría de los demás no le habían terminado de brotar las hojas.

—Buena idea. Volveremos y te encontraremos cuando hayamos terminado. ¿Necesitas un empujoncito? —se ofreció.

El paseo le había soltado a Salvia los músculos doloridos, y la adrenalina le corría por las venas. Saltó para agarrarse a la rama que quería y se enganchó a la siguiente con las piernas. A continuación se subió y desapareció en una lluvia de agujas de pino.

—Supongo que eso es un no.

Fresno le hizo un gesto a sus compañeros, y se pusieron en marcha con las armas preparadas.

Desde su posición elevada en el árbol, Salvia vio que había movimiento en las murallas de la fortaleza, en la interior y en la exterior. Con la lluvia, resultaba difícil distinguir los colores de los uniformes. Del patio interior surgía un humo negro: debía de ser la carpa. Poco antes habían asomado las llamas por las paredes de la armería este. La lluvia acabaría extinguiendo aquellos incendios, pero se había iniciado con un aceite preparado en barriles que iban goteando despacio para que empaparan sus alrededores.

El plan era lograr que cundiera tal pánico que resultara sencillo dirigir a todo el mundo hacia un mismo lugar, eliminar a tantos guardias como fuera posible en los primeros minutos y asegurar la muralla interna. Lo ideal era controlar la fortaleza entera, pero los soldados estaban preparados para retirarse al adarve interior o incluso al torreón si fuera necesario.

Antes de tomar la decisión, sin embargo, inutilizarían la muralla exterior en la medida en que pudieran. El soldado que había en lo alto de la torre, apenas visible, estaba agitando una bandera empapada. Salvia lo vio una vez entre el humo y se dio cuenta de que no estaba agachado: era tan alto como la pira del fuego. *Charlie.* Se le hizo un nudo en el estómago, pero Alex no habría tenido opción. De todas formas, era probable que el niño estuviera más seguro allí arriba.

Mientras Salvia entornaba los ojos tratando de distinguir si había funcionado el plan de los barracones, éstos volaron por los aires con una gran deflagración que se fue expandiendo, aunque el sonido tardó varios segundos en llegar hasta ella. El éxito le provocó una satisfacción morbosa, y se preguntó a cuántos hombres acabaría de matar con su idea. Uno de ellos salió despedido del adarve exterior y cayó por la muralla de piedra. Hacía inútiles aspavientos con los brazos en su caída hacia la muerte, y Salvia apartó la mirada al sentir las náuseas.

Un movimiento cercano captó la atención de su mirada. Varios pájaros habían alzado el vuelo de entre los árboles cuando la explosión resonó por todo el valle, y un halcón grande volvió a posarse en un árbol a unos doce metros de distancia. Sintió un escalofrío al reconocer que se trataba de un ave amaestrada. Quizá fuera, incluso, aquella a la que había visto varios días atrás, aunque no tenía forma de estar segura. Quizá los kimisares no se hubieran marchado, al fin y al cabo.

Salvia subió hasta una rama más alta con una mueca de dolor provocada por los arañazos de las agujas en el rostro irritado. Desde su nueva posición tenía una imagen clara del halcón, pero no vio ningún rastro de nadie entre los árboles ni en el suelo de debajo. Quizá el pájaro llevara un mensaje de alguien lejano y perteneciera a esa persona, pero no estaba buscando a nadie. El pájaro estaba esperando. Su amo estaba cerca.

Si el halcón era un mensajero de sus enemigos, matarlo podría ser crucial. Se metió una mano temblorosa en el bolsillo para coger la honda y una piedra.

Estaba tan nerviosa que su primer lanzamiento se pasó de largo más de un metro. El halcón giró la cabeza para seguir la trayectoria de la piedra, pero siguió posado en el sitio. Sin duda, estaba amaestrado. Salvia subió a una posición inestable sobre una rama y se asomó fuera del árbol para tener más espacio para el brazo. Cualquiera podría verla ahora desde el suelo.

Soltó la piedra con un golpe de muñeca. El pájaro giró la cabeza y alzó el vuelo demasiado tarde. El misil impactó en el hombro del ave, que soltó un chillido y cayó hacia atrás dando tumbos. Salvia volvió de golpe dentro del árbol y se abrazó al tronco sin dejar de prestar atención a cualquier señal del dueño del pájaro.

No oyó ningún ruido, pero sintió su mirada.

Pasados varios minutos en los que apenas respiró, Salvia giró la cabeza para mirar hacia el bosque y lo vio casi de inmediato. Se encontraba de pie, inmóvil, en un claro sobre una pendiente cercana, con una capa oscura que le colgaba a su alrededor, casi hasta el suelo, y una capucha que le oscurecía el rostro. El hombre habría resultado invisible de haber estado un paso más atrás, entre el follaje. Estaba cruzado de brazos, unos brazos de intrincados tatuajes, y la observaba; como si estuviera esperando a que ella lo viera.

Llevaba una ballesta, y Salvia estaba bien a su alcance.

Casi con pereza, el hombre se descolgó el arma de la espalda, pero no hizo ademán de apuntar. ¿Se estaba burlando de ella, o se debatía entre si disparar o no? Salvia estaba temblando de la cabeza a los pies. Debía desplazarse hacia abajo, donde las ramas y el tronco eran más gruesos, pero el temor la tenía paralizada.

—¡Pajarera! —gritó una voz en la distancia.

Los exploradores regresaban por ella. Volvió la cabeza hacia el sonido y trató de responder, pero su voz sonó como una ronquera aguda en sus dos primeros intentos. Cuando volvió a mirar hacia el hombre de la colina, había desaparecido.

Se apresuró a bajar del árbol, partió la mitad de las ramas que tocaba y se descolgó cerca de un metro en varias ocasiones. Cayó al suelo, salió corriendo y no miró hacia atrás.

80

El almacén inferior estaba desierto salvo por algunas ratas que huían correteando. En las mazmorras, un piso más abajo, Alex mató a tres guardias, dos de los cuales estaban demasiado enfermos para oponer mucha resistencia. El último consiguió herir a Alex en el lado lateral de una pierna antes de caer ante su acero. Un vistazo le dijo que la herida no era nada que mereciera una inmediata preocupación, así que pasó por encima del cuerpo del guardia hacia las apestosas celdas que había más allá. Encontró a uno de los mensajeros de su padre, deshecho e inconsciente, pero a aquel hombre lo atenderían mejor una vez que consiguieran tener la fortaleza totalmente bajo control, así que lo dejó allí. Las demás celdas se encontraban vacías.

Salvia no estaba allí. Se había equivocado al escoger.

Alex subió corriendo hasta el rellano y la enfermería, en el primer piso de la torre, despachando sin vacilar a varios guardias débiles y enfermos, pero no halló ni rastro de Salvia. Aunque temía lo que se podía encontrar allí, miró en la cámara fría, donde se topó con el cadáver de un guardia del castillo que ya llevaba muerto al menos un día por lo que parecía una pérdida de sangre. Aparte del brazo izquierdo roto, el hombre tenía una única herida bajo el hombro derecho, por donde se había desangrado. Debía de haberlo hecho uno de sus soldados.

Aliviado, regresó a la enfermería, donde tres sanadores desconcertados miraban a los cadáveres a su alrededor.

—No sufrirán ningún daño si se dirigen ahora mismo al Gran Salón —les dijo Alex—. De lo contrario, acabarán como ellos.

Señaló con la espada a sus anteriores víctimas. En ese momento estallaron los barracones en el patio exterior, y les siguió una docena de gritos.

—O como ellos —añadió antes de darse la vuelta y salir corriendo de la habitación.

Era como si tuviera la campana de una capilla sonándole dentro del cráneo. Casseck se frotó la oreja izquierda al descender hasta el suelo por los escalones que bajaban del adarve interior, y retiró la mano ensangrentada. Cualquier ruido por ese lado le sonaba como si estuviera debajo del agua. El sargento Porter se acercó para informarle que la puerta exterior estaba asegurada, Casseck lo dejó al mando en aquella zona y se unió a Gramwell a las puertas del Gran Salón.

—¿La encontramos ya? —preguntó Gramwell.

Casseck hizo un gesto negativo con la cabeza.

—No lo creo.

Alex estaba registrando la torre de arriba abajo.

Gramwell alzó la mirada hacia el torreón.

—Cuanto más tardemos, más me preocupa que algo vaya a salir mal.

Casseck compartía la preocupación de su amigo. Cada minuto que pasaba era un minuto del que D'Amiran disponía para rajarle el cuello a Salvia. Se asomó al Gran Salón. Prácticamente la mitad de los nobles del interior tenía las manos atadas a la espalda. La otra mitad parecía aturdida y resignada mientras el cabo Mason vigilaba con una ballesta y dos soldados ataban al resto.

Estuviera Salvia donde estuviera, aún tenían que capturar al duque.

—Llévate a dos hombres —le dijo a Gramwell—. Ve a buscar al capitán y ayúdale en lo que necesite. Yo tomaré aquí el mando.

Las llamas rojas ardían cada vez más bajas, y la lluvia disipaba el poco humo rojo que generaban. Charlie abandonó sus intentos de dirigirlo con la bandera y se asomó a mirar hacia abajo por el costado de la torre. El humo negro le oscurecía prácticamente todo el panorama de lo que sucedía allá abajo. El aire traía gritos agónicos de la zona de la explosión. Le quedaba el último paquete de fogata roja, pero Alex le había dicho que lo guardara para los soldados, si venían, de forma que se lo pudieran llevar al otro lado del paso. Ahora, su trabajo era quedarse allí hasta que Alex o alguno de los soldados viniera a recogerlo.

Charlie se acurrucó al poco cobijo que la pira metálica le ofrecía y se calentó los dedos helados en la zona inferior.

Por debajo de él, el suelo de madera sonaba con los golpes secos de algo que estaba tratando de atravesar la trampilla.

81

Charlie aseguró la trampilla colocándole encima el resto de los mástiles de las banderas, pero sólo era cuestión de tiempo que los guardias de abajo la abrieran a golpes. Demasiado tarde, se percató de que la ballesta no estaba cargada. No tenía fuerzas para jalar la cuerda sin utilizar una manivela, y allí no había ninguna. Charlie observó la cuerda enrollada alrededor de una de las almenas. El cuerpo del kimisar pesaba demasiado para que él lo pudiera subir, lo cual le dejaba la posibilidad de bajar. Si cortaba la cuerda para soltar el cuerpo, quizá se pudiera balancear hasta una ventana, pero lo dudaba. Aunque fuera capaz de agarrarse con las manos congeladas a aquella cuerda resbaladiza, era probable que no le diera tiempo a cortarla antes de que los guardias de abajo abrieran la trampilla y lo jalaran hacia arriba.

O hasta que cortaran la cuerda desde arriba.

Se asomó para mirar hacia abajo y sintió un escalofrío. Retrocedió y se tropezó con uno de los dos barriles pequeños que había subido. Normalmente contenían cerveza, pero Alex los había llenado con un licor más puro, un licor que ardería. Charlie se dejó caer de rodillas y empezó a tratar de abrirlos con su daga.

En el preciso instante en que logró abrir el segundo por un extremo, la trampilla se levantó y reveló debajo de ella un rostro con una expresión de esfuerzo. Charlie se apresuró a vaciar el contenido por el agujero y sobre el hombre, que estaba subido en una caja de yesca. El soldado soltó una maldición y se puso a escupir mientras dejaba caer la trampilla para cerrarla. Charlie se levantó y se envolvió la mano con la bandera mojada, metió la mano bajo la cubierta metálica que protegía la pira de la lluvia y agarró un trozo de madera ardiendo.

Una vez más, la trampilla crujió y se levantó, y esta vez, cuando Charlie vertió el alcohol, prendió el líquido con la llama, generó una lluvia de fuego y le dio un puntapié a la madera ardiendo y al barril en llamas para lanzarlos a la cara del hombre. La trampilla se volvió a cerrar de golpe, y Charlie oyó gritar al hombre y a otro soldado. Se apartó rodando y se dio unas palmadas en los pantalones para apagar las llamas, que también lo habían alcanzado a él.

Se agachó contra el muro cuando el suelo de madera comenzó a humear a causa del infierno que rugía debajo y consumía a los hombres y la leña almacenada allí. No obstante, por mucha fuerza que ejerciera para taparse los oídos, no pudo eludir el sonido de sus gritos.

Alex regresó al rellano y siguió por el otro pasillo que salía de allí, subiendo hacia los aposentos de los D'Amiran. Era una locura hacer aquello él solo, pero pensar en que Salvia acabara como aquel soldado kimisar colgado de la torre lo impulsaba a seguir avanzando.

El siguiente piso era una sala grande de reuniones que hacía las veces de Gran Salón en la primera época de la fortaleza. En aquel momento se utilizaba como almacén y para hospedar a alguno de los invitados. Parecía desierta, pero no se podía arriesgar a que llegara alguien por la espalda. Se paseó por la sala dándoles ruidosos puntapiés a las sillas. No vio a nadie.

Antes de regresar al pasillo, se detuvo ante la puerta a escuchar y captó el sonido de un guardia que bajaba a la vuelta del recodo. Desde alguna parte llegaba también un olor a madera quemada, que era distinto del aceite utilizado para incendiar la carpa y la armería. Alex sacó un cuchillo, retrocedió varios pasos de la abertura y se hizo visible cuando el guardia cruzó por delante de la puerta. Al hombre apenas le había dado tiempo a detenerse cuando la daga llegó volando hacia él y se le hundió en el cuello.

Alex recuperó su cuchillo y continuó subiendo por las escaleras.

Charlie estaba encaramado al muro y agachado entre las almenas mientras el suelo de madera humeaba y se prendía. Se hundió un lado cuando se quemaron los soportes de debajo. El montón de leña debía de contener varios objetos que ardían rápido, para hacer señales muy al estilo de la fogata roja, porque asomaban por el agujero unas llamaradas verdes. Aunque estaba más asustado que nunca, Charlie daba las gracias de que hubieran cesado de una vez los gritos.

Tenía que escapar, pero el único camino de descenso era a través de las llamas. Vio la bandera húmeda, se bajó de la almena de un salto y la recogió de la tarima humeante. Gran parte de la humedad se había evaporado, y estaba demasiado caliente al tacto, pero tendría que arreglárselas. Se envolvió el cuerpo en ella mientras el calor se le filtraba a través de las suelas de las botas y recordó algo que su padre le había dicho semanas atrás: «Cuando hayas decidido qué medidas vas a tomar, aférrate a ellas con todas tus fuerzas».

Charlie jaló la esquina de la bandera, se la puso por la cabeza y se lanzó por la brecha, empujándose y rodando por cada superficie que tocaba. Se atragantaba con el humo y las cenizas, que lo cegaban en su recorrido a saltos hacia el suelo de piedra, hasta que se encontró cara a cara con la calavera de un hombre en llamas. El cuerpo se inclinó hacia atrás cuando Charlie se topó con él y se le abrió la mandíbula, que parecía gritarle en silencio. Con un sollozo aterrorizado, Charlie se alejó reptando boca abajo y se guio por el sentido en que ascendía y salía el humo para ir en la dirección contraria.

Cuando por fin se encontró lejos y a salvo del horno de allá arriba, se apoyó contra la pared y trató de decidir si debía quedarse allí. Entonces se hundió el resto del techo con un rugido atronador, Charlie echó a correr hacia abajo y se tropezó con el cadáver del primer guardia al que Alex había matado.

82

En el siguiente piso más arriba, Alex se encontró con una sala de estar con puertas que daban a diferentes alcobas. Igual que las salas de abajo, todas ellas se encontraban desiertas. El olor del humo era más fuerte e incluía el de la carne quemada, y el edificio se sacudió con un tremendo impacto venido de arriba. Entonces lo comprendió: la parte alta de la torre estaba en llamas. Consciente de un nuevo temor, Alex salió corriendo de la habitación y subió al oír un grito agudo que reconoció al instante.

Charlie.

Dobló el recodo volando y pasó por otro más para llegar al piso del duque. En lo alto de la escalera se encontraba el capitán Geddes, que sujetaba a Charlie contra su cuerpo. El niño estaba chamuscado y cubierto de hollín, pero más allá de eso parecía indemne. Alex habría sollozado de alivio si aquella sensación no se hubiera visto desplazada de inmediato por la ira.

Con la cabeza retorcida hacia un lado y sujeta contra la barriga del capitán de la guardia, Charlie sólo podía mirar con un ojo a los de Alex, que trató de ofrecerle a su hermano una sonrisa tranquilizadora antes de desplazar su mirada al rostro de expresión maliciosa del hombre por encima de él.

—Parece que tienes la costumbre de perder las cosas, capitán —dijo el guardia mientras desenvainaba un cuchillo grande que llevaba en el cinto. Le hizo un gesto con él—. Tira tu espada.

Alex bajó la hoja, pero no soltó la empuñadura.

—Suelta al niño.

—Sólo por curiosidad, capitán: si tuvieras que decidirte por uno al que salvar, ¿a cuál escogerías? —ladeó la cabeza—. A éste, supongo —lo miró con aire despectivo—. Y aquí tenemos a alguien que de verdad te importa, así que tírala.

—Tiraré mi arma cuando tú *tires al suelo* la tuya —respondió Alex con calma.

Charlie captó la sugerencia, dejó que se le doblaran las rodillas y obligó a Geddes a sujetar de golpe todo su peso con el brazo que tenía alrededor de su pequeño cuerpo. Por un momento, al hombre le costó mantener el equilibrio al borde del rellano de la escalera. En una maniobra muy practicada, Alex soltó la espada y desenvainó su propia daga, la arrojó hacia arriba y se la clavó en la cara a Geddes en un solo movimiento. El hombre muerto se quedó paralizado un segundo antes de derrumbarse sobre el niño, que ahora estaba agachado a sus pies.

Alex subió los escalones ayudándose con las manos para jalar el cuerpo, bajarlo por la escalera y permitir que Charlie saliera de debajo. Estaba a punto de preguntarle a su hermano si había visto al duque cuando el propio D'Amiran salió por la puerta, agarró a Charlie de su pelo oscuro y volvió a jalarlo hacia arriba, al rellano.

Alex se lanzó para atrapar los pies de Charlie, pero D'Amiran retrocedió arrastrando al niño y lo metió en sus aposentos. Cuando Alex llegó hasta la puerta, estaba cerrada a cal y canto. Le dio puñetazos y puntapiés, y trató de no gritar presa del pánico.

Un ruido en las escaleras hizo que Alex se apartara de los aposentos del duque y se llevara la mano a la espada, que hasta entonces no se había percatado de que seguía en las escaleras, donde la había dejado caer. Sólo le quedaba una daga, y agarró la empuñadura en el instante en que Gramwell, a toda prisa, dio vuelta en el recodo.

El teniente se detuvo al ver a Alex y miró a su alrededor.

—¿Qué...?

—Charlie —jadeó Alex y señaló hacia la puerta—. Tiene a Charlie ahí adentro, pero creo que sólo queda él, ningún guardia.

Y a Salvia. Lo más probable era que ella también estuviera ahí metida. Era el único sitio que quedaba.

Gramwell asintió, recogió la espada y subió corriendo los últimos peldaños para entregársela. El cabo Denny y otro soldado, el hijo del desollador, dieron vuelta en el recodo detrás de él, resollando después de haber subido la torre a toda prisa. Alex señaló hacia la puerta.

—Ábranla.

Alex envainó la espada y apartó a Gramwell de allí mientras los hombres atacaban la puerta con hachas de combate y apenas hacían muescas en el sólido roble.

—Tenemos que entrar de otra manera. No podemos esperar.

—Hay dos ventanas en la cara este —dijo Gramwell—. Podemos descolgarnos desde lo alto de la torre. Iré a buscar algo de cuerda —se dio la vuelta para bajar corriendo.

Alex lo agarró del brazo y señaló escaleras arriba.

—Ya hay una cuerda en lo alto.

Subieron juntos corriendo al siguiente piso, y Alex rezaba por que el fuego no hubiera consumido la cuerda de la que colgaba el kimisar.

El suelo de piedra estaba caliente bajo sus botas, pero el fuego ya había cedido prácticamente bajo la lluvia que entraba a cántaros después del derrumbe del techo. Alex tomó una bandera empapada que había en lo alto de la escalera y empezó a azotar las llamas que quedaban para abrirse camino. Podía ver la cuerda alrededor de una almena allá arriba, y le dio las gracias al Espíritu porque sólo estaba chamuscada. Al tratar de escalar hacia ella, la madera medio quemada cedió bajo sus pies, y Alex volvió a caer al suelo.

Gramwell lo tomó del brazo, le ayudó a levantarse y le sacudió las pavesas que amenazaban con quemarle y perforarle la ropa, pero él apenas notaba su calor.

—Necesito un empujoncito —dijo Alex.

Su amigo bajó una rodilla al suelo y entrecruzó los dedos de ambas manos. Alex puso el pie sobre aquellas manos unidas, y Gramwell lo lanzó hacia arriba. Estiró los brazos para agarrarse a la muralla y subió hasta que pudo pasar una pierna sobre el borde.

—¿Todo bien? —le dijo Gramwell a voces.

Alex asintió y se inclinó para subir el cuerpo que colgaba de la cuerda. Gram agarró la bandera mojada y apartó a puntapiés los restos ennegrecidos del techo. Se envolvió las manos en la tela y cogió un tronco ardiendo.

—Voy a llevarme un poco de este fuego abajo, a la puerta.

Alex volvió a asentir y sacó su cuchillo. Se le hizo un nudo en el estómago cuando los dedos se aferraron a la empuñadura negra con las letras doradas, cubierta de sangre reseca, y comenzó a cortar la soga para soltar al soldado kimisar. Un minuto más tarde, el cuerpo caía por un lado de la torre, y Alex desenrolló la cuerda del bloque de piedra que tenía delante. Se puso de pie y subió a la ancha almena. Se echó la cuerda al hombro y corrió dando saltos de un bloque elevado al siguiente hasta que llegó al lado contrario.

Había dos ventanas más abajo: una que daba a la alcoba y otra a la sala de estar. ¿Por cuál de ellas? No cabía duda de que la alcoba estaría cerrada por dentro. En la sala de estar, de nuevo podría encontrarse en el lado incorrecto ante una puerta cerrada, pero podría dejar entrar a Gramwell, y era probable que la puerta de la alcoba no fuera tan fuerte como la exterior.

Lo más seguro era que Salvia se encontrara en la alcoba, y lo que implicaba aquello le producía náuseas; pero si entraba por la ventana, el duque podría entrar en pánico y matarla en caso de que no viera ningún lugar donde esconderse. Mientras Salvia y Charlie estuvieran vivos, D'Amiran tendría monedas de cambio. Las palabras de Geddes le volvieron a la cabeza: ¿a cuál escogerías?

D'Amiran lo obligaría a escoger.

Alex podría disponer de ayuda si entraba en la sala de estar. En la alcoba estaría solo.

Colocó la cuerda para que se descolgara junto a la ventana de la sala de estar y comenzó a descender apoyando los pies en la pared.

83

Alex se impulsó con las piernas para separarse de la pared y balancearse con más fuerza al entrar. Cuando atravesó la ventana, el duque dio un salto en el sitio donde se encontraba, a horcajadas sobre Charlie. Alex se ayudó con las manos para ponerse de pie y desenvainó la espada mientras D'Amiran levantaba a Charlie de un tirón y sujetaba al niño con un brazo alrededor del cuello. Charlie estaba amordazado y maniatado, pero tenía los pies sueltos. Empezó a patalear como un loco hasta que el duque le puso un cuchillo en la espalda.

—Basta.

Charlie soltó un grito ahogado y dejó las piernas inertes. Alex observaba atormentado mientras a su hermano le escurrían las lágrimas por las mejillas sucias y le pedía perdón en silencio porque lo hubieran atrapado de aquella manera. El humo entraba por la rendija bajo la puerta. El fuego de Gramwell se estaba extendiendo. Por el olor, le había añadido alcohol a modo de ayuda.

Alex respiró hondo y bajó la espada mientras levantaba la mano izquierda.

—Se acabó, excelencia. Suéltalo y entrégame a la chica, y yo mismo pediré clemencia para ti en tu juicio.

Los labios de D'Amiran se torcieron en una sonrisa maliciosa.

—¿La chica? De manera que no la han encontrado aún, ¿eh?

Salvia no estaba allí.

Alex intentó contener el pánico ante las posibilidades que le multiplicaban en la cabeza.

—Dime dónde está y evitaré tu ejecución.

El duque hizo un gesto negativo con la cabeza.

—Me matarías tú mismo. Puedo verlo en tus ojos.

No se podía negar que tenía razón. Alex midió con mucho cuidado sus siguientes palabras. Volvieron a sonar los golpes en la puerta exterior, y el humo nublaba la habitación. De repente se dobló la mitad inferior de la puerta, y el duque dio un salto hacia la alcoba y rodeó a Charlie con la mano del cuchillo para ponérselo delante. Alex resistió el impulso de lanzarse contra él.

—No empeores las cosas —le dijo—. Ya ha habido bastante muerte y sufrimiento.

El azul gélido de sus ojos se volvió hacia Alex, y el brazo que rodeaba a Charlie se soltó y dejó que el niño volviera a caer al suelo.

D'Amiran sonrió de repente.

—No opino lo mismo.

Retiró los brazos hacia atrás en un movimiento y le pasó a Charlie el cuchillo por el cuello antes de darle un empujón para quitárselo de encima.

84

La puerta de la alcoba se cerró de golpe cuando Alex se lanzó a agarrar a su hermano antes de que éste se golpeara contra el suelo. Los ojos pardos de Charlie buscaban frenéticos los de su hermano mientras Alex le quitaba la mordaza de un tirón y la presionaba contra la herida abierta. Alex lo abrazó con fuerza y le rogó al Espíritu que no se lo llevara, le prometería cualquier cosa, pero oyó el horrible borboteo y supo que no podía hacer nada. Los labios de su hermano se movían en un intento por formar palabras que Alex no era capaz de oír. Sus ojos comenzaron a perder el brillo, y Charlie casi parecía confuso. Alex sólo disponía de unos segundos: buscó algo que decir que le diera paz a su hermano, algo que le dijera lo mucho que lo quería, lo orgulloso que estaba de ser su hermano mayor. Los ojos se le inundaron de lágrimas al abrazar a Charlie y llevar los labios sobre su frente sucia.

—Jamás he conocido a un soldado más valiente —le susurró.

La espalda de Charlie se arqueó al atragantarse con un último grito ahogado y líquido que salpicó de sangre y saliva la garganta del propio Alex. Las manos atadas que se agarraban a la chaqueta de Alex se soltaron al tiempo que la cabeza de Charlie cayó hacia atrás seguida por el silencio más ensordecedor que Alex había sentido en toda vida.

Se había ido.

Con un sollozo, Alex dejó a su hermano en el suelo y se levantó con la ayuda de las manos y palpó sin mirar en busca de su espada. Sus dedos dieron con ella y se agarraron a la empuñadura, se sacudió las lágrimas de los ojos y enseñó los dientes en un gruñido de animal salvaje.

Gramwell ya tenía la puerta casi abierta, así que Alex pasó por encima del cuerpo de Charlie y arremetió contra la puerta de la alcoba, que cedió un poco, pero enseguida oyó el sonido del arrastre de unos muebles por el suelo para colocarlos contra la puerta.

¿Estaba Salvia allí adentro? Ahora lo dudaba, pero sí estaba el único hombre que lo sabía. Y Alex quería sangre ahora. La necesitaba.

Envainó la espada y retrocedió cuando reventó la puerta a su espalda y esparció madera ardiendo por el suelo de piedra. Gramwell y los demás entraron de sopetón con las armas desenvainadas. El teniente se quedó petrificado al ver a Charlie tirado en un charco de sangre.

Alex ya se estaba descolgando por la ventana.

85

Casseck vio a Alex correr por las almenas de lo alto de la torre y descolgar una cuerda por un costado para que quedara junto a la ventana del cuarto de estar del duque. D'Amiran debía de haberse parapetado en sus aposentos. Quizá debería enviarle más ayuda.

Abajo, en el patio, todo iba conforme a lo planeado. El nauseabundo olor a carne y pelo quemados se mezclaba con los quejidos de los moribundos mientras los hijos del destilador lideraban los esfuerzos por rematar a los supervivientes de la explosión de los barracones. Tim sangraba de un brazo que le colgaba inutilizado mientras daba cuchilladas y estocadas con el otro. Había varios cuerpos alrededor de Casseck, pero sólo uno vestía de negro. Era la única baja de la que tenía noticia por el momento, pero, siendo un número tan reducido, toda pérdida resultaba costosa.

Levantó la cabeza de golpe al oír cuatro toques de cuerno.

—¿Oíste eso? —le dijo a Porter a voces.

El sargento le sonrió.

—Suena como si el pelotón estuviera llegando.

Casseck le hizo un gesto al soldado para que ocupara su puesto ante la puerta del salón mientras corría hacia él.

—La puerta interior ya está asegurada. Vigila el salón mientras yo los dejo entrar.

Cruzó veloz el patio exterior hasta la puerta principal y blandió la espada para herirlo en el brazo que lo agarraba desde el suelo. A través de la reja de la puerta vio a cuatro hombres que llegaban corriendo, aunque no como si los persiguieran: Fresno el Carretero iba al frente. Casseck dio un silbido hacia la parte alta de la torre de entrada, y uno de sus hombres comenzó a levantar la pesada barrera de madera y metal.

Cruzaron los cuatro el puente levadizo con fuertes pisadas y sin aguardar a que la reja se hubiera elevado por completo: se agacharon y reptaron o pasaron rodando al interior. Casseck hizo una señal para que la izaran más, ayudó a su amigo a levantarse y le dio un abrazo.

—Maldita sea, cómo me alegro de verte.

Fresno sonrió y le dio una palmada a Casseck en la espalda.

—Parece que te las estás arreglando bastante bien sin nosotros.

Se dio la vuelta e hizo avanzar al más bajo de sus compañeros, un hombre maltrecho y ensangrentado que Casseck supuso que se trataba de uno de los mensajeros del general.

—Encontramos algo que estarías echando de menos.

Casseck se quedó boquiabierto. Era Salvia.

La joven alzó la mirada y le sonrió.

—¿Qué tal te van las cosas, teniente? ¿Podemos ayudarte?

—Lo lograste —dijo asombrado.

—¿Acaso dudabas de mí?

—Pensamos que...

Salvia le interrumpió.

—¿Dónde está Charlie? Lo vi en lo alto de la torre, pero parece que se incendió.

Se giraron hacia la torre de piedra justo a tiempo de ver a Alex sacar la mano por la ventana y agarrar la cuerda que colgaba a su lado. La tensó y se salió al exterior para correr por la pared y entrar por la otra ventana.

Sin esperar a nadie, Salvia echó a correr hacia la puerta interior.

86

Alex entró por la ventana con una patada y dio gracias porque las contraventanas estuvieran abiertas. Los pies se le enredaron en los tapices que había alrededor del marco y cayó al interior de la alcoba con una voltereta. Se afanaba por desenredarse las piernas cuando el duque se le echó encima. Alex se apartó rodando y alzó la mirada justo a tiempo de levantar el brazo en un gesto defensivo. Un dolor incandescente le penetró el antebrazo izquierdo cuando una daga lo atravesó por completo. Alex apartó el brazo de un tirón y le arrebató el cuchillo a D'Amiran.

Su espada salió de su vaina, y Alex la blandió desaforado. D'Amiran retrocedió de un salto y se tropezó con el pesado ropero que había empujado delante de la puerta. Una trampilla de madera había quedado expuesta debajo del lugar donde antes debía de haber estado el armario. El duque había estado a punto de escapar. Había matado a Charlie para ganar tiempo, pero no había sido suficiente.

Alex se puso en pie a rastras mientras D'Amiran arrancaba una espada de la pared. Alex detuvo el ataque como si nada, se fue contra el duque y lo golpeó en la cara con las empuñaduras enganchadas antes de empujarlo hacia atrás sobre los pies de la ancha cama.

Retrocedió mientras el duque rodaba, trataba de recuperarse y se valía del mobiliario entre ambos para impedir su avance. Sin apartar la mirada de su enemigo, Alex se llevó la mano al antebrazo izquierdo y se quitó el cuchillo lentamente y sin apenas sentir cómo se deslizaba al salir de su brazo. La sangre escarlata goteaba de la hoja y de su brazalete de cuero al tirar la daga a un lado. En su mente sólo había un pensamiento.

D'Amiran jadeaba de pie en el centro de la alcoba con todo su peso apoyado en el arma que tenía en la mano.

—¿Dónde está? —preguntó Alex con una calma mortal.

El duque sonrió con los dientes ensangrentados.

—Todavía la buscas, ¿no es así? ¿Vas a matarme, muchacho? Si lo haces, no podré contarte lo que pasó anoche.

D'Amiran intentó una nueva acometida mientras hablaba, pero Alex le arrebató la espada con la suya antes de que pudiera completar un débil movimiento en arco. El duque se tambaleó hacia atrás y cayó en una silla junto a la cama. Alex le puso la hoja a D'Amiran en el cuello y la mantuvo allí.

—¿Dónde está?

—Cuánta energía, la de tu pequeña pajarera. Tuve que atarla.

Santo Espíritu, no. A Alex comenzó a temblarle la espada de ira y de temor.

—¿Te cuento cómo gritaba, muchacho? ¿Cómo te llamaba a gritos con la esperanza de que la oyeras, pero cuando acabé con ella maldecía tu nombre? —se inclinó hacia delante, tosiendo sangre sobre la camisa de lino—. ¿Te lo cuento?

Alex se obligó a no imaginárselo. Lo que importaba era dónde se encontraba ahora.

D'Amiran se rio un poco, aunque eso le costó todo el aliento que le quedaba.

—¿Qué se siente cuando te arrebatan lo único que de verdad querías, igual que me arrebataron a mí a tu madre?

—¿Qué se supone que significa eso?

—Castella Carey era mía. Mi prometida. Tu padre se la llevó. Muy apropiado que sea yo quien se lleve a tu pequeña pajarera, ¿no te parece?

—Estoy por apostar a que ninguna de las dos vacilaría en cortarte las pelotas —Alex presionó al duque con la punta de la espada en la garganta y lo empujó contra el respaldo de la silla—. Y quizá deje que sea Salvia quien lo haga. Ahora dime, ¿dónde está?

D'Amiran sonrió y levantó la mano para señalar la ventana abierta.

—Se lo habría impedido si hubiera estado en mis manos, pero aún le quedaba un impulso de esa energía.

Aquella imagen aturdió a Alex más allá de su capacidad para seguir funcionando. Se le cayó la espada de la mano, que hizo un ruido metálico contra el suelo de piedra.

—¿Qué se siente, capitán? —jadeó triunfal D'Amiran—. ¿Qué se siente perder?

El cuchillo lo atravesó y le perforó el corazón.

—No lo sé, excelencia —le susurró Alex en el oído—. Dímelo tú.

Alex retrocedió, D'Amiran bajó la mirada hacia la daga hundida en su pecho y se fijó en las iniciales doradas de la empuñadura.

—Bastante... poético.

Pestañearon sus párpados, y la cabeza se le cayó hacia un lado.

Alex se quedó mirando la mancha de color carmesí que se extendía por la camisa del hombre muerto. Acto seguido se dio la vuelta y se acercó tambaleante a la ventana con un rastro de sangre que le corría por el brazo.

87

Salvia y Casseck subieron la torre a toda velocidad y pasaron por encima de dos cadáveres en las escaleras. La puerta de los aposentos del duque estaba achicharrada y reventada a golpes. Dentro, Gramwell y otros dos soldados la emprendían a patadas con la puerta interior. Salvia entró dando tumbos en la habitación y se tropezó con algo blando.

Charlie.

Se lanzó al suelo y le levantó la carita entre las manos.

—¡Oh, no! ¡No! ¡No! ¡No! —lloró Salvia aferrada al niño y abrazándolo contra su camisa ensangrentada.

Cedió la puerta de la alcoba con el quejido de protesta de lo que fuera que estuviera bloqueándola, pero Salvia no le prestó atención y continuó abrazando a Charlie contra su pecho, meciéndose y llorando hasta que sintió que Casseck la sujetaba por los hombros a su espalda.

—Salvia.

Ella hizo un gesto negativo con la cabeza.

—Salvia —volvió a decir el teniente—. Ya se fue. No hay nada que puedas hacer.

Finalmente, Salvia asintió entre lágrimas y besó la frente ensangrentada del niño antes de volver a dejarlo en el suelo con delicadeza. Levantó la mano en busca de la ayuda de Casseck para ponerse en pie, y él la llevó a rastras hasta la alcoba.

Había sangre por todo el suelo, parte goteando del duque, sentado inerte en una silla con una daga clavada en el pecho. Casi toda era de Alex, que estaba de rodillas y sangrando por el antebrazo izquierdo. Su mirada se perdía por la ventana, a más de un metro de distancia, luchando por no perder la conciencia.

—Tenemos que detener la hemorragia. Está entrando en estado de shock —dijo Gramwell a su lado.

Le quitó el guardabrazo de un tirón y tapó con las manos ambas heridas abiertas, una a cada lado del brazo.

Salvia los rodeó corriendo, arrancó el cuchillo del cuerpo en la silla, agarró unas sábanas y las cortó y rasgó en piezas utilizables. Se arrodilló delante de Alex y le envolvió el brazo con los paños. La tela se empapó rápidamente.

—¡Alex! —Gramwell soltó el brazo, lo dejó al cuidado de Salvia y gritó al capitán al oído.

Le dio una bofetada en la cara y la volvió hacia sí. Su amigo lo miraba con unos ojos que luchaban para concentrarse.

—¡Se acabó! ¿Dónde están las chicas? ¿Dónde las escondiste? —Gramwell seguía golpeándolo en las mejillas para impedir que perdiera el conocimiento.

—En el último sitio... —farfulló Alex arrastrando las palabras—. Donde la vi.

Gramwell miró a Salvia.

—¿Qué significa eso? —se volvió de nuevo hacia Alex—. ¿Dónde, Alex? ¿Dónde escondiste a las chicas?

—En el último sitio... —parpadeó—. Donde la vi viva.

Gramwell suspiró frustrado, le soltó la cara, y Alex volvió a mirar por la ventana.

Salvia levantó la cabeza al comprenderlo de repente.

—En el desagüe del cuarto de las lavanderas. ¡Corran! ¡Corran!

Gramwell salió a todo correr.

Salvia volvió una mirada de súplica hacia Casseck.

—¿Se pondrá bien?

Casseck asintió para tranquilizarla.

—He visto a hombres sobrevivir a cosas mucho peores.

Salvia sollozó de alivio, y Casseck sujetó el brazo de Alex para que ella pudiera soltarlo.

Se puso de rodillas delante de él y le sostuvo el rostro entre las manos ensangrentadas.

—¡Alex, estoy aquí! ¡Quédate conmigo! ¡Estoy aquí!

Los ojos de Alex se concentraron ella por un instante; acto seguido, susurró su nombre y se desmayó en sus brazos, inconsciente.

88

Alex se despertó con la sensación de estar sobre un catre duro. Dolorido, cambió de postura y se obligó a abrir los ojos. Al distinguir luz y oscuridad, vio a Casseck, que se dirigía hacia él para quedarse de pie junto a su cama.

—¿No estoy muerto? —dijo con voz ronca.

Tenía la boca completamente reseca.

Casseck se echó a reír.

—No, pero hiciste lo posible —empujó a Alex hacia atrás cuando éste trató de levantarse—. Quédate acostado. Has perdido mucha sangre, pero estarás bien en un par de semanas.

Alex se recostó sobre la almohada y cerró los ojos con tal de que la habitación dejara de dar vueltas.

—¿Cuánto tiempo estuve inconsciente?

—Unas doce horas.

Alex asintió y dio lugar al martilleo de un dolor de cabeza. Se masajeó las sienes entre el pulgar y el resto de los dedos de la mano derecha. Tenía entumecida la izquierda, pero le dolía terriblemente la parte superior del brazo. El muslo derecho también le ardía, pero no era capaz de recordar por qué.

—Informa.

Casi pudo oír la sonrisa de Casseck.

—Todo está bajo control, capitán. Hemos tomado la fortaleza entera, aunque es probable que sólo fuéramos capaces de mantener la muralla interior si nos atacaran. El duque D'Amiran está muerto, lo cual ya sabes, igual que la mayoría de sus guardias. Sus nobles están bien sentaditos en el Gran Salón: es más sencillo retenerlos ahí, aunque hemos metido a un par de ellos en las mazmorras. Las damas están un tanto traumatizadas, pero ilesas. Nuestras bajas entran dentro de lo razonable: unas cuantas heridas de poca consideración, un brazo roto y varias costillas rotas, diversas quemaduras e infinidad de astillas por la explosión. Tim el Destilador podría perder la mano. Tenemos unos pocos casos de la enfermedad... supongo que eso era inevitable. Perdimos al cabo Smith y al sargento Grassley... y...

Alex se estremeció con el recuerdo.

—A Charlie.

—Sí, a Charlie.

Alex se quedó sorprendido ante los lagrimones que se le formaron en los ojos cerrados a pesar de su deshidratación. Charlie, el que lo admiraba en todo lo que hacía, el que quería ser un soldado como él, Charlie, el que jamás crecería.

Ese Charlie al que no había sabido proteger.

Y no era el único al que Alex le había fallado. ¿Habrían encontrado su cuerpo ya?

—Y a Salvia —se le ahogó la voz.

Unos dedos suaves le acariciaron la mejilla.

—No, Alex —oyó que decía la voz de Salvia—. Estoy aquí.

Abrió los ojos de golpe y giró la cabeza hacia el sonido. Estaba sentada a medio metro de distancia con una sonrisa inquieta.

Un moretón grande se le extendía por la mejilla izquierda, y tenía una cortadura superficial a lo largo del nacimiento del cabello. Tenía el labio inferior hinchado y partido en un lado, y otros cuantos rasguños, pero sus heridas ya habían empezado a cicatrizar.

Santo Espíritu, era una preciosidad.

—Salvia —dijo con voz entrecortada—. Lo siento. Lo siento mucho —las palabras brotaban en un impulso desesperado—. Te hizo daño, y no lo supe hasta que ya era demasiado tarde...

Salvia se levantó del taburete para arrodillarse a su lado y secarle las lágrimas.

—Shhh. Está bien. Creo que yo le hice más daño a él. Le rompí el brazo y lo apuñalé en la axila, justo como tú me enseñaste. Pero, entre toda la sangre y los vómitos de después, le dejé tu daga clavada —puso una sonrisa de medio lado—. Aunque ya veo que la recuperaste.

Alex no conseguía entender sus palabras.

—¿Qué?

Casseck carraspeó.

—Salvia se escapó, Alex. D'Amiran nunca la tuvo.

Alex sollozó y se giró hacia ella con el brazo bueno extendido. Salvia lo hizo callar y lo tranquilizó peinándole el pelo con los dedos y dándole suaves besos por toda la cara. Cass se excusó y los dejó a solas.

—Salvia —susurró Alex—. Yo...

Pero ella le puso un dedo en los labios.

—Me toca a mí —las lágrimas le brillaban en los ojos—. Lamento haberme portado de un modo tan odioso. Sé que nunca quisiste hacerme daño. Te quiero —sonrió ligeramente—. Ésa es la verdad.

Alex no sabía cuánto tiempo la estuvo besando, pero no era lo suficiente, nunca lo sería. Salvia acabó separándose para poder lavarle la cara con un paño húmedo y tibio y para hacerle beber un poco de agua. El esfuerzo de incorporarse para tragar le dio sueño, pero no podía soportar cerrar los ojos mientras ella estuviera allí.

Por fin, Alex empezó a caer en el sueño.

—¿Seguirás viva cuando me despierte? —farfulló.

Salvia se inclinó para besarle en los labios, secos y agrietados.

—No me voy a ir a ninguna parte.

89

El olor era horrible, como surgido de una pesadilla, pero el terreno era demasiado rocoso y los cadáveres muy numerosos para enterrarlos a todos. Una llovizna incesante supuso que tuvieran que utilizar aceite y alcohol para encender el fuego, pero afortunadamente también había restos de madera de sobra procedentes de la armería y de los barracones. El humo pútrido se elevaba de la zona del claro fuera de la puerta principal. Salvia se apartó de la hoguera y vio que Alex venía hacia ella y la saludaba con la mano.

—¿Qué estás haciendo? —lo regañó y se metió debajo de su brazo derecho para sostenerlo—. Espíritu bendito, necesitas el descanso.

—Te necesito a ti —dijo Alex mientras ella lo llevaba a un lugar donde sentarse.

Alex se quitó el pañuelo que le cubría la nariz y la boca y la besó.

—Me desperté y no estabas.

Salvia lo sentó y revisó sus heridas.

—Lo siento. Es que hay mucho que hacer y pocas manos para trabajar.

—No deberías estar aquí afuera. No quiero que veas algo como esto.

—Creo que ya es un poco tarde para eso —las heridas de Alex tenían buen aspecto, y Salvia sonrió de alivio—. Además, puse a las mujeres a trabajar en las cocinas y en el cuarto de las lavanderas. Si no estuviera aquí, tendría que aguantarlas.

Alex se relajó contra la columna de piedra al final del puente levadizo, y Salvia creyó que se había vuelto a desmayar cuando abrió los ojos de golpe.

—¿Oíste eso?

—¿Oír qué?

Como en respuesta, el eco de unos cuernos resonó por las murallas.

—Es demasiado pronto para que sean los refuerzos —dijo Alex en un esfuerzo por ponerse en pie—. ¡Haz que se meta todo el mundo!

Casseck ya estaba dando la orden, y acababan de asegurar la reja y el puente levadizo cuando llegó una docena de jinetes, que se detuvo ante la puerta y se quedó mirando la pila humeante de cadáveres y las banderas de Démora que ondeaban en la puerta y en la torre. El cabo Mason llegó corriendo para informar.

—Cientos, señor. Se acercan a pie por el sur y el oeste.

—No te atrevas —le dijo Casseck a Alex cuando éste hizo el ademán de dirigirse hacia las escaleras del adarve de la muralla exterior—. Yo me encargaré de esto.

Alex se apoyó en Salvia y asintió agradecido.

—Creo que puedo convencerlos de que se retiren —dijo Casseck—, pero deberíamos estar preparados para replegarnos al interior.

—¿Quién los lidera ahora? —preguntó Salvia.

—Quizá el conde esté con ellos —dijo Alex—, pero éste debe de ser el ejército que han formado.

—Diles que D'Amiran está muerto —dijo ella.

—Se lo diré a los jinetes —dijo Cass encogiéndose de hombros—, pero no estoy seguro de que eso baste para que las tropas se den la vuelta. Cuanto más se acerquen, más improbable es que se vayan.

—Cuelga de la torre el cuerpo de D'Amiran —dijo Alex—. Ése era su método preferido de encargarse de sus antiguos aliados. Estoy seguro de que recibirán el mensaje.

Alex caminaba por el jardín en el quinto día y trataba de convencer a Salvia de que se encontraba ya lo suficientemente bien para salir de patrulla cuando los centinelas dieron el aviso de unos jinetes que se acercaban.

—¿Crees que hayan vuelto? —se preocupó Salvia mientras se dirigían a la puerta interior.

Las tropas se habían esfumado después de dos días de rodear la fortaleza, pero todo el mundo estaba con los nervios a flor de piel, esperando a que se reorganizaran y regresaran. Sonó la señal que indicaba que todo estaba despejado.

—Que me parta un rayo —dijo Alex veinte minutos después cuando su padre entró a caballo al frente de una compañía de caballería.

Salvia lo siguió, pero se mantuvo varios pasos por detrás mientras él saludaba al general y le entregaba formalmente el mando de la fortaleza.

El general Quinn observó a su alrededor el maltrecho patio de armas, asombrado.

—Vaya informe el que se avecina, me da la sensación.

Alex asintió.

—Sí, señor. Pero antes debo pedirte que me acompañes a la capilla.

—¿A la capilla? —dijo su padre con brusquedad—. ¿Por qué allí?

Alex no se veía capaz de decir las palabras, pero su padre se las leyó en la cara.

—¿Charlie? —dijo en un susurro.

Alex asintió.

—Llévame con él.

El general caminó a su lado en silencio hasta que llegaron a la capilla, donde Alex se detuvo y dejó que su padre diera en solitario los últimos pasos hacia el más pequeño de los tres ataúdes dispuestos. A Alex ya no le quedaban más lágrimas. En la tercera noche, había conseguido describirle a solas a Salvia los últimos momentos de su hermano, y ella lo sostuvo las veces que vomitó y lo abrazó mientras lloraba durante horas. Ella se había ocupado del cuerpo de Charlie, lo había aseado y vestido, y había cortado un mechón de su cabello para su madre.

Ahora, Salvia daba un paso al frente.

—Puedo abrirte el ataúd, señor —se ofreció.

El general centró en ella su atención por primera vez. Lucía un simple vestido de lana y llevaba el pelo rubio rojizo y en una sola trenza que le caía por la espalda. Ya le había bajado la mayor parte de la hinchazón de la cara, pero el general observó los coloridos moretones de la mejilla y la frente antes de darse la vuelta y posar la mano sobre el ataúd.

—No, gracias, mi señora —dijo—. Prefiero recordarlo vivo.

Salvia asintió y retrocedió, pero Alex la tomó de la mano y la volvió a llevar al frente.

—Padre, ella es Salvia la Pajarera.

Salvia se mordió el labio y bajó la mirada al sonrojarse.

Los ojos del general descendieron hasta los dedos entrelazados de ambos.

—Aceptaré tu informe ahora, capitán.

Alex condujo a su padre hacia la torre y hasta la habitación que habían tomado como sala de estrategia: el antiguo Gran Salón. Las damas se alojaban ahora en las alcobas superiores, y la mayoría de los soldados dormía abajo, en la enfermería. Su padre se paseaba por la sala mientras Alex descansaba en una silla, flexionando la mano izquierda y reconociendo para sus adentros que aún tenía por delante una larga recuperación. Tardó más de una hora en describir cuanto había sucedido, pero dejó el mérito de su éxito a los pies de Salvia.

Cuando Alex terminó, su padre le contó lo que había sucedido en el sur.

—La escolta de las casaderas de Tasmet desapareció una semana después de que te fuiste —le dijo—. Sabía que algo estaba mal, pero pensé que tenía que ver más bien con el paso del sur. Llevamos un regimiento entero hasta Jovan, y el conde se desapareció justo cuando dejamos de tener noticias tuyas. Me temí lo peor.

—¿Y por ese motivo estabas ya a medio camino hacia acá cuando el río creció? —le preguntó Alex.

Su padre resopló.

—La paciencia no siempre es una virtud —se detuvo en su paseo—. Estoy orgulloso de ti, hijo.

—No he sido yo solo.

—Ya me lo habías dicho, pero también te conozco a ti —apoyó los puños en la mesa—. Tomaste algunas decisiones difíciles.

Alex tragó saliva. Su padre no tenía ni idea, y nunca la tendría. Y las burlas de D'Amiran no tuvieron lugar en el informe oficial. Al final, carecían de sentido, eran burlas vacías. Pero Alex sí quería preguntarle una cosa.

—El duque dijo algunas cosas interesantes antes de morir. Sobre mi madre y sobre ti.

—¿De verdad? —dijo su padre, que parecía sorprendido—. ¿Como qué?

—Dijo que tú le arrebataste a mi madre.

El general se sentó delante de él, pero no dijo nada.

—¿Hay algún tipo de historia detrás de eso?

Su padre se miró las manos.

—¿Te contó alguna vez tu madre que la eligieron para el Concordium?

—No que yo recuerde. Nunca me lo había planteado, viendo que yo había nacido un año antes de un Concordium, en lugar de un año después.

—Pues lo fue, así que te puedo asegurar que no estaba prometida con nadie —el general hizo una pausa—. Nos conocimos en la celebración del compromiso de su hermana con el rey. Todo el mundo hablaba mucho de ella, también. Por su familia y su nueva relación con la familia real, se esperaba que fuera el partido más deseado del siguiente Concordium.

Aquello sorprendió a Alex.

—No sabía que ya la conocías de antes. Pensaba que había sido algo puramente político, aunque fuera en un año sin Concordium.

Su padre se encogió de hombros.

—Lo pensó la mayoría de la gente. Y nos vino muy bien.

—Pero no lo fue.

—No, no lo fue —sonrió ligeramente—. Estaba muy enamorado.

—¿Y sobornaste a una casamentera para que los uniera a los dos? —dijo Alex.

Su padre volvió a bajar la mirada hacia sus manos.

—Es posible que hiciéramos unas cuantas cosas que convirtieran nuestra unión en una necesidad para evitar el escándalo.

La unión de dos familias poderosas solía tener tan poco que ver con el amor que Alex nunca le había otorgado al matrimonio de sus padres el valor que se merecía. Paradójicamente, era el afecto que sentían el uno por el otro lo que le había hecho a él temer su casamiento: jamás sería tan afortunado como lo habían sido ellos. Se quedó helado ante el hecho de que se hubieran unido por amor igual que los padres de Salvia.

Su padre carraspeó.

—Esta chica, la pajarera...

—Se llama Salvia.

El general alzó la mirada.

—Esta Salvia. ¿Cuáles son tus intenciones?

—Pretendo casarme con ella.

—¿Hay alguna razón por la que *debas* casarte con ella?

—Porque la amo, y porque nunca aceptaré a otra.

—Me refería...

—Ya sé a qué te referías, padre —lo miro Alex de frente—. La respuesta es no. Pero si tratas de impedírmelo, me aseguraré de que la haya —arqueó una ceja—. Y ahora ya sé que hay un precedente.

—Relájate, hijo, la joven me gusta. Sólo quería saber qué le tengo que contar a tu madre.

90

Los refuerzos entraron en tropel por el paso de Tegann dos días más tarde, y el grupo de las casaderas se preparó para continuar su viaje hasta Tennegol. Alex estaba ocupado con reuniones, aunque con frecuencia, en los momentos más tranquilos, se escapaba a la pequeña capilla junto a los restos calcinados de la armería. Clare estaba sorprendida con la repentina inclinación de Salvia de ir allí a rezar, en ocasiones varias veces al día, pero cuando descubrió el motivo, el teniente Gramwell y ella también desarrollaron un nuevo sentido de la devoción religiosa.

Cuando se marcharon de la fortaleza, sin embargo, Salvia rara vez veía a Alex. Ella sospechaba que, de no haber sido por sus heridas y por Charlie, lo habrían enviado tras el conde o tras los soldados kimisares que ahora saqueaban Tasmet, de manera que se obligó a quedarse satisfecha con verlo de lejos y de manera ocasional mientras viajaban. En un momento dado comenzó a preocuparle que Alex pudiera olvidarse de ella, pero a la noche siguiente se encontró una nota metida en su baúl. El contenido le dejaba bien claro que él no se había olvidado de ninguna promesa susurrada en sus momentos furtivos.

Su llegada a Tennegol creó un gran revuelo, ya que las noticias habían llegado mucho antes que ellos. Los soldados de la escolta fueron recibidos como héroes al desfilar por la ciudad y ascender hasta las puertas de palacio, aunque ninguno de ellos estaba de ánimo para celebraciones. Alex y su padre se quedaron allí tan sólo una noche, la que pasaron, básicamente, reunidos con el rey y con su consejo, y a la mañana siguiente se marcharon temprano hacia Cambria para llevar a Charlie a casa. Alex encontró tiempo para escribir otra carta a Salvia y se marchó con su respuesta bien guardada en la chaqueta.

A Salvia y a Darnessa sólo les quedaba una semana para el solsticio, momento en el que se celebraban de manera tradicional los casamientos del Concordium, de modo que se pusieron de inmediato a trabajar. Aunque la principal preocupación era mantener la estabilidad en el reino, en especial ahora, se otorgaba una gran importancia a lo que era mejor para cada joven en particular. Cada mañana y cada tarde, las tres aprendices presentes se mantenían ocupadas registrando diagramas de compatibilidad así como las ventajas políticas de cada posible pareja.

A pesar de la escasez de tiempo, el proceso había ido sin contratiempos. Dado que los tutores de las damas habían cedido su consentimiento a las casamenteras, desde afuera, la mayoría daba por sentado que las jóvenes prometidas tenían que aceptar a quien fuera elegido para ellas. En realidad, a las mujeres se les permitía rechazar su unión, lo cual, paradójicamente, les daba una capacidad mayor de la que habrían tenido fuera del Concordium, aunque tales rechazos fueran raros.

Salvia escuchaba con asombro cómo las casamenteras predecían (con precisión, no le cabía la menor duda) a qué familias nobles se les concederían los bienes confiscados y los títulos de Tasmet, y las unían con las casaderas en consecuencia. Las mujeres de aquella sala tiraban de los hilos del poder del reino como un cuarteto de cuerda bien acompasado que generaba un equilibrio de poderes que había sido bien útil para Démora durante más de doscientos años.

Por las tardes, con el té, las casamenteras regionales intercambiaban información de cara al futuro en un entorno menos formal. Los soldados de la escolta, ahora famosos, eran los hombres de los que más se hablaba, y las mujeres presionaban a Darnessa para que abordara al capitán Quinn y averiguara su parecer sobre formar un compromiso de larga duración. Ella aplazaba aquellas peticiones mientras Salvia se sonrojaba sobre su libro de registro y les decía que debido a la reciente muerte de su hermano sería inapropiado dirigirse a él en aquellos momentos.

A pesar del poco tiempo, los acuerdos se realizaron sin problemas, en parte debido a la ausencia de representación de Tasmet, y se formaron varias parejas adicionales para un futuro cercano. Se comprometió incluso a Gabriella Quinn —en su ausencia, ya que había regresado con su padre y su hermano—, si bien la boda se había pospuesto cuando menos hasta el invierno.

Tres días antes del gran baile y la ceremonia, Salvia recibió una visita del príncipe Robert, quien preguntó si Darnessa podría prescindir de ella durante una hora o dos. Con nervios, le tomó el brazo y dejó que él la guiara por el palacio. Sospechó que la llevaba por el jardín para pasar por delante de prácticamente todas las casaderas allí ociosas, sólo para hacer que miraran. Mantuvieron una charla informal, y a Salvia le pareció un tipo alegre con una vena temeraria. Salvo en los ojos, se parecía tanto a Alex que a Salvia le costaba concentrarse.

Pasados unos minutos, el príncipe le contó algunas novedades. El teniente Gramwell había tenido noticias de su madre aquella mañana, y había accedido a aceptar a lady Clare en su casa.

—La señora Rodelle se encargará de los detalles —sonrió Robert—. Creo que Luke se lo está contando a Clare ahora mismo, pero después tendrá que darle la noticia de que se marcha dentro de cuatro días.

—¿Has tenido novedades de Alex? —le preguntó.

—Regresará pronto —respondió Robert con un aire ligeramente culpable—. Pero, mientras tanto, hay alguien que desea conocerte.

Se detuvieron en una zona del palacio que le resultaba desconocida. El príncipe llamó y acto seguido abrió la puerta de una pequeña biblioteca. Un hombre de poco pelo y más de cuarenta años con los mismos ojos alegres de color avellana de Robert se levantó de su asiento junto a la chimenea.

—Padre —dijo Robert—, te presento a la señora Salvia la Pajarera de Monteguirnaldo.

El rey sonrió, y Salvia hizo una reverencia, besó la mano que le ofrecía y sintió un intenso sonrojo.

—Mi señora —le dijo a Salvia con voz amable y le hizo un gesto para que se sentara frente a él—. He oído hablar mucho de ti.

Salvia tomó asiento donde le indicaban y lanzó una mirada asesina al príncipe, que se dejaba caer en una tercera silla. Respondió a su mirada con un guiño, como si disfrutara con su incomodidad. Alex tenía que haberle advertido sobre cuánto le gustaba al príncipe sorprender a la gente. Quizá lo había hecho, pero se le había olvidado con tal de recordar momentos más agradables.

El rey, afortunadamente, estaba decidido a conseguir que se sintiera cómoda.

—Mis dos hijos y mi sobrino me han hablado sobre tu papel al frustrar la trama de D'Amiran. Hablan muy bien de ti.

El enojo de Salvia con Robert mantuvo a raya la vergüenza.

—No sé muy bien hasta dónde me ha podido conocer su alteza el príncipe. Nunca había hablado realmente con él hasta hoy.

El rey Raymond se rio.

—Bueno, la mayor parte de mis informaciones directas proceden del capitán Quinn, aunque también hay una parte que viene de Fresno.

Salvia asintió y se ruborizó tanto al pensar en Alex como al pensar en que ella había creído estar enamorada de Fresno. Esperaba que el rey no supiera nada sobre aquello en concreto.

—Majestad, me limité a actuar en defensa de mi reino como lo habría hecho cualquier demorano que se precie de serlo.

—Puedes creer eso —dijo el rey—, y podría ser cierto, incluso, pero el hecho es que tengo contigo una deuda que jamás se podrá saldar.

—Tampoco esperaba tal recompensa —se apresuró a decir Salvia.

El rey Raymond sonrió.

—Quizá no, aunque tengo entendido que deseas algo que coincide con una necesidad que tenemos.

Salvia no tenía ni idea de qué se podría tratar.

—Serviré a su majestad en lo que pueda.

—He oído que hablas kimisar —dijo él.

Salvia le respondió en aquella lengua.

—Se me da mejor leer que mantener una conversación, pero sí, majestad.

El rey asintió.

—¿Reyano?

Clare lo hablaba mucho mejor, pero Salvia lo había estado practicando con ella desde que lo descubrió.

—Tengo un nivel aceptable, mi rey —respondió en reyano.

—Dado que tu padre era pajarero, imagino que tendrás un gran conocimiento de las ciencias naturales.

Salvia lo miró desconcertada.

—No estoy segura de a qué te refieres con «ciencias naturales», mi señor.

—Conoces y entiendes a los animales y su comportamiento, cómo crecen las plantas y cuáles nos son útiles, los patrones del clima y la erosión del terreno, ese tipo de cosas.

—¡Oh, sí! —respondió Salvia, que se ruborizó al instante por su entusiasmo—. Es que nunca lo tuve por una ciencia.

—Prácticamente todo es ciencia, una vez que lo descomponemos en sus procesos —el rey hizo una pausa—. ¿Geografía?

—Tengo una experiencia limitada, pero he estudiado muchos mapas.

Comenzaron a crecer las sospechas de Salvia acerca de los motivos de aquello. Alex, interpretando a Fresno, se había ofrecido a presentarla ante el rey y a encontrarle un trabajo enseñando en la capital del reino. Sin embargo, le resultaba enervante preguntarse los motivos por los que el rey se tomaría un tiempo para interrogarla antes de recomendarla.

—¿Y cómo estás en historia? —le preguntó.

Salvia miró a Robert, que lucía la sonrisa de alguien que esconde un secreto.

—La historia es como un cuento, majestad. Fácil de aprender cuando se hace interesante.

El rey asintió.

—¿Y las matemáticas? ¿Sabes hacer algo más que sumar?

Salvia se estremeció.

—Sé multiplicar y dividir, y mi geometría es buena. El álgebra es mi punto débil.

Su padre le estaba enseñando álgebra justo antes de morir, y cualquier intento más allá de las ecuaciones más simples la dejaba abatida.

El camino que estaba tomando aquella conversación era ya tan obvio que no se pudo contener más.

—¿Podría rogarte que me permitas conocer el motivo por el que me haces todas estas preguntas?

El rey sonrió de un modo casi exacto al de su hijo.

—Después de que me respondas a una más, mi señora Pajarera. Me han dicho que disfrutas enseñando. ¿Qué es lo que más te gusta?

Salvia parpadeó. La verdad era que nunca había pensado en ello, pero su amor por la enseñanza era algo que Alex, Darnessa, Clare y sus tíos habían visto con claridad.

—Mi padre disfrutaba con el conocimiento y enseñándome a mí. Supongo que me recuerda a él, pero lo que más disfruto es darle algo útil en la vida a otra persona. Doy a mis alumnos las herramientas para construir una vida que les conviene —Salvia miró al suelo, avergonzada.

—¿Y qué vida te conviene a ti, mi señora Salvia? —le preguntó el rey con un tono de voz suave.

¿Y si Alex quería casarse con ella? El capitán hablaba como si deseara hacerlo, pero aún pasarían años antes de que pudiera hacerlo. Podían suceder muchas cosas en todo ese tiempo. Respiró hondo.

—Me gustaría enseñar, y también aprender más donde pueda. Eso es lo que me hace sentir realizada.

Oyó la sonrisa en la voz del rey.

—Tengo a dos jóvenes damas que necesitan una institutriz. ¿Te gustaría conocerlas?

Sage alzó la cabeza de golpe. No podía estar diciendo que...

El rey Raymond se volvió hacia Robert.

—Ve por Rosa y Cara, por favor.

La puerta se cerró a la espalda del príncipe antes de que Salvia encontrara su voz.

—¡Majestad, no puedes estar hablando en serio! ¡No estoy calificada para educar a la realeza!

—Procederemos tan sólo si tú lo deseas, pero la reina ha expresado su preocupación al respecto de que las princesas no estén disfrutando con sus estudios. Además, desea también que tengan una compañía femenina apropiada y más próxima a su edad. Todo esto se someterá a un periodo de prueba, por supuesto, pero soy bastante optimista.

Salvia se retorcía las manos. ¿Cómo había llegado a encontrarse en aquella situación?

—¿Y si no funciona?

—Te encontraremos una ocupación apropiada en otro lugar. El reino te debe mucho; recompensarte es lo que corresponde —hizo una pausa e inclinó la cabeza hacia un lado—. A menos que desees continuar como aprendiz con la casamentera. La señora Rodelle y lady Clare parecían pensar que preferirías que no fuera así.

Ya había hablado con Darnessa y con Clare sobre ella. A Salvia podría haberle molestado que todo el mundo —incluido Alex— hubiera ido a sus espaldas a disponer aquello, pero todos lo habían hecho por ella. Y si era tanta la gente que consideraba que se merecía aquel honor, aquella felicidad, quizá no se equivocaran.

Salvia se secó las palmas sudorosas de las manos en la falda y alzó la barbilla.

—Majestad, acepto tu generosa oferta. Intentaré por todos los medios hacerme acreedora de tu confianza en mí.

—Tengo una condición, mi señora —le dijo el monarca a Salvia con un centelleo en los ojos avellana—. Debes ser honesta conmigo acerca del progreso de las niñas y también sobre tu propia felicidad en esta tarea.

—Mi señor, puedes contar con la primera parte. En cuanto a la segunda... —Salvia vaciló—. Cuando no soy feliz, creo que todo el mundo lo sabe.

El rey aún se estaba riendo cuando llegaron las princesas, entusiasmadas por conocer a su nueva institutriz.

91

Entre los preparativos nupciales y la vertiginosa adaptación de Salvia a su nuevo puesto, Darnessa y ella apenas se cruzaron en los dos días siguientes. La casamentera la liberó de su ocupación de aprendiz cuando Salvia le habló de la oferta del rey, pero le dijo poco al respecto. Salvia se sentía demasiado incómoda como para iniciar una conversación sobre el tema.

Para mayor vergüenza, Salvia también descubrió que se había convertido en una especie de celebridad, sobre todo ahora que se la relacionaba con las princesas. El banquete y el baile final antes de las tradicionales nupcias colectivas a medianoche resultó agotador, y le fueron presentando a un rostro detrás de otro hasta que todos ellos se fundieron en una imagen borrosa. Al comenzar el baile, Clare se deslizó hasta ella y le puso una nota en la mano. A Salvia le dio un vuelco el corazón al reconocer la letra. Levantó la cabeza de golpe, escrutó la sala en busca del rostro oscuro que ansiaba ver y lo encontró cerca de la puerta, observándola con una expresión ávida en la cara.

Rasgó la nota para abrirla y devoró las palabras en su interior.

Después de vivir los peores y más largos días de mi vida,
no puedo sentir mayores deseos de volver a abrazarte.
Discúlpate. Estaré en el jardín.
Alex

Salvia volvió a alzar la mirada, pero él ya se había ido. Con los dedos temblorosos, volvió a doblar el papel y planeó su huida. Creía que ya había terminado de saludar a todo aquel que consideraba necesario cuando se le acercó Darnessa.

—Aquí estás. No te había visto en varios días.

Salvia hizo una mueca.

—Lo siento. Parecía que lo tenías todo bajo control, y había mucha gente y muchas cosas que atender. Casi no he tenido tiempo ni de respirar.

La casamentera le hizo un gesto con la mano para restarle importancia.

—No te preocupes por eso. Tienes un aspecto encantador, por cierto.

Salvia se pasó las manos por la falda azul, sencilla pero bonita, un regalo de la reina, que la había tomado bajo su protección. Se moría de ganas de enseñársela a Alex.

—Gracias. Y bien, ¿cuándo regresas a casa?

—Dentro de dos días. Mañana será principalmente un día de hacer el equipaje. Van a enviar a un pelotón que me escolte en mi regreso, pero iré yo sola. Todas las doncellas se quedan con varias de las damas, incluida Amapola. ¿Hay algo que quieras que le lleve de vuelta a tus tíos?

Salvia se rio al pensar en la reacción de su familia ante las noticias. Por atónito que se quedara su tío, Salvia ardía en deseos de tranquilizarlo y decirle que cuidaban bien de ella, aunque a ambos, a su tío y a su tía, les decepcionaría que eso no incluyera un compromiso nupcial. Aún.

—Creo que pasaré la mayor parte del día de mañana escribiendo una carta muy larga.

—Buena idea —le sonrió Darnessa con afecto—. Te extrañaré, Salvia, pero me alegro por ti. Te mereces esta oportunidad, esta vida.

Salvia abrazó a la mujer, más alta que ella.

—Yo también te extrañaré, aunque el trabajo... no tanto. No creo que esté hecha para ser casamentera.

—Mi Salvia silvestre, nunca pensé que lo estuvieras —Darnessa la abrazó con fuerza y parpadeó para contener la humedad en los ojos—, pero quería ayudarte.

Salvia se apartó, pero mantuvo los brazos sobre los de Darnessa.

—¿Están hechos todos tus compromisos, entonces? ¿Hay algo más en lo que necesites ayuda antes de que te vayas?

—Sólo me queda un acuerdo más que cerrar, y la verdad es que sí necesito tu ayuda.

Salvia arqueó las cejas.

—Pues será mejor que nos demos prisa. ¿Qué quieres que haga?

Darnessa ladeó la cabeza hacia la puerta y dijo:

—Baja a los jardines y habla con el soldado que te está esperando.

Salvia puso las manos en la cintura y miró con mala cara a Darnessa, que se limitó a guiñarle un ojo.

—Tampoco te preocupes por mi tarifa con este acuerdo —le acarició la mejilla—. Y ahora vete.

Salvia se encontró a Alex sentado en una banca junto al sauce gigante en el rincón sureste, con su oscuro uniforme en contraste con la cascada de plata que formaban las ramas a su espalda. Se puso en pie de un salto, cuando Salvia llegó por el camino, y la estrechó entre sus cálidos brazos.

—¿Te ha dicho alguien lo preciosa que estás esta noche? —susurró él.

Antes de que pudiera responder Alex la llevó por la pendiente de hierba, al resguardo de las ramas lloronas del árbol, donde quedaban ocultos de cualquiera que se paseara por allí. Volteó el rostro de Salvia hacia el suyo y le rozó los labios con los besos más delicados.

—¿Sabes? —dijo ella, que le deslizaba los brazos por el cuello—. Tú ya me lo has dicho varias veces, pero yo nunca he tenido la oportunidad de decirte lo apuesto que eres.

Alex se encogió de hombros.

—No estoy mal.

Salvia se echó a reír y le pasó los dedos por el pelo oscuro.

—Has sido uno de los principales temas de conversación entre las casamenteras. Irán detrás de ti en hordas.

—Será duro para ellas. No estoy libre.

Presionó la frente contra la de ella y jaló la parte baja de su cuerpo para acercarla más. La invadió un calor que le resultaba conocido. Si él la presionaba en busca de algo más que besos, Salvia no sabía si sería capaz de decirle que no. Alex no lo hizo, sin embargo, aunque por su manera de respirar Salvia sabía que él sentía lo mismo que ella. Ni siquiera trató de volver a besarla, como si aquello pudiera inclinar la balanza de su autocontrol.

—Cásate conmigo, Salvia —susurró Alex.

Aquello era demasiado. Salvia no dudaba de su sinceridad, pero la proposición la sorprendió por completo.

—Pero es tarde; no me da tiempo de encontrar un vestido de novia como es debido antes de la medianoche.

—Maldita sea, Salvia, ya sabes a qué me refiero. Quiero que te comprometas conmigo ahora.

La soltó de su abrazo, más molesto de lo que aquella broma nerviosa de Salvia se merecía.

Ella lo comprendía demasiado bien como para estar dolida.

—¿Qué pasa, Alex?

Él cerró los ojos y se pasó los dedos por el cabello hasta rascarse la parte de atrás de la cabeza.

—Me voy mañana.

Salvia sintió el corazón en un doloroso puño en su pecho mientras él proseguía:

—Los conspiradores de D'Amiran y los kimisares están creando problemas, y no hemos encontrado al conde aún. He recibido la orden de ir tras ellos. Después de lo que han empezado..., de lo que le han arrebatado a mi familia..., tengo que ir.

Salvia asintió.

—Sí, tienes que ir.

—Los meses siguientes serán duros, pero los podré pasar si...

—Te lo prometo —lo interrumpió Salvia, que buscaba sus manos—. Te esperaré.

Alex suspiró, entrelazó los dedos con los de Salvia y volvió a acercarla.

—Gracias.

Salvia apoyó la cabeza en su clavícula y respiró su olor.

—¿Cuánto tiempo estarás fuera?

—Hasta que llegue el pleno invierno, imagino. Escribiré tan a menudo como pueda.

—Igual que yo.

—Aunque, si tú quieres, renunciaré y podremos casarnos en cuanto me libere.

Salvia se apartó y le hizo un gesto negativo con la cabeza.

—No seas ridículo. No puedes hacer eso por mí.

—Seré un campesino.

Salvia se rio.

—Habla en serio.

—Lo hago. Mientras tú estés ahí, limpiaré la pocilga todos los días.

Salvia bajó la mirada a sus dedos entrelazados y volvió a decirle que no con la cabeza.

—No, jamás podría quitarte el ejército precisamente porque te quiero. Es tu vida.

—Creo que estás subestimando mis sentimientos por ti —su tono de voz era animado, pero había un dejo de dolor.

Salvia se llevó las manos de Alex a los labios y le besó los dedos.

—Lo que tengo ahora: un hogar con amigos, respeto, una ocupación importante y útil, la oportunidad de aprender más... —alzó la mirada—. ¿Querrías tú arrebatarme todas esas cosas?

—Por nada del mundo.

Salvia soltó la mano derecha para recorrerle la cicatriz sobre la ceja. Alex cerró los ojos y exhaló con fuerza.

—Por ese mismo motivo no puedo yo arrebatarte lo que tú tienes ahora —susurró Salvia—. Forma parte de ti. Son inseparables. Y ésa es una de las cosas que más me gustan de ti.

Alex la tomó entre sus brazos y la besó con una pasión que la hizo reconsiderar seriamente sus palabras.

—Malditas sean tus dotes de persuasión —le masculló Alex en el oído antes de descender con los labios por el cuello hasta el hombro.

—Y las tuyas —consiguió jadear Salvia.

Alex la bajó a la suave hierba que tenían a sus pies, y no hablaron más. Alex hizo una pausa para quitarse la chaqueta y ponérsela a Salvia de almohada debajo de la cabeza. Después, empezando por los dedos, exploró y estimuló con los labios cada centímetro de su piel desnuda, y consiguió que Salvia se mareara antes de haber subido por el brazo desde la muñeca. En ningún momento trató de ir más allá de la piel que estaba expuesta a la vista, aunque Salvia casi deseó que lo hiciera por mucho que no supiera muy bien si iba a tener la claridad necesaria para detenerlo. Las manos de Alex se agarraron entonces a su falda como si tratara de impedir que hicieran otra cosa, y emitió un quejido en su cuello que le provocó a Salvia un escalofrío.

Alex se mantuvo quieto contra ella durante un largo rato y, de forma instintiva, Salvia no se movió; sabía que él la estaba pasando mal con los mismos deseos que a ella la dejaban sin aliento. Alex susurró entonces su nombre y la volvió a rodear con los brazos. Salvia suspiró en su pecho e intentó no llorar ante la idea de extrañarlo. Dos meses atrás ni siquiera conocía su existencia, y ahora, sin embargo, no podía vivir sin él.

Alex le acarició la sien con la nariz y con la boca.

—Será mejor que te arregles el pelo antes de que volvamos a entrar —murmuró—. Lo tienes hecho un verdadero desastre.

Salvia se rio contra su camisa.

—Eso sí que es verdad —se incorporó para mirarlo desde arriba—. Tú no lo tienes mucho mejor.

—Supongo que tendremos que quedarnos aquí afuera toda la noche, entonces —suspiró Alex con una tristeza fingida.

—No te lo discutiré. Pasarán ciento ochenta larguísimos días con sus noches antes de que te pueda volver a despeinar.

Alex recorrió los labios de Salvia con el dedo gordo.

—¿Quién se va a poner a contarlos? No seré yo. Es demasiado deprimente.

Se incorporó para darle un beso en la frente a Salvia, que volvió a recostarse sobre los brazos antes de expresar en voz alta su temor más profundo.

—¿Alex?

—¿Mmm? —murmuró él en su pelo y se lo despeinó más con toda la intención.

—Tres años es mucho tiempo.

Los brazos de Alex se tensaron en torno a ella.

—Es que... —prosiguió Salvia—. Sé que las cosas pueden cambiar, en especial con la distancia.

Alex se mantuvo inmóvil durante varios segundos. Entonces se relajó.

—Supongo que si me olvidas, tendré que utilizar mis dotes de persuasión. Déjame que las practique ahora mismo —se movió para besarla en el cuello.

Salvia le puso mala cara y lo apartó.

—Estoy hablando en serio.

—Y yo —Alex se volvió a inclinar hacia ella, y esta vez sus labios alcanzaron el blanco—. Además —susurró, y el calor de su aliento se arremolinó en la oreja de Salvia—, no son tres años, sino dos y medio. Novecientos veinte días, para ser exactos.

Salvia sonrió de oreja a oreja.

—¿Quién se pone a contarlos ahora?

Agradecimientos

En primer lugar, gracias a ti, lector, que llegaste tan lejos y para quien se escribió la historia de Salvia. Espero que hayas disfrutado conociéndola tanto como yo. Aunque ella es mucho mejor.

Sin embargo, no podría haber hecho realidad este libro sin los esfuerzos y el apoyo incansable de otros. El más importante es Dios, de quien proceden todas las cosas. Justo después se encuentran las intercesiones de San Francisco por las palabras y de Santa Dimpna por la cordura. *Deo gratias.*

En un sentido más material, es mucho lo que le debo a mi superagente y campeona, Valerie Noble, quien me sacó del lodo y soñó a lo grande cuando a mí me daba miedo hacerlo. No estaría aquí sin ti. A Erin Stein de Imprint, quien dijo «guau» en vez de «bah». A Rhoda Belleza, extraordinaria editora, y a su compinche Nicole Otto, que se remangaron y se pusieron manos a la obra. A Ellen Duda y a su equipo de diseño por hacer las cosas bonitas por dentro y por fuera, y a Ashley Woodfolk del departamento de Marketing. A Molly Brouillette y a Brittany Pearlman, las publicistas con un toque mágico, y al Fierce Reads Team, que votaron por dejarme entrar en su club antes de que estuviera completamente preparada para tal efecto. Y para todos: que Dios los bendiga por su paciencia conmigo.

Le doy las gracias de manera especial a Devon Shanor por su preciosa fotografía y por encontrarse conmigo en ese parque de los dinosaurios que estaba en medio de la nada. Y también por no pensar que era una idea un tanto rara.

A Kim, quien leyó a Alanna conmigo en la preparatoria y, veinticinco años después, leyó mis borradores menos pulidos y dijo: ¡sí! Al resto de mis lectores (en orden alfabético): Alissa, Amy, Brit, Carol, Carolee, Caroline (¡que imprimió todo el rollo!), Dan, Kammy, Katie, Kim M., Kim P., Leah, Melissa, Natalie y Ron... Cuando menos, una escena quedó mejor gracias a todos y cada uno de sus comentarios. A Ryan, por su consejo no legal y su insensato optimismo (que resultó no ser tan insensato). A mis compañeras en la crítica, Joan Albright, quien me ilustró con delicadeza al respecto de dónde había metido la pata, y Sarah Willis, que lo pulió. Algún día nos encontraremos en los libreros, si no en persona.

A mamá, por enseñarme que las niñas a las que les encantan las ciencias y las matemáticas eran normales y haber permitido que me dedicara a todo lo que he querido, aun cuando una no entiende muy bien por qué; y a papá, por repasar quince veces conmigo cada trabajo de la preparatoria (y no decirme lo que estaba mal hasta la décima vez). Y a los dos por su inquebrantable amor y apoyo, por dejarme leer todo lo que quería y por enseñarme que mis límites sólo me los ponía yo misma.

A Krav Maga Nebraska (y también a papá), por enseñarme a matar a alguien (siempre en defensa propia, por supuesto).

A Kisa Whipkey. No llegamos a trabajar juntas, pero recibir tu e-mail en un momento de desesperación fue probablemente el salvavidas que rescató este libro.

A Andrew Jobling, quien prendió la llama al mostrarme con qué se enciende un fuego (advertencia: no tiene nada que ver con escribir).

A Tamora Pierce, que me inspiró como persona con los libros que deseaba leer.

A mis hijos: ser su madre ha sido el mayor privilegio de mi vida. Gracias por haberme salido tan bien a pesar de mis torpes esfuerzos. Sí pueden comerse un chocolate. Después de recoger su habitación. Está bien, se lo pueden comer ahora, pero después cumplen con sus obligaciones.

Y a Michael, porque cuando ya se le ha dado las gracias a todo el mundo, cuando todas las palabras han quedado ya por escrito, cuando cada día se acaba, siempre eres tú quien está ahí, al final.

El beso de la traición de Erin Beaty
se terminó de imprimir en mayo de 2018
en los talleres de
Impresora Tauro S.A. de C.V.
Av. Plutarco Elías Calles 396, col. Los Reyes,
Ciudad de México